有爱的青春陪伴者

林绵绵

著

女配就要为所欲为

江苏凤凰文艺出版社

图书在版编目（CIP）数据

女配就要为所欲为 / 林绵绵著. -- 南京：江苏凤凰文艺出版社, 2025. 7. -- ISBN 978-7-5594-9728-4
I. I247.5
中国国家版本馆CIP数据核字第2025MB0412号

女配就要为所欲为

林绵绵 著

责任编辑	王昕宁
特约编辑	狐小九
责任校对	言　一
责任印制	杨　丹
出版发行	江苏凤凰文艺出版社
	南京市中央路165号，邮编：210009
网　　址	http://www.jswenyi.com
印　　刷	天津睿和印艺科技有限公司
开　　本	880mm×1230mm 1/32
印　　张	10
字　　数	407千字
版　　次	2025年7月第1版
印　　次	2025年7月第1次印刷
书　　号	ISBN 978-7-5594-9728-4
定　　价	42.80元

江苏凤凰文艺版图书凡印刷、装订错误，可向出版社调换，联系电话025-83280257

目录
CONTENTS

01 第一章
要随叫随到,
二十四小时听我电话
001

02 第二章
我要拉黑他!
031

03 第三章
孟总,我真的很痛苦,
也很难受
062

04 第四章
我是来道歉的,
不是出差
092

05 第五章
男人之间的友情这样不
堪一击吗?
122

06 第六章
他只想和她在一起,
在所不惜
152

07 第七章
这一刻,
她被孟怀谦打动了
182

08 第八章
谢谢你,
随叫随到的 Siri 孟
214

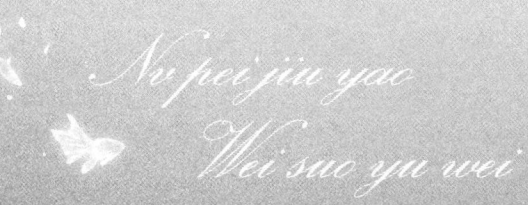

目录
CONTENTS

09 第九章
池霜，我很喜欢你
245

10 第十章
她的心在说话，只有他才听得见
276

11 番外一
290

12 番外二
295

13 番外三
298

14 番外四
301

15 番外五
304

16 独家番外
310

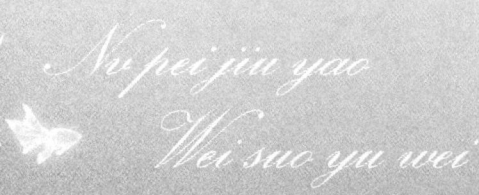

第一章 要随叫随到，二十四小时听我电话

　　池霜期待了很久的订婚宴到头来成了一场空。
　　场地是她精心挑选的，礼服更是请知名设计师亲自操刀，每一处细节都完美地呈现了她儿时的幻想。可她怎么也想不到，这一场幻梦在即将成真时会变成噩梦。
　　一个星期以前，梁潜跟几个发小乘坐游轮出海，除了庆祝投中了某个大项目的标，还声称是所谓的婚前单身夜狂欢。
　　池霜当时听了轻哼一声，觉得这群人为了组局，什么瞎话都敢编。
　　刚开始跟梁潜在一起的时候，她偶尔也会怀疑。这跟他的为人没有任何关系，恋爱初期谁都别说有多了解谁，她以前听多了见多了富二代的那些事，对他总是跟发小组局吃饭喝酒难免有所猜忌。
　　这些局，是不是正经的？
　　她如福尔摩斯上身一般，总是细致地观察着每一个细节。
　　比如梁潜发消息时，有没有新的口癖、表情包是不是他常用的、说爱她时眼神是否真挚……
　　有一段时间她也挺烦的，甚至开始后悔太草率地同意了他的追求。但不可否认的是，他轰轰烈烈的追求满足了她的虚荣心，她也不是没有做过"霸道总裁爱上我"的梦，可真的跟他在一起后，她才意识到两人之间的悬殊有多大。
　　因此，在开始变得神经质的时候，她有了分手的心思。
　　她在梁潜之前的哪个男友不是捧着她、哄着她？她从来就没怀疑过

哪个男友跟她在一起时的忠诚。到了梁潜这儿，她患得患失的，像话吗？

梁潜可能也察觉到了池霜的冷淡，当机立断，在确定恋爱关系一个月不到的时候，带她熟悉了他的朋友圈。

恋爱两年，风平浪静，得益于他的几个发小都是难得一见的正派"老实人"，但凡其中有一个爱拈花惹草，她跟他都谈不了这么久。

物以类聚，人以群分。一个锅里有了一颗老鼠屎，迟早都会变臭。

她以为这一次的局就跟这两年里的无数次一样。

在晚上给梁潜发了消息没得到回复时，她也没多想，谁知第二天下午，她接到了梁潜的发小之一孟怀谦的来电。

"池霜，"在过去为数不多的接触中，孟怀谦的声音总是平稳、冷淡的，这一次他却异常失态，"我是孟怀谦，等下我的司机会去接你。有件事……有件事……"

他一直重复着这句话，语无伦次。

池霜皱紧了眉头，脑海中浮现一个念头：

难道是他们几个聚众做了什么坏事被抓了，还是说梁潜这个杀千刀的玩什么酒后乱性那一套？

直到此刻，她才恍然惊觉，或许在内心深处，她从未真正地信任过梁潜及这段感情。

"其实我到现在都没想明白，究竟是哪件事更严重，我更难以接受。"池霜眼睛红肿，抽了张纸巾，继续抽噎。

她现在披头散发，已经快一个星期没顾上形象管理了，无比狼狈。

别说洗头护肤，她茶饭不思，全靠一口仙气吊着，为了订婚努力减肥，还差三斤的目标这几天轻轻松松达成，还额外多瘦了两斤。

楼下停着一辆商务车，三个司机二十四小时轮班，随时等着送她去医院。

江诗雨神情涣散地听着池霜倾诉。

两人是从幼儿园就认识的交情，除了她，也没人能在这时候陪着池霜度过人生中最艰难的日子。

虽然说朋友就是用来依靠、倾诉的，但这也得有个期限、底线。

每当江诗雨感觉自己快神经衰弱时，她就会接到池霜目前最大的仇人的电话。

对方的情绪明显比池霜稳定，尽管声音沙哑，但谈吐客气："江小姐，这段时间麻烦你了。你放心，我跟你们公司的领导已经沟通过了，这一个月算你带薪休假，另外，我也会支付你十倍的工资，还请江小姐帮我安抚劝慰池霜。"

"他如果出轨了，不管是身体还是精神，我都觉得恶心。"池霜泪眼蒙眬，"可他现在死了……我都不知道我是愿意接受他出轨还活着，还是没出轨但死了……诗雨，你说我那天要是拦着他不让他去就好了，对不对？"

江诗雨顶着黑眼圈，叹息道："霜霜，你不要怪自己，这不是你的错。"

"这当然不是我的错！"池霜擦了擦眼泪，咬牙切齿地骂道，"这全是那个姓孟的错，如果不是为了救他，梁潜现在才不会下落不明。我从第一次见到他时，就感觉不对了……诗雨，你说他怎么好意思还活在世界上，怎么有脸呼吸啊？我要是他，我好朋友为我死了，说实话，我都活不过二十四小时，肯定以死谢罪！"

江诗雨偷偷打了个哈欠。

人的情绪都是有限的，就像是蓄水池，用得多了，逐渐也会麻木。

所以人们常说，时间是最好的良药。

她还记得梁潜刚出事的时候，霜霜听了这个消息直接晕了过去，醒来时一句话都不说，或默默流泪，或思绪放空、神情呆滞。

那位孟总在百忙之中还为霜霜请了好几个知名的心理医生，就是不愿看到霜霜在这个时候崩溃。

直到第三天，霜霜才说话。

现在是第七天了，霜霜的话越来越多。这屋子是她跟梁潜的爱巢，处处都有梁潜的痕迹，她见了也会哭，哭过之后就骂，骂梁潜不负责任丢下她就不管了，骂孟怀谦……那更是内容丰富。

"诗雨，如果是你和我，你会为了我不要命吗？"

江诗雨听到这句话，头皮发麻。

池霜是她最好最好的朋友，她俩所有的秘密都能跟对方分享，大学时生活费都是一块儿用……

忍吧。

江诗雨抬手摸了摸池霜的头发："你问我，我肯定不知道怎么回答，但人在危急时刻能将对方的命看得比自己还重，那一定也会为了对方不要命。霜霜，我知道现在让你接受事实很难，但我想告诉你，不管你现在多么痛苦伤心，你有我，还有叔叔、阿姨。"

池霜鼻子一酸，掉下泪来，抱住了江诗雨的腰，将头枕在她的腿上，哽咽着骂道："梁潜他还是人吗？他在做这件事的时候，怎么都没想过我？

"孟怀谦也是王八蛋，能不能换他让梁潜回来啊！"

江诗雨眼疾手快地捂住了池霜的嘴，小心隔墙有耳，这话可不能随便乱说。

于是，池霜的泪落在江诗雨的手心里。

哭够了哭累了，她在江诗雨的安抚之下逐渐入睡。

江诗雨揉了揉麻了的腿，坐在床边，看着好友的睡颜。

池霜的母亲曾经是文工团一枝花，父亲年轻时也是英俊潇洒、浪漫多情的画家。有这样姿容出色的父母，池霜从小就是美人坯子。上幼儿园时，有小男孩专门从家里偷拿糖果、巧克力哄她开心；上小学时，她的课桌里永远都有礼物……

容貌极为出色的人似乎人生顺遂，没有丝毫坎坷。

　　十六岁的池霜在京市旅游逛园子时，被一个导演意外碰到。导演游说了她父母好久，终于在第二年上映的某部文艺片里，有个少女短暂出场了十分钟，便被无数网友记住。
　　后来，池霜考上电影学院，顺理成章地进了娱乐圈。
　　只可惜，有时候老天爷也是公平的，虽然给了池霜绝佳的外貌，但她的演技……
　　她爱玩爱闹，怕劳累，如果想要在演员这条路上走得更远，必定是要付出心血和汗水的，偏偏她骨子里就没有"坚韧"这个美好品德。
　　可这个时代，依然有大把的人为了颜值买单。池霜虽然怕累，但她不作妖，老老实实地在娱乐圈里当着她的花瓶也不亦乐乎，直到三年前碰到梁潜，梁潜对她一见钟情，继而展开猛烈的追求攻势。
　　梁潜足足追求了池霜快一年，她才点头答应。
　　在其他人暗自认为事情的走向会朝着"就算跟二代在一起又怎么样，二代又不会跟她结婚"发展时，梁潜无比认真地向她求婚了。
　　然而，谁也想不到，梁潜会在订婚宴前夕失踪。
　　其实失踪只是委婉的说辞，现在一个星期过去了，仍然没找到他，多半凶多吉少。
　　江诗雨为池霜盖好被子，又摸了摸她的额头，确定没生病后，才放轻了脚步走出主卧，轻轻关上门。
　　天气预报显示暴雨将至。
　　江诗雨细心地去关好阳台上的窗户，竟然意外瞥见楼下有人倚靠着车身，神色不明地抽烟。

　　十分钟后，江诗雨提着垃圾下楼。
　　"她已经好很多了。"
　　闻言，孟怀谦掐灭了烟头。他神情疲倦，矜贵的气质都染上了淡淡的风霜："江小姐，多谢。"
　　江诗雨也同样疲倦地摇了摇头："客气了，霜霜是我的朋友，就算您没有提，现在我也会陪在她身边。"
　　孟怀谦沉默几秒，颔首："她今天吃东西了吗？"
　　他并不那么了解池霜。
　　他对这个人唯一的记忆点便是在某次饭局上，因为梁潜没及时给她挑出鱼刺，她噘着嘴生气，梁潜便凑过去，低声下气地哄，她才眉开眼笑。
　　"吃了。"江诗雨说，"喝了一碗鱼片粥。"
　　孟怀谦这才松了一口气，原本蹙着的眉头也舒展开来。

　　池霜睡得很沉，做了个美梦。
　　她身穿珍珠白缎面的鱼尾裙，挽着梁潜的手出现，两人笑容满面地接受亲朋好友的祝福。梁潜许下一生爱她护她的承诺时，为她戴上订婚戒指，她整个人幸福得冒着粉色泡泡。

怎么会这么幸福呢?

她的未婚夫,她未来的丈夫,几乎跟她这些年的幻想一模一样。

每一个条件,梁潜都符合:身材高大、相貌英俊、见多识广,却也足够谦卑。

在世俗眼中,这也是难得一见的好男人。如果不是有多方证据,她都不敢相信自己居然是他第一个真正意义上的女朋友,家世背景强悍的同时还洁身自好,就连认为只有天上的神仙才配得上她的那般挑剔的父母也对他赞不绝口。

除此之外,他们还彼此相爱。

当然,受了一些思想深奥的名导熏陶,她也认为"爱"很虚幻,说不清摸不着。

挖掘她的那位导演曾经醉眼蒙眬地说过:"我所有的作品里,爱都是知其不可而为之。你知道跟这个人在一起会有很多的磨难,你还是要跟他在一起,这就是爱。"

她不懂,表面上虚心受教,实则不以为然,会给她带来很多磨难的男人她才不要。

她爱不爱梁潜这件事很难说得清,但她谈过的男友中,只有在梁潜求婚时,她发自内心地说了"我愿意"。

"霜霜,你是我第一次爱的人,也是唯一一个,我会永远永远爱你。"

梦中,她笑意盈盈地看着梁潜在宾客面前告白。

"我也是。"

在她脱口而出时,她骤然意识到这真的只是一个梦,因为她从未在梁潜告白时回应过"我也是"。

梁潜也曾经问过她。

当时她振振有词:"你永远爱我是应该的,就算我不爱你,你也要永远爱我。"

"'我也是'是交换条件。"

"难道我不爱你了,你也要收回你的爱吗?"

梁潜若有所思,笑着点头:"霜霜说得是,就算你不爱我了,我也会永远爱你。"

江诗雨听到啜泣声后,连忙敲门推开,见池霜坐在床上抱着膝盖泣不成声。

"怎么了?"江诗雨走到床边,轻声问。

池霜没有回答,而是一个人默默哭了许久后,抬手擦干眼泪,模样楚楚可怜。

这一次她再开口,没有骂谁,就连先前她一天辱骂八百遍的孟怀谦也没提起,只是突然平静地说:"诗雨,我真的好感谢你。"

江诗雨眼眶一热,握住她的手:"霜霜。"

"我总觉得梁潜是来跟我告别了。"池霜怔怔地说,"他在梦里说了他想说的话,而我可能也意识到了什么,说了他最想听的话。梦应该

也是一种预兆吧？我好像也不觉得很遗憾了，在梦里，我们举办过订婚宴了。其实现在想想，说不定一切冥冥之中都注定好了。你还记得吗？去年冬天咱们一起去的那个很有名的寺庙，我抽了签……"

江诗雨隐约记了起来。

的确，当时她们两个人都抽了签。

她是上上签，之后她家那一片拆迁。

霜霜是下下签，师父解签时说是跟姻缘有关，大概意思是霜霜跟梁潜很难修成正果。

"我当时好生气，可现在我也想通了。有些话我只能跟你讲……"池霜笑了笑，神情狡黠，眼里却藏着悲伤，"想到他这一辈子真的只爱过我，我觉得很浪漫。你知道的，我就是那种很自私的人，就算我不爱他了，我也希望他一直记着我爱着我，最好把我当白月光一样供在心里。他做到了。"

江诗雨怜悯又心疼地看着池霜。

"好了。"池霜扯了扯嘴角，"他死了，我还活着，我再这样下去，估计用不了多久也得下去了。到时候在地底下，我外公、外婆，还有我爷爷得心疼死。"

江诗雨抱了抱她："别想了，这话要是被叔叔、阿姨听到，那才是伤透了心。"

在观察了池霜一个星期，确定她真正振作起来后，江诗雨也回到了工作岗位。

半个月过去，在那深不见底的海底，孟怀谦动用了一切人力物力搜寻，梁潜仍然下落不明。

太阳底下无新事，这件事的确引来了很多人的关注，可任何轰动的新闻，热度最多不过一个星期就会被人们淡忘。

这天深夜，孟怀谦回到老宅，命令他回来的孟父还在书房等着他。

父子俩静默许久后，孟父沉声道："你还要替梁潜隐瞒多久？那天的事故究竟是怎么回事，你比谁都清楚，梁潜的确救了你的命，但如果不是他，这件事根本就不会发生！"

孟怀谦眉宇之间闪过一丝痛楚，声线低沉："您别说了。"

"为什么不说？那个想推你下海的人是谁，你以为我不知道？那是梁潜公司的一个部门经理，如果不是梁潜将人逼到那个份上，人家有妻有子，会走上这一步？"孟父呵斥。

梁潜跟孟怀谦的身形极为相似。那天孟怀谦不小心被侍应生撞到，西装被溅脏了。

梁潜作为二十四孝好男友，因为第二天要接女朋友池霜去试菜，担心女朋友嗅到他身上的酒味会不高兴，就提前准备了换洗的西装——这也是他恋爱后养成的习惯。

于是梁潜将自己的西装借给了孟怀谦。

酒过三巡，孟怀谦来到外面透气，却被那个部门经理认作梁潜，当

即拼了命地推孟怀谦。梁潜出来正好撞见这一幕,替孟怀谦挡住,推搡时不小心坠入海里……

当时事情发生得太突然,又是深夜……所有人都措手不及。

孟怀谦的太阳穴"突突"直跳,他忍耐到了极致,攥紧了手,手背青筋暴起:"您别说了。"

他抬起头来,眼睛里有血丝:"我跟阿潜从小一起长大,无论怎么说,他的确是为了救我。"

孟父用力一拍桌子,气息不稳:"所以,现在所有人都以为梁潜是为你死的,你就这样背负一条人命?"

"那也是我背负,"孟怀谦垂着双眸,"跟您无关,跟孟家无关。"

"无关?"孟父怒极反笑,"所以你准备做什么?帮梁潜收拾他公司里那些烂摊子?"

父子间的争执从来都是以孟怀谦的沉默而告终。

孟父冷冷地盯着他,一言不发,由他去了,只是在他离开前,冷声说了一句:"我不管你是不是要为了梁潜当牛做马,但是如果你影响到了家里和公司……"

再多警告的话,孟父没继续说了。

孟怀谦想,自己何必这样?自己又能为梁潜做什么?

梁潜的父母多年前死于一场空难,梁潜与梁家那些长辈的感情甚至还没和管家、用人的深厚,任何一个大规模的公司都不可能所有事情都由一个人拍板决定,公司也不是少了某个人就不能运转。这半个月里,梁潜的公司里每个人各司其职,业务照常运转。

除了公司,梁潜放在心上的可能也就只有女朋友了。

孟怀谦走出书房,走廊上灯光昏暗,他走了几步后停下来,扶着墙,狠狈地弯着腰,缓缓呼出一口气,仿佛要将体内几乎灼伤他的愧疚倾泻出一丝来。

池霜瘦了很多,身旁没了男友,她的行程很空很空。

在梁潜出现之前,池霜就有了退圈的打算。一来,她有自知之明,自己的业务水平实在太一般。当时挖掘她的导演说她天生是吃这碗饭的人,奈何她不喜欢吃米饭;二来,这圈子竞争越发激烈,她这个人虽然不作妖,可也真没佛系到哪里去。再这样继续下去,以后说不定还要给曾经跟她发生过龃龉的某个师妹做配角……

有了这个念头后,她再翻一翻自己的合同,见也没剩两年了,干脆不续约,也不跟其他公司签约。

从十几岁入行至今,虽然她一直没有大红大紫过,但每年都有戏拍,也赚了不少钱。

当初她听了一个前辈的建议,在房价还没暴涨前购置了几处房产,还请了专业人士帮她理财,收益也算可观。

总之,她也算是可以退休了。

可她不愿意什么事都不做,与有着丰富餐饮经验的表姐一拍即合,

决定合伙开家餐厅。现在店面刚装修好，万事俱备只欠开业，表姐这段时间急得嘴角冒泡，生怕她临时撂挑子不干了。

这天，已经成功退圈的池霜仍然没有甩掉那些习惯，大早上的戴上墨镜出门。

她来到了店里，表姐跟见了活菩萨一样扑了过来："我的霜，我的宝，你终于来了！"

"啊——"像是突然想起什么，表姐一秒变脸，神情哀痛地说，"霜宝，你节哀。"

池霜愣了愣。

这时，她的手机响了。

是孟怀谦打来的。

她没存孟怀谦的号码，可现在她对这十一个数字再熟悉不过。

当即她就变了脸色，一脸不耐烦地接了起来，好似对面那人欠了她一个亿没还："孟怀谦，你有完没完！"

在梁潜出事之前，她跟孟怀谦统共都没说过几句话。

孟怀谦身上有一种淡淡的疏离感，令人望而生畏，生怕离他近了，会被他用看脏东西的眼神侮辱。

但其实他并不是一个傲慢无礼的人，他出身显赫家族，祖辈都有着足够辉煌的历史，到了他这一代，家中对继承人的管教严苛到了外人无法想象的地步，所有可能会对家族及集团带来负面影响的行为，通通不允许他有。

如果他性情足够温和的话，一定是如教科书般的绅士。

他从不疾言厉色，也不会刁难谁，但……

即便他对人再客气，池霜第一次见到他时，也还是有一种很不适的感觉。

因为可以明显感觉到，虽然他的目光盯着你在问好，但他根本就不会记住你长什么模样，你在他眼中跟饭厅里的发财树没有任何区别。

池霜从小就没心没肺，又一路被人捧着长大，跟这样无视她的人自然是气场不合。但她也从不内耗，不会去跟梁潜发牢骚，更不会在意外人的看法。她每回见了孟怀谦，就点个头问好，才不会去凑热闹。

她现在算不算出息了？

三天两头对着孟怀谦冷嘲热讽，甚至偶尔破口大骂他一顿。这个骨子里骄傲到了极点的王八蛋敢怒不敢言，没两天又会给她打电话，她甚至能从电话里听出他的小心翼翼来。

"我有没有跟你说过，不要再给我打电话？"池霜冷声说，"除非你有了梁潜的消息！"

电话那头的人沉默了两秒，声音低沉地说："不好意思，暂时还没有消息。"

"那你给我打电话做什么？"池霜冷笑一声，"问我有没有吃饭，过得好不好？孟怀谦，你明知道我不想见到你，更不想听到你的声音，你还三天两头……"

说到这里,她咬了咬牙,深吸一口气:"你上班打卡啊?我怎么觉得你居心不良,给我打电话就是想确认一下我有没有自杀殉情?"

无论是父母还是朋友,他们唯一的期待就是池霜能重新振作起来。

他们为了转移她的注意力,从来不会主动在她面前提起梁潜,连"水凉了"这句话到了嘴边,也改成了"水不热了"。

孟怀谦倒好,他又没有梁潜的消息,却经常跟池霜保持联络,美其名曰"关心"。可他会关心人吗?他一出现在她的生活中,哪怕只有声音,她都会立即想起她的准未婚夫是为了救他丧命。

她一想到这个就恨得牙痒痒。

恨梁潜不知天高地厚,恨梁潜把发小看得太重,同样的事情发生在她身上,搞不好这狗东西还要犹豫一下子,才会冲上来保护她!

结果,梁潜那是一分一秒都没迟疑就挡在了孟怀谦前面!

她对孟怀谦恨到恨不得将他大卸八块。

他都没有自知之明的吗?不知道她现在最恨、最讨厌、最不想看到的人就是他吗?

还关心她、照顾她?

她真是开了眼,还是头一次见到这样的关心方式。

表姐见池霜这模样、这语气,缩了缩脖子,果断离远了一点,找了个靠窗的位置坐下。

她听得出来,电话那头的人是梁潜那短命鬼的朋友。

说起这桩事来,她几次气得想去海边拿着大喇叭怒吼:梁潜你个杀千刀的!速速给我复活!

当初霜霜跟她都在犹豫要不要开餐厅,毕竟现在餐饮行业没原来那样景气了,霜霜也不是身负流量的超红小花,粉丝效益基本不做考虑,那在寸土寸金的京市开个餐厅会不会连棺材本都赔掉?

霜霜血厚,亏点可能就肉痛一阵子,她可是要把全部身家都砸进去,可不得好好想想。

结果梁潜放了话,让她放一百个心。

想着梁潜都打包票会给女朋友兜底,那她自然也没了后顾之忧。

现在她都想哭天喊地让梁潜快回来!

孟怀谦听着电话那头咄咄逼人的质问及怒骂,已经快想不起来池霜以前是什么模样了。

他今年二十八岁,就连对他无比严格的父母都没骂过他这么多。

什么垃圾。

什么灾星。

还有她愤怒到了极致时,那些放在公众场合都会被消音的词。

短短一段时间,他也摸清了池霜的脾气,知道现在打断她无疑是火上浇油,所以只能安静地、一言不发地听她骂。

"孟怀谦,你是人吗?"池霜有一秒的哽咽,但她很快就调整过来,扬声道,"你就不是人!我如果有什么心理创伤,那就是你一手造成的。

　　我告诉你，我现在认了，反正不是我死了，又不是我的命，我一点也不伤心，一点也不难过，那是他活该！你们友谊天长地久那是你们的事，跟我没关系。你但凡有一点点羞耻心，就请你不要再出现在我面前！"

　　池霜说着说着又落下泪来。

　　她发现自己现在的状态有一些糟糕，因为她从来没有对第二个人这样过。

　　如果可以的话，她也想优雅一点，在孟怀谦表示歉意时，抹抹眼泪，哀痛而又坚强地说"没事，这也不是你的错"。

　　她真的很想拿到这个人设和剧本，可她做不到，她满腔的怒气需要发泄。

　　以前有梁潜，不管她多么任性，他都会包容。

　　现在他不在了，她能找谁？难道她要每天对着父母、家人，还有朋友哭泣吗？如果说这是一口井，她一个人待在里面就好，她只想大声地对外面关心她的人说一声：你们不要担心，不要下来，等着，我马上就上来！

　　可现在孟怀谦这个死瘪三站在井边，居高临下地看她，道貌岸然，无比虚伪地问她还好吗？

　　不好意思了，她就只能对他发泄。

　　"……对不起。"孟怀谦艰涩地说。

　　池霜都想算算这半个月以来，这个人对她说了多少次"对不起"。

　　搞不好他前二十多年所说的"对不起"加起来都没这回多。

　　孟怀谦确实说这三个字也越来越熟练，当然仅限于面对池霜时。

　　他跟梁潜是多年好友，梁家那些亲戚在他面前先扬后抑——先故作悲恸地大哭，叹梁潜三十岁都没有就生死不明，后又擦擦眼泪，很诚恳地跟他说这不是他的错，还请他和孟家都不要自责，他们不会怪他的。

　　对这样的戏码，他很难说出那三个字。

　　可当池霜咬牙切齿地对他又哭又骂时，他的一颗心仿佛紧紧地被人揪住，像有一根名为愧疚的绳子在勒他。

　　他愿意出现在池霜面前，甚至迫切地希望能听到她的怒骂，仿佛这样他心里才会好过一点。

　　但其实并没有。

　　"我会继续找阿潜，有了消息我会第一时间通知你。"孟怀谦低声说，"只是有一件很重要的事，我想跟你商量一下，你看看你什么时候有时间，好不好？"

　　池霜冷冷地说："我跟你之间能有什么事可以商量？"

　　"不会耽误你很长时间，是很重要的事。"

　　伸手不打笑脸人，孟怀谦这段时间也算是小心翼翼，池霜也知道像他这样的人平日里有多忙，他说的应该真的是很重要的事。

　　刚才骂了一通，她也累了，没力气再冷嘲热讽："孟怀谦，你最好真的是有很重要的事。"

　　"你什么时候有时间？"

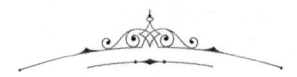

池霜不耐烦地说:"最好速战速决,我现在就有时间!"

别跟什么连续剧一样,约见面商量事还得一两个星期!

孟怀谦应道:"好,你觉得约在什么地方见面比较方便?"

有那么一个瞬间,池霜觉得他像极了之前给她推销各处房产的中介。

池霜也没心情跟他约其他地方,说了餐厅的地址,出了口恶气——让他也来吸吸店里的甲醛。

挂了电话后,池霜的气也消了,整个人颓靡得很,耷拉着脑袋坐在一边。

她现在还是很难受,明明出门时心情好了一点点的。

表姐见她情绪消沉,赶忙给她倒了杯水,试探着问道:"等下有客人来吗?"

池霜阴恻恻地说:"不是客人,是仇人。"

表姐干巴巴地笑了两声后,又问:"行,你仇人是叫'孟怀谦'吗?孟子的孟,怀抱的怀,谦虚的谦?"

"你问这个干吗?"

"是奥朗集团的孟怀谦?"

"……姐!"

表姐捂住胸口,心花怒放,看着池霜仿佛是见到了散发着金光的财神爷:"霜宝,我就知道,打小我就看出来了,你这个人绝对前途不可限量。我的霜,以后姐就跟着你混了!"

池霜听了这话,紧皱眉头:"姐,我刚才没有开玩笑,那真是我的仇人。"

表姐依然雀跃不已,握着她的手:"什么仇人?霜霜,话不能这样说,我看人家蛮诚恳的,而且还是梁潜的朋友,他肯定比你更痛苦。"

痛苦好啊!越痛越好,最好这些二代心还没有黑得彻底。现代社会人情比钱还值钱,那比人情更值钱的是什么?

是愧疚。

池霜面无表情道:"他很痛苦的话,可以去死,死了就不会痛苦了。"

表姐的嘴角抽了抽,努力劝解:"关键是现在说这个也没用,那现在社会新闻上那么多见义勇为把自己的命给搭上的英雄,难道大家都要去骂被救的那个人吗?"

"也不是没有,"池霜平静地说,"网上就有好多人骂。不好意思,我恰好就是这类没什么素质的人。"

"而且,"她又看向表姐,双眼清凌凌的,"我不是跟这件事无关的群众,我是梁潜的女朋友,本来我们都在筹备订婚,打算明年情人节就去领证的,现在他因为救朋友丧命了。是,我知道没人能控制他的腿,这一切都是他自愿的,但我能不能迁怒?我能不能骂?我能不能恨?"

表姐的脑子卡壳了,突然觉得很难受。

听到梁潜出事的消息时,全家人都伤心了好几天后就恢复了,哪怕是至亲,伤心的情绪又能维持多久呢?最后还不是得该怎么过就怎么过。

可现在看着霜霜这模样,她才意识到,霜霜失去的并不只是一个男友,

而是准备结婚的准未婚夫。

"姐,你别说了。你放心,我现在也就指着这餐厅盈利呢,有些事情咱们一起想办法。"池霜顿了顿,"至于别的,还是不要想了。"

表姐叹了一口气:"行吧。"

姐妹俩相对无言。

池霜也想给自己找点事做,她是真把这餐厅放在心上,不然也不可能一出门就直奔这边来。

孟怀谦过来时,只见充斥着气味的餐厅大堂里,池霜正在费力地搬着一盆发财树。她将一头长发随手用发圈绑住,几缕发丝贴着白净的面庞。她看着纤弱,力气却不小。

身体比意识更快,孟怀谦已经快步走过去,无视了一路走过去皮鞋上沾到的灰尘。

他将衬衫袖子卷到手肘处,低沉地说道:"我来。"

池霜回头,跟他对视,也没犹豫,痛快地松了手,挪到一边去,冷眼瞧他搬着绿植。

接下来,都不用池霜开口吩咐,孟怀谦就很自觉地将店里能做的事都做了。

搬绿植,挪餐椅,挂壁画。

看得出来,他没做过这些事,动作并不娴熟。

表姐则目瞪口呆。

孟怀谦的高定西装已经蹭上了不少白灰,几次她瞧见他那腕表不小心磕碰到桌子边角,她的心都在滴血——如果她没认错,假如这位身家背景令人咋舌的孟总戴的不是高仿,那这块手表可是价值八位数⋯⋯

霜霜可以对着这尊大佛横眉冷对,她不行。她去楼上拆了梁潜之前送来的一套高价定制的茶具,拿出杯子洗了又洗,泡了杯茶,送到楼下孟怀谦的手边,客气地说:"孟总,环境简陋,也没来得及买好的茶叶,您将就将就,怠慢了。"

孟怀谦却没直接接过,而是看向不远处坐在高脚凳上玩手机的池霜,俨然一副要池霜点头,他才会接过的模样。

"他不一定喝得惯。"池霜没看孟怀谦,"姐,他们不喝这种茶的。"

表姐一愣。

孟怀谦却接过了杯子,垂眸,只见白瓷杯上竟然有一朵霜花,颜色很浅,做工却无比精细。

"多谢。"他喝了口茶,眉头都没皱一下,礼貌客气地道谢。

表姐看了看孟怀谦,又看了看池霜,得,这两个人她都惹不起。

"你们聊。"她对着孟怀谦微笑,话却是对池霜说的,"霜霜,我先上去整理材料了。等下孟总如果不忙的话,记得留人家吃饭。"

话至此处,她又说:"孟总,霜霜心直口快,性子是再善良不过,她还小,您多包容。"

表姐有心想给池霜使眼色,人家好歹是奥朗的孟怀谦,起码也得给

三分薄面。

但想到自家表妹的犟脾气，话在嘴里滚了几圈，还是咽了回去。

孟怀谦颔首，轻声道："您客气了。"

表姐上楼后，孟怀谦将杯子放在一边，迟疑了几秒，他步伐沉稳地来到了池霜身旁。为了不刺激她的情绪，他特意跟她隔了些距离："这边需要人手的话，我派几个人过来帮忙，好不好？"

"不用。"

池霜盯着手机屏幕上的青蛙、狐狸、猫头鹰，都没看他一眼。

孟怀谦"嗯"了声，陷入沉默中。

他并不会在生意场以外的地方跟异性打交道，更别说现在他面对的还是池霜。

好像在她面前，他说什么都是错。

池霜这一关游戏没打过，瞥了他一眼，没好气地问："你不是说找我有重要的事商量吗？"

这人明明不会关心人，也不会说好听的话，却非要自讨没趣，一而再，再而三地出现在她面前。

等她答应见面了，他来了又闷不吭声，谁见了他不来气？

"我听说你跟星启的合约四个月前就到期了。"孟怀谦斟酌着开口，"不过你没续约，也没签约别的公司，是有什么顾虑吗？或者说，你有没有想去的公司？"

池霜没想到他找过来是说这事，微微诧异："你问这个做什么？"

这跟他有什么关系吗？

孟怀谦平静地看向她："如果你有任何顾虑都可以跟我说，是对合同或者别的不满意吗？你放心，我会找人去谈，你可以跟我说你的诉求，想签什么公司，想得到什么待遇，都可以的。"

……哪里来的神经病啊？

简直令人啼笑皆非。

池霜皱眉，上下扫视他："所以你要帮我去谈？我要签兆宇，我要一姐的待遇也行？"

说完，她都觉得好笑。这个人莫名其妙，说有很重要的事情跟她商量，结果跑来跟她这个已经退圈的人说起合同的事，还夸下海口她要什么待遇都行。

孟怀谦跟池霜确实不熟，也没听出她话里的意思来，竟然顺着她的话认真且严肃地思考起了这个问题。

就在池霜都要开口说"别整那些有的没的，富婆我已经退休了"的时候，他沉思着开了口，语气郑重其事，仿佛这是一桩大项目："可能会有点难度，我不能轻易干涉兆宇的安排，兆宇毕竟不是我的公司，这也不是我了解的行业，兆宇内部如何抉择，我实在不方便插手。"

池霜一愣，不是，这人难道是认真的？

"不过……"他抬眼跟她对视，"我可以入股或者开一家经纪公司。兆宇是老牌娱乐公司，旗下的演员都有过硬的资历，也是你们圈内受人

尊敬的前辈，所以我比较倾向于后者。"

池霜震惊。

她太过惊讶，也就忘记回答他了。

要知道，即便是梁潜，也不曾说过要为她砸钱开一个公司，让她当那个公司里唯一的小公主。

孟怀谦见池霜瞪圆了眼睛，似乎将他的话都听了进去，松了口气，继续说道："我也有研究星启这些年对你事业的安排规划，你是不是觉得工作量太小，而且拍的也都不是你想演的？我看你这一年来，只出演了一部古装剧的女一，还有一部喜剧电影中的女二，电影票房不是很理想，应该是宣发不够到位。

"不过，那部电影我看了，不卖座也是因为它本身存在硬伤。"

这句话他说得很委婉。

那部电影逻辑混乱，无病呻吟，从男女主角到配角，仿佛都是在各演各的，不在同一频道。

当然，池霜在里面的表演还是值得肯定的，至少只有她出场时，孟怀谦才会聚精会神地观看。

"电视剧比较长，有五十多集……"他停顿数秒，"我暂时只看到第十集。"

这部电视剧成了他最近的"安眠药"，每每睡不着时，打开这部剧，睡意就会汹涌来袭。

池霜从震惊到无语。

她看着孟怀谦，如果她不打断他，他还想说些什么？还想发表什么高见？

"行了！"她有些生气，"孟怀谦，别在我面前发表你对我作品的评价，你以为自己很犀利、很幽默吗？还是你想让我报销你买会员的钱？"

孟怀谦熟练地道歉："对不起。"

"我没想再继续签约公司。"池霜从高脚凳上下来，瞪了他一眼，"当时也有两三家公司要签我……"

等等，她为什么要跟他强调这个？

"我不想干了，你懂吗？我辞职，我改行，我退休，说得够清楚了吧？你能听懂吗？"

孟怀谦惊愕几秒，神情又很快恢复正常。

他确实没想到池霜居然是想改行。

她今年还没满二十六岁，对演员这个职业来说，这个年龄的她就如初升的朝阳。他以为她是郁郁不得志，他以为她是没有遇到好的公司，甚至……他都提前做好准备打了招呼，为她聘请了非常专业的老师。

即便在梁潜介绍他们认识的时候，他从未听说过"池霜"这个名字，但经过这段时间的了解，他也知道她绝对有当演员的潜质。

演艺圈内部有多艰辛，外人肯定是很少知道的，但对外至少是光鲜的，处处受人追捧。

她处于这个年龄却能果断舍去那些光环选择退圈……他想,他不应该再追问了。

"我听懂了,抱歉。"

然后又是一阵沉默。

池霜的心情很复杂,一方面,她能感觉到孟怀谦很想弥补她、照顾她;另一方面,她确实非常讨厌他。与其相看两生厌,还不如以后不要来往。只要他不主动凑到她面前来,她也不会整天对他又凶又骂。

罢了,说到底,那是梁潜自己的选择,她除了无能狂怒,又能怎么样呢?

"孟怀谦,你走吧,"池霜卸去了满腔怒气,事发后头一次面对孟怀谦时如此平静,"你不用为我做什么。你看,我跟梁潜连订婚宴都没来得及办,我和他还不是夫妻,就只是男女朋友,真的没必要。你也不是天生就喜欢被我骂吧?"

孟怀谦心中一阵刺痛。

订婚宴……

他还能记起那天晚上所有的细节,记起梁潜意气风发,幸福地感叹"跟自己爱的人结婚这种滋味,你们都要尝尝,真的"时,另外几个好友被恶心到,拿手边的东西砸梁潜。

如果没有出事,梁潜现在的身份又多了一个——池霜的未婚夫。

他可以想象到梁潜会有多高兴。

可现在这一切都没了,梁潜不知身在何处。所有人都说凶多吉少,但他还是抱有微弱的希望,万一呢?

"阿潜真的想跟你结婚。"孟怀谦低声说,"他认定你是他的妻子,那我也认定你们是夫妻。"

池霜猛地看向他。

担心她会误解自己的意思,孟怀谦又轻声补充:"不过,你放心,如果,我是说如果,以后你碰到了别的人,我们都会真心祝福你,只要你开心就行。只是在此之前,让我照顾你,你有任何需要都可以跟我说,这也是我应该做的。"

直到梁潜回来为止。

如果梁潜回不来,他愿意代替梁潜一辈子为她保驾护航。

这番话说得很真诚,即便开口的人是孟怀谦,池霜也听进了心里,眼眶微微泛红。她撇过头,不想在他面前掉泪,死死地攥住自己的手机,就怕力度轻了情绪会再次崩溃。

"……那天晚上究竟是怎么回事?"

她只是简单了解过情况,但具体的细节还不清楚,此时问这个,也不过是为了转移自己的注意力。

孟怀谦的喉结滚动,低头掩饰情绪:"当时有个人不小心将酒洒在了我的衣服上,我喝了点酒,态度应该不是很和善。后来在甲板上透气的时候,那个人跟我发生了冲突,是阿潜帮我拦住,他没注意脚下……"

对外,他都是这个说辞。

他们几个从小一起长大,情谊再深厚不过,彼此都了解。对梁潜来说,公司的声誉比性命还要重要。

如果将真实情况对外宣布,必定会引起轩然大波,到时候梁氏会遇到怎样的危机?

如果阿潜还活着,绝对不愿意看到这样的情况发生。

池霜听后,眼角有泪滑落到腮边,如白牡丹上剔透的露珠,莫名哀伤。

瞧,竟然只是因为这么一点点小事,梁潜就丢了命,多可笑、多可悲。

孟怀谦盯着她看了几秒,艰难地挪开视线:"对不起。"

"你走吧。"池霜平复好心情后,语气冷漠,"我有手有脚,有父母有朋友,不需要别人的照顾也能活得很好。孟怀谦,我们能认识都是因为梁潜,现在他不在了,我们也不熟,能不见面就不要见面了。这样对大家都好。"

孟怀谦凝视着她,终究还是没说什么。

孟怀谦走了以后,池霜一个人静坐了很久。表姐从楼上下来,见大堂里只有她,心下诧异之后又了然:"咱们在这里吸了多久的甲醛了?正好快到饭点了,走,今儿姐请客,请你吃大餐!"

池霜没胃口,可她也担心自己的身体。

梁潜无父无母,可能只有她跟他那几个朋友在伤心,她不一样,她有父母家人,有至交好友,又怎么能轻易倒下?她已经颓废半个月了,再继续下去的话,她爸妈又得大老远过来日夜守着她。

"好!我要吃好吃的!"

姐妹俩去了常去的火锅店。这火锅店是星启的一个前辈开的,安全隐私都做得很到位,池霜习惯了来这里。因为经常会在店里碰到同事,圈内人都调侃这店是星启的内部食堂。

表姐见她喝过酒后,双眼迷离、脸颊绯红,止不住地感慨:"霜霜,你说我怎么没投胎到舅妈的肚子里给你当亲姐呢?"

说着说着,表姐离开座位,坐到了她身边,一点没客气地伸手去揉她的脸:"你看你这脸,鬼斧神工你知道吗?这皮肤嫩得能掐出水来。小时候我印象最深的广告就是那个剥鸡蛋壳的,你这个就差不离了!"

"鬼斧神工……"池霜"扑哧"笑了起来,"姐,这词你要是用在我的评论区里,我的粉丝能冲了你。"

表姐捧着池霜的脸,突然认真地说道:"霜霜,你相信吗,我总觉得我如果哪天不在了,你姐夫不出两年就会另娶,两年都算对我情深意重了,哈哈……我跟你说这个是想告诉你,这人少了谁,日子都照样过得下去。你现在伤心,我们都能理解,可你别困着自己,你还这么年轻,又这么漂亮,还有钱……"

"你肯定会越过越好的,姐希望你天天开心。你这样的大美女,如果天天以泪洗面,对得起你这张脸吗?当心女娲看了生气,下辈子不专门捏你了啊!"

池霜将脸枕在表姐的手上,轻轻"嗯"了一声。

微醺后心情好转,她慢悠悠地从包厢出来,去洗手间补妆,竟然就听到了别人在议论她。

"可怜之人必有可恨之处,那个谁,以为公司是自家开的,办庆功会的时候还不来,就这肚量,难怪糊到现在呢!活该!"

"别提了,每次见她一副晴晴之前给她做配角,就是她师妹的表情,我都犯恶心。不过,她现在走了,我们再也不用看她那副嘴脸了。"

"你没听说啊?她走的时候,大家都以为她嫁到豪门了,趾高气扬的,结果是她那男友出了事,差点给我笑死。"

"所以说长得好看有什么用呢?也没多红……你说她以后会不会又舰着脸回来啊?"

池霜在听到还算耳熟的声音时,已经下意识地从包里拿出了手机,并且按下了拍摄键。

她面无表情地倚靠着墙,耐心等待着这场谈话结束后回到包厢,直接将视频发到她前两天就准备退出的群里。

人走茶凉的道理她懂,可她现在就想将这桌茶全给掀翻。

茶凉了就都别喝了呗。

群里有她的经纪人,还有之前负责她相关工作的上层领导。

池霜:十分钟,温晴如果没亲自过来我的包厢赔罪,这视频我就发到网上去。

池霜:哦,我也在常哥开的火锅店,让她挨个找吧,我看她上综艺跑得还蛮快的哦。

池霜将消息发送出去的那一刻,感觉灵魂都得到了升华。

辞职退休的快乐谁能懂?

以前看不顺眼但碍于工作只能微笑忍受的极品同事,可算是落在她手里了。光脚的不怕穿鞋的,她现在退圈了,算素人,温晴可是处于上升期的公众人物。

以前她就很不喜欢这样的劝慰,什么"伤敌一千自损八百""不值得呀不值得",她偏不这样想,她损八百是她的事,只要伤了对方一千,她就觉得值!

一分钟不到,她的手机就响了起来。

她直接挂断电话。

不好意思,谁的面子都不好使。

表姐小心翼翼地问道:"你这出去一趟……怎么感觉你跟人约架了一样?"

池霜微笑着点点头:"姐,你知道我这辈子做的最正确的决定是什么吗?"

"……嗯?"

"姐,现在帮我计时,十分钟。"

说着，池霜将自己的手串取了下来。

珠子碧绿，衬得她肤色极白，这是她之前跟梁潜出去旅游时随手买的，贵倒是不贵，但她很喜欢。

这会儿闲得无聊，她干脆将它当盘串。

表姐好奇地询问："你在念阿弥陀佛吗？"

"我在念……"池霜面无表情地说，"都给我死。"

表姐心里一惊，打扰了。

霜霜本就是任性骄纵的性子，从小到大家里人都宠着惯着，美貌又是稀缺资源，上哪儿都有男生、女生喜欢跟她玩，这脾气还是进了圈后才收敛许多。现在好了，这暂时能压制住她的紧箍咒直接被她甩了。

刚知道霜霜要退圈时，表姐百思不得其解。

干吗呢？别的行业即便再暴利，没坐到大佬的位置，会有演艺圈赚的钱多？

她现在倒是有些懂了。

霜霜就是不想忍了，不想干了。一个人如果连钱都不想赚，自然无所畏惧。

这十分钟里，池霜异常淡定。

但对某些人而言，则是一场兵荒马乱。

温晴的两个助理都快哭瞎了，谁知道来火锅店姐妹俩去洗手间唠嗑都能被正主逮着啊？而且这正主还格外蛮横！

"她什么意思啊？"温晴气得七窍生烟，"凭什么要我亲自过去赔罪？话是我说的吗？凭什么找我？"

温晴的经纪人也着急上火，在电话那头劝了又劝："你别跟她一般见识，她现在就是心情不好，正好碰上了。晴晴，你比她大度，你比她识大体，就过去跟她道个歉，行不行？"

"她心情不好？"温晴尖厉地喊，"我心情更不好！我招谁惹谁了？怎么，我比她大度、比她识大体，我就活该受气吗？孙姐，她在星启的时候，你们就叫我让着她，现在她走了，我还得让。得，您现在就直接告诉我，咱们刘总是她亲爹，不，她是刘总的亲爹！"

经纪人忍无可忍，还要继续忍："说闲话的人是你的助理，那两个助理还都是你家亲戚，她们口无遮拦，你说这事该不该由你负责？"

温晴气到发抖。

经纪人缓了缓语气，压低声音说："你那两个助理直接开除了吧，她们说别的也还行，偏偏提到池霜的男友……这视频一旦放出去，你惹到的就不只是池霜了，懂？我只问你一句，你是不是也想跟池霜一样不干了，直接退休养老？你要也这么想，我不劝你，你俩随便在网上撕吧。"

在离十分钟时限还有三十秒时，有人敲了包厢的门。

表姐白了池霜一眼，走过去，开了门。

见门口的人居然是最近有点小红的温晴，表姐愣了愣。

温晴没带两个助理，一进来便客气热情地朝池霜走去："霜姐，好

巧哦！早知道你也在这里，咱们就拼个包厢，那该多热闹。霜姐最近还好吗？"

"有什么事吗？"池霜故作不解地问她。

温晴咬咬牙，挤出了一抹笑容："霜姐，我心里一直都是特别特别尊敬你的，也许我们之间是有一点误会，但我觉得那都不是什么大事。你放心，我已经把那两个人开了。"

池霜若有所思地看着她，按了视频的播放键，将音量调到最大，反复播放那几句如魔音穿耳的话。

温晴听得脸都绿了。

"你是说这两个人？"池霜问。

温晴脸色难看地点头："她们是临时工，我都没怎么跟她们接触。"

池霜反问："临时工？怎么，我才离开四个月，星启就给人派发编制呢？"

表姐在一旁努力憋住笑。

池霜跟温晴的那点矛盾，她也有所耳闻。

只能说温晴运气不好，撞到了池霜心情最差的时候。如果今天梁潜还好好的，池霜只会轻蔑地给一个白眼扭腰走人。

温晴无话可说。

池霜摆了摆手："行了，我虽然退圈了，毕竟也是前辈，这点小事不会放在心上，你犯不着特意来跟我解释。"

温晴恨得牙痒痒，腹诽：那你倒是把视频删掉啊！

"霜姐……"温晴只能提醒她，"这个视频要是传出去了，对星启也不好……钟姐现在也很头疼。以前你在的时候，我看她每天都高高兴兴的，上次多嘴问了一句，她也说手底下的几个艺人都没你贴心呢。"

池霜不耐烦地打断了温晴："放心，我不会传出去的，我的手又没残，没有那些手滑的臭毛病。"

温晴已经听懂了池霜的意思——

去年，她"手滑"点赞了池霜的"黑料"。

几次她都想直接掀翻桌子跟池霜干一架。

她早就忍不了了！

她也很想辞职不干了！

目送温晴宛如灌了铅般沉重的背影离开，池霜偷着乐了好一会儿，可随之而来的是，似海水般汹涌的孤寂和落寞。

池霜一个人回了家，看着墙壁上挂着的合照，桌上花瓶里的花早已枯萎，她没让阿姨扔掉，这是梁潜出事前送她的。

她想，她应该把它们做成干花。

可现在已经来不及了。

池霜跟梁潜的"爱巢"是独栋别墅，一辆黑色的轿车已经在门前停了半个多月，三个司机八小时轮班制。

正在打盹的司机猛地听到声响，赶忙敲了敲车窗，另外两个司机如

惊弓之鸟般下车。

三个壮汉鬼鬼祟祟地竖起耳朵听了好一会儿，确定是池霜在哭，于是熟练地拨通了某个号码。

"孟总，池小姐情绪好像又崩溃了。"

这一个星期，池霜本来已经不怎么痛哭了，就算哭也只是掉几滴泪。今天之所以绷不住，也是因为听外人提及梁潜的事。她为什么非要出一口气，并不是那两个助理如何评价她，她作为演员的这些年里，早已经看淡了各种褒贬，比这更难听的话她都听过，如果每一句她都放在心上，那她还要不要活了？

她只是非常介意她们用那样的口吻提起梁潜。

回家前，她还像打赢了一场仗一样雄赳赳气昂昂，当她换了鞋习惯性喊一声"梁潜接驾"却无人回应时，愣了许久，眼泪夺眶而出。

每个人都跟她说，时间是最好的良药，很快她就会好起来，可她不知道很快是多久，不知道这一天什么时候能到来。

她只知道，她好想他。

哭得筋疲力尽时，她干脆躺在地板上，目光呆滞地看着天花板。

别墅门外，孟怀谦倚着墙，听到池霜的哭声越来越轻，直至安静。他抬头看了一眼今晚清冷的月亮，过了一会儿，按了门铃。

今晚发生了什么事，他暂时还不知道，司机只提起一件事，池霜回来时脚步虚浮，身上带着酒气。

她喝了酒。

他有些放心不下。

门铃响了很久，池霜才起身，慢慢挪到门口。看着显示屏里的人，她声音沙哑地问："姓孟的，你又来？"

孟怀谦看不到她，听到她的嗓音仿佛受过伤一般，蹙了蹙眉头："你还好吗？"

很好，池霜突然庆幸还有个人上赶着要当受气包。

你还好吗？

孟怀谦是不是只会说这句话？

请问，她现在全身上下有哪里看起来"好"？

她当然不好！

她气冲冲地大力拉开了门，脱了一只拖鞋狠狠地朝孟怀谦砸去："白天我不是都跟你说过，不要再来找我？你是不是听不懂人话？是不是听不懂？孟怀谦，你现在还能活得好好的，全靠我这人遵纪守法！"

孟怀谦没有准备，下意识地接过她那只鞋子，紧接着迎来她一顿劈头盖脸的痛骂。

别墅外的三个司机纷纷低头做鹌鹑状，只恨自己不是瞎子、聋子。

给孟家当司机也有几年了，哥仨何曾见过孟总这般被人对待过？

而且……孟总还低声下气。

孟怀谦弯腰半蹲，将那只拖鞋放在池霜脚边："对不起。"

冤冤相报何时了。

池霜脑子里突然冒出了这句话。今天温晴被她气到想原地去世，现在她又被孟怀谦气到灵魂升天，可谓完美的闭环。

"你是不是哪里不舒服？"孟怀谦刻意忽略了她红肿的眼睛，"我让阿姨给你煮点醒酒汤，好不好？"

池霜本来想恶声恶气地说"你去喝孟婆汤比较好"时，胃里涌起一股恶心，她脸色一变，连鞋都顾不上穿，转身往洗手间奔去。她今天喝了不少酒，情绪大起大落，肠胃第一个开始反抗，她蹲在马桶前干呕了好久。

孟怀谦迟疑了数秒，还是进了门。怕她会生气，即便焦急，他也没忘记脱鞋。

洗手间的门也没关上。

池霜眼睛含泪，余光扫见穿着黑色棉袜的一双脚，视线慢慢上挪，是裤线笔直的西裤……最后是那张欠揍的脸。

她艰难地起身。

孟怀谦想上前来扶她，被她呵斥："别碰我，滚！"

他只好顿住，目光专注地看着她，看她步履虚浮地去到洗手台前。

她打开水龙头，粗暴地捧起一捧水洗脸，头发也被打湿了些许，接着又往牙刷上挤了牙膏。没一会儿，安静的屋子里响起了轻微声响。

池霜冷冷地看向镜子里的孟怀谦。

如果眼神可以杀人，孟怀谦此刻已经跟梁潜在地府相聚了！

明明她背对着他，两人却能在镜子里对视。

她才难受过，眼尾泛红，一动不动地盯着他——这个耳聋、眼瞎、听不懂人话的臭狗屎怎么这么讨厌？

孟怀谦有几秒的愣怔，接着注意到了池霜的裙子前襟被水打湿，半透明地贴着锁骨，还有水珠顺着她的面颊滑落。

他败下阵来，暂时离开了。

但他并不是真的离开，而是来到厨房，找到食材，先给她冲了一杯温热的蜂蜜水，接着打开燃气灶烧水煮鸡蛋。

他对这些并不熟练，即便在国外留学的那些年里，他的衣食住行都有人妥帖地安排好，这是他第一次为别人做这些事。

这样照顾池霜，他其实也有私心。他内里已经千疮百孔，可他哭不出来，从小到大，父母也好，老师也罢，几乎所有人都告诉他，他应该成为泰山崩于前而色不变的人，应当临危不乱、处变不惊，他也真的逐渐变成了这样的人——所有的情绪都被隔绝，哭不出，笑不出，仿佛已然麻木不仁。

如果是真的麻木，倒也好了。

他看池霜，就像在看自己，他想，或许池霜好起来了，那他也该好了。

池霜又冲了个澡，洗去了一身酒气。当她素面朝天、脸色惨白地出来时，早应该滚蛋的人居然还在屋子里。他手里端着盘子，见她过来，还低声说："如果胃里有点空，先吃点鸡蛋吧？"

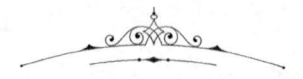

"你怎么还没走?"她没好气地问。

孟怀谦盯着她还没吹干的头发,顿了两秒:"我这就走。"

走出几步后,他停下来,声线在这深夜里有几分沙哑:"如果你有哪里不舒服,可以给司机打电话,我已经让他们去买解酒药,现在就在车上。"

冲澡不仅冲走了酒气,还冲走了怒火。

夜已经深了,池霜没力气跟他吵、跟他折腾了。

孟怀谦走到玄关处时,看见了被他摆在一边的那只拖鞋,粉色拖鞋毛茸茸的。

一旁的鞋架上有一双鞋跟如尖刀的高跟鞋。

翌日。

孟怀谦跟好友程越、容坤在办公室商议着如何将梁氏的影响降到最低。他们四个人从小一起长大,即便是在不同的国家留学,也经常相约组局。现在梁潜不在了,他们三个人也应该帮他解决所有的问题。

"阿潜没有……遗嘱,"程越艰难地说,"他名下的那些财产最后可能还是按法律来。"

这一点,即便是他们也无能为力。

想到梁潜的那些股份及不动产都会落到那些眼里只有利益的梁家人手上,几个发小都无可奈何。

"不着急。"容坤说,"还没到时间,让他们等两年,兴许他们也没命等到。"

"唉。"程越长叹一口气,"要我说,阿潜肯定想给池霜一部分,可惜这件事咱们也没办法。"

"没事。"容坤双手合握,"实在不行,之后咱们几个给她凑一笔钱,就当是阿潜留给她的东西了。"

作为梁潜的发小,他们几个极有分寸,谁也不会对发小的女朋友有什么评价或看法,更轮不到他们认同或者不认同。

他们彼此了解,知道如果梁潜本人预料到了这起事故,立遗嘱的话,池霜必定会被放在首位。没有人不想给爱人更好的生活,也没有人不想将自己最好的跟爱人分享。

只是世事难料。

程越思忖片刻,点了点头:"这倒是行,等之后大家心情都平复下来,再找她聊聊。"

一直没吭声的孟怀谦开了口,沉声道:"不用。"

见两位朋友齐齐看向他,他才又解释:"她的事就不用你们操心了。我想,以她的性子,她也不会接受,她的事还是我来负责,你们也不用去找她,她会有压力。"

孟怀谦想,池霜应该也不愿意看到他们。

他一个人照顾她就好,人多了只会令她烦躁。

容坤琢磨了一会儿:"这样也行,我们之前跟她也不是很熟,现在

又发生了这事,我还真不知道该怎么面对她。"

他还记得池霜那天匆忙赶来时濒临崩溃的模样。

印象中,她一直都是挺美很爱跟梁潜撒娇的、说话都甜丝丝的姑娘,谁能想到她会痛哭到都站不起来。

那情那景,谁看了能不动容?

可池霜是梁潜的女朋友,他跟她也不太熟,能怎样安慰她呢?

只怕连同她寒暄都会让她有压力。

程越心情有些消沉,提及池霜,他又看向孟怀谦,神色复杂地问:"这段时间都是你在处理她那边的事,她还好吗?情绪还稳定吗?有没有对你……"

说到这里,程越也词穷了。

他们都是至交,梁潜这事事出有因,他们知道内情,退一万步说,即便不知道,也都还是一样的情谊,自然不会迁怒孟怀谦。失去梁潜,或者失去孟怀谦,对他们来说都是同样的悲恸。

可池霜不一样,她跟他们交情浅薄,梁潜是她差点就订婚的未婚夫,她能心平气和地面对孟怀谦吗?

容坤也看了过来。

孟怀谦神情无波无澜,平静地说:"她现在的情绪在慢慢变好,只是有时候也会难受。她对我……情绪也很稳定。"

这时,他的手机响了起来,是池霜打来的电话。

他脸色微变:"我出去接个电话。"

接着,他起身快步离开办公室。

容坤和程越看到了他手里拿着的仿佛不是手机,而是定时炸弹般的神情,对视一眼。

程越:"估计又是伯父打来的。"

容坤疑虑:"不应该吧……我听说现在是他爸怵他。而且,你什么时候见他接他爸的电话是这样的?"

孟怀谦走出了办公室,脑子转得飞快,去了暂时空着的会客室,一边接通,一边不忘反手将门关上:"喂。"

"你什么意思?"电话接通的那一刻,池霜就没打算忍耐,扬声道,"孟怀谦你什么意思?赶紧把那些东西给我拿回去!"

她在餐厅忙活了快一个上午,正准备驱车前往别处时,一辆加长的轿车停在了餐厅门口。

司机从车上下来,恭敬地跟她打招呼,接着,车上又下来两个穿正装的年轻人,居然给她们运送来了价值不菲的茶具,以及品种不一的茶叶。

表姐从来没见过这阵仗,目瞪口呆。

池霜连忙拦住那两个年轻人。

那两人跟司机都面露难色,委婉地告诉她,他们也是被人指派,有些茶叶京市也没多少,这还是连夜从某个茶园空运而来的。

一看便知出自谁的手笔。

孟怀谦缓声道:"你昨天说餐厅没有什么茶叶,我送去的茶叶你可以试试味道,如果有喜欢的,以后可以大批量采购……当然,我的意思是你喜欢并且愿意的话。"

仿佛预料到了池霜会说什么,他又马上补充道:"池霜,我知道你不想见到我,我承认,一开始我也认为代替阿潜照顾你这件事会很容易,你需要帮助,我就提供,可现在我发现这件事很难。的确,我应该尊重你所有的选择,可阿潜是我多年的好友,我相信如果那天晚上出事的人是我,阿潜一定也会帮我照顾我的父母。你也知道,阿潜的父母在他很小的时候就不在了,他真正放在心里的人只有你。"

这还是池霜第一次听孟怀谦说这么多话。

她耐心地听着,也没打断。

"我相信,他最放心不下的人也只有你。我欠他的,我还不了,但我能为他做的,我一定尽全力做到。"

池霜沉默了。

她突然意识到了一件事,孟怀谦这个人看似翩翩君子,实际上非常固执且傲慢。

他是在用他的方式赎罪。

她怎么想的,她愿意或者不愿意,对他而言并不重要,或许她的怒骂还会令他更好受。归根到底,他是想在她身上索取情绪价值。

与其说他在照顾她,不如说他需要她。

多好笑。

孟怀谦现在非常、非常需要她。

她其实也没想过要报复谁,因为她知道,那是梁潜心甘情愿的,她作为他的女朋友,凭什么因为他做出了这样的决定而报复孟怀谦?可孟怀谦这样一而再,再而三地仿佛救世主一样在她面前寻求心理上的安心和安慰,那就惹到她了。瞧,他对她是如此的赔着小心,就连表姐都悄悄提醒她,让她不要对他太不客气,毕竟他是奥朗的孟怀谦。

她本应该对这份照顾感恩戴德吗?

本来人家也可以对她不闻不问,乐意跟她说一声"对不起"都算他脾气温良了是吗?

可是,她有没有再三地驱逐过他,有没有或平静或愤怒地告诉他不要再出现在她面前?

他听了吗?

没有。

他仍然自顾自地想要完成对这份兄弟情义的伟大承诺。

行!

池霜甚至还笑了起来。

照顾她是吧?她要折磨得这位孟总叫天天不应、叫地地不灵,对她敢怒不敢言,直到他灰头土脸、饱受折磨、自打嘴脸地离开。

孟怀谦听着电话那头漫长的寂静,还以为池霜已经挂了电话,或者不耐烦听他讲这些事,直接将手机扔到一边。

"行啊。"突然,她语气轻快地说,"孟怀谦,你很想照顾我?"

她变化得太快太突然,孟怀谦愣了好几秒,还以为自己幻听了。

"……嗯。"

"真照顾,还是假照顾?"

"什么?"

"真照顾的话,是要随叫随到,二十四小时听我的电话。"

孟怀谦微愣:"好。"

"行,这是你说的,孟总。梁潜曾经有没有跟你抱怨过,我这个人特别特别难伺候、难照顾?"

孟怀谦刚才条理清晰的思维完全被打乱,实在措手不及。

"无所谓了,你会体会到的。"池霜冷笑一声,"你现在后悔也来不及了。"

孟怀谦再回到办公室时,容坤跟程越已经讨论过几轮电话那头是哪路神仙了。

见他进来,容坤连忙打探:"伯父打来的电话?是不是咱们最近的动作让孟老担心了?"

"不是。"孟怀谦摇头,神色严肃。

容坤瞥向程越,仿佛在说:看,我说了吧,就不可能是孟老。

孟怀谦是他们四个人中的特例。在他们都还在向父母伸手拿钱而不得不伏低做小时,孟怀谦早早地就自己创业做了项目。他在国外留学时在当地混得风生水起,那时就有人断定,即便他不接手奥朗,再创造另一个奥朗也没问题。他们三个谁没跟孟怀谦打过欠条?很早就有了经济实力的孟怀谦压根不需要看任何人的脸色,包括他的父母。

"那是谁?"程越难得开了玩笑,"不是孟老,难道是未来的孟太太吗?"

孟怀谦皱着眉头:"胡说什么。"

"我们刚才还猜你是不是有了女朋友。"容坤笑道,"看来还没有。"

孟怀谦不打算参与这个无聊透顶的话题,现在满脑子都是池霜刚刚说的话。

她怎么这么快就改变了态度呢?

是不是他今天送茶叶的行为不太合适?他是不是应该当面跟她道个歉?

"没有才是正常的,说起来,怀谦你是不是没谈过恋爱?"程越问。

容坤接过话茬:"你看他有时间?读书的时候,孟老管他管得严,这好不容易毕业回国了吧,又直接接手了奥朗,每天连轴转,哪还有时间谈恋爱?"

孟家对孟怀谦管得极严,他的婚姻都在父母的计算中,必然要给孟家及奥朗带来最大的利益才行。他能接触到的异性,基本上都是这个圈子里的。那这恋爱能随便谈吗?压根谈不了。

况且,孟怀谦本人也没将心思放在这些事上。

学生时代,他成绩最为优异,满满当当的知识点其他人学起来叫苦不迭,他却游刃有余。

上了班,他手上的工作太多太多,闲暇时间要么独处,要么跟朋友吃饭聊天。

孟怀谦握着手机,神色凝重,回想着自己说的那些话是不是有哪句话没说对?

或许他今天让人送茶叶前应该提前跟池霜说一声……不,不对,他应该先征得她的同意后再做这些事。

"怀谦?"

容坤跟程越讨论得热火朝天,结果见正主一声不吭,完全不给任何反应,不由得推了推他。

孟怀谦回过神来,平声提醒:"别太无聊。"

容坤耸了耸肩。

程越也觉得这个话题的确太无趣,看了眼腕表,干脆提议道:"到饭点了,一起?"

三人心里同时掠过一抹阴影。

以前他们都是四个人一起吃饭,以后就少了一个人。

容坤扯了扯嘴角,努力让气氛不那么悲凉:"行啊,走,咱们再喝点酒放松放松。这段时间一直绷着,我这颈椎病都发作了。"

孟怀谦也点了下头。

三人起身,往门口走去,才到电梯口,孟怀谦的手机振动了几下,是池霜发来的短信。

池霜:我想吃老城区的那家刘哥锅贴,还有民吴路的牛腩面。对了,最近很火的手作奶茶我也想喝。

池霜:你,亲自,给我送来。

孟怀谦低头看着这些内容,捏了捏鼻梁,后退一步,对两位好友道歉:"我有事,你们去吧,改天咱们再约。"

"什么事啊?"容坤皱眉问,"大事?"

孟怀谦抬起腕表,看了眼时间,语气沉静地回道:"嗯,是大事。"

事发至今,池霜的胃口都不太好,吃得很少,无论她是否在捉弄他,他都没有拒绝的理由。

鉴于孟怀谦几乎没有突然放鸽子的先例,容坤跟程越尽管好奇是什么大事,也没追问。

孟怀谦来到停车场,司机已经在等候了。他上了车后并没有如往常一样报地址,而是打开了地图导航,搜了池霜说的这几个地名。

他能感觉到,池霜是想逼退他。

这几个地方都不在一个区,这座城市很大,临近下班高峰期,恐怕等他一一买齐这些东西送到她家去,已经接近晚上十点了。但无论池霜此刻抱着的是什么心态,他都没想过要拒绝。

即便她已经打算退圈,但他想,以她过去那些年的积累,至少在物

质上,她是不需要任何人的照顾或者帮助的。

如果连这点小事他都觉得为难,那他又凭什么说要代替梁潜照顾她呢?

孟怀谦思忖片刻,很快想到了一个比较好的解决办法。

兵分三路,他去买锅贴——池霜短信里第一个提到的就是这家,也许这就是她最想吃的,也是最不能出错的。然后牛腩面和手作奶茶交给另外两个司机去买,他们三人再在中间的地点会合,最后他提着这些东西送到她手里。

节省时间倒是其次,离饭点很近了,她难得有想吃的,自然不能让她空着肚子等太久。

孟怀谦自己开车来到了老城区,顺着导航的指引,七拐八拐,将车停在路边的停车位后,还要步行五分钟才到目的地。店面很小,里面只摆了三四张桌子,此刻都已经坐满,还有人排队。

等排到孟怀谦时,他下意识抬起头,竟然瞥见了旁边泛黄的墙上贴着几张老板跟池霜的合影。

老板顺着他的视线看过去,乐呵呵地问:"您也是池小姐的粉丝?"

孟怀谦收回视线:"不是。"

"她人挺好的。"老板一边熟练地翻弄锅贴,一边说,"有几次过来吃锅贴,还是我儿子放假来帮忙认出她来的,我儿子特别喜欢她,问能不能合影,她都答应了。她人是真不错,还给我儿子签了名,让我儿子好好学习。"

孟怀谦神色如常地听着。

只是在等待锅贴的时候,他又抬头扫了一眼。照片里,池霜看起来比现在年纪要小一些,戴着贝雷帽,对着镜头笑得很甜。

"好了,要醋和辣椒油吗?"老板问。

孟怀谦迟疑,试图从大脑里搜寻相关信息,然而一无所获。尽管这两年里池霜作为梁潜的女朋友跟他们吃饭的次数并不算少,但他还是半点印象都没有。

"可以都打包一些吗?"他问。

老板乐了:"行啊,给女朋友买的吧?"

不等孟怀谦解释,老板又摇头:"肯定还不是女朋友,哪能不知道女朋友的口味。"

孟怀谦沉默了。

想着对方只是陌生人,他实在没必要费口舌解释太多。

老板却当他默认了,见他高高大大的,态度也挺好,从锅里又夹了一个锅贴送给他。

孟怀谦接过后又道谢。

拿出手机扫码付钱,他低头瞥了一眼锅贴的数量,谨慎地又多付了这个锅贴的钱。

播报器有几秒的延迟,等孟怀谦提着打包好的锅贴走出了几步后,老板听着机械般的女声,实在纳闷:怪人,真的是怪人,明明是送他的,

非要多付一块七毛五。

池霜正靠坐在沙发上翻看餐饮市场调查报告,门铃响了。

她第一反应就认定了门口的人是孟怀谦。

看吧,她说什么来着?她就知道孟怀谦一定会直接将她的需求随便说给助理或者谁听,让别人给她买来她要吃的东西——她跟他现在仍然不能说熟,她这辈子都不会跟这个人熟起来的!但是经过这段时间并不愉快的相处,她发现这个人非常擅长自说自话,她说的,他永远都不会听进去。

她让他不要再来了,不要再出现在她面前,他却仿佛自毁双耳般无动于衷,第二天立马来她面前刷存在感,用实际行动告诉她,他把她的话当放屁。

傲慢至极!

池霜进入了战斗模式,小跑到玄关处,看了眼显示屏,顿时偃旗息鼓。

她打开门:"钟姐,你怎么来了啊?"

门口的女人烫了大波浪,穿着干练的白色套装,腋下夹着手包,手里拿着手机,正"噼里啪啦"地在屏幕上打字,都没抬头看池霜一眼,回道:"路过,给你这个无业游民送点温暖。"

钟姐的出现就像一根针,戳破了池霜这个圆鼓鼓的气球。她肉眼可见地瘪了下去,没精打采地从鞋柜里拿了双客人拖鞋递给钟姐后,便转身往里走去。

钟姐只当这里是自己家一样,轻松自在地跟在池霜身后,将手包往沙发上一甩,从果盘里拿了根香蕉:"我刚下飞机,饭都没顾上吃就来你这边了。你家阿姨呢?"

"今天我没让她来。"池霜坐在单人沙发上,抱着靠枕,百无聊赖地回道。

"我还说上你这儿来吃口热饭。"钟姐三两下解决了香蕉后,抽了张纸巾随意擦擦手,以谈论天气般的自然口吻说,"我不跟你多说废话,你把那视频删了。"

池霜连眼皮也没抬一下,漫不经心地看着自己的指甲:"怎么,你特意过来就是让我删视频的?我不删。"

"你这嘴啊。"钟姐笑了笑,语气逐渐认真,"还是删了吧。温晴跟孙晓君闹了一天,人家实在没法子了,给我打了个电话。高总也提了两句,说这个也不是大事。你说呢?"

"本来我是要删掉的,我还嫌这破视频占我手机的内存呢。"池霜抬起头,轻蔑一笑,"但我现在不打算删了,刘总来了也没用,我急死她,我气死她。"

"之前我懒得跟她一般见识,她呢?去年点赞污蔑我被包养的微博,过年那会儿地方电视台的春晚,我俩在一个化妆间,她先上了全妆再直播故意拍我素颜……"

钟姐打断她的控诉:"得了,你们幼儿园发生的这些事少跟我讲,

我又不是园长妈妈。"

"钟姐!"池霜懊恼地喊道,"我跟她有过节不是一天两天了,怎么,现在我没跟你继续签约了,你就帮着她来踩我?"

"没良心的。"钟姐骂她,"我是为了谁?温晴现在背靠高总,你把她得罪了,对你有什么好处?高总的二婚妻子是她小姨,她现在喊高总姨父。"

"哦。"池霜语气冷漠。

钟姐语重心长地说:"现在还没对外界说你要退圈,我这不是怕你以后又想继续干这行吗?"

"没可能了,我说话算话。"池霜说,"你当我做仰卧起坐呢?"

钟姐只能忍耐,没有谁比她更了解池霜的脾气了,现在她嘴皮子即使磨破,池霜也会梗着脖子说不。

算了,还是先顺顺毛吧。

她果断换了个话题唠家常:"对了,你说巧不巧,我这次去出差,在机场碰到了任景锋。果然是事业更上一个台阶,他看起来倒是比几年前更英俊了。他拐弯抹角地跟我打听你的事,看样子他心里还有你,等着你松口,他就立马来找你呢。"

池霜懒懒地往后一躺:"他有没有比之前更英俊我不知道,但他肯定更老了。今年他都三十一岁了吧?三十岁的男人太柴了,跟鸡胸肉一样,鸡胸肉怎么做都不会好吃的。"

钟姐被这话逗得不行:"得了吧,人家现在是大律师,年轻有为。"

"他是大律师,那我就是大明星。"池霜说完后面这三个字后,又"扑哧"笑了起来,"钟姐,你最好别讽刺我,我自尊心很强的,现在在我的地盘就得附和我。"

钟姐感慨不已。

或许这就是池霜谈恋爱时不管怎么作天作地,那些人还甘之如饴的原因吧?

"钟姐,你难得过来。"池霜又雀跃道,"你等我一下!我去换件衣服,有家铜锅涮肉真的绝了,我带你去尝尝。"

"行啊。"

池霜兴致勃勃地上楼了。

这就是她最近的状态,时而特别高兴,时而特别悲伤。

她上楼没多久,门铃响了。

钟姐起身来到玄关处,看到显示屏里是一个挺鼻薄唇、眉清目朗的清俊男人时,不由得愣了一下。

这堪称极品的男人的声音更是如玉石之声般悦耳:"是我,你想吃的锅贴、牛腩面,还有奶茶,都买好了。"

钟姐实在是对池霜的桃花运彻底服气了,果断开了门,想直面这人的俊脸。

六月份的京市已经进入了黑夜,斑驳的光影落在孟怀谦挺拔的身躯上,他看向钟姐的眼神顿了顿,似在疑惑开门的人怎么不是池霜。

钟姐察言观色的本领一流，忙解释道："先生，你是来找池霜的吧？她在楼上，马上就下来。"

"对了，"她脸上挂着职业笑容，"我姓钟，是池霜的经纪人。"

孟怀谦颔首："你好，我姓孟。"

两人初次见面，在池霜没有在场的情况下，都很谨慎地没有互报全名，一切点到即止。

"来来来，进来。"钟姐连忙侧过身，热情地招呼孟怀谦进屋。

他却迟疑了几秒。

这个人不是池霜，池霜也没有邀请他进来。

钟姐看出了他的犹豫，内心惊奇不已：这么守规矩？是本性如此，还是被池霜虐久了？

"没事。"钟姐干脆直接伸手拉他，"你这还提着东西呢，快进来。"

孟怀谦猝不及防地被她拽进了屋里。

钟姐的目光如扫描仪一般打量着孟怀谦，越看越羡慕。要怎样？是不是国内所有的优质男都被池霜拿下了？以她毒辣的眼光来看，眼前这位孟先生估计是跟圈子绝缘了，他身上这套西装虽然看不出是什么品牌，但是质地、剪裁，以及扣子，都足以证明肯定是私人定制。

其实，他手上的腕表才是重头戏。

她对这一块研究并不透彻，具体什么型号、价值几许，她估摸不出，却也知道这品牌的手表即便是入门级也得几十万。

一时之间，她也不知道该不该继续为任景锋说好话了。任景锋现在是法律界新贵，假以时日肯定身价不菲。霜霜要是愿意跟他复合，那他肯定是要认她的人情，以后她需要打官司或者发展人脉，任景锋肯定二话不说就帮她。

可霜霜确实不是吃回头草的性子。

思及此，钟姐又笑着打探消息："孟先生贵庚？"

"二十八岁。"

钟姐心想：第一回合，孟帅哥胜。

就在钟姐准备再接再厉，势必要将孟怀谦的年收入、有几处房产、父母是否健在、家中是否有遗传病基因通通打听到时，台阶处，一道女声传来，打断了她的发挥。

"你怎么来了？"

第二章 我要拉黑他！

钟姐跟孟怀谦齐齐看了过来。

池霜换了条珍珠白的连衣裙，她本就是圈子里公认的白瓷美人，身段玲珑，雪肤乌发，总是会令人眼前一亮。此刻她双手抱胸，眉眼冷淡地盯着孟怀谦，钟姐见怪不怪——就没见过池霜对哪个追求者客气过，甭管对方是大学教授也好，科技新贵也罢，她通通是这副"你烦不烦，怎么又来找我"的表情。

"你想吃的锅贴、牛腩面，还有奶茶，我都买来了。"孟怀谦淡声道。

池霜"嗯"了一声，款款下楼，周身萦绕着很淡的清香。

她一靠近，孟怀谦便能清晰地嗅到。

"你自己买的？"她问。

"锅贴是我买的，牛腩面和奶茶让司机买的。"孟怀谦不疾不徐地解释，"这三个店不在一个区，如果我自己去买再送过来，可能要到晚上九点……你说你饿了。"

钟姐看了看池霜，好家伙，折腾人的功力不减当年。

她又看了看孟怀谦，这小伙子还挺上道、挺体贴。

池霜一时之间也很为难。

确实是她让孟怀谦去买的锅贴。

钟姐立马懂了，忙快步过去拿起自己的手包，说道："霜霜，咱们改天再约，我不知道你还有客人，正好我今天也累了，就先回去休息了。你们慢慢聊！"

没等池霜回应,她离开时又扬声道:"孟先生,再见。"

孟怀谦侧身,微微颔首:"钟小姐,再见。"

大门刚关上,他对上了池霜那不悦的神情,不由得停顿几秒:"不是我想进来的。"

"谁跟你说这个?"池霜横他一眼,抬起手臂。

孟怀谦明白她的意思,将买来的东西递给她。

她这会儿还真有点饿了。这半个多月以来,最开始一个星期几乎没怎么吃东西,都快上营养液了,之后也是饥一顿饱一顿。饿了、想吃东西也是人在慢慢变好的信号,她来了胃口,打开装醋的分装小盒,夹起锅贴蘸了蘸。

孟怀谦注意到她的动作,顿时记在了心里——她都没打开辣椒油,原来她吃锅贴不吃辣椒油,只吃醋。

孟怀谦在她对面的椅子坐下。

一阵无言后,他主动开了口,却是道歉:"我回去以后仔细地想过了,送茶叶这件事是我考虑不周,我应该提前征得你同意后再送过去。"

池霜咬了一口锅贴,汁水鲜甜。

她想,晚了晚了!道歉也是有时效的,过时不候!

而且她强烈怀疑,如果不是她反其道而行之要折磨他,他根本就意识不到自己错在哪里。

一定要让她发脾气,他才会说对不起吗?他是想气死谁啊?

"以后不会了。"孟怀谦又说,"守在外面的三个司机我让他们走了,不过,你现在一个人住在这里,我不太放心,或许我们可以商量出一种你可以接受的方式。比如我在这附近租栋房子,司机跟阿姨住着,你有什么事,他们也可以以最快的速度赶过来。你觉得可行吗?"

池霜将嘴唇上的油擦干净后,吸了一口奶茶:"不好。"

孟怀谦早就有所准备,温和地点头:"那么,我们可以这样……"

"不用了。"她慢悠悠地说,"我马上就要搬家。"

孟怀谦错愕:"搬家?"

"对,这地方我不打算住了。"

再住下去,她精神会有问题的。这里每一处都有着太多属于她和梁潜的回忆,她会搬到没有他痕迹的屋子,会积极投入新的工作中去。或许在不那么遥远的未来,她会碰到下一个她喜欢的人,会同这个人约会、恋爱。如果对方足够合她心意,兴许也会到谈婚论嫁那一步,谁说得准呢?

现在,她要试着走出来。

孟怀谦盯着她,见她面露落寞,心头发涩:"房子找到了吗?"

他回忆着自己名下有哪些空着的房子,也不知道她会不会喜欢,或者她喜欢哪里都可以。

"你要给我找房子?"池霜反问。

孟怀谦不假思索地点头。

"好啊。"池霜无所谓地掰着手指给他罗列条件,"第一,要离我那家餐厅近一点,不要超过五千米;第二,小区的安全隐私要做得很好,物业也要足够负责；第三，我很挑邻居的，我希望房子上面十层下面五层家里都不要有小孩，以及楼上楼下尤其是隔壁都得是单身女性；第四，房子不能太大，也不能太小，一百来平方米就差不多了。"

孟怀谦一条一条都记下来："好。"

池霜今天胃口不错，孟怀谦带来的东西，她几乎都吃了一半。

她看向他，突然兴致缺缺，将打包盒往里一推，理直气壮地吩咐他："好了，我要休息了，你把这里收拾一下走吧。"

孟怀谦扫了一眼她剩下的食物，猜测她是真的吃饱了，这才放心。

连他自己都没有察觉到，他似乎很快就进入了状态。从来没有人这样差使他跑腿，更别说吩咐他收拾残局，很奇怪，他没有抗拒或者不适的情绪，仿佛有一种这是天经地义的感觉。

孟怀谦伸手，挽起袖子，动作并不麻利，却也不慌张地将她用过的一次性筷子、汤勺，以及擦过嘴的纸巾都捡起来放进袋子里，打了个结，拎在手上，又以征求她意见的口吻礼貌地询问："方便借下洗手间，我去洗个手吗？"

"去吧。"

孟怀谦在她的目光中拎着垃圾袋出了门，几分钟后，他折返回来，步履沉稳地进了洗手间，没一会儿就传来了水声。

他洗了一分钟。

两分钟。

三分钟过去了。

池霜明白过来，他有洁癖。

哈哈哈！好啊！

她一扫之前的沉闷，几乎都要叉着腰狂笑了。小子，还是被我折磨到了吧？

这人是怎么做到面不改色地替她收拾残局，忍耐着恶心扔垃圾，又淡定地折返回来，这客气又克制的面具直到进了洗手间才匆忙取下的？

也不知道他有没有在心里骂了她一万遍。

池霜笑意盈盈地坐在沙发上，时刻准备迎接从洗手间出来的孟怀谦。

孟怀谦洗净双手，抽了纸巾慢条斯理地擦干水珠，这才戴上腕表，从容地从洗手间出来，对上了池霜那盛满了笑意的明亮双眸。

她笑起来的模样实在生动，唇边还有浅浅的梨涡，他忽地一怔。

"洗完啦？"池霜起身围着他走了半圈，得意地控诉，"孟总，把这儿当自己家了吧？洗一次手要用掉我半瓶洗手液呢。"

孟怀谦见到她眼里狡黠的笑意，后知后觉反应过来，猜到了她此刻笑得开心的原因，只能无可奈何地任由她取笑。

"不止，你洗一次手用的水，搞不好都够我泡一次澡了。"池霜越说越开心，仿佛折磨到他一分，她就会开心十分。

她一边损他，一边从上到下打量他。以前她还没有注意到，这人果然是一丝不苟到近乎刻板，难以想象他可能都工作一天了，西装裤跟衬衫依然平整。

她的目光停留在他的头发和手指上的时间长了一些。

孟怀谦也能感觉到她在审视自己。

池霜没打算遮掩，眼神玩味，好似在看动物园里的狮子、老虎。

其实这样的目光对孟怀谦来说，是一种冒犯，但很奇怪，他就像被关在笼子里的狮子、老虎，只能任由她这般放肆打量。

"孟怀谦，"池霜又直视他的眼睛，"像今天这样的事情，以后只会多，不会少。你明白我的意思吗？"

很多人都会低估"照顾"一个人的困难程度。

其实像她和孟怀谦这样的关系，最好老死不相往来。若干年后想起自己曾经某一任差点订婚的男友因他而死，她单方面痛骂他，这才是正常的走向。可惜男人有时候太过伪善，人已经死了，却要从活着的人身上赎罪，付出满腔的愧疚。

明知道活着的人不想见到他，他还要以代替梁潜的名义来干扰她的生活，美其名曰"照顾"。

这种"照顾"要到哪一天才能结束呢？

到他的愧疚用完为止？

那时候他走出了兄弟为他丧命的阴影，重新拥抱新生活？

孟怀谦没说话，依然平静地看着池霜。

"行吧。"池霜瞥他一眼，"你选择令你好受的方式，我也选择令我痛快的方式，挺好。"

孟怀谦才洗过的手，这会儿仍然带着凉意。

他一言不发，似乎是对她的话不太满意。

其实事发至今，真正痛苦到寝食难安、难过到呼吸都艰涩的人，从头到尾就只有他们两个。

目前只有孟怀谦能让池霜有强烈的情绪，譬如愤怒，譬如幸灾乐祸。

同样，也只有池霜能让孟怀谦不再麻木。

在失去梁潜以后，池霜身上仍然有一种名为"生命力"的东西。

孟怀谦比谁都害怕自己会淡忘这份痛苦，他骨子里有多凉薄，他心知肚明。愧疚这类情绪本就缥缈，一个月时，他也许还会感到痛楚，那半年、一年，甚至是两年呢？痛楚会变成云淡风轻的怀念。

"好。"孟怀谦依然温和地点头。

池霜收回视线，从他身边目不斜视地走过，上楼回房。

孟怀谦不便再继续待下去，换了鞋，轻轻关上门。只是在临走前，他的视线不经意地掠过了那几双高跟鞋。

池霜半天没听到汽车引擎发动的声响，以为孟怀谦还没走，于是起身来到窗边，低头往下瞧，不由得愣住了。身着衬衫西裤的男人倚着车，仿佛融入了夜色之中，他的站姿不如之前那样板正，微微弓着背，指尖的一点红光忽明忽灭，烟雾缭绕。

孟怀谦烟瘾不重，只有异常烦躁、需要冷静的时候才会抽上一两支。

刚刚从屋子里出来时，瞥见不远处的枫林，他好像出现了幻听。

梁潜曾说，等京市入了秋，他们几个可以坐在露台一边看风景一边小酌。

这辈子再也没有这样的时刻了,他想。

黑夜如猛兽就要将他一口吞噬之时,他的手机振动了几下,强势地将他拉回了现实。

竟然是池霜发来的短信。

池霜:烦不烦!以后在我家方圆十里以内禁止吸烟!

他下意识抬头看向二楼亮灯的房间,正好看到她粗暴地拉上窗帘。

身体比意识更快,他已经掐灭了烟头,还抬手挥了挥空气中的烟草味,生怕这味道飘到了屋子里惹她生气。

池霜拉上窗帘后,坐在床尾凳上。

太烦了!

这跟已经甩了的前任半夜买醉跑到她家门口发疯,还附赠一堆呕吐物有什么区别?

要抽烟到别的地方抽去!

手机振动,她很嫌弃地低头看了一眼,是两条短信。

明明是很短很短的话,孟怀谦为什么要分两条发?

孟怀谦:好。

孟怀谦:对不起。

他现在的口头禅是"对不起"了吗?

而楼下,孟怀谦又盯着池霜发来的消息一个字一个字地看过去,奇怪的是,那些沉闷、晦涩、焦躁、阴冷的情绪也随之一扫而空。

第二天,池霜很早就醒了,躺在床上放空了好一会儿后才起来,随后开车前往餐厅。

主厨、经理,还有表姐都在,他们开始确定餐单,讨论了一上午也还没有进展,明天继续。

池霜拒绝了表姐的午餐邀约,又出发前往别处。她感谢江诗雨之前的陪伴,这几天心情好点了就准备请对方吃饭。

她们不愧是多年的闺蜜,江诗雨半点都没跟池霜客气,选了一家人均消费两千的日料店。这家店的口碑和生意都很好,幸好池霜跟老板有一点交情,不然还真不一定能订得到位子。

江诗雨坐下来后,便开始"咔咔"拍照。池霜要凑过去跟她合照,被她无情的铁掌一把推开:"识相点。"

"江总,请你吃饭连入镜的资格都没有吗?"

"没有。"江诗雨一边对着镜头找角度,一边问,"你有没有发现我有一些变化?"

"这是什么死亡问题?"池霜还是凑过去仔细打量她的脸,"做了热玛吉还是超声炮?"

江诗雨无语:"我说的是我的神采。最近我完全不想辞职了,公司里上到领导下到同事,现在都以为我是微服私访的大小姐,一个个对我特别客气,我上司还拐弯抹角地问我跟孟总是不是亲戚。你知道我怎么回答的吗？"

话题居然提到了孟怀谦，池霜顿时索然无味，冷漠地说："我不知道你怎么回答的，但根据我的经验，女主角会立马澄清这个误会，只有恶毒的女配才会支支吾吾，故意误导别人继续误会。"

"要怎样！"江诗雨说，"你别说我，有个蹭巨星大腕流量的机会，你难道不蹭？"

池霜回道："你什么时候见过我蹭别人的流量？"

江诗雨快速地反击："所以你不红啊。"

"你那份工作两千一百八十块！"

"能蹭多久是多久，我愿意这个美丽的误会持续到我百年以后。"江诗雨双手合十祈祷，"我已经很收敛了，只让别人误会我跟孟总是远房亲戚，没暗示我是他女朋友或者未婚妻。"

池霜微笑："那是因为没有人会相信吧？"

江诗雨自动忽略这句话，给自己倒了杯茶："这倒不是主要原因，就是我怕这谣言传到孟总耳朵里，他会给我发律师函。"

池霜不想一直听到这个名字，果断转移话题："你之前不是总说你楼上的邻居没素质，大半夜还闹腾吗？要不这样，诗雨，你来陪我住一段时间，好不好？"

"不好。"江诗雨一口回绝了，"我的大明星，你不食人间烟火，不知道每天的早晚高峰有多恐怖吗？你那里又偏，地铁站都在两三千米以外。"

"我的车给你开啊。"

"我的姐，你行行好，你那车一百多万，就凭我这技术一不小心剐到蹭到，我一个月工资全搭进去都不够！要不这样，你到我家来住，正好我有个次卧空着。"

这次无情拒绝的人是池霜："不好，你那里我一年去两次已经是极限了。"

去年池霜从剧组杀青连夜赶回京市，就是为了给江诗雨过生日，她留宿了两个晚上，被折磨得够呛。

大清早有人剁饺子馅、半夜楼上夫妻吵架摔摔打打，还有精力充沛的小孩在家里疯狂跑酷。

江诗雨听出了池霜的意思："你是想搬出来？你不是还有几套房子吗？"

"那几套一时半会儿也住不了。"池霜也为这事心烦，"我肯定是要拆了重新装修的，还是要找个过渡的房子才行。"

"找房子更烦。"江诗雨叹气，"你以为我不想换啊？换房子烦，搬家更烦，所以我还能继续忍忍。"

池霜一手托腮。

放在手肘边的手机振动了几下，全是短信。

江诗雨随口问道："一条接着一条的，谁给你发的短信？"

池霜懒洋洋地回道："你远房表叔。"

江诗雨这会儿脑子有点木,好半天才反应过来:"是孟总?"

"对啊。"池霜一边看短信内容,一边应道。

她还真是有些惊讶了,从昨天晚上到现在,这都还没有二十个小时,孟怀谦居然就已经帮她找到了三套符合她要求的房子。

……不对,应该夸他手底下的员工办事效率高,这房子肯定不是他自己去找的。

"孟总还真是百折不挠。"江诗雨手捧着杯子喝了口茶感慨,"他其实挺有诚意的,前段时间我去陪你,他每天都会问我你有没有吃东西,吃了什么。"

池霜回了短信后,抬头瞪她:"所以你事无巨细都跟他说了?"

"我不止跟他说,我还跟叔叔、阿姨、萌萌说。"江诗雨淡定地回道,"甚至在你黑名单里的前男友还给我打电话关心你的情况。"

池霜白她一眼。

江诗雨又不动声色地打探消息:"怎么,你们现在能友好交谈了?"

"那倒没有。"池霜说,"我当他是 Siri。"

"行,Siri 孟找你有事?"

"他帮我找房子,说是已经找了三处,下午带我过去看看。"

"他不是应该很忙吗?"江诗雨不得不服气。

"那是他的事。"池霜满不在乎。

"绝。"江诗雨如此评价。

池霜也打开了话匣子,列举孟怀谦的奇葩极品行为。

江诗雨拿这些事当下饭佐料,等吃完了这顿饭,又坐上了回公司的车时,才猛然回过神来——等等,孟总这阵仗……真的很像在追霜霜。

她从手袋里拿出手机,发了条消息过去。

江诗雨:霜霜,你不要玩火自焚。

池霜:?

江诗雨犹豫了好久,最后还是决定不要将话说得太明白,毕竟现在霜霜跟孟总肯定都是没这心思的。

那以后呢?

她倒是不担心霜霜,就是觉得这位端方自持的孟总会在被折磨的过程中越来越上头,怎么有点怪?

就算要提醒什么,起码也得有苗头。

梁潜出事还没一个月,她如果跟霜霜说当心以后跟孟怀谦共浴爱河……说不定今晚梁潜都要入梦来问候她全家。

想来想去,她回复了消息。

江诗雨:我是说我"远房表叔"人还不错,你悠着点。

池霜:今天午餐 AA,转我两千一百八十块。

江诗雨回了个"发射爱心"的表情包。

池霜开车前往附近的商场,跟孟怀谦也是约在了这里。她买了自己常用的香薰之后,百无聊赖之下,只能逛街来打发时间,进了她之前偶尔会光临的店铺。

店员热情地招呼她。

她才想起自己都半个月没买鞋了,让店员拿了新款过来,上脚试穿感觉还不错。店员嘴巴也很甜,夸赞的话比她的超话里还要丰富。

她正要买单的时候,有人抢了先。

孟怀谦就站在她身后,伸手递了卡,低沉的声音敲击着她的耳膜:"我来。"

池霜扭头,跟他对视。

他低声说:"抱歉,让你久等了。"

店员很有眼色,误以为这是正在闹脾气的情侣,连忙接过孟怀谦的那张黑卡,很快打印了账单,双手交给他。他从西装口袋里拿出一支笔,在账单上签下名字。

池霜怔了怔,不合时宜地想起了梁潜。

他们是多年好友,很多习惯也都相似,有那么一个瞬间,她还以为眼前的人就是梁潜。

她不愿意再想下去,连谢谢都懒得说,转身往店外走去。

孟怀谦愣住。

店员微笑着将装着鞋盒的礼品袋递给他,他还恍惚了几秒,但也只是几秒,然后就很自然地进入了提货工具人的角色中。

等他提着袋子追出去后,店员才松了一口气,脸上职业化的甜美笑容变成了兴奋。

一般来说,即便客户是自己认识的明星艺人,也该控制好表情,她是来上班的,不是来追星的,更何况她也不是池霜的粉丝。刚开始她只觉得池霜眼熟,还没完全认出来,等池霜试鞋子时,她才想起来这是情人节她在电影院里疯狂吐槽过的那部影片中的女配角。

电影难看得令人发指,不过女配角真的非常漂亮!

所以刚刚那位男士就是池霜传说中的男友?

孟怀谦借着腿长的优势很快就追上了池霜。

池霜已经平复好了心情,她在这个时候更深刻地明白了一件事——人逝去带来的影响是无声无息的,在很多件小事上,都能找到跟那人共同的回忆。

她并非薄情冷血的人,这两年来跟梁潜浓情蜜意,他忙,她也忙,所以按照相处的时间来算,他们还处于热恋期。在感情最浓烈的时候,在他最爱她的时候,他的离开无疑催化了她的感情。

她想,她永远也不会忘记梁潜。

因为只有他真正做到了一辈子只爱她这个承诺。

其实,一天没有找到梁潜,那他就有可能还活在这个世上,但她不愿意这样安慰自己,更不愿意给自己任何无用的期待。

抱着万分之一的可能性,日日期待、日日落空……她才不要这样折磨自己,而且这样未免也太天真、懦弱。

孟怀谦见池霜绷着脸不说话,只好继续帮她提着袋子,跟在她身后进了电梯。从电梯出来,他习惯性地要带她上自己的车,她却直接从手包里拿出车钥匙扔给他:"我不习惯坐别人的车,开我的。"

"好。"

孟怀谦跟着池霜来到她的车旁。

他没有为别人开车门的习惯,正要直接去驾驶座时,池霜探出手敲了敲车窗,皱着漂亮的眉毛看他。

她真把他当司机了。

孟怀谦这样想。

然而只是两秒钟,他就回到她身边,为她打开了副驾驶座的车门。

她没有坚持坐后座,而是坐上了副驾驶座,他竟然有一种她这次很给他面子的怪异感。

直到上车,扣上安全带,孟怀谦才感觉到自己是真的闯入了她的领地。在电梯里时,那股清香若有似无,到了车内,他整个人被这气息浓郁地、严丝合缝地笼罩。

"开稳一点,"池霜打开手包,又按下遮阳板,"我要补个妆。"

孟怀谦无可奈何地点头。

他发动引擎,刻意放慢了车速,缓缓驶出停车场,神情比开会时还要严肃沉着。

池霜拿出粉扑在脸上轻轻拍了拍,拍鼻翼处时,停留的时间长一点,然后小心地用棉签将轻微花掉的眼线尾部擦干净,最后才补上口红。

孟怀谦克制着不去看池霜。

这实在是很新奇的体验,他给某个人当司机,某个人还命令他开车要稳,再当他是一团空气般自若地补妆。

他先导航去了最近的那套房子,进了小区后,他停好车下车,只见副驾驶座的某个人纹丝不动。

如果说是半个小时之前的他或许还要池霜暗示才明白她的意思,此刻,他自然地来到车旁,为她打开车门,尽职地给她当司机。

谁知道,池霜还是坐在车上不动。

孟怀谦这下就真不明白她在想什么了。

四目相对。

孟怀谦依然温和地看着她。

池霜震惊:"你就这样让我下车?"

孟怀谦更惊讶,难道还要找人去铺长长的红毯,找几个保护她安全的保镖再下车?

"现在外面紫外线这么强!你还傻站着干吗?去拿遮阳伞啊!"

一直以来都是别人撑伞的孟怀谦有些无语。

"遮阳伞在后备厢……"池霜才无语至极,怎么会有这样没眼力见的人?苍天,到底是她折磨他,还是他折磨她啊?

其实有那么一个非常非常短暂的瞬间,孟怀谦的脑海里闪过这样的疑问——

她是只在他面前这样?

对梁潜呢？如果她在梁潜面前也这样，那梁潜说的"谈恋爱真的很好，感觉非常幸福"诸如此类的话……
　　孟怀谦及时打住。
　　这样揣测好友和池霜恋爱的相处模式的行为，不仅不合适，还极其没有边界感。
　　他开了后备厢，找到了遮阳伞，犹豫了几秒钟，因为后备厢里有两三把伞。但他明明知道哪把是遮阳伞，为什么还要像面对难题一样思考一会儿？
　　当孟怀谦候在车旁撑着伞时，池霜才一脸不开心地从车上下来。
　　他将伞柄往她那边挪，无师自通地尽量不让她晒到太阳。
　　池霜推了推墨镜，偶尔抬头看一眼这小区的环境，不满地问："这里没有地下停车场吗？没有直达家里的电梯吗？"
　　"有。"孟怀谦谨慎地回道。
　　"既然有，干吗要停在地面？晒死了！"
　　孟怀谦静默。
　　确实是他考虑不周，他只想着停在地面走过去比较方便……毕竟这里的地下停车场他也没去过。
　　"要死了要死了，你知道现在外面的紫外线指数有多高吗？孟怀谦，孟总！"
　　自孟怀谦有记忆以来，这还是他头一次被人如此喋喋不休地数落。
　　在池霜的字典里，从来都没有"点到即止"这个词。她越看孟怀谦越不顺眼，进了电梯后，瞟了他好几眼，嫌弃似的轻哼一声。
　　从前听梁潜无意间感慨这位发小一直单身，她还会微微诧异，现在算是明白了，抛开家世、背景，以及相貌、气质不谈，这个人根本没有任何拿得出手的优点。
　　防晒、紫外线等字眼萦绕在孟怀谦耳边挥之不去，他谨慎地透过电梯壁粗略地扫了池霜一眼，再次加深了对她的记忆和印象。
　　她肤色极白，身着烟粉色的露肩长裙，柔软的珠光面料有垂坠感，腰线贴合，更衬得气质明艳大方。
　　电梯上方的数字停留在15时，门开了。
　　池霜的数落也终于停止。
　　孟怀谦微不可察地松了一口气。
　　在此之前，他没想到，没主动为人撑伞是这样大的罪过。
　　这栋楼是两梯一户，池霜已经预料到了这房子的面积至少两三百平方米往上走，不由得皱了皱眉："我不喜欢一个人住大房子，孟怀谦，我都跟你讲了的呀！"
　　"先进去看看，"孟怀谦偏头安抚她，"这房子还行。"
　　"你就是在敷衍我，我的话你根本没听进去！"
　　池霜白了他一眼，还是跟在他身后进了屋。
　　穿过玄关，映入眼帘的是采光通透的景观大阳台，有种豁然开朗的感觉，可以白天沐浴阳光，晚上俯瞰夜景。

装修风格并不复杂，地面一尘不染，有三间卧室，以及一个宽敞的衣帽间。

"面积一百平方米左右的房子也不是没有，"孟怀谦低声同她解释，"只是很难符合你全部的要求。"

池霜没有自己找过房子，就连她名下的几处房产都不是她亲自挑的，但她也听明白了孟怀谦的潜台词。

孟怀谦细致地介绍，她也顾不上生气，开始打量这间屋子。的确，除了面积大了些，几乎没有缺点。

对于并不熟悉的领域，池霜不会擅自反驳他人。

于是，这落在孟怀谦的眼里，便是她安静倾听的模样。很奇妙，他的心情也轻松愉悦了很多。

"这里离你的餐厅很近，碰上堵车高峰期，如果你愿意的话，走过去也就十来分钟。

"这一栋楼也没有哪位邻居家有孩子。"

孟怀谦介绍了一通，带着她参观了整套房子后，问她："你觉得这里可以吗？"

为了让池霜心情好一点，他首先带她来的是三套房子中最好的一套。如果这里她都不喜欢，那也就不必浪费时间去看另外两套了。其实他也可以让助理带她来看房子……然而这个念头刚升起，他就否决了。他并不确定她是否能接受与另一个陌生人独处，而且如果连这种小事都要假手于人，那他以后又有什么底气跟她说要代替梁潜照顾她。

她不喜欢这里也没关系，京市这么多的房子，总会有她喜欢的。

池霜对这套房子很满意，不过她不太满意孟怀谦略显自得的神情，仿佛吃定了她一定会喜欢这里。得意什么呢？

"孟总，这是你的房子吗？"她问。

没有预料到她会问这个问题，孟怀谦愣了几秒。

他的确有"如果她喜欢，他会将这里买下来"的计划，不过前提是"她喜欢"。

"还不是。"他谨慎地回道。

池霜微笑："既然你还不是房东，那你着什么急，非要我这个租客现在就定下来？我还以为孟总缺我这点租金周转生意呢。"

着什么急？

催什么催？

孟怀谦与人打交道虽然算不上如鱼得水、胸有成竹，但对方是什么招数套路，他也能摸得清。唯独面对池霜，他根本猜不到她下一句要说什么，常常一头雾水。

池霜乜了他一眼，双手抱胸绕过他，进了主卧室继续参观。

"你跟着我做什么？"见孟怀谦迟疑了两秒后又跟上来，她不客气地命令他，"我们等下就要走，难道你还要让我再顶着大太阳走到停车位呀？我不提，你就不能主动下楼把车开到地下停车场吗？"

这男人太没眼力见了!

孟怀谦怔在原地。

"你还愣着干什么呀?"

他回过神来,虚心受教,接过她抛来的车钥匙,转身离开。一直到进了电梯,鼻间没有了那股若有似无的清香后,他才抬手松了松领带。如果"如何令池霜满意并且开心"是一门课程,他想他这辈子都攻克不了。

出了电梯,他快步往停车的方向走去。

打开车门,明明她没在,但她的气息再次袭来,他竟然不自觉地紧张。发动引擎往地下停车场方向驶去,这次他无师自通,特意将车停在了离电梯最近的位置,让她能少走两步路。

孟怀谦重新回到这套房子时,看到的便是这样一幕——

景观阳台的玻璃门全打开了,风吹动了池霜的裙摆,她正扶着栏杆,似乎在远眺。

难得见到她这样安静的一面,有些不真实。

他在原地站了几秒,还是走了过去,在她身旁站定,顺着她的视线望过去。不远处的大厦直入云霄,那是梁氏集团。他骤然回味过来,也许当初她的餐厅选址都跟梁潜有关,餐厅离梁氏很近,开车十来分钟就能到。

即便作为梁潜的至交发小,对于梁潜和池霜的种种,孟怀谦了解得也并不多,直到此时此刻,他才从这一细枝末节处窥得这两人感情实在甜蜜。

事实上,他对池霜说的每一句话都出自真心。他把她当梁潜在这个世界上唯一在意的家人,在他力所能及的范围之内,只要她需要他的帮助,他就一定会做到。即便在不久的将来,她遇到了另一个人,她想跟那个人恋爱、结婚,他也会祝福她。

"等下去看看另一套吧?"他突然开口,带了些哄她的语气,"离这边不算远,面积比这个要小一些。"

他理解池霜搬家的原因,也知道她想走出来,可这套房子能够看到梁氏,距离太近,这可能不符合她的初衷。

"就这里吧。"

池霜没想到看房会这样劳累辛苦,明明只看了一套,她就已经厌烦了。反正她不会在这里常住,也就是住个一年半载过渡一下,又何必浪费时间折腾自己?

她不想在这种琐碎的小事上操半点心。

"什么?"

"准备签合同吧。"池霜说,"我决定就住这里了,合同你去跟房东敲定吧,到时候带来让我签个字就好。我对租金什么的都没意见。"

她直接把孟怀谦当成了租房网的中介,使唤起来没有丝毫心理负担。

"合同就先签一年,你直接把租金和押金算个总账给我,房东要怎么算就怎么算吧,我转账给你。"池霜直起身子,瞥了他一眼,"这些芝麻绿豆的小事不要烦我,我可没空。"

孟怀谦思忖片刻，问道："你喜欢这里？"

说来也巧，池霜真正跟他接触并且相处也就是这段时间，她居然能听懂他想表达的意思——只要她现在点头说"喜欢"，他下一句一定是"那我将这里买下来送你"。

一套房子而已，她也不太在意，但她不可能给孟怀谦不费力就能减轻罪恶感的机会。

对孟怀谦这种人来说，花个几千万买一套房子算什么？跟探病送个果篮没什么区别。一个果篮就能减少起码三分之一的愧疚，究竟是谁赚了显而易见！

"我最喜欢紫禁城，每年都得逛几次呢。"池霜冲他浅浅一笑，"怎么，孟总，你也要买下来送我吗？那你快去买吧，我等你的好消息呢。"

孟怀谦只是盯着她，在心里叹了一口气，到底是没再动将这套房子买下来的心思。

他摸不准她的性子，也拿她半点办法都没有，如果他买下来了，他也不确定她会是什么反应。

两人一前一后走出屋子，乘坐电梯前往地下停车场。

这次池霜没让孟怀谦开车，而是懒懒一伸手，掌心摊开。他心领神会，将车钥匙给了她。

"送你去哪儿？上班的点，你应该不会回那个商场吧？"池霜系好了安全带，随口问道。

坐在副驾驶座的孟怀谦有些意外。

或许"打一巴掌赏一颗甜枣""受宠若惊"这样的感受在他的人生中太过罕见，他几乎从未体验过，所以他无法将此刻的心情与之联系。即便他对此陌生，但也无法抗拒由此带来的……微妙的愉悦。

太过微妙，太过短暂，也就很难捕捉，很难敏锐地察觉。

"奥朗。"

池霜"嗯"了声，垂眸按亮手机导航，将奥朗集团设定为目的地。

一路上两人都没有再交流。

奥朗集团地处中央商务中心，这里寸土寸金，也不方便停车，池霜便直接驶向奥朗的停车场。

奥朗管理严格，没有登记过的内部车并不会随意放行。

孟怀谦已经降下车窗，神情从容淡定。

保安讶异，但少东家这张脸他还是认得出来的，每个人都有八卦心理，在恭敬问好的时候，保安的余光下意识地极快扫了一眼驾驶座。

这一眼可不得了，居然是个年轻女人。

年轻女人虽然戴着几能遮住半张脸的墨镜，但一扫而过的雪肤乌发极为显眼。

是孟总的女朋友吗？

随着孟怀谦关上车窗，升降杆缓缓升起。

回到保安亭，保安很快反应过来，忙拿起对讲机提醒同事将刚才进去的那辆白色保时捷车牌号临时登记,等下再出来时千万不要阻拦。"

"谁的车?"对讲机那边的同事好奇地问道。

保安回得含混:"不清楚,应该是孟总的朋友……吧?"

另一边,池霜开车进去后停在了某个空位上。孟怀谦礼貌道谢后,下车就要离开,她抬起下巴,冷淡地提醒:"后座那个你拿走。"

后座放着孟怀谦刷卡为她买下来的高跟鞋。

"是你的鞋子。"孟怀谦蹙眉。

"你买的单,还是我买的?"池霜呛他,"你买的单,签的是你孟怀谦的名字,怎么是我的鞋子呢?"

如何令池霜满意并且开心这门课程的第一课——不要试图跟她讲道理,她就是最大最正确的道理。

于是,他步伐沉稳地拎着鞋盒袋进了专梯。

在路过垃圾桶时,他停下了脚步——他的办公室、家里,不应该也不可能出现这样的高跟鞋。

正当他要将这鞋盒扔进去时,眼前浮现出池霜叉着腰找碴儿的模样,他突然顿住。

池霜并不是一个很复杂的人,很多时候,她的心情都写在脸上。果然,某天坐在店里百无聊赖翻杂志时,她突然想起了那双鞋子,用脚指头想都知道它被孟怀谦给扔了。

就好像是找到了新鲜的玩具,她顿时无比振奋。

她就是看他不顺眼,就是想找碴儿,看他隐忍的表情,她很愉快。

她趾高气扬地编辑消息内容,按了发送键。

于是,才从会议室出来的孟怀谦收到了这条消息。

池霜:上次你拿走的那双高跟鞋我今天就要穿。

助理跟在孟怀谦身后,冷不丁听到短促的笑声,还以为自己出现了幻听。

下班后,孟怀谦提着鞋盒来到池霜的新居。

池霜开了门,视线从他那俊朗的脸挪到了鞋盒上,心里冷笑一声:这人还知道做戏做全套,肯定是让助理又买了双一模一样的鞋子来。

"是上次的那双吗?"池霜故作疑惑地问。

"是。"

池霜愣住。

她都做好了准备,如果孟怀谦说"不是",她就会一通输出,即便他有天大的理由,她都能反击回去,直至逼得他哑口无言为止。

结果他说"是"。

虽然她一点儿都不想跟这厮熟悉起来,但通过这段时间的了解,她也不得不承认,他是一个不屑于说谎的人。

倒不是说他有多实诚,而是他纯粹一副"你们这些垃圾根本不值得我花心思说谎"的模样。

现在他怎么不按常理出牌呢?

孟怀谦眼里闪过一丝笑意，将鞋盒递给她，还很温和地提醒了一句："小票还在鞋盒里。"

池霜必须克制住自己才没翻个底朝天地去找小票证实他的话。

好！很好！

让这家伙成功摆了她一道。

瞧瞧，他都快得意上天了！

孟怀谦神清气爽地从池霜这里出来后，去赴好友的约。三人入座，跟以往一样点单喝酒。

容坤率先发现孟怀谦眉宇掠过轻松之色，不着痕迹地松了口气：事情已经过去两个月，饱受愧疚折磨的怀谦终于心情好了些，这就好，这就好。

孟怀谦又想起临走前池霜异常沉默的态度，拿出了手机。

容坤见他频频看向手机，打趣道："我可是统计过了，从咱们吃饭开始到现在，二十分钟里你就看了不下十次手机，什么情况？"

孟怀谦将手机反过来盖住："没什么情况。"

容坤耸肩："行吧，工作上令你心烦的事，咱哥俩也帮不上你的忙，你家里的事，咱更没办法插手。你就自己心烦吧。"

"我没烦。"孟怀谦冷静地强调。

容坤正欲要说些什么，程越突然插话道："我想起来了，这跟阿潜那会儿挺像。"

事发到现在已经过去两个月，两个月，说长不长，说短也不短，再提起梁潜，至少容坤跟程越也只是怅然若失，再也没有一开始的悲恸。

时间就是有这样的魔力。

梁潜的死，永远都会是他们心头的一道阴影。

可人只要活着，就抵抗不了时间将深刻的情绪一遍又一遍地洗刷，由浓转淡，由深转浅。

程越摸了摸下巴，果断下了结论："你恋爱了。"

容坤若有所思地回忆："确实，阿潜那会儿也是，跟咱们一块儿吃饭，一分钟看五十次手机，生怕没及时回消息就是世界末日。"

孟怀谦敛住心神，随着容坤的这段话，他也想起梁潜那一两年里的状态，心头掠过一丝很淡的、说不清楚的情绪。

"老孟，有情况还是要分享，"容坤轻笑，"别藏着掖着。"

"没有。"孟怀谦收敛了笑意，淡淡地说。

与此同时，在家里的池霜表示她非常不好，只能对着好友发疯，给还在地铁上的江诗雨打电话吐槽："你'表叔'他真的很阴险，而且不是一般的阴险，平常装得自己好像是天字第一号大好人，结果心肝肺都黑了。他就是今天跟你称兄道弟，明天能一刀捅死你的那种人！"

江诗雨被池霜这描述逗得乐不可支："谁能跟他称兄道弟？你吗，还是我？跟他当兄弟的统共也就三个人吧，一个还已经……"

梁潜不在，就剩两位了。

池霜听到江诗雨提起梁潜，泄了气："算了，没意思。"

"你怎么没去店里？"江诗雨转移话题。

"我姐夫来了，跟我表姐在店里忙，两口子天天一句话说八百遍，要不是看末七还没过，他们都恨不得要给我介绍对象。"

池霜的手机里，每天都有各路人马的关心问候。

其中也不乏从前的追求者，都想给她送温暖企图趁机上位。常言道，走出上一段感情的方式有两种：时间跟新欢。可她现在连暧昧的兴致都没有，更何况她对梁潜是有感情的，两人还临门一脚差点订婚，梁潜值得她空窗一年半载。

江诗雨叹为观止："我以为你要为梁潜空窗三四年！"

池霜瞪圆了眼睛："他也配？姐姐，他是为我而死的吗？"

"他如果是为了救我丧命，别说三四年，五六年也不是没可能。"池霜在度过了悲伤期后，便开始愤慨，"他是为了救孟怀谦，跟我可没一毛钱关系，我没有立马找新的男友已经算我厚道了！"

江诗雨叹息一声。

有一次，江诗雨跟她们共同的好友肖萌私聊："我都不知道该不该说梁潜运气好了，他死了，霜霜现在想起来的都是他的好，我感觉他是霜霜历任男友中最受喜欢的一个。果然死亡催化并且升华了感情。"

肖萌有些无奈："江姐，梁潜死了，你还说他运气好……"

"难道不是吗？"江诗雨反问，"他要是还活着，我跟你说，霜霜对他的感情吧，也就六十分，他死了，霜霜对他的感情飙升到了八十分。而且他死了，霜霜这辈子都会记得他，怎么不是运气好呢？"

她们三个从小一块儿长大，对彼此的性子再清楚不过。要说池霜多爱梁潜，那还真不至于。

二十多年来，她俩就没见过池霜对哪个男友的感情到了"爱"这个地步。

梁潜很有可能会打破纪录。

在池霜的心里，未来很难有人比梁潜更好了。梁潜长相英俊帅气，家世背景过硬，哪怕在富二代多如狗的京市，他也是实打实的"霸总"。而且他还英年早逝，既没来得及跟池霜在度过热恋期后经历一地鸡毛，也没有发福秃顶，永远停留在了风华正茂的二十八岁，这不是白月光是什么？

活人哪能跟死人竞争？

根本争不过。

梁潜从平平无奇的男友瞬间升级成为白月光，这难道不是一种运气吗？

肖萌："你这样说也有道理啦……但你不觉得我们这样讨论很不尊重生命，不尊重梁潜吗？"

江诗雨："那没办法，我是霜霜的'毒唯'。"

肖萌生硬地转移话题。

她畏惧鬼神，即便她无比赞同江诗雨的观点。

"我这边忙，走不开，霜霜最近跟梁潜的那个朋友怎么样了？"

江诗雨叹了口气，表达她的无语。

肖萌："怎么了？"

江诗雨："一言难尽，只能说他们两个人是一个愿打一个愿挨。你不知道，我一开始真的揪着一颗心，生怕孟总恼羞成怒，现在我都麻木了。池霜，字孟怀谦祖宗，你懂吗？"

池霜这天早早起床，开车前往餐厅。餐厅取名为"池中小苑"，表姐说听起来不像是餐厅，倒像是民宿客栈。由于餐厅位于湖边，装修也格外别致，还没开业就已经有一批人过来拍照打卡。京市很多餐厅的名字稀奇古怪，也没法从字面上看出开的是什么店，于是商讨之后保留了"池中小苑"这个名字。

才停好车进了餐厅，池霜便听到表姐跟经理在聊天。

"聊什么呢？"池霜怕晒也怕热，从下车到走进店里这很短的一段距离，她脸颊和鼻尖上都沁出了薄汗。

"你来得正好。"表姐拉她到一边，抽了纸巾边给她擦汗，边压低声音说，"听他们说，这两天有个男人鬼鬼祟祟在咱们店附近转悠，还问工人这是不是你开的店。我们怀疑他是你的狂热粉丝，你还是要当心点，要是碰上了那种极端的变态，这不是无妄之灾吗？你以前的司机和助理呢？怎么没带上？"

"姐，我都没继续签约了，公司的领导也不会继续给我派司机和助理啊……"

"不行，你还是要找个保镖，不然我不放心。"表姐态度很坚决。

池霜听了后认真考虑这件事，点了下头："行，我回去想想。"

事关自身的安全，她当然不会掉以轻心。

傍晚时分。

已经进入秋天的京市，天黑得也早了些，孟怀谦的办公室里却如白昼般明亮。他正低头翻着文件，除了翻页时"窸窸窣窣"的声响，周围落针可闻。

忙碌了一天，他的西装依然笔挺，领带一丝不苟地系着，身上不见分毫的狼狈，仿佛他是一台永不疲倦的机器。

处于工作中的他神情冷峻，当忙完了这一切后，才终于抬头看向了站在不远处的年轻男人。

他目光疏离淡漠，从容地起身，踱步到男人面前。

年轻的男人眼里浮现畏惧的神色，后怕地退后一步。奥朗集团高耸矗立，孟怀谦的办公室可以俯瞰半个京市，身处其中的人只觉得令人喘不过气的压迫感扑面而来。别说跟孟怀谦对视，哪怕只是被他漫不经心地扫一眼都坐立难安、脚底生寒。

孟怀谦沉静地说:"刘先生,我想我应该提醒过你,不要在池小姐附近出现。遵守承诺对你这种人来说很难是吗?事不过三的道理,我想刘先生是懂的。今天是第二次了。"

刘宏康勉强压制住对孟怀谦的畏惧,惊惶地解释:"孟总,我没有想过要去打扰池小姐,我只是……只是实在想不到什么有用的办法了!"

"你两次去她店里,"孟怀谦抬眸看他,神色一片漠然,"居然还说没想过打扰她?"

刘宏康这两个月以来四处为兄长奔走,身体也好,精神也罢,都已经濒临崩溃。

"孟总,我大哥真不是故意的,他在梁氏待了快十年!"刘宏康有些语无伦次,"他是被人利用才跟梁总有了误会。孟总,还请您高抬贵手放过他……"

孟怀谦打断了他:"这些话你可以跟警察、律师说。"语调没有丝毫起伏,如谈论天气一般平和,"刘先生,我想你误会了,我们都是依法纳税、遵纪守法的公民,案子该怎么判就怎么判,也请你相信法律的公平公正,耐心等待结果就好。"

刘宏康听着这没有人情味的话,突然就明白了大哥当时为什么会那么冲动。

人被逼到了绝境还能做什么呢?当初梁潜要是没做得那么绝,大哥无论如何都不会有同归于尽的想法。

居高临下的孟怀谦语气再平和,面上再温文尔雅,也改变不了他比梁潜还要冷血的事实。

刘宏康咬着牙,将满腔的疲倦全部咽下,面颊肌肉都在抽动。

下一秒,他没再犹豫,跪在了孟怀谦的脚边,哀求道:"孟总,您行行好,我大嫂现在一个人带着孩子,孩子小,一出生就得了病,如果不是没法子,我大哥也不会做那样的事。是,我们都知道,千难万难都不能背叛公司背叛梁总,可我大哥他知道错了,孩子还小,孟总,求您了,给我大哥一条生路。"

孟怀谦垂眸审视他,淡淡地看着他涕泗横流也无动于衷,抬手随意地扣上袖扣,平静道:"还有事吗?"临走前又停下脚步,"刘先生,这是最后一次,在必要的情况下,我可能会采取不那么温和的方式,望你理解,我不愿任何人打扰到她。"

刘宏康攥紧了拳头,忍耐又忍耐。人在面对跟自己阶层分明的上位者时,除了隐忍,没有别的选择。他的话语仿佛是从牙关挤出来般沉闷:"多谢孟总提醒。"

孟怀谦礼貌地颔首:"客气了,不送。"

表姐说的事情,池霜自然放在心上。

从进圈开始,她就将自己的安全放在了首位,好在她一直也没有大红大紫,倒也没碰上过几个很极端的粉丝,一路也算平平安安退圈。现在冷不丁听说有陌生男人在餐厅附近转悠,她不假思索便给钟姐打了个电话,那头很快接通。

"钟姐,公司还没将王师傅派给其他人吧?"

池霜怕麻烦,找陌生人不如找熟人,这就想到了她在星启时用惯了的司机师傅。

王师傅话不多,开车却很稳,给她当司机的五六年里别说是交通事故,车都没有蹭到过,技术绝对过关。除此之外,王师傅身材健硕,为人也忠厚老实,以前还在武馆上过班,可以兼职保镖。

"钟姐,我不方便直接跟王师傅联系,麻烦你帮我问问他,愿不愿意继续给我开车。"池霜说,"只要他愿意过来,工资都好说,肯定比之前要高。"

"可以倒是可以。"钟姐揶揄,"怎么想到继续找司机?还以为你不需要了。"

池霜听懂了她话里的调侃,大大方方地自嘲:"那没办法,我不是豪门梦碎了嘛,当不了二十四小时都有保镖跟着的豪门太太啦。"

闻言,钟姐反而悄悄地松了一口气。

"行行行。"她应下,"正好王师傅现在给郭闯开车,郭闯你见过,挺随和的一个小伙子,我跟他商量一下,换个司机问题应该不大。王师傅估计也更愿意给你开车,至少跟着你不用天南地北到处跑。"

池霜不爽:"钟姐,你是在嘲讽我现在很闲,不如郭闯弟弟那样忙碌吗?"

"你有自知之明最好。"钟姐话锋一转,"对了,请柬收到了吧?这周六公司办晚宴你可得来。"

"不要!"池霜拒绝,"钟姐,我辞职了,你见过哪个辞职了的员工还去参加前公司的年会?你做点好事攒点功德吧。"

"给个面子。"

"你没面子。"

"池霜,你要我现在打飞的到你家门口吗?"

"没出场费,不去。"

钟姐无语:"你掉钱眼里了?"

"你不都说了我现在是无业游民?"池霜轻哼,"再说了,星启是我娘家啊,还隔三岔五就回去串门?"

"星启永远是你的家,咱不搞嫁出去的女儿如泼出去的水这一套。"开过玩笑后,钟姐又认真地劝她,"买卖不成仁义在,来吧,刘总都问过几次了。刘总对你一直不错,你走了他还整天记挂你,咱公司内部不总在传刘总是你亲爹?"

池霜不置可否:"行吧,不过提前讲好,要是有谁不长眼在我面前发疯……"

钟姐"扑哧"笑了声:"我看你欺负温晴也挺顺手。放心,以前内部那些人可能跟你还有利益冲突,现在你都是无业游民了,谁犯得着跟你较真?"

这是实话。

池霜入行十年，没栽过大跟头，也没受过气。以前坊间就有传闻她是星启小公主，逐渐便传成她跟创始人之一的刘总有点见不得人的关系。

之后她谈了几个英俊帅气又年轻有为的男友，这谣言便不攻自破。

"烦死了。"池霜抱怨，"想到要跟以前就很讨厌的人见面就很烦。"

钟姐驾轻就熟地顺毛："你已经退休了，他们还要没日没夜地打工，你这样想心里是不是就舒服了？"

池霜："明星少来碰瓷打工人！"

钟姐："是谁？告诉我是谁？是哪个野男人提高了你的阈值，你现在怎么越来越不好哄了？"

虽然怨气冲天，但是实在躲不开的应酬还是要认真对待，池霜很有退圈的自觉。以前这样的晚宴，她早早地就开始准备礼服了，现在完全没了营业的心思跟力气，费那个劲折腾自己干什么呢？

池霜进了衣帽间，想挑选一套出来，意外发现可以排在她喜好前三的一副耳饰竟然只剩一只，另一只不翼而飞。

回忆了很久也没有头绪，她随手拨通了"Siri孟"的号码。

那头很快接通，连五秒钟都没让她等。

非常优秀。

"你说。"

这是孟怀谦的一大显著进步。

过去他接通电话的开场白总被池霜挑剔。

——"有事？"

——"孟总，你觉得以我们的关系，我给你打电话不是有事，难道要跟你聊诗词歌赋、谈人生理想？"

或者是：

——"喂，是我。"

——孟总不必妄自菲薄，我存了你的号码。你在非洲还是在太空，信号这样不好？喂、喂、喂，听得到吗，孟总？

池霜没穿鞋，地板上铺着厚厚的地毯，她烦躁地翻来找去，情绪也精准无误地传达给了孟怀谦。

"我的耳饰掉了一只，肯定是搬家的时候丢了，应该还在别墅那边，你去给我找吧。"

黑色的轿车在夜色中疾驰而过，路灯光时不时照射进来，孟怀谦的脸上忽明忽暗。

婉拒的话都到了嘴边，怕她烦躁不开心又要闹，他于是耐心地应道："好，我知道了。"

"我把照片发你。"池霜泄气，"你尽快给我找吧。我过几天还要参加一个晚宴，烦死了！"

挂了电话没多久，孟怀谦就收到了她发来的照片。他盯着看了片刻，沉声对司机说道："在前面掉头，送我去星语半岛。"

星语半岛是梁潜名下的那幢别墅。

司机惊讶，孟总是晚上的航班飞往京都出差，如果他没记错的话，九点半就要起飞，如果现在去别的地方，肯定赶不上飞机了。

"好的，孟总。"

孟怀谦坐在后座，似是闭目养神。

他给助理发了消息通知改签。明天京都有会议，他也不愿意耽误工作进度，改签为凌晨两点起飞的航班。

他总觉得漏了很重要的事，片刻后终于想起，将那张耳饰的照片发给助理，以备不时之需。

机场跟星语半岛都不在一个方向，当司机开车到达目的地时，已经快九点了。

孟怀谦下车进了别墅。

池霜已经搬走，这里也没人搬来住，一切都保留着原来的模样，每个星期都会有保洁过来打扫卫生。

来到玄关处，他出于习惯换了拖鞋，只是在瞥见鞋柜里那双曾经她砸他的毛茸茸的拖鞋时，竟然有恍如隔世的错觉。

事情没有发生多久，他们的关系却发生了翻天覆地的变化。

最初，池霜是梁潜的女朋友，孟怀谦一般只会在饭局上见到她，两年来，他们说过的话都没超过十五句。

之后，他背负着梁潜的性命，对她满腹愧疚，她哭她闹，他束手无策。

现在，她成了他通讯录里通话次数最多的那个人。

孟怀谦将那双拖鞋再次摆好，按亮了客厅的灯，缓缓上楼。

屋子里空旷寂静，在来到二楼主卧室门口时，他停下了脚步。

她的卧室，他应该不太方便直接进去，即便她现在已经不住这里了。

迟疑了几秒钟，电话即将拨出去的那一刻，他又挂断。

经过这段时间的相处，他能猜得到当他说出自己的顾虑时，她会是什么反应。

她一定会骂他——"孟怀谦，你是原始人还是清朝穿过来的？难道说你有特异功能？不进去怎么找！"

在门口沉默了一会儿后，他推门进去。

这间卧室他是头一次进来，这别墅梁潜早就买了下来，当初还吆喝让他们几个都在这里买一套。梁潜是一年多以前找人设计装修的，搬进来住也不过才几个月，这里的一切都很新。

孟怀谦目不斜视地穿过卧室走廊进了衣帽间。

池霜的衣服、鞋子、包包太多，这次搬家她也没全带走，仿佛她还没离开一样。

衣帽间被设计为男女主人共用，中间的手表柜里都是梁潜的腕表，以及衬衫夹、领带夹。

孟怀谦来到另一边，目光克制地扫过池霜的珠宝，也有并不陌生的饰品，其中一根红绳比较显眼。如果他没记错，梁潜也有一根，容坤曾经笑话过梁潜学年轻人戴红绳不嫌害臊。

当时，梁潜失笑："霜霜比较信这个，跟她朋友去了个很有名的寺庙买了两根。你懂什么？"

梁潜分外珍惜，一直到出事的时候，除了腕表，手上还戴着跟他气场格格不入的红绳。

衣帽间的灯只开了一盏，光影落在孟怀谦身上，晦暗不明。

他伸手，打开了首饰盒。

珍珠居多，还有红蓝宝石的手链、项链。他想，池霜留下来没带走的这些，应该都是已经不符合她的喜好了。他记在心里，至少以后她突发奇想让他帮忙购置时，最好不要买这些珠宝。

另一边，池霜见他半天没消息，又拨通电话。

铃声在空荡的房间里响起。

孟怀谦按了免提，她的声音传来，很清晰，清晰得好像她就在屋子里叉腰命令他。

"找到没啊？"

"还没有。"

池霜嘟囔："要是家里找不到，那还能丢在哪儿？"

孟怀谦不出声，任由她碎碎念。

"应该不在我车上吧？我昨天才去洗的车。"

"好烦啊，我那套礼服跟这对耳饰最搭，都是好几年前的款了，现在专柜也没得卖啦。"

"太讨厌搬家了，每次总会丢点东西……"

"孟怀谦，你找到没有？"

"等等。"孟怀谦弯着腰，在她那堆东西里翻翻找找，还要抽空安抚她，"没有关系，不是什么大事，如果没找到，最迟后天，我助理会送一对新的过去。"

"那个现在很难买到的。"池霜嘀咕。

"不难，放心。"

"那好吧，你找到了就直接给我送来，没找到就算了。"她说。

孟怀谦"嗯"了一声，在她挂断前，又叫住了她："需要我给你带吃的吗？如果我找到的话。"

他就怕等他找到耳饰送过去了，她又临时起意要他去买夜宵。他还要赶凌晨的飞机，需要考虑到她的一切需求。

"不要。"池霜很嫌弃孟怀谦问这样的问题，"你见过谁参加重要饭局前还吃夜宵的？"

孟怀谦从善如流地回道："我知道了。"

在尽量不破坏衣帽间摆设的情况下，孟怀谦还是花了快二十分钟才找到那只耳饰。他看向掌心，肩膀一松，只觉不可思议——他改签航班、路上多花费一个钟头、在这里如沙滩寻宝般忙碌二十分钟，居然是为了这小小的一只耳坠。

还好，找到了。

只要找到，只要她高兴，就不算是浪费时间。

他走出衣帽间前，发现刚才打开的柜门没关上，于是走过去，好像有什么东西卡住了，弯腰拿起才发现是一幅画，素描画像。

画中身着衬衫西裤的男人正在看书。

他对这个人再熟悉不过，这是梁潜。

画者笔触温柔，如果不是对梁潜极为了解的人，是很难寥寥几笔就能勾勒出他的神韵来的。

孟怀谦想起池霜的父亲是一名画家，年轻时在当地小有名气。

其实都不需要猜测是谁画的，素描画的右下角就写得清清楚楚。

——池。

孟怀谦愣了愣。

梁潜对池霜的感情，几个至交好友都看在眼里，但孟怀谦跟池霜并不熟，除了她的眼泪、她的伤心，这应该是他第一次真正察觉到她对梁潜的爱意。

他静静地看了一会儿，又弯腰将这幅素描画重新放回柜子里。

好奇心这种东西，本不应该出现在孟怀谦的人生中。

这世界上无数人怎么也够不到的名和利，早就牢牢地掌握在他手里，没有他想要而得不到的事物。可是这一刻，连他自己都没意识到，他开始好奇池霜在梁潜面前是什么模样。

是爱的吧？

那她爱一个人时会是什么语气、什么神情呢？

——这实在正常。人们在观看影视作品时，见到穷凶极恶的反派也会闪过这样的思索：这人如果爱上一个人会怎样？

池霜泡澡之后收到了孟怀谦的好消息。

现阶段她只把他当牲畜使唤，没把他当异性、当男人，自然没有包袱，在他面前素面朝天也无所谓。她在家里等啊等，快十一点钟时，门铃声终于响起，她趿拉着拖鞋快步过去，通过显示屏看到门外的人是孟怀谦才开门。

她伸手，他抬手，可谓默契十足。

"我要检查一下是不是我弄丢的那只。"池霜抬眼看他，"搞不好是你让人买来骗我的。你不要以为你能骗得过我，我的东西我都认识的。"

孟怀谦哭笑不得。

偶尔，他也会觉得她很像胡搅蛮缠的孩童。

"这几天我不在京市，要出差。你在电话里说要参加饭局？"

在跟她有关的事情上，他必须谨慎一些。

池霜倚在门边，还在仔细观察这失而复得的耳坠，眼皮都没抬："我以前公司的晚宴。怎么，孟总要给我当保镖吗？"

孟怀谦神情平淡地解释："我要出差，可能没时间。"

此时此刻，池霜也没想到孟怀谦会把她随口说的一句话当真，并且付诸行动。

钟姐担心池大小姐放鸽子，周六一大清早就拎着包上门堵她。

"今天你可得当点心。"钟姐拎着池霜到洗手间给她挤牙膏,语重心长地说,"高总可能会念叨你几句,你也理解一下,温晴现在喊他一声'姨父'。"

"那我不去了!不去了!"池霜原本睡眼惺忪,这会儿见找到理由便来了精神,"明知道有人要欺负我,我还要觍着脸去,我是有多爱受虐啊?"

钟姐将电动牙刷塞进她嘴里:"得了吧,你少给我来这一套。你还在星启的时候,可没少阴阳怪气高总,他也怕你好吧?"

池霜知道自己躲不过,钟姐的面子要给,刘总的面子更要给,她就当是去听王八念经了。

两人下楼时,池霜还在抱怨:"钟姐,公司团建真的很无聊啊,没有出场费,我一秒钟都不想待。"

说着,她靠在了钟姐的肩膀上撒娇暗示。

钟姐从包里拿出手机,给她转账一万。

池霜:"我的片酬你知道的,一万块演不了几分钟,还是给你按友情价打骨折算的。"

"你觉得你退圈了还能有以前的行情?"钟姐还想再念叨她几句,半点野心都没有,白瞎了这张脸,余光却瞥见一辆黑色的轿车,阵仗唬人。

池霜也愣住了,这辆车很眼熟。

她还没回过神来,一个穿着黑色西装的高大男人走上前来,语气恭敬地说:"池小姐,您好,孟总有交代,让我过来接您。"

钟姐缓缓看向池霜。

池霜也一头雾水。

直到坐上了车,池霜才明白过来,孟怀谦不仅给她安排了司机,还有两名保镖。

一男一女。

钟姐这样干练圆滑的人,在死一般寂静的车厢内,都没敢开口说话,而是低头给池霜发了两条消息。

钟姐:孟总是谁?

钟姐:是谁?

池霜恍惚。

整个晚宴,她第一次感受了一把什么叫"十米以内岁月静好"是什么体验。

比如钟姐预言的可能会给她添堵的高总,全程都没过来刷存在感。

半小时后,某个休息室里,有人窃窃私语。

"霜霜那是什么情况?"

"改天去她家问问,听说今天送她来的是一辆迈巴赫。"

"京市堵车的时候,一百米的路段里就有三辆迈巴赫,也不稀奇啊。"

"稀奇的是车牌号好吗?"

君庭是容家旗下的酒店,容坤每个月会过来几次。用过晚餐后,他乘坐电梯来到停车场，正往停车的方向走时，突然停下脚步，还以为自己出现了幻觉。

孟怀谦的车怎么会出现在这里？

他一脸狐疑，走了过去，抬手敲了敲车窗。

车窗缓缓降下，四目相对。

容坤惊讶道："什么情况？你不是在京都出差吗？"

中午两人才通过电话，那会儿孟怀谦还在京都，这才几个小时，居然就回了京市？

"我提前回来了。"孟怀谦言简意赅。

容坤若有所思地看他："中午那会儿怎么没听你说？"

孟怀谦："临时决定。"

正当容坤还想再问些什么的时候，另一边传来轻快而有节奏的脚步声。他偏头看过去，又是一愣。

居然是有一段时间没见的池霜。

池霜今天穿着黑色的细肩带小短裙，肤色雪白，娉娉婷婷，如一朵绽放的鲜花。

她身上还带着在晚宴上沾上的果酒香味，脸颊绯红。

车上的孟怀谦在看到池霜过来时，已经推开车门下车。

这是这段时间他养成的习惯。

容坤惊愕地看着孟怀谦自然而然地立在池霜身旁，两人看着宛如一对璧人……

等等……他为什么会用到"一对璧人"这样的字眼？

如果不是确定今天还没喝酒，容坤都要误会自己已经醉得一塌糊涂了。他收敛了惊愕的神色，看向孟怀谦和池霜，又像眼睛被蜇了般迅速躲避，手插裤袋，故作随意地寒暄："池霜，好久不见，来君庭怎么不提前打个招呼？"

"看你每天都挺忙的，就没好意思打扰。"池霜这才想起来君庭是容家旗下的酒店。梁潇的三个发小里，在梁潇没出事之前，她跟容坤算是最熟的，但这也仅限于梁潇在场的时候，私底下她跟容坤也就是朋友圈点赞的往来。

"这么客气？"容坤失笑，"你俩来君庭吃饭？"

"只有我啦。"池霜抬手一指孟怀谦，"我也是才看到他，今天星启开晚宴，我就是过来蹭个饭。"

"蹭饭？"容坤恍然大悟，"怎么，你没跟星启续约？之前就听你说合同快到期了。"

孟怀谦微微凝神。

他没想到容坤跟池霜的关系看起来似乎不差。

怎么以前都没发现？

"是啊，我没续约，所以我是厚着脸皮来蹭饭的。"

"这样……"容坤点头，"是准备休息一段时间再出发？"

"那倒不是，就是不想干这行了，给新人们挪个坑出来。"

"羡慕啊！"容坤拉长音调感慨，"这就准备退休养老了，多好，哪像我们，活到老干到老。"

池霜笑了："走开，听不得资本家说这些话。"

两人都没提梁潜，气氛也算轻松，不过这么久没接触，中间又隔着那种事，就算聊天寒暄也都透着生疏和尴尬。

容坤点到即止，抬手看了眼腕表，又若无其事地说道："我看了你朋友圈，你那餐厅还挺有模有样，肯定生意红火，开业记得通知一声，我去给你捧场。那我先走了，还有点事，下次再聊。"

池霜抿唇一笑："行，一定会给你送请柬。"

容坤又看向了立在她身旁的孟怀谦。

这两人太扎眼了，再搭配上一个他，怎么看怎么奇怪，他还是先溜了吧。

"走了，拜。"

孟怀谦点头应下。

容坤走出了好几步后，仿佛有人操纵一般，鬼使神差地回过头。

池霜酒量不错，即便身边有保镖，她也没放任自己喝太多，只喝了些度数低的果酒。也许是今天太开心了，她竟然眼带笑意地看向孟怀谦，揶揄道："孟总是来接阿蓉的班吗？"

她也没想到自己当时随口说的玩笑话他会当真。

孟怀谦抬了抬手，车门自动开启："谁是阿蓉？"

池霜无语："搞什么，你请的保镖你不知道人家叫什么名字？"

孟怀谦微愣。

等池霜上了车确定坐好以后，他再关上车门，准备绕到另一边上车，漫不经心地抬起双眸，跟不远处如遭雷击般愣在原地的容坤对视一眼。他愣了一下，也在疑惑为什么这家伙还没走。

两位好友你看我我看你，压根没有心灵感应。

容坤只能败下阵来，摊了摊手，做了个手势，意思是之后电话联系。

池霜心情不错，也乐意给孟怀谦一些好脸色。她今天穿的小礼服很修身，整个晚宴也没敢放开了吃东西，这会儿上车后胃里空空，感觉不太好受。

孟怀谦见她皱眉，问道："怎么了？"

"饿了。"

不等孟怀谦向她抛出"想吃什么"这个问题，她主动倾身，直接越过了孟怀谦，对司机说道："杨叔，你知道老城区有家刘哥锅贴吗？送我去那里吧，每次带回来的都不如刚出锅的味道好。"

司机杨叔也忽略了车上的孟怀谦，没有征求他的意见就点头应下："知道，老地方，太熟了。"

孟怀谦本来想问问池霜今天晚上过得是否开心，见她一脸藏不住喜悦的模样，话到嘴边又咽了回去。

她太简单，什么情绪都写在了脸上。

其实星启内部那点纷争他知道，她跟温晴发生的口角，以及温晴背后的高总有心想敲打她这件事他也清楚,但他不太方便插手去管:一来她已经离开星启了,没必要徒增烦恼;二来他相信今天即便没有他安排的这一出,她也能游刃有余地处理好这些并不愉快的人际关系。

"京都那边天气怎么样?"

池霜甚至主动跟孟怀谦闲聊。

孟怀谦笑了声:"这几天跟京市差不多。"

"那有点冷。"池霜看向窗外,感叹,"一转眼就秋天了,时间过得可真快啊!"

两人沉默,也都同时想起了梁潜。梁潜最喜欢的季节就是秋天,他于初夏出事,而现在京市都进入了深秋。

黑色的轿车在夜里疾驰而过,很快就到了那家刘哥锅贴附近。老城区停车位本就少,路边的几个临时停车位早已经被人占了,孟怀谦便下车,叮嘱司机:"在附近转转,十分钟后再开过来。"

池霜下意识也要跟着下去,孟怀谦温声制止:"别下车,气温有些低,当心着凉,我去买就好。"

"噢。"

车门一开,冷风迫不及待地钻了进来,她的确感觉到有些凉意。

京市的秋天昼夜温差大,白天还好,入夜后穿着风衣都有些单薄。她还穿着小礼裙,禁不住萧瑟秋风的拥抱。

夜色中,孟怀谦往对面街道走去,他穿着黑色西装,被这秋天的深夜染上了寒意,仿佛与夜幕融为了一体。

孟怀谦进了小巷,刘哥锅贴的招牌灯还亮着,出乎预料的是,有人正来回回地搬着桌椅。

老板对三天两头就来的顾客还有印象,见了孟怀谦,憨厚一笑:"又来买锅贴啊?"

孟怀谦说:"是。"

"你后天再来店就关了。"老板熟练地煎锅贴,"开了好几年了,要不是家里有事,真不舍得就这样转让出去。"

孟怀谦看向墙上那张池霜的照片。

老板顺着他的视线看过去,乐了:"你是池小姐的粉丝吧?每回来都盯着照片看,得……"老板随意擦了擦手上的油,小心翼翼地从墙上将照片取了下来递给他,"这照片送你了,我儿子现在又喜欢另一个明星了。"

孟怀谦迟疑,还是在老板的催促之下,他才接过,都没顾得上照片上可能有零星油污,就将照片放进了西装口袋里。

看着原本热闹的店铺如今桌椅杂乱无章地摆着,他微微叹息。对旁人的事情从来漠不关心的他也无意向老板探究更多,只是她以后吃不到这家的锅贴会很失望吧?

对池霜来说,今天一天都过得很充实。

等到了家门口,她已经有些困了,孟怀谦却还在门口一脸欲言又止。

"三秒钟,你不说我就进去了。"池霜白了他一眼。她对他的好脸色维持不了多久,就像是灰姑娘的魔法,现在到时间了,一切又要回到原点。

"老板将锅贴店转让出去了。"

孟怀谦知道她有多喜欢这家店,让他带吃的十次里就有八次点这家,肯定是极为喜爱的。

他以为池霜会错愕、会失望、会可惜、会遗憾,没想到她却只是偏头打了个哈欠:"知道了。你还有事?"

孟怀谦的手已经抬起,正要将口袋里的照片拿出来还给她。他觉得自己都不该接下老板递来的这张照片,她自尊心很强,如果知道老板的儿子已经不喜欢她、连她的照片也不带走,可能会生气。

"没事我就睡了,有事也明天再说!看你这扭扭捏捏的样子,我就猜得到不是好事。总之,现在别说,我不想听,钟姐今天一大清早就把我拽了起来,困死了!"

"嗯,好。"

孟怀谦也没再多说什么,她关门后,站在门口沉思了几秒,便往电梯厅走去。

随着"叮"的一声,电梯门开了。

他抬脚走了进去,略感疲乏地捏了捏鼻梁,突然想起什么,不疾不徐地从西装口袋里拿出手机,拨通了容坤的号码。

那头很快接通,两人在电话里约了碰面的地点。

两人都很挑剔,没有选择就近,而是驱车来到了常光临的酒馆会所。这会所采取的是会员制,容坤在这里还有自己的包厢。

"试试看。"容坤往孟怀谦的酒杯里倒了半杯,"从我家老爷子的酒窖里顺来的,珍藏多年了。"

孟怀谦模样倦怠,但还是拿起酒杯喝了一口。

"京都那边还顺利吧?"容坤又自顾自地说,"不用说,你肯定是顺的。说起来,咱们几个在外面看着像那么回事,可谁对着公司的元老、股东不是跟孙子似的?也就是你有足够的话语权。阿潜那会儿还跟我说,都后悔回来接手公司了,还不如当年跟着你在国外干呢。"

提起梁潜,气氛骤然从散漫变得有几分凝重。

容坤叹息:"阿潜命不好,小时候爹妈都走了,他一个人孤零零的,好不容易从那群豺狼虎豹手里把公司的经营权抢了回来,还找到了自己特别喜欢的女朋友,眼看着要订婚了……"

他顿了顿,很隐晦地提醒:"怀谦,有些事情你不要太自责,同样的情况发生在你身上,我想你肯定也会毫不犹豫要救阿潜。阿潜他不会怪你,更何况这事说到底跟你也没多大关系。至于池霜,毕竟她是阿潜的女朋友,咱们能帮肯定不说二话,但你想想,阿潜对她在意到什么程度了,以前我多跟她说几句话,他还给我丢眼刀呢,心眼小得很。"

照顾肯定是要照顾的，帮忙也义不容辞，但容坤总觉得，如果阿潜能看得到，可能还真不愿意自己的兄弟成天跟在池霜身后嘘寒问暖。

这倒是其次，今天孟怀谦跟池霜站在一块儿那氛围……不太对劲。

孟怀谦缓缓抬起头来，修长的手握着杯子。

包厢里陡然寂静。

两人都不是傻子，容坤在提醒什么、暗示什么，孟怀谦不是听不懂。

他觉得很可笑、荒唐，简直莫名其妙。

如果说出这种话的人不是他多年好友，他早已冷脸。

容坤若无其事地跟孟怀谦继续碰杯，发出清脆的声响，似是拨动了某根弦。

孟怀谦足够有分寸，应该知道什么事能做，什么事连一分心思都不能有。

从会所出来，已经是凌晨。

孟怀谦难得微醺，司机过来接他回了他下榻的酒店套房。他脑子沉甸甸的，容坤的那些话就像是浸了水的棉花，显得越发沉重。

他胡乱伸手，却摸到了一张照片，照片的一角略有些锋利，刺痛了掌心。套房的光线朦胧，他低头凝视着照片中笑得很甜的池霜，右下角还有拍照的日期。

是还没有遇到梁潜的池霜。

两天后，池霜晚上睡不着，仗着自己在梁潜出事那段时间瘦了不少，开始放飞自我，理直气壮地给孟怀谦发了消息，让他送夜宵过来。

"孟骑手"在这件事上一直做得很不错，她想吃什么，发个消息过去，不用她等很久，他就会在最短的时间内送来热气腾腾的外卖。

她找了个下饭剧，坐在沙发上等着她的香酥鸡块到来。

孟怀谦还在公司加班。

当老板也不轻松，这一年快到尾声了，他每天要处理的事情太多。收到了池霜的消息，他习惯性地回了"好"后便起身，都快走到门口时，容坤的那些话语暗示又出来作乱。

他猛地停下脚步，低头思索了很久。

或许吧，就像容坤说的那样，阿潜也许并不一定愿意他用这样的方式照顾池霜。

他迟疑着、犹豫着，还是回到了办公桌前，打开外卖软件，正要下单时，见时间已经不早了。出于安全考虑，他不应该让一个连他都不认识的陌生人去给池霜送外卖。

思来想去，他给家中的管家打了电话。

"看看哪个阿姨有空，"孟怀谦沉声道，"时间太晚了，麻烦跑一趟，工资另外结算。"

管家应下。

虽然他对翡翠星城这个地址并不陌生，但先生从来不会让他去送各种生活用品。

他只知道那边住着一位年轻美丽的小姐,却没有见过。

一开始他以为是先生不想让外人知道,几次之后他也反应过来,先生几乎考虑到了所有,接触那位小姐的都是阿姨。

挂了电话后,孟怀谦面对电脑上的数据图已经没了心思,很难静下心来继续投入忙碌的工作中去。

他开始想象,池霜在开门的那一瞬间看到门口的人不是他时会是什么反应。

她肯定会打电话来骂他一顿。

他盯着手机,如坐针毡,甚至开始后悔,后悔平白无故惹她气恼。

容坤的话其实无足轻重,真正让他介怀的是他对于那张照片的定义,为什么他在意的是拍下照片时,她还没有遇到阿潜?

是他低估了照顾她这件事的难度。

是他高估了自己的自制力。

是他自不量力。

池霜也烦透了自己的自律,身体自动进入了克制模式,明明接下来就要吃香酥鸡块,她怎么就在客厅踩上了椭圆机呢?

门铃响起时,她还在"哼哧哼哧"地运动燃烧卡路里。

哎呀,超级快的"孟骑手"到啦。

她顶着额头上的汗,雀跃地迎接她的鸡块,只是在看到出现在显示屏里的人不是孟怀谦时,愣住了。

如果门外的人不是她见过两次的阿姨,她根本不会开门。

门一开,阿姨笑容满面地将打包盒递过来:"池小姐,晚上好呀,这是先生让我送来的吃的,还是热的呢!"

池霜怔了怔,食欲全无。

她的神情只僵硬了几秒钟,在对方还没有察觉到时已经恢复自然,展颜一笑,客气地说:"阿姨,真是麻烦你了,太不好意思了,这么晚还让你来给我送吃的。"

阿姨笑呵呵地摆摆手:"没有没有,先生给我开工资的。"

池霜也跟着笑:"谢谢,辛苦啦。"

她即便再任性骄纵,也不可能对着外人来。

她脸上带笑目送着阿姨进电梯后,才垮下脸来,反手关上门后,气得胸脯剧烈起伏,已经在心里问候了八百遍孟怀谦是什么意思。

他难道不知道每次她说想吃什么的时候就是要他亲自送来吗?

他不是都答应了吗?

池霜随手将打包盒放在一边,快速小跑回到沙发上,拿起手机却在要拨通孟怀谦电话的那一刻,突然福至心灵,什么都明白了。

这人就是不想干了,不想伺候她,不想鞍前马后了。

她打电话过去又有什么用?

她手指挪动,拨通了江诗雨的号码,那头很快就接了起来。

江诗雨才说了句"怎么了",池霜就"噼里啪啦"地吐槽:"我跟你打赌,奥朗不出十年,不,五年,就要破产关门!老板这么没耐心、没毅力,这公司就不会长久!"

江诗雨无奈:"孟总又怎么了?"

"呵!"池霜冷笑,"是谁觍着张大脸说要照顾我?结果这才多久就不想干了。他现在想想自己当初说的话,脸红不脸红,害臊不害臊?算什么男人啊!"

江诗雨语气凉凉地说:"都说了你要克制一点,谁能受得了你的折腾啊?"

能受得了的都是最后过关斩将的正牌男友,都是人才中的极品,忍者中的神鳌。

"那他一开始就不要讲大话!"池霜骂道,"亏我现在看他顺眼了那么一丁点,结果他给我整这出。我算是看穿了,诗雨,现在想想,梁潜跟他好得穿一条裤子,搞不好都是一丘之貉,只是我跟梁潜聚少离多,没看出来罢了。行,我很好,一个狗东西已经投胎做人了,另一个我这辈子都不会再跟他来往,我的世界清静了、清新了!"

江诗雨:"你想笑死我,怎么又绕回到梁潜身上了?要不你给孟总打个电话吧,或许有什么误会呢?而且,霜霜,不是我说你,孟总很忙的,不就是让阿姨送个外卖吗?这种小事没必要上纲上线。"

"请问我是孟怀谦的亲爹亲妈,还是买他公司股票的股民?我是佛祖要普度众生,理解每一个狗东西吗?"池霜恶狠狠地说,"我凭什么要理解他,凭什么要为他想各种理由再原谅他?不,不可能。"

江诗雨无奈:"你就是被人惯的。"

池霜深吸一口气:"还给他打电话?我给他脸了是吧?不打,我立马将他拉黑!"

江诗雨劝道:"你悠着点……要不你先吃点鸡块冷静一下?"

"我!很!冷!静!"

第三章

孟总，我真的很痛苦，也很难受

一直到深夜，孟怀谦的手机响过两次，但每一次都不是池霜。如果不是手机还可以正常使用，他甚至都怀疑自己的号码已经欠费。

他回到住处时，那位阿姨已经在副楼睡下。

一夜难以安眠。

第二天早上，孟怀谦让管家叫来阿姨。

阿姨站在饭桌前，见这位孟总翻翻报纸，又喝了几口咖啡，一脸欲言又止，不由得心里直打鼓。

该不会是要辞退她吧？

过了片刻，孟怀谦才缓声问道："昨天你去了翡翠星城？"

阿姨连忙回道："嗯，是我去送的，亲自把东西交到了池小姐手上。"

孟怀谦颔首："她有说什么吗？"

"没有。"阿姨努力回忆，"池小姐很客气，还说了'谢谢'。"

孟怀谦垂下双眸，几秒后，平静地"嗯"了一声，在饭桌前静坐良久。直到手边的咖啡都凉透了，他才缓慢起身。

另一边，池霜在跟江诗雨抱怨了一通后，这气也就消了。

成年人的世界不必什么都放在明面上来说，只需暗示即可。孟怀谦明知道她要的是什么，在没有提前告知的情况下让阿姨来送外卖，这一举动背后的含义还需要深究吗？还需要她打电话问个清楚吗？

男友在她这里都不会有的待遇，她凭什么要给一个无关紧要的"仇人"呢？

孟怀谦没有再出现在她的生活中……

头两天她还会骂骂咧咧，都不用一个星期，她就将这人抛诸脑后了。

这种人根本不值得她生气，也不配占据她半点心神，就让他的骨灰随风飘散，彻底地消失在她的世界里。

池中小苑也开始了试营业。

开业的这天，容坤也特地赶来了，送来了很显眼的花篮。他不动声色地扫了一眼，没见着孟怀谦的身影，一直悬着的心才终于落地。

两人都默契地没有提起本应该在这个时候当牛做马、任劳任怨的孟怀谦。

容坤给池霜的店做足了宣传，光是朋友圈都连着发了两条。

孟怀谦自然也看得到，他盯着这朋友圈照片中的池霜，很难挪开目光，将有她入镜的照片全部保存了下来。

他只是很不解，不解以她的性子，那天晚上怎么没有打电话骂他。

没有电话，没有短信，也没有消息，她连一个字都没留给他。

那天之后，她不会再命令他给她买夜宵买早餐，更不会让他跑腿去做什么事，他却没由来地觉得太安静，安静到他都不习惯，总觉得少了点什么，并且开始莫名感到烦躁。

开业这一个多月以来，池霜每天忙得脚不沾地。

容坤给她带来了不少顾客，她过去在圈里也认识不少人，这些前辈和后辈听说她开了店，但凡在京市的无一不过来捧场。营业额相当可观，表姐乐不可支，数钱数到花枝乱颤。

池霜也很开心，虽然忙，但时间过得特别快，快到没时间胡思乱想，几乎一眨眼，京市就步入了寒冬。

梁潜也走了四五个月了。

她现在想起他，只剩下怅然若失，偶尔还会觉得跟梁潜认识的那三年是不是只是一场梦。

"新郎，你是否愿意娶你面前这位美丽的小姐为你的合法妻子，从今以后，无论健康或疾病，贫穷或富贵，你愿意尊重她、爱护她，并与她相伴终生吗？"

"我……"

穿着黑色正装的男人脸上闪过犹豫之色。

他一直没说"愿意"这个词，场内顿时鸦雀无声，宾客们面面相觑。

池霜不可置信地看着眼前这个说过要爱她一辈子的男人。

两人对视，男人满怀歉意地低声说："霜霜，对不起。我想，这场婚礼应该不能再继续了。"

池霜的脑子"嗡"的一声。

紧接着，她从梦中醒来。

房子里常年恒温恒湿，她却出了一身薄汗。醒来后，她拍了拍额头，一脸烦躁地从枕头底下摸到手机，在微信群里开始表演发疯。

池霜：要了老命，你们猜我做了什么梦！

被公司的人误会是"皇亲国戚"的江诗雨最近很闲，闲到能秒回消息。

江诗雨：跟哪个帅哥在梦里共度春宵？

池霜：我又做了那个梦，梦到我跟梁潜的婚礼现场，结果他说他不愿意娶我，我被气得当场就醒了，我看他是真的活腻了！

江诗雨：……

肖萌：……

江诗雨：老实交代，你最近是不是有什么新情况？人家梁潜是给你托梦吃醋呢，男人就喜欢玩这种把戏。

池霜：死人吃什么醋？

池霜：这是重点吗？不觉得可怕吗？我已经连续做了三次这个梦了！

肖萌：……有点。要不你去庙里拜拜？

池霜也正有此意。

她一个唯物主义者自从进圈后立场就不坚定了，受各路人马的熏陶，连餐厅选址她都是找信赖的师父算过，选了良辰吉日开的业。

碰上这种令人瘆得慌的事，她醒来都没顾得上化妆，戴上帽子和口罩就一刻不敢耽误飞快地来了寺庙。

在庙里熏陶了一整天，诚心诚意地求了串手串，还悄悄让师父给她画了符，回家后贴在了床头，她这才安然入睡。

说到底，梦到已经去了地府的人，终究不是一件太吉利的事，她理解梁潜可能很想她，但不可以用这样的方式吓她。

别的梦倒还在她的忍耐范围以内，但频繁地梦到跟死去的男友的婚礼现场……

这怎么不诡异恐怖呢？

光是想想，这胳膊就不由自主地冒冷汗。

只是她怎么也没想到，婚礼现场当着那么多宾客被甩的梦，她的确是没继续做了，但接下来半个月里，雷打不动地梦到各种碎片。

一片一片拼凑起来，这个宛如连续剧一般的梦无比真实。

梦中，梁潜竟然没有死，而是被浪冲到了某个渔村的海滩，有一家人出于好心救下了他，谁知道他醒来后忘记了一切。

有个叫许舒宁的温柔女人细心地照料他，两人渐生情愫时，他恢复了记忆。权衡之下，他痛苦地瞒着女人回了京市，在京市他有事业、有兄弟，还有女朋友。他以为生活会重新回归正轨，可总会在夜深人静的时候想起在渔村的那些美好回忆。

这时候，许舒宁也来了京市，两人重逢，其中掺杂着无数的纠缠、犹豫。他及时地察觉到自己早已爱上了许舒宁，于是在婚礼现场丢开了所有的包袱，回到了许舒宁身边。

之前连续做同样的梦本就怪异，令池霜如鲠在喉，而现在这一出接着一出的，更是让她心乱如麻。两方观念在极限拉扯，她倒是也想乐观一些，可敏锐的直觉又告诉她，这些可能都是真的。

与其折腾自己，不如折磨他人。

第二天，池霜开车循着熟悉的路线来了梁氏大厦。

梁潜出事后，她就没再来过了，她也没想到自己还会再来。

车停在停车场，她没急着上去，而是拨通了梁潜特助的号码。

那头的人很快接了起来，语气跟以前一样礼貌客气："池小姐，是我，您有什么事吗？"

"张特助，好久没联系了。我现在在停车场，你在公司吗？"池霜轻声问，"有空的话，咱们聊聊？"

张特助瞬间打了个哆嗦。

虽然说池小姐对他一直都很不错，以往从外地拍戏回来还会顺带给他捎一份特产，但是……身为梁潜的特助，他比谁都清楚这位池小姐有多难伺候。

要知道，连梁总都拿这位女朋友没办法，时常被气得砸了手机，下一秒又捡起来拨通号码，低声下气地哄这位祖宗开心。

池小姐现在联系他是有什么事，而且还用这样轻柔的语气？

一时之间，他脑子里闪过无数个猜测，嘴上却热情地应下。

挂了电话后，他一秒钟都没耽搁，立刻拨通了某个号码。

电话一接通，他急切地说明情况："孟总，池小姐来了公司……她说有很重要的事要找我聊。"

张特助对池霜的到来如临大敌，挂了电话后，他也不敢让池霜久等，麻利地乘坐电梯去停车场接这位祖宗。

池霜见了张特助后，神情自然地问好："张特助，好久不见，现在过得还好吗？"

这个问题可难倒张特助了。

对于他们这些下属员工来说，梁总在或不在，区别也不是很大，多亏了孟总力挽狂澜，现在梁氏集团还算稳定。之前员工们都挺担心老板失踪，元老股东蠢蠢欲动，神仙打架凡人遭殃，可没想到孟总以最快的速度就将风波平息了。

但他能对着池小姐说"过得还不错"吗？

池霜见张特助支支吾吾的，微微一笑："事情都过去这么久了，大家的工作生活重新恢复正常，这是好事呀。"

张特助苦笑："您说得是。"

电梯门开了。

池霜又淡笑着问他："梁潜的办公室还在？我能过去吗？"

张特助忙回道："在的在的，别人不能进，您随时都可以过来。"

"是吗？"

闻言，张特助心下更是拿不定主意，脑门都在冒汗：孟总究竟什么时候来？这事儿我一个人面对不了，也做不了主！

"您这边请。"池霜对梁潜的办公室再熟悉不过，她走在前面，张特助落后半步跟上，"您今天想喝什么？茶还是咖啡？果汁也有鲜榨的，还是您喜欢的那几种口味。"

"都行。"

池霜的这两个字令张特助眉心一跳。

都行。

随便。

梁总最怕听到这两个词，一般池小姐会这样讲，那必然是她心情极度不好。

再次走进梁潜的办公室，恍如隔世，池霜谨慎地询问："我可以坐他的椅子吗？"

"当然，您随意。"

她款款过去，拉过那张办公椅坐下。办公桌面上一尘不染，除了电脑和烟灰缸，只有一个相框，是他们去年冬天去北海道旅游时拍下的。

人掉进海里，超过一个星期没找到那多半就是死了，还是尸骨无存的那种。

但是以孟怀谦的人脉和财力，至今都没找到跟梁潜有关的消息，这件事深思起来难道不奇怪吗？

池霜的视线落在合照中梁潜的那张脸上，心想：你究竟是死是活？

张特助打破了这沉寂的气氛："池小姐，要不您在这里坐坐，等我把手头上的事交代好了再过来陪您？"

池霜不甚在意地点点头："是我来得太突然了，打扰了你的工作进度，不好意思。你去忙吧，什么时候忙完了，咱们再聊也是一样。"

张特助笑了："您要是有什么事，打内线电话就好。我现在让阿姨准备些水果和点心来。"

池霜不置可否。

张特助退了出去，如劫后重生般拍了拍胸口。

他有预感池小姐找来不是什么好事，别的他都不担心，就是怕池小姐问梁总出事的真实原因。这事知道内情的人没多少，梁总的那几位至交好友都已经处理好了，尤其是孟总，当时还特意交代过他，这件事尽量不要让池小姐知道。

他理解孟总的用意，这件事牵扯太深。

而且池小姐即便知道了又如何，不过是徒增烦恼，如果被有心人利用卷进风波中，那也绝对不是梁总愿意看到的。

焦灼地等待了好一会儿，张特助才看到了孟怀谦的身影。他赶忙迎上去，却是一怔，一向沉稳内敛、处变不惊的孟总此刻竟是面若寒霜，气场迫人。

孟怀谦的声线如寒冬深夜般冰冷："有谁找过她了？"

张特助也一头雾水，忙摇了摇头："孟总，我已经问过了，刘宏康这段时间不在京市，刘宏阳的妻子也带着孩子回了老家，应该没有人找过池小姐。"

孟怀谦有些迟疑，并没有立刻进办公室。

距离上次见面到现在，他已经两个月没见池霜了。

他又回到了从前的生活节奏,似乎也没有不适应,只是在偶尔翻通讯录看到她的名字时,视线会多停留两秒;只是会在经过她的餐厅附近时,让司机绕一段路,他远远地看上一眼,仅此而已。

没什么不一样。

但又好像一切都已经变了。

张特助也不明白,孟总如此匆匆赶来,怎么到了门口又停下。

正在这时,阿姨过来,手里端着洗好的香印葡萄。

见这两人站在门口,她一时之间拿不定主意,也只好停下了脚步等待通知。

孟怀谦的目光扫了过来,停留在了那一串外表青翠的葡萄上,似是晃神了几秒。

"孟总?"张特助迟疑地喊了一声。

"先送进去,让她吃点东西,我再等等。"孟怀谦收回视线,淡声回道。

张特助虽然不懂,但还是让开了位置。

阿姨推门而入的瞬间,孟怀谦似乎嗅到了一股很淡的清香。他清楚这是错觉,池霜身上的香味通常都不浓烈,而是很淡很淡的,除非同她处在窄小的空间,否则很难嗅得太清晰。

他下意识地收紧了手。

与此同时,屋内传来池霜轻轻的声音,清晰地传至他耳边。

"麻烦你了。"

阿姨回道:"您穿得有些单薄,要给您调下空调温度吗?"

"不了。"她声音带着几分沙哑和慵懒,"这里有我之前用的毯子,温度调高了太干燥。"

鬼使神差地,张特助在孟怀谦耳边很多余地小声解释:"之前池小姐常来,公司里几个阿姨都认识她。您放心,几个阿姨都不会拍照片传到网络上,更不会对外说不该说的话。"

孟怀谦没有回应,只是面容沉静地立在外面,隔着一扇门听池霜跟阿姨的交谈。

"我都跟张特助说了我不吃……"池霜低声说,"没必要特意出去买这些水果,多麻烦人。"

"也不是特意,"阿姨说,"以前梁总也吩咐他的茶水间里要备着您爱吃的零食、水果。您还爱喝果汁吗?要不我给您去榨一杯?"

"我也不渴,不用啦。"池霜叹息,"我是有事要找张特助,没想到来了还给你们添麻烦。"

"不是不是,您都多久没来了。"阿姨笑道,"梁总休息室里的您那枕头、毯子都洗了好多次,对了,还有您的高跟鞋和衣服,您这次要带回去吗?还是新的呢。"

"你们扔了吧,我不要了。"

池霜都忘记了这些琐碎小事。

她那会儿还没退圈,工作也不算少,跟梁潜聚少离多,大多数都是他飞去横店看她。

偶尔她看梁潜表现不错,也愿意给他惊喜,便偷偷飞回来,他果然高兴得不行。她累了也就顺便在他办公室里睡睡午觉,所以有不少东西落在这里——

她的毯子,还有她逛街随手买的,或是刷微博、朋友圈看到跟人撞了又不想要了干脆扔他这里的高跟鞋和衣服。

现在她也没心情处理这些东西,心思全被那一件事牢牢地占据了。

"那多可惜,都是新的呢……"

张特助屏气凝神地听着。

孟怀谦却突然伸手敲了敲门,没有任何预兆地打断了办公室里两人的对话。

池霜和阿姨一惊,齐齐看向门外。

阿姨一早就知道外面有人,赶忙简单收拾一下便离开了。

当西装革履的孟怀谦从门外进来的一刹那,池霜在短暂的惊讶之后,手心开始发凉,却仍然抬起下巴冷冷地看着他。

她没想到孟怀谦会来,还以为这个人早已经在地球上销声匿迹了。

联想到张特助不对劲的神情,再算算时间,她不费力气地推算出可能从挂了她的电话后,张特助就将情况向孟怀谦汇报了。

孟怀谦这仿佛赶着来投胎似的速度,为的也不是她,而是她想打听的事。

这件事只可能跟梁潜有关。

梁潜能有什么事值得孟怀谦如此小心谨慎呢?

池霜的一颗心直直地往下坠落,空空的。在她梦到的那个故事里,也有清楚地说明梁潜那场事故的来龙去脉,并不是意外,而是有人计划好的——除非当时坠海的人是孟怀谦,那才能算是真正的意外。

"原来是我们日理万机的孟总来了。"池霜起身,语气平淡。

孟怀谦不敢直视她的眼睛,只能凝视着她那微卷的发尾。她的发质很好,浓密乌黑,又似绸缎般有光泽,比起两个月前长了一些。

她今天穿着黑色大衣,看上去好像瘦了,气色没有之前那样好。

他也确切地闻到了专属于她的气息。

池霜在他面前站定,两人离得并不算近,她直视着他的眼睛,面无表情道:"看来孟总对谁都是随叫随到,还是说我误会你了,你只是顺路过来,上来你发小的办公室缅怀缅怀他?怎么没带几炷香跟香炉呢?"

孟怀谦的喉结滚动了一下,还是没出声解释,任由她数落讥讽。

"行,你来了正好!正好也不用为难人家张特助了,我猜他也是听你的吩咐,不然也不会我前脚才来,你后脚就到。今天我来就是想弄清楚那天晚上究竟发生了什么事。"

池霜在发抖,眼眶无法自控地悄悄泛红。

她只觉得自己仿佛置身于一个恐怖的旋涡中,这一切是那样的滑稽荒诞,她本想当作一个笑话,却发现一件又一件居然都对得上号。

毫无疑问,完全颠覆了她的世界。

孟怀谦垂在身侧的手微微动了下。

他想抬手，想做些什么，却不知道手应该放在哪里。

池霜极力忍耐着，要是自己在孟怀谦面前跟被人灌了哑药一样一个字都没倾吐时就泣不成声，那也太可笑了。

她深吸一口气，将所有不冷静的情绪全部压制住，又朝着他逼近了一步。

他没敢躲。

"你告诉我，推梁潜坠海的那个人究竟是谁？"池霜定定地与孟怀谦对视，"我是他的女朋友，难道我没有权利知道吗？你口口声声说我是他在这个世界上唯一放不下的人，怎么，我不配知道实情吗？孟怀谦，你是不是一直在骗我？骗我很好玩是吗，孟总？"

她眼里有泪光，只是强忍着没落泪，神情倔强。

孟怀谦败下阵来。

他体会到了前所未有的颓势朝他而来，既因为隐瞒的事情再也包不住了，也为了这一刻的束手无策。

他明明可以拿出千万种谈话技巧来掩盖，只要他愿意，他可以将她完全与这件事隔绝，让她听不到与之相关的半个字，甚至，他还可以让"梁潜"这个名字在她的生活中彻底消失。

但他很难再隐瞒她、欺骗她。

他也不想时隔两个多月后的再次见面，以他的满口谎言开始。

"……对不起。"他艰涩地说。

在此之前，孟怀谦的"对不起"在池霜看来越来越不值钱，她没当真过，也从没真正地听进去过。

唯独这一句，宛如惊雷一般在她耳边炸响。

在孟怀谦到来的那一刻，她就有不祥的预感，此时此刻一颗心终于尘埃落定。她突然觉得头晕目眩，差点站不稳，才想起来自己出来得太急，都没来得及吃早午餐。这段时间她饱受噩梦折磨，吃不好睡不好，日渐消瘦，低血糖也找上了她。

孟怀谦时刻注意着池霜。

她后退几步，直至抵住了办公桌才好受些，抬手按住额头，气息也加快了些，想要等这阵难受劲过去。

孟怀谦赶忙上前来，伸手扶住她，又虚搂着让她坐在了那张办公椅上。他微微倾身，皱着眉头，低声问道："怎么了？你脸色不是很好，是生病了吗？"

池霜正在平复突如其来的眩晕，自然没空搭理他，也懒得理会。

她闭着眼睛，睫毛轻颤，唇色很淡。

她现在很不舒服，身体上的，还有心理上的。

孟怀谦克制着没有抬手抚上她的额头判断体温，而是毫不迟疑地拿起了梁潜办公桌上的座机，拨通了内线电话。

电话很快接通，他沉声吩咐："张特助，麻烦你现在让人去这附近的餐厅买一份鱼片粥过来，说是池小姐常吃的，他们就明白了，尽快。"

挂了电话后，他又担忧地看向池霜。

"这也不是什么重要的事情，"他缓声说，"只要你想知道，我都会说给你听，不要拿自己的身体开玩笑。你现在先吃点东西好不好？"

池霜睁开眼，烦躁地看他，想骂他，又撇过头。

孟怀谦伸手去够那盘子，推到她手边："先吃点葡萄垫垫，等下我带你去医院。"

"别烦我，要吃你吃，我不想吃！"池霜挥开他的手，看也不看那盘香印葡萄，"你说吧，我想听听究竟是怎么回事，你想骗我到什么时候？"

孟怀谦无可奈何。

他站在办公桌前，低头看她，视线也不经意地掠过了合照中梁潜的那张脸。

仿佛梁潜此刻就带着淡淡的笑意在看着他们。

他收回视线，轻叹一声："阿潜应该没有跟你提过他公司的事，这件事一两句话很难说得清。"

池霜忍无可忍，扬声道："那你就十句话、二十句话、一百句话说清楚。孟总，我有的是时间听你说。你要是没时间，也说不清楚，可以找个有空又知道内情的人来跟我说！不要在这里跟我打马虎眼！"

如果是其他人，孟怀谦一定会不动声色地将对方是如何怀疑这件事弄清楚了，再酌情决定要不要将所谓的真相说出来。

可是此刻他没有半分犹豫，嗓音低沉地与池霜诚恳解释："我没有要回避这个话题的意思，你别误会，也别生气。我先跟你从事情的起因说起……"

刘宏阳是梁氏集团某个部门的经理，工作能力强，梁潜在刚接手企业的时候没少跟这位刘经理打交道。接触多了，梁潜很看好这位卖力又踏实稳重的下属，偶尔碰到还会笑着寒暄。去年年初，有个很重要的项目也就分给了刘宏阳，谁知道刘宏阳被对手公司收买，私底下竟然将特别重要的信息透露出去。

事关公司利益，在那个节骨眼上，对梁潜来说，善后才是最重要的。梁潜在查清楚真相后，也没报案。不过他也没手软，辞退了刘宏阳后，暗暗向业内施压。他没义务帮一个吃里扒外的人隐瞒，于是，刘宏阳所做的事情也宣扬开来。

其他公司都不愿意得罪梁潜，很快，刘宏阳上了业内黑名单，失信又失业，生活和工作处处碰壁。

刘宏阳正值壮年，有家庭也有孩子，孩子自出生就得了病，月月都得往医院砸钱才能勉强延续生命。刘宏阳几乎一年都没工作，积蓄也撑不了多久，更绝望的是，他带着一家老小回了老家，试图应聘当地的企业，而他常常前一天接到面试通知，第二天又被告知取消。在弄清楚是谁的手笔后，被逼无奈，他只好去苦苦哀求梁潜网开一面，放他一马。

他孩子成年后就要做手术，现在没几年了，家里没钱，关关难过。

梁潜最痛恨背叛，自然冷言冷语，置之不理。

"所以，他恨上梁潜，不知道用什么手段混上了你们那艘游轮？"池霜惊诧地问，"推梁潜坠海的人是他？"

孟怀谦斟酌着,缓慢点了头:"是。"

"那他怎么又推了你?"

"当时有个侍应生不小心将酒洒在了我的衣服上。"孟怀谦措辞委婉,"阿潜将他准备的另一套西装借给了我,刘宏阳误会在甲板上透气的我是阿潜。你知道,我跟阿潜身形相仿。"

池霜即便已经有了心理准备,但从孟怀谦口中听到这些事,依然倒吸一口凉气。

居然跟她梦到的一模一样,连刘宏阳这个名字都对得上,天知道她压根就不认识这个人,也从没听梁潜提起过半句。

她怎么会无缘无故梦到一个完全不认识的人呢?

明明办公室里有暖气,池霜还是不由自主地打了个冷战,寒意蔓延至四肢百骸,仿佛置身于冰窖之中,一时之间也忘记了言语。

孟怀谦见她眼神放空,似乎是受到了极大的打击,他骤然闭嘴,专注地观察她的神情。

"你还好吗?"他担忧地问道。

池霜一句话都听不进去,脸色惨白,身体一阵阵发冷,再看看梁潜的办公室,视线对上合照中依然满含爱意的男友,她竟然有种荒唐的错觉——这是一个她不认识的陌生人,是怪物。

这里她一秒钟都待不下去了。

她起身,孟怀谦下意识地伸手去扶她。她本来胆子就不大,这会儿整个人都沉浸在惊惧中,无论是谁的触碰都会让她抗拒,她激烈地挥开孟怀谦的手臂。

对上他错愕的双眸,她想跟从前一样凶他几句,可话都到了嘴边又咽下,她连骂他的力气都完全被抽走了。她什么话都没说,甚至忘记了拿起放在办公桌上的包,步伐虚浮地快步离开。

孟怀谦想追上她,视线又落在桌面的包上。

他对这个包有印象,是池霜几个月前某天闲着无聊买的,让人送到了他的办公室,她给他一小时的期限又让他送到她家。

她似乎很喜欢这样折腾别人。

她很聪明,知道每个人的弱点,清楚对他而言最值钱的是时间。

无论池霜怀揣的是什么心思,他都打算死死地按住,所以他已经做好了只需在暗处保护她的准备,却又被打了个措手不及。

垂眸思索了几秒钟,他伸手拿起那个包,又轻描淡写地扫了一眼那张甜蜜的情侣合照,微微叹息一声,走出办公室。

张特助早早地候在了门口,见孟怀谦出来,赶忙跟在他身后。他想问发生了什么事,但话到嘴边又咽了回去。刚才池小姐眼眶通红地从里面出来,他差点撞到她,还没来得及道歉,见她一副受尽了欺负和委屈的模样,吓得不敢上前阻拦。

她该不会是跟孟总吵架了吧?

这件事有那么严重吗?不都已经过去了吗?

"孟总,池小姐走了。"张特助也注意到了孟怀谦手中的女士手提包,愣了愣。

孟怀谦远远看到保洁阿姨在擦拭发财树的叶子，突然记起什么，又停下脚步，偏过头低声叮嘱："张特助，池小姐在这里留下的所有物品麻烦你找人收拾好。"

闻言，张特助错愕。

什么情况？

池小姐所有的物品吗？

的确是有毯子之类的东西，但收拾好是什么意思？

张特助又追了上去，试探着问道："好的，孟总，那要怎么处理？"

看样子不像是要他扔掉的意思。

收拾打包好……然后呢？

孟怀谦沉吟道："你不用管，会有人来取。"

张特助连忙应下，实则内心一片茫然。

他倒是还想多嘴问几句，谁来取？送去哪儿？

等孟怀谦以最快的速度乘坐专梯到停车场时，池霜正一踩油门，驶出停车场，轮胎与地面摩擦的声音令他心惊。

一路上，孟怀谦都紧张地跟在她后面。

此时京市还未到下班高峰期，道路还算通畅。池霜也不知道自己能去哪里，当她停在十字路口等待着漫长的红灯变成绿灯时，觉得这样很没意思。以她现下的心情，一点儿都不适合开车，她很珍惜自己的性命，也遵守交通规则，可不想害人又害己，于是果断在前面掉头换了方向，往池中小苑开去。

进入寒冬后，昼短夜长。

夜幕笼罩，池中小苑的生意依然很好，即便定位中高端，每天依然座无虚席。

但这热闹的气氛没半点感染到匆忙归来的池霜。

她穿过庭院、大厅，快步上楼，在台阶上碰到气色红润的表姐。表姐正要拉着她说说今天的营业额再创新高，她双眼无神地摇摇头，气若游丝道："姐，让我上去休息吧，有什么事明天说。"

"怎么了这是？"表姐忙关切地问，"吃过饭没？我让厨房做你爱吃的给你送上去呀。你看你最近瘦得风都能把你刮走，可得好好补补！"

"不了，我一点都不想吃。"

池霜丢下这句话匆忙上楼。

她几乎快窒息了，她得找个安全的、没人的地方坐一坐，好好休息一下。

没什么大不了的，让她放空，她才会有精力想想下一步要做什么。

表姐怔住，回头遥望池霜的背影。

她正纳闷呢，又有人要上楼，定睛一瞧，居然是已经两个多月没现身的孟怀谦。

她诧异又惊喜地喊："孟总，今天怎么有空过来了？"

孟怀谦神色匆匆,想快点追上池霜,却又不得不停下来,只能客气地跟表姐问好:"过来有点事,我先上去看看她。"

表姐"啊"了一声,反应过来后,连忙侧身让开:"霜霜刚上去,她的办公室您知道的,还是原来那个。"

孟怀谦礼貌道谢,又两步并作一步上楼。

哪怕他步子再稳健,表姐也从中看出了他的急切跟担忧,更是疑惑不解,这是发生了什么大事?

池霜气息不稳地进了办公室,一进来便看到了被她摆在玻璃柜中的那套茶具,那是梁潜特意让人设计定制的,独一无二、意义非凡。

白瓷细腻,最妙的是杯中如果盛满了水,杯壁那朵霜花便若隐若现。

一开始她爱不释手,之后每次见了便怅然若失。

而现在……

她几乎不能控制那股悲愤的情绪,她向来都是想做什么就做什么的性子,这一刻到了自己的地盘,也不打算再压制。她打开玻璃柜,一抬手,狠狠地将这套茶具全部砸了,一地碎裂的瓷片。

孟怀谦在屋外便听到了清脆的声响,身形微顿,也没顾上敲门便匆忙推门而入。

在看到一地碎片时,他愣了愣,视线缓缓上移,落在了池霜那仍有怒气的脸庞上。

她抬起头,跟他冷淡地对视。

池霜是有气一定要出的性子,别说是这套茶具,梁潜送她的所有东西她都想砸了扔了。

可不知道为什么,在对上孟怀谦深邃的双眸时,她忍不住满腔的委屈,眼眶泛红。意识到自己的眼泪太不合时宜,她连忙撇过头,却还是晚了一拍,一滴泪落下了。

这滴泪也砸在了孟怀谦的心上。

他见过很多次池霜流泪的模样都无动于衷,有时候痛哭,有时候吸着鼻子啜泣。唯有这一次,这一滴她飞快抬手擦拭掉的眼泪令他瞬间神经紧绷,如一张拉满了的弓,而这滴泪就是能去往任何地方的箭矢。

池霜也绷着,攥紧了手,指甲几乎戳破手心,终于得以平静下来。

孟怀谦感到茫然无措,甚至都没想明白池霜为什么会这么生气、伤心。

事情已经过去这么久了,他知道她已经走了出来,还知道这些日子以来她过得很不错,偶尔会跟两个闺蜜约饭约着看电影,或者在店里忙碌。有一次他无意间经过时,她正从餐厅出来,还惬意地伸了伸懒腰,跟表姐撒娇将头靠在对方的肩膀上。

其实无论如何,梁潜已经不在了,事情的起因、来龙去脉真的有那么重要吗?

居然能惹得她崩溃。

他很不解。

还是说她在恼怒他欺骗她?

孟怀谦抬脚,朝池霜走过去,踩过那些碎裂的瓷片,来到了她面前。

灯光在他头顶晕出光圈,他今天恰好也穿着黑色的大衣,垂至膝盖,更显身材修长挺拔。

池霜没有正眼看他。

除了父母和至交好友,她从未对谁有过"抱歉"的情绪,哪怕知道了所有的一切,知道自己过去怪错了人,那又怎样?

"吃点东西好不好?"孟怀谦的声音在这个夜晚显得有几分低沉,还掺杂着不易为人所察觉的温柔,"你想吃什么?锅贴还是牛腩面?我去买。"

池霜终于看向他,眼中有泪:"孟总,我真的很痛苦,也很难受。"

孟怀谦一顿,目光沉沉地凝视着她。

认识这么久,她从未说过这样的话,哪怕在最绝望、最伤心的时候,她也只是骂他。这一刻,他能感受到她的脆弱和无助。

这令孟怀谦无所适从。

在没有想到下一步要做什么之前,池霜也不愿意跟孟怀谦有过多的交谈。她现在脑子乱得很,也会多说多错。在沉默一阵之后,她略显疲倦地说:"所以,我现在就想一个人静一静。"

这是在下逐客令。

孟怀谦又问道:"吃点东西好不好?你想吃什么?我带你去。"

池霜有气无力地摆摆手:"不了,我没胃口。"

孟怀谦欲言又止。

他发现池霜这模样比梁潜刚出事那会儿还要严重,可又捉摸不透她这样伤心难过的缘由,想问问她,又知道以她的性子不会轻易对他倾吐。

他甚至莫名烦躁。

究竟是谁惹得她对这件事开始好奇探索的?

她在想什么?

这件事有一丝一毫让她如此失态的必要吗?

池霜下楼。

孟怀谦也跟在她身后。

见池霜的司机在店里,他也就松了口气,因为她现在这样的状态实在不适合开车。

表姐迎来送往之后,见孟怀谦还没走,快步过来同他寒暄:"孟总,您还没吃饭吧?要不我给您安排一桌?"

孟怀谦摇头,立在夜色中,沉声道:"有件事我想跟你商量。如果你这边不介意,等下我会让人过来清理打扫她的办公室。"

他不太放心,那些碎掉的瓷片如果有一小片藏在边角里没被发现,池霜也许会不小心踩到。

表姐惊愕,点了头后,又赶忙说道:"这个我要问下霜霜。"她小心地问,"发生什么事了?"

孟怀谦淡淡道:"没什么,不小心打碎了一套茶具,不是什么大事。"

茶具?

表姐立刻回过神来,该不会是梁潜送来的那一套吧?

谁打碎的?

肯定不会是孟总,如果是孟总摔碎的,以霜霜的脾气肯定不会这样平静。

"可惜了。"表姐喃喃道。

孟怀谦一言不发,只是神情依然冷峻。

王师傅开车送池霜到楼下后,她就让他下班了。

世界观骤然崩塌,池霜的第一反应就是寻求至亲的安抚。在电梯里给父母打电话,听着那边交谈声和麻将声此起彼伏,她意识到父母显然不是她倾诉情绪的最好对象。

现在爸妈比她更怕听到"梁潜"这个名字。

他们担心她一直走不出来,如果她将那神秘莫测的梦说出来,他们只会以最快的速度赶来。

何必再让父母跟着她受罪折腾呢?

于是,她又将目标锁定在了两位好友身上。

一个小时内就能来到她身边的江诗雨是她的首选。

很快,江诗雨拎着打包的炸鸡外卖来到池霜家里,一进门就被吓了一跳——不好,有杀气!

池霜一脸严肃认真,没有一丝笑意,看到她带来了热量炸弹炸鸡,居然只是轻描淡写地扫一眼,既没有表演饿虎扑食,也没有一边跺脚喊"要死了要死了",一边跑去冰箱翻可乐和啤酒。

太奇怪了!

几分钟后,江诗雨正襟危坐,看向坐在沙发上好似敲木鱼一样一下一下敲击手机屏幕的池霜,缩了缩脖子,小声问:"霜霜,你这是怎么了?你别这样,我害怕,我现在可以申请回家吗?"

"诗雨,你知道的,在这个世界上,除了我爸妈,我最信任的人就是你。"

"……别啊。"江诗雨忙不迭摆手,"你要是做犯法的事就不要拉上我,更不要让我知道,我不想听!"

池霜充耳不闻,继续说:"接下来我跟你说的话,你出了这屋子就忘记,你只是我的树洞,懂吗?还有,不准说给第三个人听。"

江诗雨果断捂住耳朵,哀号一声:"我不想听,别告诉我。霜,你去找肖萌吧,别找我,我胆小……"

"包括楼下那个人。"

江诗雨眉心一跳:"楼下?谁啊?"

她从沙发上跳起来,小跑到景观阳台往下看,什么都没看到,四周都是黑漆漆的。

她一头雾水地回来,嘟囔:"谁啊?没看到有人在楼下啊。"

池霜回道:"姓孟的冤大头。"

她都不用猜就知道孟怀谦一直跟在她的车后。

池霜拉着江诗雨挤在一边的沙发上,放轻了声音,郑重其事地说:

"他不重要。我真的有很重要的事要跟你说，我不找个人说出来，明天你就会在社会新闻上看到我被气死的报道，享年二十六岁。"
　　江诗雨投降，索性闭眼往沙发上一躺，一脸生无可恋地说："说吧，什么事，即便我'表叔'拿钱砸死我，我也一个字不会说。"
　　"我怀疑……"池霜停顿几秒，"梁潜没死，他还活着。"
　　江诗雨以为池霜要跟她讲什么机密，一颗心都提到了嗓子眼，没想到等来了这么一句话。
　　"什么鬼？"江诗雨一脸莫名其妙，"你不要告诉我他给你托梦了。"
　　池霜摇摇头："那倒没有，但我有很强烈的预感，他没死。"她想起自己梦到的种种，搞不好这会儿梁潜还在跟女主角眉来眼去，不由得嘴角勾起微笑，"这狗东西搞不好还好好活着呢。"
　　江诗雨沉默了片刻，四处张望，知道她又在每日一发疯，只好顺着她的话问："然后呢？是不是要找几个世外高人算算他现在在哪儿？"
　　能在哪儿？肯定在地府排队等着喝孟婆汤啊……
　　"诗雨，我问你，我什么都没做错吧？"池霜轻声道，"第一，他出事跟我半毛钱关系都没有，他不是为我坠海的，也不是我推他下去的；第二，死乞白赖非要谈恋爱的人不是我，而是他吧？第三，跟我求婚觍着张大脸说永远只爱我的人也是他吧？"
　　江诗雨愣愣地点头："是，是，是，然后呢？"
　　她怎么觉得这场谈话这么诡异呢？
　　"很好。"池霜满意了，"谢谢你帮我捋清楚了。"
　　"什么啊？"江诗雨只觉得在听天书。
　　池霜想，别说她什么都没做错，就算她犯了一点小错误，梁潜有本事背着她勾三搭四，之后还敢在婚礼现场甩了她，她如果忍下了这奇耻大辱，她都看不起自己！
　　从今以后，她也别说自己叫池霜了，改名叫孬种好了。
　　梁潜最好祈祷他现在已经魂归西天。
　　他如果真的死了，这一切只是荒诞的猜测，那她会对着他未来的衣冠冢好好道个歉。当然，这也是他的错，人死了没想着怎么在地底下保佑她，反而让她做了这些恶心人的噩梦。
　　但如果他现在没死，还活着……
　　很好。
　　非常好。
　　江诗雨听到池霜轻笑一声，不由得打了个哆嗦。
　　太瘆人了。
　　联想到霜霜最近总抱怨说睡不好，江诗雨在心里仰天长啸，失眠的人哪有不疯的？
　　见池霜又是面无表情又是冷笑，她心里直发麻，却还是颤颤巍巍地问道："霜霜，你究竟怎么了啊？是不是哪里不舒服？有病咱不能忍着，更不能扛着，要不这样，我现在陪你去医院看看？"
　　"我好得很！"池霜伸了个懒腰，"将脑子里的水都排干净后，我整个人前所未有的清爽。"

可不是，这几个月以来，她为梁潜流下的泪不就是脑子里进的水？

有生之年居然为了一个男人哭了那么多回，如今回想起来，池霜都想狠狠地唾弃自己。

这大概是江诗雨头一回听到霜霜对自己的认知如此准确。

这就是脑子进了水。

江诗雨跟肖萌早就忍不了了，每天都要在群里看霜霜发疯，昨天她做了梁潜在婚礼现场当众咆了她的噩梦，她们只好陪着她辱骂梁潜八百遍，今天她又梦到梁潜还没死……

梁潜！梁潜！梁潜！

江诗雨这辈子就没这样厌恶过一个人。

闺蜜是自己找的，也有二十多年的感情，必然是不能怪霜霜的，可梁潜死都死了，还这样祸害霜霜的精神状态，他被辱骂难道不应该吗？

"无所谓了。"池霜盘腿坐在沙发上，居然有了闲聊的闲情逸致，"诗雨，你还记不记得董成滨？"

话题跳跃得太快，江诗雨蒙了几秒。

她直愣愣地点头："我有点印象，高中那会儿动不动给你下跪的那个。初中我们还是同班同学呢，他很喜欢逗你，把毛毛虫扔你课桌里，扯你辫子什么的。"

"错了。"池霜摇头，"你记错了，他没扯过我的辫子，在他第一次把毛毛虫扔到我笔盒里时，我就甩了他两巴掌。当时你们都说他是喜欢我才这样逗我，可我只觉得这个人很贱。"

"那时候的男生都这样啦……不是，你干吗提起这个人？"

"那会儿我就在想，幸好我不喜欢这个人。如果我喜欢的人，用这样的方式'逗'我玩，那我可能要扇他四个巴掌。我的手不疼吗？"

江诗雨憋住笑意："是是是，来，让我来给你呼呼。"

说着，她去拉池霜的手。

池霜抿了抿唇，眼里总算多了一丝真切的笑意："所以，我永远也不会接受我付出过真感情的人伤害我，有天大的理由都不行。"

江诗雨警惕地看着她："你这是在提醒谁？"

"不是，我只是在自说自话，你不需要回应什么。"

"我还没捋清楚咱们今天这段谈话的主题。"江诗雨说，"一句也没弄懂，就听进去了一句话，你说梁潜还没死。"

"我捋清楚了就好。"

池霜心想，多可笑，在这几个月里，她为了梁潜的死茶饭不思、日渐消瘦，几乎将前面二十多年的眼泪都流尽的时候，这个人说不定早就忘记了她，已经跟其他人朝夕相处、暗生情愫。

她咬紧了牙关。

他有没有失忆跟她没关系！又不是她害他失忆的！

她不看起因，只看过程和结果，说不定是老天爷都看不下去她这样蠢这样傻，才给了她一点暗示。如果她浑然未觉，按着剧情发展，她可不就被梁潜这见异思迁的贱男人蒙在鼓里，直到婚礼现场被他潇洒地甩掉了？

台下可坐着她所有的亲朋好友。

她父母在万般不舍地抹泪，结果来了这么一出。

这口气她咽不下！

是的，它还没有发生，以后也一定不会发生，但那是她运气好，是老天爷动动手指点拨了她，是她平常积德行善的福报，跟他可没半点关系。既然跟他没关系，她又凭什么宽恕、谅解？

"霜霜，要不这样，我提前休年假，或者干脆辞职陪你出去玩一个月？"江诗雨提议。

池霜偏过头，原本尖锐的情绪也被好友这句话抚平，目光变得温柔了许多："不了，我真的没事了。"

闺蜜俩又聊了些别的。

池霜好像又恢复了正常，跟江诗雨一起吃炸鸡。

她本来就是科班出身的演员，曾经还有幸跟几位老戏骨对过戏，也许她的演技相对而言略显拙劣，可当她真的想演好一出戏时，也不是难事。江诗雨也只当她是突然发疯，这几个月经常上演，她们作为好友也都习惯了，至于她说的"梁潜没死"这句话，即便她没提醒，江诗雨也不会说给别人听。事情都过去这么久了，就是她的父母听到这句话，也得首先怀疑她的精神状态吧？

江诗雨很维护池霜的形象，自然不会对任何人提起。

翌日。

吃完早餐送江诗雨上班后，池霜顺便去了趟店里。

她都佩服自己现在居然能这样冷静。

可见时间是解药这句话还是有一定的可信度。

她都不敢想，如果在事情刚发生那会儿，正处于最悲痛的阶段的她猛然预知未来，会是什么心情。

池霜在店里忙活到了中午时分，简单吃了主厨特意为她做的营养餐后，跟表姐请了假回家休息。她脑子里也有了简单的思路，至于怎么实施，还是个问题。

她不想向孟怀谦透露半点消息，孟怀谦跟梁潜关系好得穿一条裤子，这两个发小从小一起长大，说白了也是一丘之貉，她用脚指头想都知道他会站在梁潜那边。

她一点儿都不希望孟怀谦提前找到梁潜。

退一万步说，如果梁潜还活着，她巴不得他死在外面算了！

她很早以前就提醒过梁潜，不要得罪她，她这个人心眼比针眼还小。给了她如此奇耻大辱的人，她要好好想想该怎么回报他一份大礼比较好。

思来想去，整个计划只有一个开头。

不过，这不妨碍她现在就动手。

托现在高科技的福，也许大海捞针依然很困难，但在这地界找个有名有姓的人一点儿都不难。

池霜忙活了几个小时，终于在网上找了个人匿名下单。毕竟她只是做了个梦，梦境也很模糊，只知道许舒宁邻居的名字，以及他们是在某个偏远渔村。不过现在有能力的人太多，哪怕只是提供了这两个信息，老板也爽快地接单了。

——没问题，预计两个月内能有准确的线索。

老板爽快，池霜更爽快，先预付了一部分定金。

至于找到了梁潜以后下一步要做什么，她其实还没想清楚，但不用着急。

池霜伸了个懒腰，懒洋洋地躺在沙发上，脸枕着柔软的兔子玩偶。

自这段时间饱受梦境折磨以来，她终于露出了满意的微笑。

华灯初上。

容坤停好车后，往电梯方向走去，仍然稀奇并且疑惑。

年底谁都忙，以往这个时候，经常一两个月都见不着孟怀谦的人影，今天太阳打西边出来了？一门心思都扑在了工作上的人居然约他吃饭。

侍应生在门口候着，见容坤来了，马上为他指路，穿过光线较暗的长廊，来到了包厢。

孟怀谦已经到了。

容坤一边脱下大衣，一边问道："等多久了？"

"没多久。"孟怀谦声线淡淡的。

容坤拿起餐单又点了两道自己爱吃的菜，侍应生应下离开后，包厢里就只剩下他们两个人。

还没等容坤喝口茶润润喉，孟怀谦便开口问道："你都跟池霜说了什么？"

他想从头开始理清楚，比如，在一切风波停歇之时，旧事重提惹她失态的始作俑者是谁？知道事情来龙去脉的人没几个，算来算去，只剩下容坤跟程越。

孟怀谦冷静地端起杯盏，喝了口苦涩回甘的茶，等待着容坤回答这个问题。

容坤面露茫然："等等，什么意思？我跟池霜说了什么？我跟她能说什么？你先给我个提示。"

这怎么又跟池霜扯上关系了？

"她昨天去了梁氏，问我阿潜出事的起因究竟是什么。"孟怀谦语调平淡且低沉，"我坦白了。"他抬起双眸看向容坤，"能向她透露这件事的人没几个，刘宏阳的妻子和孩子被他弟弟送回了老家，刘宏康也不在京市，程越上个月就去了英国。"

容坤愣愣地听着，后知后觉回过神来："所以是我跟她说的？"

孟怀谦静静地看着他。

容坤赶忙喝了口水压压惊，左思右想，摇了摇头："应该不是我。"

"应该？"

容坤也一脸懊恼，他对这件事一点印象都没有，但他也不得不承认孟怀谦怀疑到他有理有据，无可辩驳。

他有些心虚。

他这人有个毛病，喝酒上头就容易断片——早就已经忘记了都跟池霜说了些什么话了。

"我现在不少饭局都在她那餐厅订位子，她给我专门留了个包厢。年底应酬多你也知道，一桌子人翻来覆去的都要来敬酒，有几次我就喝多了，不过我觉得我应该没说。"

虽然这样解释，但容坤还是抬手按了按额头。

今天一滴酒都没沾，头却已经开始疼了。

他又抬头，低声问："她……没事吧？"

孟怀谦神色冷淡，瞥了他一眼："你在她那里喝酒？"

"都说了是应酬饭局。饭局能不沾酒？"

"这几天也去了？"

容坤声音越来越低："前天去了。"

"碰到她了？"

"……嗯。"

"说了话？"

"碰到了肯定要说两句。"

"喝了酒？"

"那是自然。"容坤终于反应过来，"不是，搞什么？你这是在审讯我啊？"

"如果这两个月我在，"孟怀谦冷声道，"事情起码不会这样糟糕，至少我不会在她面前喝酒，更不会说半句不该说的话。"

对容坤来说，这些话就过于严重了。

他蹙了蹙眉头，不快道："怀谦，没必要这样讲吧？是不是我说的还没个定论。"

孟怀谦没有出声。

气氛陡然间有些沉闷。

容坤知道这件事自己不占理，他捏了捏鼻梁，主动道歉："要不这样，我去问问池霜，这话如果是我透露的，我给她给你都道个歉。"

孟怀谦扫了他一眼："不必。"

"她心情平静了很多，你现在再去问她，也是一种提醒。这件事就到此为止，我今天找你出来吃饭，只是想提醒你，以后喝了酒不要往她面前凑。"

容坤叹了一口气，应下："不会了。"

孟怀谦又说道："你最近经常去她那里？"

"不算经常吧，一个星期可能会去个一两回。"容坤怏怏不乐，还在绞尽脑汁地回想前天晚上自己都做了些什么事、说了什么话，却还是没有任何头绪。

"你频繁去她那里的理由是什么？"

容坤张口就来:"关照她啊。"

孟怀谦若有所思地点头。

"关照"跟"照顾",只有一字之差。容坤能经常出现在池霜面前可以,名为关照;他这两个多月以来处处避讳,只因为他用的词是照顾。

饭局寡淡地进行,很快就结束了。

容坤跟孟怀谦在停车场分别。

上了车后,容坤烦躁地扯了扯领带,都是多年的朋友,有些话不用说得太明白也能懂对方的含义,譬如那天晚上他委婉提醒孟怀谦要离池霜远一些,譬如孟怀谦今天看似寻常的一番话。

"老刘,前天晚上是你给我开的车吧?"容坤问。

坐在驾驶座开车的刘司机忙点了下头:"容总,前天是我的班。"

容坤又问:"我前天去了池中小苑吃饭,还喝了点酒,那天晚上还发生了些什么,你记得吗?"

这可难倒了刘司机。

在他看来,这些老板到了年底,每天的日子都像是复制粘贴,没有任何区别,下了班之后就是一场又一场的饭局。

"容总,要不您给我一点提醒?"刘司机跟着容坤也有几年了,关系熟络,也能自在地开一些无伤大雅的玩笑。

"比如,我有没有跟池老板说说话?我是说我喝醉了以后。"容坤问。

刘司机思忖片刻,在大脑里扒拉扒拉:"……有!"

容坤猛地坐直,追问:"我都跟她说了什么?"

刘司机乐呵呵地说:"容总,当时您跟池老板在二楼的走廊上,我在楼梯口等您,隔着老远的距离,我这也不会唇语,只记得您跟池老板说了得有三四分钟的话,池老板还顺手扶了您一把。"

容坤一拍额头。

他觉得时间对上了,有90%的可能是他跟池霜说的。

那他为什么无缘无故地跟池霜提起这件事呢?

他想不通。

没道理啊!

不过就算再想不通,事实就摆在面前,顿时,他一脸生无可恋。不是,他这嘴怎么就这么碎呢?

接下来的几天里,孟怀谦都给池霜发了消息。

这让池霜非常看不起他,没少在好友群里吐槽。

池霜:是不是天底下的男人都爱来失忆这一套?天下乌鸦一般黑,一丘之貉,蛇鼠一窝!你们看看这个孟怀谦,好像直接失忆了,当之前那两个多月不存在一样,当什么事都没发生过一样。

他们男人爱失忆。

她可不会。

孟怀谦这两个多月去了哪儿发癫都跟她没关系,反正之前他们也没再联络了。她也不觉得她跟他有什么当朋友的必要,反正做再要好的朋友，这狗东西等另一个狗东西回来了照样勾肩搭背当好兄弟。

有的话就像回旋镖一样，又插在了她身上。

这天，她见天气不错，跟钟姐在外面约了饭，才从餐厅出来居然就碰到了程越和容坤。

对这两位，池霜还是愿意打招呼寒暄几句，谁叫这两人很上道，在她餐厅刚开业时就在朋友圈里帮她吆喝，还顺带着直接充值了六位数的卡呢？

"回国了？"池霜看向程越。

程越笑着点头："昨天上午才下飞机，跟坤儿约着吃顿饭。你呢，这是要干吗去？"

"今天翘班了，刚跟朋友吃了饭。"池霜揶揄，"肯定比不上你们悠闲。"

"正好，天气不错，我俩准备去城郊马场。一起吧？"

程越是自然而然地邀约。

以前梁潜还在的时候，池霜也跟着他去过几次马场，那几次程越都在，谁都知道程越爱马成痴。

其实，如果梁潜没出事，他们几个在外面碰到池霜，是无论如何也不会越过梁潜去约她的。可现在情况不一样了，程越也好，容坤也罢，比起从前，跟她走得还更近了些是为什么？就是想多多关照她，保持着不冷不热的关系，她遇到什么难事，他们也能帮上忙。

一向活跃气氛的容坤罕见地哑巴了。

看到池霜，他就会想起自己这张碎嘴，难免心情郁闷。

池霜不是扭捏的性子，听到程越邀约，略一沉吟，今天是难得的好天气，之前一个月要么在餐厅当陀螺，要么在家里窝着当蘑菇……于是爽快地点头答应："好啊，我也确实好久没去了。"

容坤几度欲言又止，还是将疑惑的话语都咽了回去。他脑海里浮现出了孟怀谦那张冷峻的脸……的确，池霜可能心情平复下来了，他再提起，如果多生事端，老孟第一个不会放过他。

算了，不管是不是他透露的，这个锅他都背定了。

三人结伴来到城郊马场。

虽说到了冬季，原本绿油油的草地变黄了，但天空一碧如洗，依旧美不胜收，此时来消遣再合适不过。

池霜是自己开车过来的，没有跟程越和容坤一起。

等她去换骑马服时，孟怀谦忙匆匆从市区赶来，行色匆匆。他来了后便下意识地搜寻某个熟悉的身影，闲聊几句后，似是不经意地问道："池霜在哪儿？"

他今天的工作安排不紧密，但也没闲到可以跟程越他们一起吃饭。

还是一个多小时前，他给程越打电话问起某个项目的进度，程越才提到自己跟容坤还有池霜要去马场。

平静并且毫无波澜地度过了两个多月后，为什么兜兜转转又回到从前，孟怀谦也不清楚，他也不想将宝贵的时间浪费在思索这件事上。其实无论如何，他都欠池霜一个解释、一个道歉。

她生气是应该的，是他一句话都没说，就擅自将给她送吃的这件事交给了别人去做。

容坤低头看手机，充耳不闻。

程越没察觉到其中的暗涌，随手一指某个方向："她跟着骑师去了马场。"

孟怀谦没再耽误时间，步伐稳健地朝着那边走去。

池霜轻盈地上了马背，骑师牵着缰绳先带着她在周围简单遛了两圈，等她找准了感觉后，便将缰绳交给了她，退到一边，尽职尽责地小跑着跟在她身后。

孟怀谦过来时，看到的就是这一幕。

他站在这一处，远远听到了马蹄声，遥望着她朝他而来，翩若惊鸿，居高临下地看他，神情冷淡。

他的呼吸都变得缓慢。

骑师比他更早回过神来，已经上前拉住了骏马的缰绳，出于习惯和职责要伸手去扶池霜，给她一个可以支撑的着力点下马。

一只手臂却越过了他。

池霜本来是想去扶骑师，谁知道被某人抢先，她想再收回已经来不及，除非她想从这高大的马上摔得头破血流。

孟怀谦手臂绷紧，加了力道，很轻松地扶着她下马——常年坐在办公室里的人的臂力也令人惊叹。

池霜足够安稳着地。

他也还算有自知之明，她还未出于习惯去嗅他身上是否掺杂着烟草味时，他就已经稍稍退开半步。

骑师心领神会，很有眼色地悄悄往另一个方向走去。

池霜不想理会孟怀谦，拉着缰绳，伸手摸摸马腹，故意装忙，就是不看他。

孟怀谦站在马首处，还时刻注意着眼下的情况，尽管这边马场的马匹大多都很温驯，可她离马这么近，他不得不多分心。

"……你会骑马？"孟怀谦在池霜面前总是词穷，酝酿了老半天才干巴巴地挤出这么一句话来。

池霜懒懒地白他一眼："孟总贵人事多啊，之前不是说看了我去年的古装剧，还看了十集，甚至给了非常犀利幽默的评价吗？怎么都没记住前十集里我骑过马？"

孟怀谦："我以为是替身。"

见池霜不说话，只专注地摸着马，动作很温柔，一下又一下，他又朝着她走近了两步，终于没忍住，从她手里牵过了缰绳，声音低沉地说："还是让我来牵。"

池霜随了他去。

"那次是我的错。"孟怀谦短暂地沉默后，主动提起了两个多月前的那个晚上,"很多细节我想你也不愿意听,都是我的错,有人跟我说,阿潜也许并不愿意我用这样的方式……"他停顿,"关照你。现在我也想明白了,无论他愿意或者不愿意,我要做的事情,我都会去做。"

池霜怔了怔,手上的动作也逐渐变慢,似是陷入了某种沉思中。

"总之,是我的错。"

"那你现在是在认错吗?"池霜终于转脸,正眼看他,玩味地问道。

孟怀谦凝视着她。

池霜没等他回答,就已经大方坦然地点了点头,抬起下巴,一脸骄矜,宽宏大量地说:"那好吧,孟怀谦,我原谅你了。"

孟怀谦原本准备的很多话语此刻都派不上用场,听她如此轻易地原谅了他,他难掩错愕,目不转睛地看着她——她是不是心软的人,他目前还不得而知,但她嘴上从不饶人。

池霜微微眯眼瞥他:"其实又有什么好道歉的呢?孟总是大忙人呀,哪有空三天两头给人送外卖是吧?"

听她这般讥讽,孟怀谦反而松了一口气。

这才是池霜。

"是我不对。"他说。

他当时如捧着烫手山芋般,只想快点放下,却没有太考虑她的感受,现在想起来也不是没有后悔。

池霜满不在乎地摆摆手,大度地说道:"得了,人这辈子说对不起的次数应该有限,别在我这里都讲完了才是。孟怀谦,我俩就当是扯平了吧,以前我不知道事情的真相,对你态度不好……"

她本想来一出互相谅解,但话到此处又原形毕露,瞪他一眼,没好气地说:"不过,这是我的错吗?不是,是谁不让我知道事情的真相的?是你啊!你说你瞒着我做什么?你演哑巴新郎啊?"

孟怀谦果断地不去争辩。

"我为什么对你态度不好,你心里没数吗?不过,我懒得跟你计较了。总之,是我退让了,我主动让你一步,说是扯平了,但到底是谁的错,谁心里应该有点数。"

"是我的错。"

池霜都不禁感慨自己的确是个很好的人,瞧瞧,她对他多么宽容。

孟怀谦见她又不说话了,主动提出:"还骑马吗?"

池霜"嗯"了声,休息片刻,在他的绅士搀扶下,利索地上了马背。

孟怀谦拉着缰绳,抬起头看向她:"要不我先带着你走几圈?"

"行吧,晒晒太阳也好。"

微风习习,吹在脸上一点儿都不冷。

池霜呼出一口气,看孟怀谦一言不发地牵着马。在她做的那些梦里,孟怀谦几乎是个背景板,她知道自己不该对他有过多的期待。毕竟在他心里,梁潜才是他认识了二十多年、有着深厚情谊的至交,他照顾她、忍耐她,也是因为梁潜。

但此刻,她又忍不住想,他身为梁潜的好友,也出现在梦中的婚礼现场了吗?他难道也觉得梁潜的所作所为是对的吗?

孟怀谦能感觉到池霜的目光落在他身上。马场上偶尔有人一骑绝尘,马蹄声不绝,天高云淡,紧绷着的神经也再度放松,这样一个午后也令他闲适。

"你跟梁潜认识多久了?"

池霜没忍住问道,反正也没事,不妨跟他闲聊。

三秒了,孟怀谦还没回答,她又问道:"这个问题很难答吗?"

"是从有记忆算起,还是从没记忆算起?"孟怀谦问。

"难道你们在同一个产房出生吗?"池霜被他逗笑。

"不是。"他说,"我妈跟孙阿姨,也就是阿潜的妈妈,是大学同学。"

"懂了。"池霜又感慨,"我跟诗雨也是打出生就认识,百天照都是一块儿拍的。"

突然,她释怀了,无论在梦里孟怀谦是怎么想的,都不重要了。

同样的事情如果发生在她身上,诗雨也会无条件地站在她这边。不过,诗雨的人品肯定是要甩这些男人几百条街都不止,诗雨就算站她这边,私底下一定会好好跟她说,她那样做是不对的。

"你问这个做什么?"

池霜摇摇头:"无聊呗,查查户口,行不行?"

孟怀谦失笑。

两人和好,在马场遛了好几圈后,程越派马场的工作人员来请他们过去吃饭。

饭后,程越跟容坤还要在这里过夜,池霜提出要走。

来这边骑马可以,过夜她没想过,再说了她什么东西都没带,这里度假村备着的护肤品也不是她常用的。

眼看着天色暗了下来,孟怀谦不放心池霜一个人开车走夜路,起身随口跟两位朋友打过招呼后,跟在池霜身后离开了。

容坤转头时,程越还在低头看手机里的照片,兴致盎然地说:"瞧,这是真正的纯种阿拉伯马。"

"我看你脑子被马踢了。"容坤骂了一句。

孟怀谦将自己的车停在了这里,接过池霜抛来的车钥匙。虽然两人中间有两个多月的空白,但当初培养的习惯现在也没能忘,他为她开了车门,等她坐好了才关上门,绕到另一边上车。

从城郊马场到市中心,哪怕一路畅通无阻,开车也得两个多小时。

池霜开了蓝牙音响,连接手机放音乐。等开出一个隧道后,她突然发现这段路还挺熟,看了眼地图,果然有一条路可以去往星语半岛。

她一时兴起,指挥道:"走左前方,再并入主道,我想去一趟星语半岛。"

孟怀谦转了方向盘,驶入左边车道,又问:"去那边有事?"

已经是傍晚时分,夜幕笼罩,道路两旁的路灯明明暗暗地照进车厢内。池霜点了下头,随口道:"给你打出生起就认识的朋友烧纸。"

孟怀谦不吭声了，继续保持静默状态。

星语半岛也远离市中心，这段路并不拥堵，车辆很少，等他们到门口时，刚好是七点钟。

池霜下车。再回到这里，她既不觉得甜蜜，也没有半点难过。她上了台阶，用面容解锁大门——走之前还是要把这些全删掉，反正这辈子她都不会再来了。

孟怀谦跟在她身后进了屋。

这别墅几个月没人住，显得格外空旷。

池霜上了楼，在楼梯口又回头使唤他："你也上来，有些东西我一个人搬不动。"

现在能带走的她都要带走。

两人一前一后进了主卧，池霜径直去了衣帽间，打开衣柜，一股脑将自己的衣服抱起，全塞给了孟怀谦。

她总是想一出是一出，他也习惯了，不质疑不追问，她说什么就是什么。等到他再上楼来时，只见她在屋子里翻箱倒柜，他正要问她找什么，她居然从抽屉里翻到了一把剪刀："可算给我找到了！"

下一秒，她拎起那根红绳，在孟怀谦错愕的目光中，无情地用剪刀剪断了。

他哑口无言。

他只能愣愣地看着被她剪成了几段、已经不能用"一根"来形容的红绳。

池霜撩了撩头发，舒心了："这东西就是封建迷信，它要是有用的话，"她抬眸看向再次成了"哑巴新郎"的孟怀谦，微微一笑，"我跟梁潜都已经订婚了，对吧？没用的东西，留着也碍眼。"

孟怀谦上前一步，从她手里拿过剪刀，语气平静地说："你的东西你做主。"

"那你好朋友的东西呢？我能不能做主？比如说我送他的礼物。"池霜微笑着问他。

他也不能回答这个问题。

说能，还不知道她要剪、砸什么。

说不能……

能说吗？

池霜伸手："打火机借我一下，别说你戒烟了没有打火机这种瞎话，再骗我试试？"

打火机？

孟怀谦眉心一跳，有种不祥的预感。他余光一扫，瞥见了被她摆在桌面上的素描画，凝住心神，沉思着开了口："虽然我不知道又发生了什么事，不过，池霜，你冷静冷静……"

"啰啰唆唆、扭扭捏捏的，又不是要烧了你！"池霜打断他，"打火机快给我。"

孟怀谦没有办法，知道一切已成定局，就算他不给她，她也会想别

086

的办法,比如撕了冲进下水道。

他动作缓慢地从口袋里摸出一只金属质地的打火机,很有质感,还带着他的体温,传递到了她的掌心。

池霜攥住打火机,拿起素描画,去了露台。露台上还摆着双人秋千椅,以前她跟梁潜都有空的时候,他们会坐上去聊聊天。

朦朦胧胧的月色之中,露台的灯也没开,随着"咔嗒"一声沉闷的声响,池霜手中的打火机燃起火苗。她一点儿都没留恋地点燃了素描画的一角,紧接着,边角卷起,如深秋的银杏树叶一点点地枯萎。她曾经用画笔勾勒出的梁潜,慢慢地化为灰烬。

跟往常的娇蛮不同,她白净的脸庞被火光映着,此刻的她很安静。

孟怀谦站在一旁,只是专注地看着她。

也许是他的错觉,这一刻她明明没说话,也没有掉泪,却格外脆弱。

他斟酌着,想开口,却又不知道能说什么。在她面前,他总是笨嘴拙舌。

"他人在地底下,"她明亮的双眸看向了他,唇边漾开浅淡的笑意,"当然要烧给他,他才能收到。"

她做了多正确的决定。

梁潜如果如梦中预知那样还活着,她将曾经喜欢过他的痕迹全部烧了抹去,难道不应该?

他如果真的死了,那他最喜欢的这个礼物当然也要烧给他,他在地底下收到了可以继续视若珍宝。

孟怀谦摸不清池霜现在究竟是什么情绪。

不过,她说的话也有一定的道理。

更何况,这素描画不是他的东西,执笔人是她,画中人是梁潜,她要烧了,他又有什么立场去阻止?

漫长的几分钟沉默后,孟怀谦又转身进了房间,继续帮池霜搬运她的物品。

她的东西不少,包、鞋子最多,而且鞋子都得装进鞋盒中。

重倒是不重,就是不知道该如何着力,他抬手松了松领带,在这忙碌的过程中,也没发现领带夹掉落在了某个角落。

星语半岛已经没了从前的热闹。

当池霜跟孟怀谦关上门后,里面的感应灯全熄灭了。京市的冬天来得早且漫长,入了夜后,凛冽的寒风像是刀子一样往人身上刮,池霜拢了拢大衣衣襟,毫不留恋地快步回了车上,反倒是孟怀谦还回过头来看了几眼。

他太久没有过丰富的情绪,以至于池霜剪断红绳、烧掉素描画时,不明白自己是什么心情。

未来漫长,好友永远停留在兴奋雀跃要跟爱的人订婚的二十八岁,而好友爱的人将所有的回忆都留在这一栋她可能永远也不会再踏进一步的房子里。

她在走出来。

这是一件好事。

孟怀谦这样想。

一路无言。

孟怀谦将车开进了地下停车场后，又不厌其烦地跑上跑下好几趟才将池霜的东西全部搬进屋子。

池霜优哉游哉地躺在沙发上休息。

她必须得承认，虽然过去两个多月里她偶尔想起孟怀谦也都伴随着咒骂，可这时，她真正地体会到了他想照顾她的诚意，并且他将这件事做得还不错。

所以，她决定给他一点特别的待遇。

比如，在他忙完这一切后，她终于舍得从沙发上起身，送他到门口，冲他挥手道别："路上开车小心。"

孟怀谦听了后还愣了愣，点了下头："谢谢。"

可能是这六个字带给了他一些冲击，他难得反应慢了半拍，直到转身往电梯厅走时，才发现自己还有话没说完。

不过，池霜已经关上了门。

他略一思忖，还是进了电梯，没再继续敲门打扰她，今天一天她也累了。

孟怀谦走后，屋子里又安静下来，池霜在沙发上躺了一会儿，认命地起来，捡起被她脱了后随手扔在一旁的大衣要挂起来，却发现口袋里似乎有什么东西，拿出一看，竟然是孟怀谦的打火机。

她才想起打火机没还给他，当时点燃了素描画后，她随手放进了口袋里。

估摸着孟怀谦这会儿应该还没走远，她拨通了他的号码。

那头的人果然很快接起，音色低缓的男声传来："你说。"

池霜几乎同一时间翘起嘴角。

"你还没走对吧？你的打火机还在我这里。"

"已经走了。"

池霜听了这回答都笑了："你是孙悟空腾云驾雾啊？"

他才离开多久，就算他的司机早早地将车停在了楼下，按时间来算，这会儿也不可能驶出小区。

楼下。

孟怀谦的确还没走。

他的司机得几分钟之后才能到，但这不妨碍他在池霜面前说谎。

"明天。"冰冷的寒风呼啸而过，他如松柏般立在夜色中，"明天下午我去池中小苑。"

池霜轻快愉悦地笑了起来。

孟怀谦即便很多个时刻都因为捉摸不透她的情绪而心烦，但每次她开心的时候，不管多么疲惫，他都会感到放松。

"行啊。"她说，"是来吃饭吧？容坤跟程越都有包厢，你喜欢安静,可以蹭蹭他的。说起来,他们两个人没少帮我宣传……"话到此处,她又用特别遗憾的语气说,"没办法,谁叫开业那会儿孟总日理万机,我能做主给的包厢都给了,一间都不剩了啦。"

孟怀谦知道她心里还是有气,听了她含沙射影的一番话,也只能赔罪:"不用包厢,大堂也可以。"

池霜轻哼一声:"你可以就可以吧。"

第二天一大清早,池霜就让王师傅送她来了餐厅。

自从进入腊月之后,京市每天的人流量都在减少,京漂也都在分批回家。虽然池中小苑的生意还是很火,但她们前期投入太大了,就算每日营业额都在再创新高,真正盈利还是需要很长一段时间。

尽管每个岗位都聘请了专业人士,但需要池霜拿主意的大事小事也不算少,偶尔忙起来连饭都顾不上吃。

等她从办公室出来,准备让厨房给她做点垫肚子的点心时,表姐从外面风风火火地进来。

这会儿离饭点还早,餐厅里也没几个客人,姐妹俩干脆坐在庭院里闲聊。

"对了,姐,就是二楼那个小包厢,今天要空出来。"

表姐头都没抬:"怎么,是你哪个朋友要来吃饭?"

"是孟怀谦。"池霜活动了一下手腕,随口道,"他说在大堂吃也可以,那我也不能真的把他安排在大堂吧?我跟你说,他这个人事儿不是一般的多,出去吃个饭挑剔得不行。"

表姐自动忽略了后面这段抱怨,抬起头来,惊喜地问:"孟总要来?你们和好了?"

池霜觉得表姐这话莫名诡异。

什么叫"你们和好了"?

怪怪的。

她纠正:"我跟他的关系可用不上'和好'这个词。"

"少在姐这里抠字眼。"表姐满不在乎地摆摆手,"孟总来,那肯定要好好招待,小包厢不太够用吧?"

"就他一个人啊。"

闻言,表姐露出满意的微笑。像孟怀谦这样的大忙人,既不是请客,又不是应酬,单独一个人来这里吃饭,为的是什么?他真的馋那一口菜一口饭吗?他分明是馋……

她看向正捏着点心慢条斯理品尝的池霜。

傻姑娘被太多人太多的爱包围了,在爱情这种事上没吃过亏,也没遭过罪,谁都是捧着一颗真心给她,连患得患失她都没体验过,又怎么可能去揣测一个人的心呢?

这些所谓的二代心肝也挺黑的。

如果两个多月前孟总是出于兄弟情谊照顾霜霜,那么现在呢?他敢说他的心思还纯粹吗?

那天晚上上楼的他可是速度飞快呢!

"很好。"表姐说,"等下次咱们开分店的时候,请孟总还有容总他们来剪彩。"

说着,她又从一旁的手袋里拿了一摞文件往池霜手边一推:"别我每次提开分店的事情,你就翻白眼,我是想好了,要把池中小苑打造成餐饮品牌。你想想你以前爱吃的那个店,刚开始还只是一个桌子都不超过十张的小店,现在呢?沪市、蓉市那边到处都是连锁店。"

就在池霜觉得手里的点心都不香了要找借口遁走时,表姐突然话锋一转:"你以前学的都是表演,我觉得你以后得学学管理,正好港城那边的协会跟理工大学要举办一个研讨会,我有个大学同学在港城定居,帮我拿到了一个名额,你过去听听。要过年了那边也热闹,你不是也喜欢逛街吗?"

池霜不知道话题怎么绕到了她身上来,她想都没想就拒绝:"不要。你怎么不去?"

"如果我听得进去看得进去,哪里还有你的份?"

"那我也听不进去。"

表姐乜她一眼:"你以前可没少参与剧组会议,小本子上还写得满满当当。需要我翻出你当时的朋友圈吗?"

知道池霜是吃软不吃硬的性子,表姐又拖着椅子坐到她身边:"就当是去散散心,你看你都大半年没出去玩了。这样吧,所有的费用姐姐都给你报了,你开开心心去,开开心心回。"

本来以为霜霜已经走出来了,结果那天进了办公室,见到一地的碎瓷片,表姐这心又揪起来了。

别说是舅舅、舅妈,就是她自己的爹妈都隔三岔五打来电话,小心翼翼地打探:"霜霜现在没事了吧?不难过了吧?"

她心里也急,思来想去,便想了这么个法子。

池霜听着表姐话里的关切也蒙了。她又不傻,很快就明白了姐姐的用心良苦。

可她心里也苦。

以前倒也无所谓,现在呢?一想到她这里一点点风吹草动都被别人误会是她对梁潜那个狗东西难以忘怀,她就硌硬得慌,恨不得拿个大喇叭为自己正名。

要不……找个顺眼的男人约约会?

可以暂时不对外宣布,但起码要让家人们看到她真的已经走出来了。

正在这时,门口的侍应生热情地迎接,孟怀谦进了庭院。

表姐先看到了他,忙起身去迎:"孟总,这么早就下班了?"

池霜这才扭头,跟孟怀谦的视线相撞。

孟怀谦平和地点头:"今天下班比较早。"

他踱步过来,不经意地扫了一眼桌上纷乱的纸张。

表姐三两下将纸张整理好,递给他:"孟总是经商奇才,不介意的话帮霜霜把把关。这是我给霜霜报的一个研讨会,想让她过去看看,您觉得可行吗?"

孟怀谦看向池霜,接过了那几张纸,微微敛目,仿佛这是重要文件一般认真研读每一个字。

池霜百无聊赖地又吃了口点心,唇边沾上了一点点细碎的酥皮。

孟怀谦终于看完文件,习惯性地再将目光挪向池霜时,顿了顿。

"这个可行。"他克制地没再看她,"不过前提是得感兴趣。"

表姐又得意地瞥向池霜。

池霜一手托腮:"那我就去吧,反正最近也没什么事,顺便过去逛街买买买。"

仔细想想,自己这大半年过得跟苦行僧似的,的确是该出去散心透透气。

"霜宝,我就知道,"表姐走过去,捧起她的脸揉了揉,"我就知道你最乖了。去吧去吧,对了,等下我把购物清单发给你,你照着上面的给姐姐带回来哦。"

孟怀谦其实不止一次听表姐喊池霜为"霜宝",但每一次听到,还是觉得有趣。

表姐也发现了池霜唇边的碎渣,随手替她擦拭干净。

而没人注意到,孟怀谦垂在一边的手似是也做了擦拭的动作——

修长干净且骨节分明的手指无意识地动了一下。

连他自己都没察觉。

第四章 我是来道歉的，不是出差

"我在港城有几处住所。"孟怀谦低头看向池霜，"你什么时候过去？我让那边的管家提前准备好。你觉得怎么样？"

除此以外，他还能帮她安排好司机。

池霜却摇了摇头，抽了张纸巾擦手："算了，太麻烦了。"

以孟怀谦对生活品质的要求，可以想象到他在港城的房子肯定不会小。那边如果一个人都没有，她一个人住全然陌生的房子，那是要吓死谁？

如果有管家跟阿姨，她在"听研讨会、逛街购物"这样繁忙的行程中，回去后还要跟人礼貌寒暄……

算了吧。

孟怀谦在她对面坐下，沉吟道："住酒店也可以，正好我在那边有酒店套房常年留着，地段也可以，去哪里都方便。"

他偶尔也会去港城出差，比起名下的住所，他住的次数最多的还是酒店。

表姐看看孟怀谦，又看看池霜："这个不错，孟总经常住的酒店肯定没得说。霜霜，你一个人在那边，我确实也不太放心，要不就听孟总的安排？"

"我才不要住你住过的房间。"池霜皱着眉头说。

表姐还是会忍不住为霜霜捏把汗。事实上，霜霜并不是一个低情商的人，只要不惹怒她，她很少会让人下不来台，只能说孟总在她这里的待遇比较特殊。

之前她就隐隐约约发现了，霜霜在孟总面前颇有些张牙舞爪，似乎笃定了对方即便忍无可忍也只能包容。

霜霜也不是真的傻，一定是在相处中，那人给了她可以在他面前肆意的信号跟底气，她才会这般。

果然。

孟怀谦没有丝毫不悦，甚至顺着池霜的话给出了另一种解决方式："那我让酒店安排别的套房，不过，可能比我那个要小一些。"

池霜还没回答，他的手机却不合时宜地响了起来。在这个时候，他也没急着接起，而是看向池霜，耐心等待她的答复。

"行吧。"

闻言，他颔首，指了指手机："我去接个电话。"

"去呗。"

等孟怀谦走出庭院去了另一处僻静地方后，表姐才收回视线，压低了声音问池霜："你又犯病了？还以为你不想住酒店，想在马路上睡觉呢。人家多客气，还把自己的酒店套房给你住。"

"我睡他的套房？"池霜一脸不可思议，"他睡过的房间哎，他睡过的床我再去睡？"

"好好一件事怎么从你口中说出来这么不正经？"表姐惊叹不已，"难道你睡别的套房，就是什么史无前例的第一个住客吗？那些床照样有人睡过。你不要告诉我你有什么见鬼的洁癖。"

"某些人有，我可没有。"池霜又坦然地回道，"那不一样，我睡别的房间，上一个住客和上上个住客是谁我也不认识，不认识就当不存在。现在我知道那是他睡过的，我还去住，我能跟他睡同一张床？那要不你就当我有洁癖吧，被某些人传染的。"

表姐收回惊愕的目光，变得异常淡定："算了，别说了，这个话题打住，听不了一句了。"

幸好孟总去接电话了。

这些令人生出无限遐思的话，男人能听吗？

这话刚说完，她们便听到了富有节奏的沉稳脚步声，只见孟怀谦挂了电话，正朝这边而来。

"孟总，霜霜，你们聊，"表姐起身，将位子让给了他，"我去厨房那边看看。"

五点钟，陆陆续续有食客进来，也不适合再在庭院跟孟怀谦闲扯，池霜便带着他上了二楼，提前进了那个窄小一些的包厢，顺便将打火机还给了他。

这小小一只金属质地的打火机带着她的体温，从她的掌心到了他的手掌之中。

"其实我这段时间抽得不多了。"孟怀谦很多余地说了一句。

池霜失笑："说这种话骗谁呢？这里又没坐着担忧你身体健康的父母、股民，还有你的员工。"她瞟了他一眼，来了兴致打假，"以前也有个人跟我说抽得不多,快戒啦,结果人家的不多是一天大半包。烦死老烟枪了。"

"阿潜?"

在孟怀谦的印象中,梁潜的确说过几次要戒烟的话。

梁潜之所以每次饭局都会另备一套西装,是因为怕身上的烟酒味熏着池霜。

池霜一秒变脸,狠狠地瞪他。

这个没眼力见的东西。

"他只是我的前男友之一,不是唯一。"池霜还是觉得晦气,好好的心情又被他这句话毁了,"再说了,你觉得他配当什么唯一吗?他配吗?你以为我这辈子没见过男人啊?"

孟怀谦错愕几秒,很快神色恢复如常:"抱歉。"

"我要给你立一条规矩,以后除非我主动跟你提,不然你都别在我面前提起他,一个字都不行。'凉'都要给我改成不热,'浅'也要改成不深!"

孟怀谦哑然,再看看她气鼓鼓的模样,眼里闪过一丝笑意,主动起身给她倒了杯茶水:"别生气,喝点水。"

池霜即兴考试:"这水是热的还是凉的?"

他顿了顿:"不热的。"

她也被逗笑。

她总是这样,有着丰富的情绪,来得快去得也快。那时说要照顾她,希望她能尽快走出来,如今回忆起来也有些可笑。有没有他的"照顾",她都会自我疗愈,而他不知道伤口在哪儿,只能默默地在旁边看着、等着,她好了,他也就好了。

池霜的手机微信提示音一声又一声地响起。

点开一看,是家族群。

原来几分钟前,表姐已经提前宣布池霜不日将去港城学习并且扫货。接着,群里的人开始给池霜发送购物清单了。

池霜费力地用手指翻了翻页面,眼花缭乱,懒得多看。在孟怀谦品茶的时候,她拿起手机发送语音:"池枫、蒋书涓,你们都做个人吧,姐姐我是去学习,是出差,不是当代购。顺便跟群里的人都说一声,除了报销我所有费用的姐姐,其他人,就算是爸妈,每个人也都是限额的,每人三样东西,并且不能超过一公斤。姑、亲姑,再提让我带奶粉、尿不湿,我就直接拉黑您了啊!"

她才放下手机,就察觉到了孟怀谦的注视。

"你笑什么?"

"你们家里人挺有意思的。"孟怀谦说。

池霜想起什么,"扑哧"笑出声来,一时兴起,冲他勾了勾手:"来,给你看个特好玩的东西。"

她那神情,就像是发现了稀奇宝藏,要向小伙伴显摆的孩童。

她翻了翻相册,停留在了某张照片上,然后将手机往孟怀谦手边一推,孟怀谦也顺势配合着垂眸。

照片中是某个卧室的墙壁，墙壁上挂着两面锦旗，每一面上都写着四个大字——

影坛瑰宝。

金盆洗手。

孟怀谦忍俊不禁。

钟姐的生日是在腊月，邀请了不少朋友。池霜这个曾经在她手底下前景最好、给她带来最多收益的退圈人士自然也要过去捧场。

跟往年一样，钟姐请了几十号人，包下了某个顶楼餐厅。

觥筹交错、推杯换盏，池霜有意躲避姗姗来迟的刘总，偷偷躲到一边去，手里还拿着香槟杯。她还未来得及松一口气，便嗅到了有人抽烟，下意识地皱眉，跟那人四目相对。

"郭闯？"

她还以为自己眼花了。

穿着黑色冲锋衣的郭闯连忙将烟扔了，像被教导主任抓包一样，神情有几分无措。见是池霜，他紧绷的神经微松，一边朝她走来，一边熟练地从口袋里摸出口腔喷雾喷了好几下，又"哗啦哗啦"地倒出口香糖嚼起来。

这一系列动作堪称行云流水。

确定自己嘴里没有异味后，郭闯才笑着开口："霜姐，是我。"

"你怎么在这儿？"两人异口同声问道。

郭闯先笑了一下，不好意思地摸了摸鼻子："钟姐请了个导演来，非让我招待。人家说的我也听不懂，就找了个借口出来透透气。"

对这种事，池霜感同身受："钟姐很讲义气的，她也是为了你好啦。"

"你呢？霜姐，怎么跑这儿来了？"

池霜发现可能是这段时间跟孟怀谦接触比较多，以至于她也被他潜移默化，不太想对生活中交集并不多的人说谎。

"躲刘总呢。"她抿了口香槟，微微仰头，微卷的头发也随之从肩头滑落，"他老爱给人上课，喝完这杯我就溜了。"

郭闯不着痕迹地挪开视线："霜姐，正好我有点事情想向你请教，我没喝酒，要不我开车送你回去？"

池霜也没有拒绝的理由，大方地点了下头："好啊。"

一路上，郭闯都在虚心向她请教演戏及合同上的一些事。他今年才二十三岁，这两年都在古装剧里饰演男二男三，算是打下了根基，已经小有名气，公司也希望他能沉淀两年再凭借作品一飞冲天。

等到了池霜家楼下，郭闯也跟着下车。

"霜姐，其实之前我就想给你发消息，但又怕措辞不合适让你难受。"他有些纠结，剑眉紧锁，"我也是听钟姐提过几句，说你男友出了点事……嗯，总之，霜姐，我才进公司时看你每天都挺开心，希望你不要因为这些事坏了心情。如果有我能帮得上忙的地方，你只管说。"

"事情都过去很久了。"池霜不禁莞尔,"不过还是谢谢你。"

"对了,霜姐,我看这小区环境不错,"他仰头随意环视四周,目光又落在她脸上,以开玩笑的口吻说道,"我最近也在考虑买房的事,要不我给你当邻居吧?"

池霜不接这话茬。

她当然有接收到一点点信号。

不过她如果真的回应了些什么,钟姐第一个要提刀来找她算账。

算了,弟弟帅是帅,无奈是窝边草。

她只是看着郭闯笑了笑,算是敷衍的回答,可是落在其他人眼中,这画面出奇的融洽和谐。

孟怀谦立在不远处,脸上神情寡淡,一动不动地盯着这对相谈甚欢的年轻男女。

郭闯可能也只是随口跟池霜这样一说,但他确实有买房的打算,这小区环境的确不错,就是莫名感觉气氛有些阴森。

他又下意识地四处张望,这也是身为公众人物的一种习惯,谁知就在要收回视线时,竟然瞥见了一道高大身影正朝着这边走来。

对方似乎目标明确。

于是,他放轻了声音问:"霜姐,那个是你认识的人吗?"

"什么?"

"那个人。"

郭闯担心池霜也不认识,便迈开长腿,将她护在了身后。

他这一举动,让原本凛冽的寒风更是冰冷刺骨。

池霜也被他这架势影响,不由自主地开始紧张。她扭过头去,看见来人是孟怀谦,顿时哭笑不得,伸手拍了拍进入戒备状态的郭闯:"是我认识的人。好啦,你先回去吧,当心钟姐来夺命。"

郭闯惊讶,没想到池霜认识这个男人。

出于同性之间一些微妙的打量,以及他作为演员的敏锐直觉,他断定这人是危险的。

来不及思索更多,一股压迫的气势就介入他和池霜之间,令人难以忽视。

"你怎么来了?"

池霜早就想结束和郭闯的寒暄了。虽然两人是同门,可平日里交集太少,而且她现在也退出了,可不想轻易地被卷进绯闻中,那才是多生事端。她即便是挑暧昧对象也有一定门槛,从来都不找圈内人。

不等孟怀谦回她,她又看向郭闯,自动省略了为这两人介绍的步骤,含笑道:"现在也不早了,你快回去吧,当心钟姐着急上火。你出去的时候也当心一点。"

郭闯只能悄悄地看了眼这沉默寡言但气势惊人的男人。

还有什么不明白的呢?

也对,事情都过去这么久了,池霜现在身边出现个男人,这是再正常不过的事。

他看懂了。

这会儿凉飕飕的风钻进冲锋衣里,他整个人也清醒了许多,神思重新恢复清明,又成了那个阳光爽朗的后辈:"好,霜姐,我先走了,有事再联系。"

说完后,他又冲着孟怀谦礼貌地轻点头,接着拉开车门上车,发动引擎离开。

池霜今天穿得不厚,又在楼下吹了这么久风,瑟缩着按指纹开了楼下的感应门。她转过身,差点撞上孟怀谦的胸膛。

两人靠得很近,近到她都能闻到一股很淡的烟草味。她很嫌弃地看他:"不是都讲了在我家方圆十里内不要抽烟的吗?我的话你根本就没放在心上!"

孟怀谦眸色深沉,一声不吭。

池霜也只是嘴上说说。

不过很快,她就发现了他的不对劲。这人怎么回事?如果是往常,他肯定会露出无可奈何的神情,继而低声解释。也许他心里也在疯狂地辱骂她,可该说的话他是一定会说的,哪会像现在这样跟被人粘了强力胶似的一言不发。

"干吗?"她没好气地问。

孟怀谦的目光掠过她的耳垂,落在大厅门口的绿植上,胆大包天地竟然没回答她这个问题。

"送你回来的那个人是谁?"

就在池霜本就不多的耐心告罄时,听到他平静地发问。

她愣了一会儿:"是以前公司的一个同事,也是钟姐手下的一个演员……"她正要继续解释郭闯为什么会送她回家时,脑子里灵光一闪,立刻收声,一脸不可思议地直视他,"等等,你跟我说清楚,你现在是什么意思?"

她看着孟怀谦这张死人脸,突然明了,顿时气不打一处来:"怎么着,我不能跟别人约会吗?我得为一个死人守节吗?"

孟怀谦深吸一口气,显然他的情绪没有他表现出来的这样镇定,沉声道:"我没有这样想。"

"那你给我甩什么脸色?"

"我没有。"

"你有!"池霜冷冷地看他,"别说我今天跟人约会,我明天就算跟人领证结婚,请问跟你有什么关系吗?"

孟怀谦知道,人在情绪不稳定的情况下会口不择言,无论如何,应该率先冷静下来的那个人都该是他。

恼意、怒意瞬间迸发而出,如困兽出笼,又被他一把死死地摁住。他面露隐忍之色,低头收敛情绪:"所以,你确定要跟一个这样的人在一起?"

他自己都没意识到,这一刻的他,尤其在讲出"一个这样的人"时语气有多刻薄冷硬,充斥着对郭闯的鄙薄。

他这些年藏得很好的傲慢仿佛收不住了般，汹涌而出。
"是又怎样？"
池霜也感到烦躁，一来，她还没跟郭闯怎么着，在车内面对一个年轻男生散发出来的荷尔蒙信号，她的确有过几秒的恍惚。但那又怎样，又不是她主动，是郭闯主动勾引的。在这种情况下没有被打动，她不是一般的有定力；二来，就算她跟郭闯有了点暧昧的举动，那又怎么样呢？孟怀谦凭什么来质问她？
"他有什么好？"孟怀谦抬起头，仿佛依然在冷静沉着地叙述。
可只要池霜低一下头，只要她能分出哪怕一星半点的心思在他身上，她就会看见他收紧的手，以及手背上的青筋隐隐浮现。
他是如此平静，平静到了怒气冲冲的池霜此刻显得这样蛮横。
他好像真的在疑惑，如同一位耐心又温和的长辈在询问不懂事的晚辈——那个人有什么好，你可以讲给我听吗？
他这轻描淡写的态度彻底惹恼了池霜。
"他有什么好"的潜台词是——这个一无是处的垃圾，你看上了他什么？
"要发疯到一边去！"
池霜自然不会真的列举出郭闯的优点来。
什么长得帅、会呼吸、年轻……
哪怕她说了，孟怀谦也只会平淡地扯扯嘴角，高高在上地不屑、轻蔑。
但……郭闯跟这件事没有半点关系，他太无辜了，如果孟怀谦真的听进去了，一时头脑发昏要为梁潜打抱不平，那她不是害了人家？
"滚，赶紧滚远点！"
池霜进了电梯厅，眼见孟怀谦还要追上来，狠狠地骂道："你敢进来一步试试？你进来我就立马报警，我说到做到！"
什么东西，给他点好脸色居然就想来给她上课，还要对她的生活指手画脚。
电梯门缓缓合上，最后，池霜看到的只有孟怀谦那双如古井一般幽深的眼眸。
他只是神情沉寂地望着她，仿佛她遥不可及。
她不知道，阻止孟怀谦的，其实并不是那一扇电梯门。
两人不欢而散。
池霜再次将孟怀谦的一切联系方式都拉黑了，不给他半点靠近自己的机会。
除此以外，她还提前出发去了港城，让孟怀谦来餐厅找她也扑了个空。她相当有骨气，就算酒店前台跟经理挨个给她打电话，问她入住时间，还贴心地要提供接机服务，她都置之不理。
孟怀谦住过的酒店她嫌晦气，一步都不肯踏入，气鼓鼓地订了别的酒店，甚至在跟表姐通话时，还阴恻恻地提醒："韩璐女士，如果，我是说如果你把我入住的酒店信息说顺了嘴透露出去了，你知道后果的吧？"

表姐只能极力顺毛安抚:"霜霜,孟总这两天下了班就来,到底发生了什么事,你说出来让姐给你评评理吧?"

"说了怕脏了我的嘴。"

表姐眉心一跳,轻声问:"孟总强吻你了?"似乎确定了这个可能,她也怒火难忍,"他是不是欺负你了?"

"……姐,我在吃饭!"

池霜并不迟钝,她只是从前太忙,便懒得在情啊爱啊上多花心思,况且那些男人心里怎么想的,也不值得她去深思。只要是她喜欢的人,都会更早一步喜欢她。

那天晚上她只顾着恼火生气,心情平缓后,再思索孟怀谦的话、他的举动,答案不言而喻。

她记起来,在之前孟怀谦消失的两个多月里,她前任任景锋也来找过她,还被容坤撞上过。

当时容坤只是错愕几秒,就又若无其事地笑着调侃她。

作为梁潜的好友,或许他内心深处也会有微妙的情绪,但他掩饰得很好,不会让她不愉快。

这才是一个没病的正常人该有的表现。

她相信,如果那天晚上撞见她跟郭闯闲聊的人是程越,程越要么当作没看到默默走开,要么之后也会像失忆一样半个字不提,是绝对不可能追在她身后阴阳怪气地一会儿问郭闯是谁,一会儿问她是不是要跟这人在一起,一会儿又问这人有什么好。

除了关心她终身大事的家人,还有谁会这样?

只有那些酸气冲天、嫉妒吃醋、没有半点自知之明的男人了。

池霜在港城也有认识的朋友,开开心心逛吃了两天后,她便要进入学习状态了,开始准备参加研讨会的事。

跟京市干燥寒冷的气候不一样,港城这段时间天天都是艳阳高照。她从行李箱里拿出了表姐为她购置的白色套装,交给酒店熨烫好后穿上,美滋滋地在镜子前拍了好几张照片,再穿上搭配好的高跟鞋和手提包就出门了。

会场的地面停车场尚有空位,司机正要停下,保安快步过来,指引着他往地下停车场开。

司机嘀咕了一句,池霜正拿着粉饼补妆,没注意到这一小小插曲。

等她下车时,见这地下停车场宛如私人车库,还有些纳闷。

路过那辆很显眼的迈莎锐时,她还不经意地瞧了一眼,玻璃全黑,什么也看不到。

进入会场后,池霜也很自在,都是她不认识的人,她也不需要跟谁打交道,在工作人员的领路之下,来到比较靠后的位置安安静静地坐下。她从手提包里拿出平板电脑,准备记一些笔记回去交差。

没过多久,她感觉到身旁有人坐下。

出于礼貌,她将视线从平板电脑挪到了来人身上,愣怔几秒,不可置信地问:"你怎么来了?"

孟怀谦二十八年的人生中所体验的"束手无策"都来源于池霜。

那天晚上他辗转反侧,一夜未眠,甚至都为自己的阴暗心理愕然。在误会池霜跟那个姓郭的年轻男人开始了一段感情时,他无法忽略那一刻自己内心的暴戾。回去后,他将她说的每一个字拆开又缝合,而她的表情也变成了电影里的画面,一帧帧回放了一整夜。

理智告诉他,池霜说的都是气话。

可他哪还有什么理智可言?

第二天他去池中小苑找她,她却不在,电话不接、消息也不回。再之后,她悄无声息地离开了京市,没有入住他为她准备好的酒店套房。

她是真的不想再见到他了。

这个念头攫住了他,他慌了神,来不及思索更多,让助理订了最快来港城的机票。

地下停车场,她看不到车内的人是他,只是匆匆一瞥就收回视线,脚步轻盈地离开。

他看得到她,她却看不到他,这仿佛是他们目前关系最真实的写照。

"我来赔礼道歉。"他低声说,"我有跟你发消息说我会来港城,你可能没有及时看见。"

池霜白了他一眼,说什么也不肯拿出手机将他从黑名单里放出来。

上一个没名没分、八字都没一撇就敢在她面前吃醋发疯的男人,已经在她的黑名单里躺了快八年了吧?

这些男人到底有没有自知之明?平常也不照照镜子吗?

"你来道什么歉呢?你又做错了什么呢?"她也会阴阳怪气,"你不过是为了你死去的兄弟打抱不平罢了,你不过是想送我一块牌坊罢了。"

对于她的娇蛮难缠,孟怀谦兴许是这一年来体会最深的人。

她还愿意跟他说话,这就够了。

他依然温和地向她解释:"不是,我从来没有过这样的想法,真的没有。"

"哦?"池霜不信,故意戳他肺管子,哪里让他憋屈就戳哪里,一点儿都不带手软的,"你的意思是支持我找新的对象,真心地祝贺我拥抱新生活?就算我立马找个人约会恋爱,你也会祝福我恭喜我,是吗?"

果然,孟怀谦神情僵硬。

"你看你,还说不是为他打抱不平!"

"不是。"孟怀谦准备好了的腹稿此刻毫无用武之地,完全招架不住,只能败下阵来,"我希望你能过得开心。"

"那你倒是说说,你那天是什么意思呢?"

闻言,他斟酌数秒,谨慎地开口:"我可能带有不该有的偏见色彩,认为那个男孩太年轻,看起来不太稳重,单方面觉得不太适合你,所以说了一些不该说的话。"

"这么说,你还是为了我好,我还得感谢你呀?"

孟怀谦没接话。

池霜瞥他："不过你少给我来这一套，我以后的男友只有我爸妈和我能随意评价，其他人可没资格对我的选择指手画脚。"

见她还愿意跟自己说这些，孟怀谦也就松了口气。

"还有，我那天的话没说完，"池霜又大声说，"那天你问的问题再问一遍！"

明知道她是在玩笑，明知道也不是真的，但孟怀谦此刻神色凛然，仿佛又回到了那天晚上。他一点儿都不愿意回想，却还是心甘情愿地配合她，缓声道："你确定要跟那个人在一起吗？"

他们也很有默契，她让他再问一次，他居然知道是哪句话。

"是又怎样？不是又怎样？"池霜总算是顺了气。

孟怀谦的下颌紧绷。

她漫不经心地扫他一眼："这就是我没说完的话。孟怀谦，就算不是郭闯，以后也会有其他人，你懂吗？别说我跟梁潜只是恋爱关系，就算我跟他结婚了，他死了人没了，我脑子进再多的水也不会为了他守寡。"她托着腮，"天啊！守寡这个词可真古老恶心。跟你这个老封建相处久了，感觉我都变老土了，身上灰扑扑的。"

"抱歉。"

"孟怀谦，你知点足吧，偷着乐吧，从来没有哪个人能在我这里踩两次雷我还会原谅的。"池霜长叹一声，似是不经意地感慨，"你那个认识了二十八年的死了的朋友都没这个待遇。"

想想也是。

她在不知道梁潜到底是什么货色之前，他确实表现得很不错，上道得很，哪怕有名有份成了她正式的男友，也从来不会在她面前冷脸。

那一年，京市的第一场雪如期而至，她看着朋友圈和微博都在刷屏，委屈地跟他抱怨她在横店连雪籽都没见到一颗。那天晚上她是夜戏，收工后回酒店，梁潜像是从任意门那边走来，给她带来了惊喜礼物——漂亮的玻璃罩子里还有保存得很好没有化开的小雪人。

她相信，一直在他出事以前，他都是真心爱她的，因为眼神无法伪装。

可她也确信，他后来的不爱也是真的。

这也不是什么大不了的事。这份爱意，在她还愿意接受时，她把它当成了一颗星星；在它消失的时候，她也不能让它变成一把刀来伤害她。

它是会成为风一吹就散的灰烬，还是足以给自己添加一道一道伤痕的刀刃，这还用得着犹豫吗？

无所谓了，她绝不会被影响，等到她再跟另一个人在一起时，她依然还是那个不会质疑真心的池霜。

孟怀谦侧过头，只见她托着腮，手指在脸颊上点啊点，一会儿皱着眉头，一会儿又舒展开来，抿了抿唇，似是想到了什么开心的事，嘴角漾开笑意。

"谢谢。"孟怀谦也由衷地道谢，谢她的原谅，谢她还愿意搭理他。

连日来积攒在心头的阴影也一扫而空，分外轻松。

池霜想起什么，又警惕地问他："你最好没有因为什么见了鬼的友情去找郭闯的麻烦。"

孟怀谦眉头一皱："怎么会？"

"我是不可能找圈内人的。"池霜说，"郭闯又是钟姐手底下的演员，你用你的脑子想想看，我犯得着为了一个男人跟钟姐闹矛盾？"

他静静听着，等她说完后，不动声色地转移话题："晚上想吃什么？"

他根本不想再听到跟郭姓男人有关的半个字。

研讨会果然跟池霜想象的一样无聊。

不过，表姐也花了不少力气才弄到这个名额，她不想在昏昏欲睡中度过，努力打起精神来，从手提包里拿出她事先准备好的"工具"——风油精，拧开瓶盖，深吸一口气，凉爽直达天灵盖，再搭配一瓶美式咖啡，睡意瞬间全部消散。

他们的座位在角落，很像回到了学生时代。

孟怀谦这样想。

担心池霜没有将重要心得和经验记下来，他从西装口袋里取出钢笔，笔锋凌厉地在纸上做笔记。

他来得匆忙，准备并不充分，只能用这样的方式。

孟怀谦低调，中午陪池霜来到自助餐厅时，还是被港城协会的副主席认出来。

副主席惊愕不已，推了推鼻梁上的黑框眼镜："孟先生来了怎么没讲一声？"

"临时的决定，不方便叨扰你们。"孟怀谦也很客气地同他寒暄，还时刻注意着池霜的表情，生怕又惹她不高兴。

副主席自然而然地也注意到了他身旁的池霜，只觉得有些面熟，但一时之间也想不起来在哪里见过，只觉得他的女朋友比电影明星还要标致惹眼。

人与人交往都是看人下菜碟。

副主席跟孟怀谦只在饭局上见过两三次，算不得熟人，也没有足够的底气调侃他陪女朋友出差，只客套地聊了几句后，便去往另一边了。

之后，副主席还派人来问过，要不要将他们的座位安排到会场前面。

孟怀谦看了看池霜，一副看她眼色行事的小弟模样。

池霜散漫地摇头："不要。"

孟怀谦这才回了那位工作人员："多谢，不过不用。"

一直到研讨会结束，池霜跟着孟怀谦来到地下停车场，才发现那辆迈莎锐是他的车。

孟怀谦虽然没有负荆请罪，但道歉的方式很有诚意。

临近过年，平日里留给池霜游手好闲印象的容坤也忙得神龙见首不见尾，而现在孟怀谦要同时处理奥朗及梁氏的重要事务，在这样高强度的工作之下，他能挤出时间从京市飞来港城认真说一声对不起，冲着这一点，池霜就得承认他认错态度良好。

"之前听你无意间说起要跟家人朋友代买东西,我是明天中午的飞机,今天晚上去逛逛,顺便我帮你把这些东西都带回内地,你回程的时候就不必太辛苦。"

异常宽敞的车内有好几个巨大的黑色行李箱。

池霜眉开眼笑:"你还挺识趣。"

车辆缓缓驶出停车场。

可能是协会副主席不经意透露了孟怀谦来港城的消息,短短一段路,孟怀谦就接了三四个电话,全部是这边富商的邀约。他一一婉拒,只说有很重要的私事。

其中还有赫赫有名的港城商人。

终于,他的手机消停了,池霜揶揄道:"稀奇,推掉应酬也就算了,我刚看了一下,你都没带电脑。"

她知道孟怀谦有多忙,他几次到她店里吃饭,都随身带着平板电脑处理公事。

今天太奇怪了,一整个白天,他都在帮她记笔记,连手机都很少拿出来。

池霜不知道的是,为了挤出这两天时间,孟怀谦几乎不眠不休了几天,只在来时的飞机上闭目养神了片刻。

他也费解,自己究竟在做什么?

可在她清亮的眼睛对上他的那一刻,他只有一个念头——

两天不够。

远远不够。

眼看池霜还盯着他,他面露淡淡的笑意:"我是来道歉的,不是出差。"

这句话很中听,至少池霜爱听。

认错就要有认错的态度,她最烦的就是光说不做的人,一遍又一遍地给她打电话,除了让她心烦,真的不会有任何作用。这年头,一个五六十块的手机套餐的通话时长都有三四百分钟,电话、消息这样的道歉方式,成本太低太低,低到人家下次还敢再犯。

对孟怀谦这样的人来说,时间才是奢侈品。

他能特意在这个节骨眼上挤出两天时间飞来港城,起码他的态度很诚恳。

"我也不是什么不讲道理的人。"池霜大度地说,"算啦,这件事就到此为止,翻篇吧。"

孟怀谦还没配合她表达感恩戴德的心情,她就又扫了他一眼,提醒:"不过,事不过三的道理,博学多才的孟总一定懂哦?你在我这里踩了两次雷,两次了!"

她伸出两根手指在他面前晃了晃,正好食指和中指上都佩戴了装饰戒指。

"没有第三次了。"她严肃地说,"再有一次的话,咱俩这辈子也别再见面了,我说到做到。"

103

孟怀谦沉思片刻，点头应下："嗯。"

同样的错误他永远都不会再犯。

"好咯，不提了，我原谅你了，"池霜又从包里拿出手机，将孟怀谦从黑名单里放出来，"刑满释放。对了，让司机先送我回趟酒店，这衣服穿着难受死了，还有这高跟鞋，我要换掉。"

"好。"孟怀谦又问，"要不要顺便退房？我给你安排的酒店套房或许住着会更舒适一些。"

"不要。"池霜摇头，"换什么换，麻烦死了，我懒得再收拾行李。"

"好。"他也不勉强。

很快就到了池霜下榻的酒店。

孟怀谦也跟着下车，在酒店大厅等她。

跟她相处的这段时间，已经让他足够了解她，哪怕只是换衣服，速度也不会特别快。在她捉弄他的那几个月里，她还让他在理发店里等过她，那漫长的四个小时，他现在想起来仍想无奈地扶额。

于是，他在大厅找了个安静的位置坐下，选择用手机处理邮件进行远程办公。

池霜下来后找了一圈，很快锁定了他。

进入工作状态中的孟怀谦专注认真，自动屏蔽了周遭的一切动静。

她抬手看了眼腕表，现在时间还早，七点钟都不到，她也不饿，就大发慈悲地给这个工作狂一点儿时间吧。她坐在离他较远的沙发软座上，随手从包里拿出他今天记的笔记，遇上不懂的专业词汇还会耐心地去搜一搜。

姿容出色的年轻男女，隔着不算近的距离，各自处理着自己的事情。

时间过得很快，孟怀谦并非心无旁骛，他还记得回房换衣服的池霜。见已经快八点了，她还没下来，正犹豫着要不要给她打电话时，身着工作装的服务员端着餐盘过来，将一杯美式咖啡及一小碟黑森林蛋糕放下。

孟怀谦抬起双眸看向服务员，略带疑惑之色："我没有点咖啡。"

服务员微笑："您好，有一位女士帮您点的单。"

显然孟怀谦处理这样的事情已游刃有余，他对是哪位女士请客没有半点好奇心，略一思忖后，从口袋里拿出钱包，淡定地说道："多少钱？我来付。另外，麻烦帮忙转告，我已经有家室了，谢谢她的好意。"

服务员愣了一下，下意识地往池霜所在的方向看去。

孟怀谦见他不吭声，顺着他的视线，目光落在了穿着宽松白色毛衣的池霜身上，她脸上满是恶作剧得逞后的得意笑容。

他下意识地按了按额头，无奈地笑了笑，对一头雾水、搞不清这对男女在玩什么把戏的服务员说："谢谢。"

服务员："……不客气。"

孟怀谦依然从钱包里拿出一张纸币，算是给服务员的小费。

服务员："谢谢！"

等服务员走后,孟怀谦也没急着起身,特意对着池霜举起咖啡杯,喝了几口。

总算没辜负她的好意。

不止如此,向来对甜点不太热衷的他,尝了蛋糕,这才来到她身旁坐下:"我没发现你已经下来了,等了多长时间?"

"也不是很久吧。"池霜斜他一眼,理了理毛衣下摆,"一个小时!六十分钟呢!"

孟怀谦顿住。

"不敢耽误你的工作。"她抬起下巴,"要是影响了你的进度,我不知道有多少人想追杀我。"

她身边有很多很多关心她的人,也有很多喜欢她的人,就连梁潜的张特助,上次见面时还特意向孟怀谦打听了她的情况。

她有任性的一面,但偶尔也会不经意地露出柔软的一面。

没有人能抗拒。

没有人会不喜欢她。

池霜发现,孟怀谦很有给人当跟班的潜质。

话少、力气大,递卡刷卡姿势流畅。

她买红了眼,在人群中如一尾鱼穿梭,他也跟在她身后,拎着她买的大包小包。

他还相当有条理,会时不时跟司机确认所在的位置,像蚂蚁搬家一样将一批又一批的物品送到车上。

任劳任怨,没有表露出一丝不耐烦。

跟那群在商场店铺中找到落脚的地方就席地而坐的男人截然不同,宛如一股清流。

孟怀谦正护着吃咖喱鱼蛋的池霜不被人撞到。他蹙眉盯着她拿着那长长的扦子戳着鱼丸送进嘴里,只觉得这样太危险,每次有人试图挤过来,他都眉心一跳,只能多多留心,尽量不让横冲直撞的人靠近她。不经意一抬头,他便看到有人拿着手机对准了他们这边,他跟那人对视,那人悻悻地收起手机溜走。

他倒无所谓,池霜却不一样,之前毕竟是公众人物。他正要追上去时,她伸手抓住了他的袖子,一脸无所谓地说:"算了,放到网上也是无人关心的,没人盯着我。"

"我又没红到天天有狗仔跟着,而且这种事我也熟,人家就是见着一个眼熟的人了,认出来好像是某个演员,一时兴起拿起手机拍了拍。除了那些特别红的人,你以为群众谁会关心一个外人的私事啊?"

"你现在追上去想干什么?凶神恶煞地威胁别人将手机里的照片删掉,不然律师函伺候吗?"

池霜也只是浅尝街边的小食,随手用纸巾擦了擦嘴角,语气淡然:"我会跟钟姐提前讲一声,让她帮忙盯着,这方面你放心。"

她又不止一次被人拍过,太有经验了。

她那点事……连跟她相看两厌的温晴都不会花一毛钱送她上热搜。

"没有。"孟怀谦说,"只是担心会给你造成不必要的麻烦。"

"拜托,我都退圈了!"

池霜见不得他这窝囊样。

将一次性纸碗扔进垃圾桶后,她雄赳赳气昂昂地带着他进了商场品牌专柜,让他站在一边,她挨个让导购将墨镜拿出来给他试戴:"我跟你站在一块儿,说句良心话啊,还是我更耀眼。没办法,演不来保镖、司机,你比较适合。"她又感慨,"入行这么多年,我就没演过穷人。

"最近几部播出后都很火的剧,其实我都有过试镜的机会,有几个角色我真的好喜欢,不过还是实力跟不上吧,试镜时导演说我看起来像体验民间疾苦的。"

她语气里仍有遗憾。

孟怀谦垂眸看向她。

见他又一副欲言又止的神情,她凶巴巴地警告:"打住,别再跟我说什么给我开公司这话,我可能有一点点遗憾,但我绝不后悔自己做的任何一个决定。你难道就没有遗憾的事吗?"

没有遗憾,那还叫人生吗?

她允许这些遗憾存在,不用去纠正,她天资有限,就不要为难自己啦。

她似乎只是随口一问,并没有想听孟怀谦的答案,又转身让导购拿了另一副墨镜。

孟怀谦平静地站在她身旁。

遗憾的事?

他当然也有,只是永远都不能宣之于口。

孟怀谦独自回了京市,在港城的两天一夜仿佛给他忙碌生活增添了很多色彩。

这天,容坤有工作上的事情要向他请教,两人约了午饭。

才刚入座,茶水都没喝一口,孟怀谦的手机响了。

他瞥了容坤一眼,起身,两人认识这么多年,接电话的客套话也不必多说,他还没走出包厢便接通了电话。

容坤这段时间也是忙得脑子发胀,原本也没多想,直到听到一声温和到近乎温柔的"我在"时,他正用杯盖拂去茶叶的手顿住,跟被雷劈了一样猛地看过去。

但孟怀谦已经走出包厢,门也拉上了。

等到孟怀谦再回来时,容坤面色复杂地长叹一声:"池霜打来的?"虽然是问话,语气却是笃定的。

孟怀谦领首,伸手拿热毛巾慢条斯理地擦拭手指。

"我都不知道说什么才好了。"容坤泄气了一般。

"那就什么都别说。"孟怀谦神色自若地说,"有些话,说过一次就够了。"

包厢里静默片刻。

还是服务员来送菜打破了这死寂一般的凝重氛围。

等服务员走后，容坤夹了一筷子菜："我知道你已经尽力。"

"那你打算怎么办？"他又问。

以他对孟怀谦的了解，他相信孟怀谦不可能一点计划都没有。

他倒是希望朋友能再冷静冷静。

可这话他不能再说。

孟怀谦缓缓放下热毛巾，看向对面空着的座位，似是那位至交还在。

"快过年了，等明年五月份，如果她愿意接受我……"他停顿数秒，"我会在阿潜的墓前道歉。跟她无关，是我的错，是我处心积虑。"

容坤哑口无言。

事情过去这么久了，他们也都心知肚明，梁潜不可能还活在这世上。丧命于深海，连尸体都很难搜寻到。

他不知道该不该感到放松。距离两年失踪期满还有一年，世事无常，也许这一年里，怀谦会改变主意呢？

虽然希望渺茫，但至少有这个可能。

他也着实纠结，一方面希望这一年里怀谦能放下池霜，毕竟这种事传出去不太好；可另一方面他也担忧，以池霜这样的性子，搞不好还没等到明年五月份，就半路杀出个程咬金来怎么办？

他反复思量，觉得还是活着的朋友更重要，于是委婉提醒："既然你已经想好了，那我也没什么好说的。只不过追她的人太多了，我就撞见过几次。有个律师吧，好像是她在阿潜之前的男友，人家一表人才，对她也没得说，分手后身边一直没人，经常来她店里找她。"

哪怕他作为孟怀谦和梁潜的共同好友，也不能昧着良心说人家律师前任毫无威胁、不值得一提。

池霜的这位律师前任，无论是身材、气度还是长相，都不输给梁潜，确实是难得一见的精英人才。

破镜重圆这种戏码也很常见，说不定哪天两人就再续前缘了，谁能说得准呢？

孟怀谦面容沉静地说："我知道，有很多人喜欢她，这没什么值得惊讶的。"

"你就不担心？"容坤说，"而且你也别怪我说实话，以我对她的了解，她肯定会介意你跟阿潜的关系。"

怀谦还没那个姓任的律师胜算大呢。

实话都不太中听，容坤本来以为孟怀谦会有几分不悦，谁知道，他只是淡声问："你很了解她？"

"搞什么？"容坤一脸匪夷所思，"我跟她也是朋友行吧？放心，你放一百个心，我可不想蹚这浑水！"

有必要吗？

至于谁的醋都吃？

孟怀谦不吭声了。

"反正你别太乐观。"容坤缓了缓，语重心长地劝道，"说实在的，

107

我都不想知道这些，忒麻烦了。总之，你时刻记住，她是阿潜最放心不下的人，也是我的朋友，她如果对你没那意思，可别强求，别来勉强那一套恶心人，这也是我的底线。她愿意跟你在一起，我屁话不会多说一句，祝你们有情人终成眷属，但她要是不想跟你在一起，你还……"

他很想用"死缠烂打"这个词，但看了一眼端坐的孟怀谦，又总觉得不太恰当，最终还是给好友留了些面子，含混地带过："我跟程越就不会坐视不理了。总之，这是忠告，也是提醒。"

孟怀谦沉默半晌，扯了扯嘴角："多谢，我知道了。"

容坤后来才发现自己是杞人忧天。

由爱生惧，最怕池霜不开心的那个人是孟怀谦。

从餐厅出来时，容坤觉得自己有机会得经常去庙里走一走、拜一拜，祈祷这一年孟怀谦向善，放下执念，放下池霜。

两人在停车场分别。

临走前，孟怀谦叫住了容坤，立于寒风中，平声道："现在说这个有些早，但还是要拜托你，明年给阿潜立了墓碑以后，我可能只会去一次，以后祭拜这些事就交给你跟程越了……阿潜应该也不会再想看到我，你们以后多费心。"

容坤张了张嘴，有些错愕："至于这样？"他又以开玩笑的口吻说，"你就这么自信你一定会追得到池霜？"

"不是。"孟怀谦摇头，眼底平静无波，"无论她接受或者不接受我，我都只会去看阿潜一次。"

友情不是在对方死亡的那一刻终止，而是在他有所贪恋时，在他期盼两年之期快点到来时，在他毫不费力地在爱情与友情中选择忠于那颗卑劣的心时。

容坤回味过来，感伤不已："何必走到这一步？咱们四个就剩三个，现在你又这样说。"

阿潜已经不在了，否则还不知道要闹到什么地步。

就这样吧。

今年是池霜过得最轻松的一个春节。

她不需要跑行程，也不需要去参加晚会、饭局，从腊月二十九飞回家后，就心安理得地在家里当公主——每天睡到自然醒，起床后下楼，父母就给她准备好了丰盛的早餐。待在家人身边最舒服，什么都不用想，无忧无虑地当全职女儿。

孟怀谦每天都会跟她保持至少一次的通话，时长时短。

这天挂了电话后，孟怀谦独自在老宅的小花园里散步，正好碰上了偷溜出来打游戏的某个表侄。表侄今年才五岁，眼睛滴溜溜地转，还是有些怕这个爸妈口中很厉害的叔叔，于是悄悄地将游戏机藏在了身后。

孟怀谦只是抬手摸了摸他的头，又往别处走去。

他从口袋里摸出打火机，手指轻轻地摩挲，但最后还是没有点燃一支烟。

听到动静，他转过头，表侄居然就跟在后面。

"有事？"他问。

表侄摇摇头："叔叔，我没事。"

孟怀谦同样也不擅长跟孩子打交道，问道："什么时候开学？"

表侄瞪圆了眼睛："叔叔，我也不知道。"

孟怀谦笑了笑，正要带着这孩子回前厅，却又听到他掰着手指头稚气地说："应该还要很久很久吧，我也思念我的小伙伴。"

可能是第一次从孩子口中听到"思念"这个词，他罕见地被逗笑，眉梢有了真切的笑意："你知道思念？"

"当然知道啊！"表侄说，"好想快点见到他们，每天都想好多遍，这不叫思念吗？"

思念比想念，似乎显得更为厚重。

孟怀谦沉吟："嗯，是思念。"

池霜在家里乐不思蜀，每次孟怀谦打来电话，她都敷衍着，说不了几句就要挂。

她太忙了，忙到根本没那个耐心回答关于她好不好、开不开心、老家冷不冷、睡得好不好之类的废话。

幸好孟怀谦没有整天给她发"在吗""早上好""晚安"这种无聊透顶的消息，不然他又会被她关进黑名单里。

一整个春节有好几场同学聚会，这样的聚会当然不是以班级为单位，她都是跟还聊得来的几个老同学聚一聚，聊一聊当年的八卦。

还有走不完的亲戚，吃不完的饭。

这天，长辈们组了牌局，年轻一辈也不遑多让，池霜跟几个堂姐弟在牌桌上厮杀。

"要盯紧霜姐，她前天还诈和过！"

池霜懊恼："是我看错牌了，别说得我好像很没牌品一样好吗？"

说着，她的手机响了起来。她看了一眼，是之前在剧组认识的一个演员，她跟几个姐弟"嘘"了一声。待房间里安静下来，她才接通电话，两人寒暄了几句后就结束了通话。

"霜姐业务好多。"堂弟池枫感慨，"每天电话响个不停，还都是明星打来的。"

"过年都这样。"池霜说，"往年更多，今年还少了呢，不出两年，我也会跟你们一样，无人在意、无人关心、无人问候。"

"霜姐！干吗这样戳伤我们！"

"我微信上不知道多少人给我拜年呢，一天收几十条。"

池霜微笑着打出一张牌："群发的也值得说？"

"今天必须让霜姐大出血，才能解我心头之恨。"

一局结束，池霜拿起手机要给赢家发红包，才解锁屏幕，又进来一个电话，是一串陌生的数字。一般这种电话她是不会接的，一时手快滑错，按了接通键。

109

既然都已经接了,她便不会立刻挂断。
"喂,哪位呀?"
那头没人说话。
她又"喂"了一声,还是没声,挪开手机,干脆利落地挂了电话。
"谁啊?"堂妹问,"又是哪个明星?"
"不是,陌生号码。"池霜随口回道,"接了又不说话,可能是那边信号不好。"
"霜姐,你平常也会接到诈骗电话吗?"
"当然咯。"
"还以为你们当明星的不会接到哎。"

这对于池霜来说只是一个微不足道的小插曲,可电话那头的人好像经历了一场寂静无声的风暴。
男人茫然地听着"嘟嘟嘟"的忙音。
他感觉在听到这个声音时,仿佛有电流通过心脏流淌至四肢百骸。
"怎么样?"年轻女生一脸紧张地问,"是你认识的人吗?那边说什么了?你怎么都没说话?是不是又是空号?"
思及此,她又如往常一般安慰他:"你就记得十一个数字,排列出来都得好多个号码,有空号是很正常的,不然你再试试别组号码,不过兴许这十一个数字不是电话号码呢?"
许舒宁见男人面露茫然,瘦削的面庞惨白如纸,也跟着急了,赶忙扶他坐下,里里外外忙碌着。没多久,她小心翼翼地端来一个瓷碗,碗里正冒着热气。
"头又疼了是吧?来,喝点药,我才熬好的。"
她用勺子在碗里轻轻搅拌着,两人之间弥漫着一股浓郁的中药味。
男人似是不喜,皱了皱眉头。
"我自己来。"他从她手中接过瓷碗,仰头一口气喝完,嘴里的苦味几乎都快压不住了。
"来,吃颗糖。"
许舒宁从果盘里拿了颗奶糖递给他。
正值正月,渔洲家家户户都很热闹,能时不时听到烟花冲上天空的声音。从许舒宁记事开始,她就没有过过圆满的春节,总是被亲戚们像皮球一样踢来踢去。自从她成年工作后就好了很多,那几年过年她会给自己买很多好吃的,一个人就着火锅看春晚,她也心满意足,但始终还是觉得缺了点什么。
今年她才终于找到这个问题的答案——她也需要屋子里有个人陪着她一起守岁。
见他不吭声,她又轻声道:"你还不知道吧,我这个手机号是我上大学时办的,嗯,我大学是在开城读的,所以你看,"她往他身边挪了挪,点了点手机屏幕,"现在拨出去号码都能看到归属地。比如说你刚拨的这个号码,是京市的。"

他垂下眼帘,盯着她手指着的那十一个数字组成的电话号码。

许舒宁以为自己成功转移了他的注意力,嘴角微微翘起:"你也别着急,还是养伤更重要。你看你头上的伤还没好呢,不太适合想太多。不如这样,你暂时把这个数字放一边去,我也帮你组合罗列,等你的伤彻底好了咱们再一起想,好不好?"

"那天是我不好,非要带你出去买年货,本来集市上就是人挤人的……"想起那天的事故,许舒宁还有些生气。

几个不知道从哪儿来的小混混非说他撞了他们,她还没来得及忍下来跟他们道歉,他们就动起手来了。

她倒没事,都是他护着她,他自己却被那几个人打得不轻,一身伤痕累累。他还不小心被人推了一把,整个人撞在了台阶上,磕破了脑袋。她本来想带他去县里或者市里的医院看看,但想到大哥的万般叮嘱,只好作罢,还好没伤到要害。不过奇怪的是,那天他醒来以后,总是面色痛楚地记下一串数字。

她第一反应就是这是某个电话号码被打乱了。

但随便十一个数字能组成多少号码啊……无疑是大海捞针。

"没关系。"他声音有些沙哑。

两人对坐,又是一阵无言。

"舒宁,"他又一次开了口,眉宇间充斥着凝重之色,"谢谢你,我只是觉得我还有很重要的事情没做。"

许舒宁怔住。

片刻后,她冲他一笑:"别想那些不开心的事啦,还在正月呢,有人在放烟花,走,我们出去看看。"

她不想看他这样不开心,不由分说地拽着他往屋外走去。

站在院子里,抬起头就能看到夜空中绽开的烟花。

"好美啊——"许舒宁偏头看向他,弯了弯眉眼,"今天是初六,送穷日,希望你今年发大财呀。"

"咻咻咻——砰!"

池霜揉了揉耳朵,抬眸看向落地窗外时,又打出一张牌:"咱们这里不是不让放鞭炮了吗?这几天我都要耳鸣了!"

堂弟笑嘻嘻地说:"市区管得比较严,咱家这边偏,等城管那边过来,早放完了。这才有年味啊!"

"要不等下咱们也去买点烟花啊仙女棒什么的找找童年乐趣?"另一个堂妹提议。

池霜拒绝:"我可不想被人抓住当典型上新闻,不要。"

堂妹和堂弟对视一眼,"扑哧"笑了起来:"不是吧,霜姐,你不是都金盆洗手了,还这么重的偶像包袱呢?"

"我是实力派。"池霜微笑地纠正,"对不起,穷鬼们,我又和了,给钱吧。"

就在这时,她的手机又一次响了起来。

堂妹仰天长啸:"霜姐,我出五毛钱买你手机两小时静音!"

池霜轻哼一声,看了眼是本地的号码,略一思忖,按了接听。

那边的人静了几秒后,语气惊喜地说:"霜霜,你终于愿意接我的电话了!"

池霜觉得这声音有点耳熟,接着听到那边语无伦次地说了一通废话,立刻冷脸:"有病吧你,刚才也是你打的?"

她依稀记得哪个同学说过,这人嫌狗厌的东西现在在开城那边做项目,混得风生水起。

不给那人反应的机会,她就挂了电话,继续将号码拉进黑名单里。她还觉得不够,反正她都退圈了,也不在乎有谁想找她找不到,干脆设置了勿扰模式,阻止陌生号码再打进来。

"谁啊?"堂弟问。

池霜:"一神经病。"

是她几个月前才跟江诗雨提起的董成滨,时不时就在她生活中"诈尸",她只能一次又一次地将他"踩死"。

堂妹感慨:"我记得那会儿我读初中,霜姐上高中吧?有一回霜姐来找我,我在意了很久的高冷班草没几天就来问我,哎,你姐哪个学校的……我对他的滤镜瞬间碎了,从此水泥封心,一心求道。所以我经常跟我妈说,如果不是我姐,我肯定考不上交大。"

池霜听着妹妹提起以前的事,脸上多云转晴:"我等下就跟婶婶要压岁钱,低于一千我要闹。"

"别了,姐,你别往我妈跟前凑。"堂妹压低了声音,"最近我爸妈都患上了一种病,叫见不得别人单身。"

池霜愣了愣。

这年头,单身的人在过年时的确很碍眼。

她似乎感觉到了叔叔、婶婶飘过来的蠢蠢欲动的小眼神……

当天晚上,池霜订了回京市的票,她这个讨嫌的人确实也该滚蛋了!

她没想到,第二天她才到机场的休息室坐下,孟怀谦就再次来电,接通电话后的第一句话就是:"飞机几点降落?"

她呼出一口气,骂道:"好呀,看来我身边出了叛徒!"

孟怀谦笑了一声,无奈地解释:"池中小苑今天开业,中午跟容坤过去吃了顿饭,听到你表姐跟经理说你明天上班会给员工再发一次利是,然后简单推测出你可能是今天的航班回京。所以,你几点到机场,我去接你。"

"接我?行啊!"池霜用手指一下一下地卷着发尾,拉长语调,"您不挺会算的吗?您再掐掐兰花指算算呗。"她又适当地抛出诱饵,"神算子是有奖励的。"

说完后,她不给那边反应的机会,挂了电话,只坐了一会儿,就在工作人员的带领下登机。

飞机冲上云霄。

许舒宁下班回来，见家里没人，又去院子里找了找。

远处传来海浪拍打礁石的声音，她一步深一步浅地在沙滩上小跑着，隔着不远不近的距离，看到穿着黑色外套的男人坐在一块石头上。他身材修长，很有力量感，似乎与这里格格不入。

几个月以前，她就开始怀疑当初大哥其实满嘴谎话。

有一天深夜，大哥从外面背回来一个浑身湿漉漉、看起来仿佛已经没了声息的男人，她惊慌不已，质问大哥这人是谁。大哥却不肯说，她要报警送医院，大哥也拦着。

她没办法，看大哥一个人辛苦，只好闷闷不乐地帮着一起照顾这个人。这个人受了很重的伤，几次夜里都发起了高烧，还好他命大扛了过来，只是醒来后没了所有的记忆。

之后，大哥才松了口，原来这个男人是他之前在外地认识的一个兄弟，这次也是受到了无妄之灾。

没过多久，大哥又一次要出远门，出门前再三叮嘱她要悉心照顾这个男人，同时不要跟任何人提起。

许舒宁面色复杂地走过去："你怎么跑到这里来了？"

男人好像没有听到她说话一样，仍然抬头看着天上的飞机。

"我还从来没坐过飞机呢。"许舒宁走过去，在他旁边坐下，"我们老板说今年要给我涨工资，以后可以多存一点钱了。"她笑着许诺，"这样吧，等我哥回来了，知道你家在哪儿了，带你回去的时候，我们就坐飞机好不好？"

男人收回视线，淡淡地扫了她一眼，问："你哥什么时候回来？"

许舒宁也有些为难。

她也不知道大哥在外面做什么，有时候一年回来好几次，有时候两三年才回来一次，而且总是频繁地更换手机号码。

这次也是，她已经很久没联系上大哥了。

"我也不知道。"她叹气。

"我等不了那么久。"他说。

他之前或许还能耐着性子，反正什么都不记得，日子也舒心，可以得过且过，现在脑子里有了模糊的记忆，即便只是一串数字，可他到现在都忘不了在电话里听到那边的人说话时心脏为之战栗的感觉。

那个人他一定认识，他甚至迫不及待地想找回跟这个人的记忆。

许舒宁垂着头思索了一会儿，再抬眼看他时，已经做了决定："要不这样，离清明节也就两个月不到了，如果那时候我哥还没回来也没联系上他，我就跟公司请年假去找他，你在家里等我的消息。"

"好，舒宁，谢谢你。"他盯着她，平和地道谢。

许舒宁莞尔一笑。其实有最为简单的方式，但她不想他冒哪怕一点点的风险。她并没有多在乎他从前是怎样的人，而是更相信自己眼睛看到的，觉得他是一个好人。

男人似乎在喃喃自语："你说，这架飞机的目的地是哪里呢？飞机上的人看得到我们吗？"

"女士们、先生们，我们的飞机即将抵达京市国际机场……"

池霜下飞机后，伸了个懒腰，今天京市的天气还不错，为她的心情也增添了一抹亮色。

还没走得太近，她就已经隔着一段距离看到了人群中的孟怀谦。

他大约是从一场公事中赶来机场的，穿着挺括的正装，手臂上搭着一件黑色大衣，身姿挺拔，如松如柏。

对上她的眼睛时，他原本平淡疏离的眉眼也柔和了许多。

池霜放慢了步子。她不是一个会克制情绪的人，此刻也丝毫没吝啬，明亮的双眸里已经有了笑意。

果然是神算子。

她停下，从大衣的口袋里掏出了一根话梅棒棒糖。

在孟怀谦还没走上前来时，她朝他所在的方向一抛。他来不及错愕，身体比意识更快，稳稳接住。

"我老家的特产，只给你一个人带了！不必磕头跪谢，眼泪留着自个儿晚上躲被子里流吧。"

孟怀谦低头看向掌心，这才发现是一根棒棒糖。他眼里闪过一丝笑意，妥帖地将这份特产放进口袋，配合她温声应道："不胜感激。"

"让我看看你眼睛有没有红？"她款款走来，跟他并肩而立。

事实上，孟怀谦不是一个会说冷笑话的人，此刻在她面前却信手拈来："暂时还没有感染红眼病。"

"冷死了。"池霜白了他一眼，"走吧，这边太多人了。"

取了行李后，孟怀谦带着池霜来到停车场。他罕见地没有带司机，池霜也就顺势坐在了副驾驶座上，轻松地与他闲聊："孟总，这个年过得怎么样？"

"跟往年一样。"他准备导航，又偏头问她，"晚上想吃什么？"

"你请还是我请？"她问。

原本正熟练操作导航地图的孟怀谦缓缓顿住，谨慎地询问："请问，我有几次回答的机会？"

"你在考试吗？"池霜从手提包里拿出护手霜，往手背上挤了些白色膏体，均匀地涂抹开来，很快，车内一股淡淡的芳香萦绕不散，"这次回家打牌赢了不少钱，我请吧。你想吃什么？"

孟怀谦的眉头舒展开来。

"再叫上容坤跟程越吧？"她又解锁手机屏幕，"吃什么好呢？"

身旁的"司机"顿时不吭声了，她催促："问你话呢，吃什么？"

"都可以。"

"过了个年你也飘了。"她颇看不上眼地摇摇头，"算了，正月里就懒得再讲你了。我问问容坤他们想吃什么。"

半分钟后。

容坤：是你一个人请，还是两个人请？

池霜：？

容坤：OK，我懂了。

池霜：？

容坤：我以为是你男友请我这个娘家人吃饭。

池霜：请问我在你眼里究竟有多抠？请你吃个饭你还诚惶诚恐？

她业务繁忙，来回切换页面跟不同的人聊天，也不知道过了多久，终于意识到这车开得太平稳了，才终于舍得抬起头来看向窗外，却发现车在原地没动，还停在机场的停车场。

"你干吗啊？"她惊讶地看向孟怀谦，"怎么不开车？"

孟怀谦温和地说："正在等你聊完后告诉我地址。"

"我没说吗？"她疑惑。

"没有。"

"哦……去国贸吧，容坤说想吃官府菜。"

"他倒是会吃。"孟怀谦微微一笑。

他发动引擎，驶出了机场的停车场。

今天道路不算拥堵，甚至还有些空，他们一路畅通无阻地来了国贸。

池霜已经提前跟餐厅那边订好了包厢。容坤和程越都离得比较近，两人先到，正在对过年在家族聚会上的一些所见所闻交换信息时，服务员敲门，他们停下，门被拉开，池霜和孟怀谦进来了。

这里开着很足的暖气，池霜将大衣脱下，孟怀谦自然而然地接过，帮她挂上，接着又将自己的衣服挂在一旁，一连串动作行云流水，仿佛已经做了无数次。

容坤无言。

程越有些惊讶："老孟怎么来了？我还以为只有我们仨呢。不是，我中午那会儿给你打电话约你晚上吃饭，你不是说你没空吗？"

孟怀谦沉默几秒，抬眼："给你一个惊喜。"

池霜"扑哧"笑出声来。

程越还以为自己听错了，反应过来后，哭笑不得："无语。"

容坤自觉地承担了打掩护的重任，不着痕迹地转移话题，调侃池霜："富婆，过年打牌赢了多少？"

池霜神秘兮兮地摊开手掌，比了个"五"。

容坤："五十万？"

池霜立马收紧手指，恨不得当场表演九阴白骨爪，挠死这个让人牙痒痒的资本家。

程越凑过来："五百万？"

池霜："……这顿我们AA，没开玩笑，不然你们可能没办法活着走出这个包间。"

"这么严重？"容坤"啧"了一声，"你过年至少还有进项，哪像我们，早已经口袋空空，拆了东墙补西墙，一身的补丁，可怜啊，贫困啊。"

程越也附和："谁说不是？这不，过年又给我爹打了张欠条。"

"我的欠条你们什么时候给我结一下？"一直没出声的孟怀谦声线平缓道。

"什么什么？"吃瓜群众池霜瞪圆了眼睛，"你俩还欠他钱呢？"

孟怀谦颔首："还很多。"

容坤："这饭吃不下去了，山珍海味都吃不下去了……"

程越见池霜好奇，忍住笑意跟她解释："怀谦十几岁就开始玩投资，还没成年就赚了不少，后来又在国外跟人合伙创业，总之，我们几个还在败家的时候，他就不知道赚了多少钱了。要不，今儿就让他买单？"

池霜又惊讶地看向孟怀谦。

容坤抬手按了按额头，在心里骂了程越八百遍：没长眼的东西，到现在都没看出来孟怀谦是宁可踩着兄弟也要拔高自己……

一顿饭下来，气氛很好。

池霜还是主动买了单。

程越反而不太习惯，在池霜去洗手间时，看了看容坤，又看了看孟怀谦，压低声音说道："这辈子没这么尴尬过，你俩怎么没提前买单？我以为你们买了就没去，早知道我去买了。你俩可真行，真坐得住！"

"吃都吃了，尴尬的话可以吐出来。"容坤面无表情地说。

他是不能替池霜买单。

至于旁边这位，多半是不敢，毕竟某人也没发话。

每年四五月份，池霜都想从京市搬走。

以往她要么在外地，要么在家里闭门不出，今年可不行，池中小苑的营业额节节攀升，她占股多，不可能当甩手掌柜将所有的事情都丢给表姐。这一出门，即便她再小心，戴口罩戴帽子、穿长衣长裤，还是对这漫天的柳絮防不胜防。她皮肤过敏感染，一向白皙的脸上、脖颈上都起了些红斑丘疹。

孟怀谦要出差是上个月就订好的行程，不能随意更改，更不能取消，只能一步三回头地离开了京市。

他留下了家庭医生，每天为池霜上门两趟。

池霜的情况还好，及时地离开有柳絮的地方，又在医生的安排下口服了抗过敏的药物，很快就恢复如初。

孟怀谦还得在外地处理完所有的工作后才能返京，只能每天翻翻手机——大约是前几天被他问烦了，池霜懒得回答，直接用手机自拍发给他。

这是他手机里为数不多的几张她的照片。

还有两天才能回去。

孟怀谦站在酒店套房的落地窗前，从前不懂归心似箭是什么感受，现在体会到了。

面容冷峻的年轻男人在报刊摊前随手翻了翻报纸和杂志，在他身后不过两百米，有一座高耸入云的大厦。这一路，他也不知道自己是以何种心情重新回到京市的。

他放下报纸,从口袋里拿出破旧的手机,拇指轻轻挪动,无奈不已。最想联系的人当然是她,结果她的电话根本打不进去,他想她应该是阻止了所有陌生来电。

很符合她的性子。

他只能联系他最信任的人。

孟怀谦要参加会议,在进入会议厅时,助理接过了他递来的手机帮他保管及处理来电。

手机铃声响起,是一串陌生号码,助理迟疑着接通,开口问那边是谁后,那头却没回答,直接挂了电话。

奇怪。

"丁零丁零——"

男人看了眼来电,本想直接挂断,垂下双眸思索几秒,似是无奈,终究还是接了起来:"喂。"

"吃饭没呀?"许舒宁轻柔的嗓音传来,"不要告诉我你又只煮面条吃,那样很没营养的。要不这样,我让佳佳给你送点吃的?"

"不用。"他回道。

"你说我们运气好不好,我恰好碰到了我哥原来的一个同学!"许舒宁高兴地说,"他说去年我哥带女朋友去他那里吃过饭,他可以帮我找那女人,也许会有我哥的消息。"

她没提,这短短几天她也吃了很多苦头。

她差点上当受骗,她十分节省,恨不得一分钱当成一毛钱来花,处处精打细算,又怕他在家里等消息太焦急,乘坐的都是更快更贵的交通工具。这几年好不容易存下来的钱,短短一年不到,几乎用了个精光。不过没关系,她抿了抿唇,钱没了还能继续赚,她不希望他没有记忆地活着。尽管他没说,但她看得出来,他是痛苦的。

这次她一定要好好问大哥究竟是怎么回事,大哥也别想再骗她。

总之,她答应过的,要帮他找到回家的路。

"嗯。"

听得出来他兴致不高,她又笑着安慰他:"你在家里好好吃饭,别太着急,这次我肯定不会空手而归。对了,差点忘记跟你说了,我看要升温了,再穿长袖会很热,我在网上给你买了几件短袖,看物流消息应该是今天或者明天上午到。"

"知道了。"他说。

"好。"许舒宁语气轻快,"那挂了。"

在她要挂电话前,他叫住了她:"舒宁。"

"嗯,怎么啦?"

"你一个人在外面不安全,早点回家,找不到你哥就算了。"

许舒宁惊讶:"啊?不会不会,现在治安很好的,你别担心我。"

"注意安全。"

他说完这句话后,挂了电话,沉思几秒,没有一丝一毫的犹豫将这破旧的手机关机,扔进了垃圾桶里。

容坤打着哈欠来到办公室,才坐下,还没来得及喝一口咖啡,手机响起。他接通后懒洋洋地"喂"了一声,那头却传来了一个熟悉且沙哑的男声:"容坤,是我。我是梁潜。"

君庭酒店的总统套房里,容坤仍然呆滞地盯着深色地毯上的图案。

他活到二十九岁,都没听说过这样离奇的事——就在所有人都以为梁潜已经死了的时候,这人居然活着回来了。

这种事是怎么发生的呢?

如果事发后一个星期,不,哪怕一个月两个月找到梁潜,他都能接受并且也觉得在情理之中,可现在都一年了,这人突然冒了出来……

刚接到电话时,他以为是别人的恶作剧,直到那头的人口齿清晰地说出一件除了他们几个朋友没人知道的童年往事。

毕竟是认识多年的朋友,都不用走程序去相关部门核验指纹跟DNA,他一看这人熟悉的目光便断定梁潜真的活着回来了。

他还是感觉有些瘆得慌,时不时就有种身处阴间的错觉。

容坤的胳膊上都冒出了鸡皮疙瘩,后背也隐隐发凉。他时不时看一眼手机,用意念催促程越赶紧从津沽回来,这种闻所未闻的诡异大事不能只让他一个人来面对。

洗手间里传来"哗啦哗啦"的水声,没多久后,又安静下来。

梁潜随意披着睡袍出来,湿漉漉的头发贴在额际,喟叹一声:"冲了个凉舒服多了。"

"我已经通知那边送换洗衣物来了,你先将就一下。"容坤扫了他几眼,又不着痕迹地挪开视线。

"谢了。"梁潜在洗手台上找到剃须水,对着镜子刮去才冒出来的浅浅胡楂,"我给怀谦打了电话,我想他可能在开会,不耽误他的事,也就没跟他的助理说什么。"

毕竟中间隔着整整一年的"阴阳相隔",哪怕心里已经确定了这是好友,容坤依然感到莫名其妙的生疏。大概是事情发生得太突然,都没有一丝丝缓冲,他只能不在状况地干巴巴地应了一声:"他这几天在外面出差。"

"嗯。"梁潜又道,"我前两天就回来了,不过不确定究竟是什么情况,所以就没联系你们,想办法又找了一些我出事后的新闻报道,总之……"

他停顿了片刻,太久没用这样的刮胡刀,动作也不太熟练了:"谢谢你们,我能想到你们为了压下这件事给我公司带来的影响出了多少力。"

容坤扯了扯嘴角。

别说从头到尾出钱出力的大头都是孟怀谦,就算有他的份,在程越跟孟怀谦到来之前,事关公司内部隐私,他也绝不会张口说一个字。

118

"这些事都不着急。"梁潜洗了把脸,身上带着淡淡的薄荷水味道,无比自然地伸手,"手机先借我打个电话。"

容坤不动,抬眸看去:"不是有座机?"

他虽然这样说,但还是将手机递了过去。

梁潜随手用毛巾擦了擦头发,没翻手机的通讯录,逐个输入数字,才输入到第五个,下方就已经跳出了备注。

——富婆池老板。

他抬起双眸,漫不经心地瞥了眼如坐针毡的容坤,一边拨出电话,一边问:"她现在身边有什么苍蝇吗?"

"谁?"容坤问。

"霜霜。"

容坤一愣。

所以梁潜向他借手机是给池霜打电话?

他还来不及回答,梁潜已经退后两步,往套房的卧室走去。

那边过了一会儿才接通电话,传来了令梁潜心悸的熟悉而又陌生的女声:"来了,不就晚了半小时嘛,不要催!"

柳絮天,池霜也很心烦,在家很无聊,干脆上网打牌。有一次链接发错了,发到了容坤那里,他火速加入。

这几天他们是同一个房间的牌友。

有时候他晚了,她会在微信里嘀一下。

他倒好,她比昨天晚了十几分钟进房间,他就打电话来催。

谁素质更低,显而易见。

梁潜却是一怔。他尽管才恢复记忆没多久,但能确定在他出事以前,霜霜跟容坤虽然见面也会说笑,可关系也没好到这一步。

"喂?"见这边不出声,池霜又问了一句。

梁潜回过神来,喉咙异常艰涩,跟面对容坤时的自在不同,此刻只是隔着电话,竟然不知道说什么才好。

"霜霜。"千言万语都化为了这两个字。

他这一年的空白太长,回到京市时难免感到陌生,直到听到她的声音,才有种越过山丘回到了家的久别重逢之感。

池霜正坐在沙发上啃苹果,用肩膀夹着手机,另一只手则在操作平板。忽然,指尖在屏幕上顿住,苹果被她咬出了很传神的缺口。

"霜霜也是你叫的?你想恶心死我是吧?"

她似乎才反应过来那头的人不是容坤,疑惑又生疏地问:"等等,你是谁?"

梁潜沉默。

从接通电话开始,池霜只有"你是谁"这疏离戒备的三个字是对他说的。

"是我,梁潜。"

他正要深吸一口气解释自己还活着时,池霜静了两秒后,愤怒地对他破口大骂:"滚,有病!"

接着，她干脆利落地挂了电话，随着"嘟"的一声，这通电话结束了。
梁潜呆了片刻后，回过神来，哭笑不得。
也对，这才是他记忆中的她。

江诗雨从厨房出来，抱着一桶冰激凌，挖了一勺，一边朝池霜这边走，一边问："姐，讲点素质啊，谁的电话？孟总？"
"请问你是过来执行清空我冰箱计划的吗？"池霜往边上挪了挪，这才慢悠悠地回答她的问题，"不是他，是他的好朋友。"
"容总还是程总？"江诗雨感慨，"我也好想体验一下对资本家说滚是什么滋味……"
"都不是。"
"嗯？"江诗雨在池霜身旁坐下，将勺子递到她嘴边喂她，"那还有谁？"
"孟怀谦的好朋友除了容坤跟程越，不还有一个吗？"池霜轻描淡写地说道。

一场会议格外漫长，等到孟怀谦出来的时候，已经接近傍晚。
助理匆忙过来，跟往常一样汇报情况："永讯的刘总听说您来了，想跟您约个时间吃饭。程总跟容总也都来电说有急事找您，让您忙完了以后回电。"
孟怀谦接过助理递来的手机，随手翻了翻通话记录。
才开了几个小时的会，他也累，切换到微信界面，想看看有没有池霜发来的消息。
他姿态闲逸地走着。
这原本是一个再寻常不过的工作日。
这座城市到了五月份后天气也变化无常，一声接着一声的闷雷从远处天边传来。助理跟在孟怀谦身后，经过一间空着的办公室时，看向落地窗外，暴雨将至，等下回酒店的路上肯定堵车……才收回视线，如果不是他重心稳、反应快，可能都要撞上孟总了。
助理的心都跳到了嗓子眼，还以为是自己分神，这一瞧，才发现竟然是孟总突然停下脚步，僵硬地定在了原地。
几分钟过去了。
助理不知道发生了什么情况，悄悄探出头，却见孟总并不是因为回复消息而忘记前进……
这是怎么了？难道跟容总和程总在电话中说的急事有关？
他试探着喊了一声："孟总？"
孟怀谦似是从恍惚中惊醒。不知道是不是这场会议太漫长的关系，他一向沉稳的步伐仿佛被人打乱了节奏，竟然不小心一个趔趄，险些跌倒。
助理错愕，赶忙上前扶住了他，急切道："孟总，您没事吧？"
他给孟总当助理也有几年了，除了梁总出事的时候，还从来没见孟总这般失态过。

难道是跟池小姐有关？

到目前为止，可能也只有池小姐有这样的本事可以牵动孟总的喜怒哀乐了。

走廊上亮如白昼，将孟怀谦此刻的神色照得一览无遗，惊愕、无措、茫然，最后又归于沉寂。

"我没事。"他淡声回道。

助理这才松了一口气，但从进了电梯到来到停车场的这一路上，他都在小心地观察，时刻注意着孟怀谦的神色。

孟怀谦并没有立刻上车，而是立在车旁沉思了许久，终于拿起手机拨出一个号码。

短暂而又漫长的几秒钟后，程越那难掩兴奋惊喜的声音传来，还夹杂着数道笑声，听得出来那边很热闹。

"怀谦！你看到消息跟照片了吧？是不是特别不可思议？这要不是亲眼看到，我真的不敢相信世界上居然还有这样神奇的事情。来来来，阿潜……"

孟怀谦垂眸，静静地听着。

"怀谦，是我。"

"嗯，你回来了，怎么样？还好吗？没受什么伤吧？"

梁潜失笑："瞧，我一开口你就知道是我，哪像他们两个，容坤跟看鬼一样看了我大半天，没敢靠近我。阿越也是，恨不得我将二十八九年里发生的事通通说一遍，他才肯相信。"

"不过这两天还是尽快将确认身份的手续走了。"孟怀谦平静地说，"即便是为了堵住你公司的那些元老，以及梁家那些人的嘴。"

"这个自然。"梁潜语气变得认真，"你什么时候回？"

"可能要等这边的事情忙完。"

"行，那等你回来咱们再好好聊。放心，我没事，好好的，阿越非让我明天去一趟医院。"

"好。"孟怀谦应下，"公司那边你先别急着过去，等我回去后商量出一个将影响降到最小的方案，尽量不要再有任何的风波。"

梁潜感慨不已："谢了。我还以为回来会是烂摊子，没想到一切都很好。"

"应该的。"

孟怀谦挂了电话后，回到车上。

黑色的轿车在雨中疾驰而过，他神情沉静地看向窗外。

车辆在即将经过一个公交站台时，司机放慢了速度。瓢泼大雨之下，有几个穿着高中校服的男学生在站台躲雨等车，临时玩起了猜拳游戏，谁输了谁就要被推到雨中淋一会儿雨。

大约这样的游戏很好玩，朝气蓬勃的少年们脸上满是肆意的笑容。

你推我，我推你，勾肩搭背，意气风发。

孟怀谦漠然地收回视线。

雨水顺着车窗玻璃蜿蜒而下，似一道一道的裂痕。

第五章 男人之间的友情这样不堪一击吗？

京市无雨，华灯初上，夜生活才刚刚开始。

梁潜面露轻松的笑意，将手机还给程越："我跟怀谦才说一句话，他就知道是我。到你们这里，我还得做对一百道题才行。"

在这通电话之前，他也隐含着担忧。

毕竟他消失了整整一年，这一年意味着什么他太清楚。别的倒还好，集团的事宛如一块沉重的石头压在他心底。除了几个至交，没人知道他当初是花了多大的力气才夺得话语权，正准备大刀阔斧地整顿腐朽的内部时，他却出事了。

他能想象到有多少人舒了一口气，又有多少人雀跃地庆祝。

现在听着好友轻描淡写地提及公司的事，他才感到放松，还好有这几个朋友，还好有怀谦在，至少他的公司没受到很大影响。有怀谦的帮忙，之后他也能以最快的速度顺利地重新掌舵。

"你以为什么？"程越接过手机，晃了晃，"他这个人又不是不清楚，但凡开会从不拿手机，我早就给他发了消息，还发了你的照片，我跟坤儿都确认了，他还有什么不相信的？"

容坤手撑着脸，扯了扯嘴角。

其实，他跟程越这样才是正常的，以怀谦的性子，这个反应太……淡了。

"对了，他还没回我消息。他什么时候回？咱们四个可太久太久没聚齐了！"程越问。

梁潜回道:"他说那边忙完了就回。"

"他确实忙,孟老这两年要退,公司的事都交给他了,再加上你那事,都是他在善后。舆论是他压下去的,你公司那些元老,还有你家的好亲戚可没少添麻烦,都是他在处理。"程越说,"忙得约他十次,他能出来三次都算不错了。"

容坤叹息,那是因为工作以外的时间他都给人当牛做马去了。

梁潜能活着回来,终究是一件大喜事,那些不该有的心思在阿潜还没回来时,尚且不合时宜,现在人都回来了,只要怀谦还残存一丝理智都该及时想通,让所有的关系回到一年以前。

容坤犹豫再三,从口袋里摸出手机,用余光扫了一眼,确定梁潜跟程越都没有注意到他,才点开跟孟怀谦的聊天界面,调动毕生积累的词汇量,斟酌再斟酌,全神贯注地编辑消息。

"这儿都没好酒,要不等下去我那儿,咱们接着喝?"程越心情依然亢奋。

"不了,我回星语半岛吧。"

"星语半岛?不对,我记得池霜早搬出来了。"程越偏头看向容坤,"坤儿,池霜现在住哪里?我记得你提过一嘴,我给忘了。"

突然被点名,容坤抬头,脱口而出:"什么?"

"问你池霜现在住哪儿呢?"

"翡翠星城。"

"对对对,就是翡翠星城。"程越马上反应过来,"我记得离她那餐厅挺近的。"

梁潜的目光不着痕迹地从低头发消息的容坤身上掠过。

他淡淡地笑了,又关心地问道:"餐厅开业了?"

"去年秋天就开业了。"程越点开微信,他很少发朋友圈,没几下就翻到了为池中小苑宣传的那一条。为表重视,他集齐了九宫格照片,将手机往梁潜手边一推,"看,餐厅是不是还有模有样?"

照片中的年轻女人长相精致,一双漂亮的杏眼含着笑意。

她习惯了镜头和镁光灯,站在容坤和程越身边也只会让人第一眼就注意到她,令人不由自主地屏住呼吸。

梁潜记起了大脑一片混沌时,听到她声音那一瞬间的心悸,也记起了与她的初次见面。

他们是在一个有一百多个宾客的生日宴会上碰到的,她来得比较迟,趁着没人注意挑个小蛋糕垫肚子,他被人敬酒烦不胜烦,便独自绕到一边躲清静,恰好撞见她。她瞥了他一眼,他友好地冲她颔首,她的手机响起,似乎没想过要避讳他这个陌生人,直接接通了。

不知那头说了什么,她漫不经心地扫了一眼自助台上琳琅满目的甜品:"难吃死了,糊得我嗓子难受,明天晚会唱歌,搞不好我会上热搜,难听。"

他被逗笑。

确实也没认出来这是哪位明星。

他的笑声大概惹到了她,她皱了皱眉,扫视他几秒,离开了。

几天之后,他无意间看到微博上有"难听"这个热搜,点进去看,却不是她,而是另一个男歌手。

但也不是毫无收获,至少在那个热搜词条下面,他看到了她的照片。

——我本来都要睡着,池霜大美女一开口给我整精神了,哈哈哈哈!

原来,她叫池霜。

在此之前,他从未想过,只是一面,仅仅一面,自己就被吸引。

梁潜平缓呼吸,指腹在照片中她莹润的面庞上多停留了几秒:"怀谦那天不在?"

"没去吧。"程越随口回答,"他有多忙你又不是不知道。"

梁潜"嗯"了一声:"餐厅生意怎么样?还好吗?"

"问他。"程越指了指容坤,"他三天两头去,那儿都快成他的食堂了。"

容坤才将修改了好几次措辞的消息发出去,问道:"什么食堂?"

"我俩在聊池霜那个餐厅,生意怎么样?"

"挺好的,"容坤笑了笑,"赚了不少。"

"那就好,还是谢谢你们的关照。"梁潜顿了顿,"之后我跟霜霜再请你们吃顿饭,这一年你们费心了。"

"这么客气?"程越抬手看了眼腕表,"时间也不早了,之后你是准备去池霜那儿吗?"

"不了。"梁潜不动声色地观察容坤的神色,面露无奈的笑意,"我还是去酒店套房吧,霜霜胆小,免得吓着了她,现在又是晚上。明天吧,明天我再去找她。"

似乎一切都没变,这一年只是一场漫长的梦境。

容坤听着梁潜提起池霜时的口吻,不由得在心底微微地叹气。

只希望沉醉于这场梦境的人,能够尽快清醒。

对池霜来说,今天也没什么稀奇。

她如果还为了某个人心绪难平,那才叫可笑。

送走江诗雨后,她淡定地打了一个小时的游戏,阿姨送来的营养餐也被她一扫而光。果然不上班就是最好的医美,她对着镜子端详,气色都变得更好了!

她拍照从来都不需要找角度,反正怎么拍都美,"咔咔"拍了几张发到闺蜜群里,又顺手发给了钟姐。

钟姐:真没恋爱?

池霜:肤浅,太肤浅了。恶俗,太恶俗了。

钟姐:你现在看起来就像是吸干了谁的阳气。

池霜:还可以再吸你的!

池霜：深吸一口气，隔空把你拽来，伸出我的白骨爪，轻嗅一口，好香好香，用利爪敲开你的头盖骨，好新鲜好新鲜的猪脑，全部吃光，舔一下手指，呜呼，谁是世界上最美的女人？是我池霜。

钟姐：给你个建议，实在无聊的话，可以去找个男人玩玩。

钟姐：比如富可敌国的孟总。

干吗要提这个人？

池霜看了这条回复，翻了个白眼。

她都不用猜就知道孟怀谦现在一定沉浸在好友生还的喜悦中无法自拔，搞不好已经打飞的回了京市，正在上演执手相看泪眼的感人画面，不然他跟请安似的每天雷打不动的"吃晚饭了吗"问候今天怎么没了？

算了，这也不重要，天下乌鸦一般黑，孟怀谦跟他多年好友还真是默契十足。

一个死了，另一个就"诈尸"。

一个"诈尸"了，另一个就长埋于土里了。

从现在开始，孟怀谦可能就已经死了吧？

死了的人又怎么会打字发消息呢？

她抬手，手心手背换着看了好几次。她相信，此时此刻如果有摄像机对着她，把她这几分钟内的神态记录下来，一定会被广泛传播，连标题她都想好了。

——惊！炸裂演技，不靠烟熏妆就能黑化的反派竟然是她！

一年了。

梁潜在外面风吹日晒了整整一年，想必如今也是皮糙肉厚，只怕用力扇几巴掌，也不会在他那厚如城墙般的脸上留下半点印子。

翌日清晨。

池霜跟往常一样吃了早餐后便开了巨幕电视，这是表姐最近交给她的劳动节作业，全是以美食为主题的纪录片，也是某种意义上的"食"代变迁。平心而论，的确是比现在的电视剧制作更精良。

"丁零丁零——"

她似乎并没有听到有人在按门铃，一边听着电视里勾人食欲的热锅爆炒声，一边垂着双眸专心致志地涂指甲油。

还是在收拾厨余垃圾的刘姨听觉敏锐，匆忙从厨房出来，见池霜对着光线欣赏那仿佛经过精雕细琢的指尖。

捕捉到刘姨的视线，池霜偏过头，抿唇，露出浅浅的一对梨涡："刘姨，这个颜色好不好看？是不是很显白？"

刘姨笑着答道："我就没见过比你皮肤还白的人，你还要怎么显白呀？"

"我正在练技术呢，等出师了，刘姨，我给你做一个。"

"我都一把年纪了……"刘姨失笑，又用围裙擦了擦带有水珠的手，"有人按门铃，我过去看看。"

池霜收回目光，漫不经心地抬手扇了扇，想让指甲油干得快一些。

刘姨看着显示屏里穿衬衫西裤的高大男人，愣了一下，问道："您找谁？"

"我找池霜。"梁潜几乎一夜未睡，清晨起床洗漱后一秒钟都没耽误便赶来，声音有几分沙哑，"我是她的未婚夫。"

刘姨惊诧不已："您等等，我问问。"

她还是头一回听说池霜有未婚夫，一直以为池霜的男友是孟先生呢。

这怎么回事？

刘姨一个箭步又来到宽敞的客厅，脸上带着八卦的兴奋之色："池小姐，门外是一个很高很帅的小伙子，说是你的未婚夫！"

"我没未婚夫，就算以前差点有，他也早死了……"池霜还是松了口，也来见识见识死人复活的奇迹吧，"让他进来吧。"

刘姨"哎"了一声，连忙走到玄关处，开了门，努力克制着让自己的打量不要太肆意。果然围在池小姐身边的都是长相俊朗的小伙，孟先生自不用说，跟池小姐站在一块儿，跟从画里走出来的神仙眷侣一般，眼前这个男人也高大英俊，气质卓绝。

梁潜淡然地接受着这位阿姨打量的目光："霜霜呢？"

刘姨从鞋柜里拿出一双客人拖鞋给他："池小姐在客厅看电视。"

"嗯。"梁潜淡淡道，"我有事要跟霜霜说，你先出去。"

刘姨礼貌地笑道："我问问池小姐。"

她这心里还有点……

她是池小姐聘请的，就算是那位孟先生平日见了她也很客气的，从来不会用这样吩咐的语气讲话。

"池小姐，你的客人来了。"刘姨穿过走廊，进了客厅，"他说找你有事谈，让我先走。"

"事情都忙完了吗？"

池霜的声音从客厅里传来，换好拖鞋的梁潜并没有立刻过去，而是立在原地，兀自平复着逐渐加快的心跳和呼吸。

他不想太狼狈地出现在她面前。

他希望在她眼里，他还是那个一年前的梁潜。

"刘姨，"池霜又出声，带了些笑意，"你好像总是闲不住，好吧，那就给客人切点水果。"

刘姨顿时心满意足。

梁潜总算迈着平稳的步伐来到了客厅，屋子的采光极好，今天又是艳阳高照，明亮的光线照在一尘不染的地砖上，宛如平静的湖面。

他的眼睛就没离开过坐在沙发上的池霜。

来的路上，他准备了很多很多的话，但在看到她时，只剩下手足无措，词穷到连"霜霜"都叫不出口。

池霜都没看他一眼。

梁潜屏住心神："霜霜，是我。"

说着，他又迫不及待地上前，想要离她更近一些，还没走到她身边，她却将手中的东西朝他砸来。

瞬间，白色的衬衫沾上了色彩鲜艳的指甲油，还发出了刺鼻的味道，让他看上去异常狼狈。

梁潜怔住，茫然地看着她。

"谁让你靠近的？"池霜抬眼，神情冷淡，就像是在看一个陌生人。

梁潜呼吸一滞。自从他恢复记忆开始，每一天他都在预想当他出现在池霜面前时，她会是什么样的反应。想过她可能会尖叫，她有多胆小他太清楚，想过她可能会喜极而泣……唯独没有想到她会这样冷漠。

"你还活着？"池霜随意穿好拖鞋起身，慢悠悠地走到他面前站定，"一年了，既然你还活着，怎么现在才回？"

梁潜心口一松，知道她这是在闹脾气，无奈地解释："我才恢复记忆，我是以最快的速度回到京市的。"

一刻都没耽搁，归心似箭，就想好好抱抱她。

池霜"扑哧"笑了一声，眉梢还带着笑意，懒懒地伸手，掌心朝上："拿来。"

"什么？"

"愣着干吗？"她收敛了那一点点和悦，"人证物证给我。怎么，你该不会以为你说你失忆了，我就相信了吧？"

这时，刘姨端着果盘过来，见状怔住，余光瞥见梁潜衬衫上的狼藉，原本热情的招待话语也卡在了喉咙里。她突然意识到，自己好像真的应该出去了……毕竟站在雇佣关系的角度来看，她不方便知道太多雇主的私事，这不利于职业稳定。

"池小姐，我家里打电话说有点事。"

池霜缓了缓神色，点头答应："那你去忙你的吧。"

梁潜终究还是顾虑有外人在场，不想透露太多，只能等刘姨离开关上大门后，才开口解释："霜霜，我说的都是真的，我也不会在这种事上骗你。你想想看，我们都准备办订婚宴了，而且我的公司也在这里，如果不是没有办法，我又怎么可能会抛下你，抛下公司整整一年呢？"

通过这件事，池霜突然发现，原来对一个人有感情跟没感情区别这样大。

如果她没有梦到那些事情，此时此刻的她哪里会想着去质问梁潜？梁潜还活着，她一定会高兴到发疯，其他的问题在生命面前又算得了什么呢？只要他平安地活着，那就够了。

可怎么办呢？

她一点儿都不喜欢梁潜了。

所以挥开了感情的这层障眼法，她的问题一个比一个尖锐，令梁潜哑口无言。

"谁能证明你失忆过？"她逐字逐句地逼问他，直视他，"你在海上失踪，有人救了你，你失忆一年，现在恢复记忆了回来。你想这样说，是吗？"

不等梁潜回答，她又扬声道："你上坟烧报纸糊弄鬼呢？"

"你三个好朋友，哪个不是有头有脸的人物，他们三个人沿着海岸线满世界找你,花费人力物力无数,他们如果都没找到你,那就只有一个可能,你死了,尸骨全无。

"一年了,你说你失忆了,那请问你顺便也失了智吗?三岁的小孩都知道走丢了要去找警察叔叔。我实在很好奇,那个有通天本事救了失忆的你的人,为什么不报警不送你去警察局?为什么呢?"

梁潜静默。

他没法向池霜解释其中的种种。

因为一旦将那些都说出来,他就会失去她。如果她知道他曾经被一个年轻女人无微不至地照顾了一年,以她的性子,即便硬着头皮接受了,心里也会有很深的隔阂,最终会离开他。

她绝不会允许自己的未婚夫曾经跟另一个人朝夕相处,即便事出有因,他也丝毫不愿让她知道许舒宁的存在。

刘姨提着分类好的垃圾袋下楼,竟然意外撞见了一个眼熟的人。

她还以为自己看错了,又回头张望了几秒,试探着喊了一声:"孟先生?"

身姿挺拔修长的男人正倚着车门,骨节分明的手指夹着一支烟,却迟迟没有点燃。大约是想起了某个人曾经怒气冲冲的警告,他将打火机又收了回去。听到有人叫他,他不疾不徐地站直,循着声源轻描淡写地扫了一眼。

见是池霜家里的阿姨,他客气地颔首:"刘姨。"

"我还以为认错了。"

寒暄之后,他语气一如既往的平和:"她的过敏情况好些没?"

"已经好了。"刘姨笑道,"再说了,这柳絮天也差不多结束了。对了,孟先生,你过来是要找池小姐吗?"

"路过。"孟怀谦回道,"准备看她一眼就走。"

"那可能有些不巧。"刘姨也注意着孟怀谦的神情变化,"刚我出门前就来了个客人,说是找池小姐有事情谈。"

闻言,孟怀谦依旧波澜不惊。

他抬起双眸,目光平静地落在了一辆黑色轿车上。

"我知道了。"他说。

刘姨离开前,又看了他一眼,一脸欲言又止,最后还是决定不要多管闲事,做好分内的事就好。

"怎么,不只是失忆了,你还想说你失语了?"

池霜又回到沙发前坐下,一手托腮,气定神闲地看着沉默了许久的男人。

"霜霜,一两句话解释不清楚。"少顷,梁潜脸带倦色地说。

他只想要一个拥抱。

为什么他经历了这么多,一路归心似箭地回来,得到的却是这么多的质疑?

那些事情重要吗?

他回来了,重新回到她身边,这才是最重要的事,她为什么一定要追究那些并不重要的事呢?

池霜想起了某个已经"入土"的人。

是不是好朋友都会有相同的口头禅,当初某个人也说过这句话。

"行,那你滚吧。"池霜抬手一指门口,冷漠疏离地下了逐客令,"等你什么时候能讲清楚了再来,如果我还有那个兴致听你解释的话。"

梁潜抬手按了按额头。

自从恢复记忆后,他会偶尔头疼。昨晚几乎一夜未睡,这段时间更是时刻神经紧绷,此刻站在池霜面前,他只觉得疲倦到无以复加。这一年并不是一阵风,吹过无痕,身体也好,精神也罢,无疑都经历了一场巨变……未来还有多少棘手的事情要处理,他不得而知。

他看着池霜冷若冰霜的态度,苦笑着问道:"这些天,我没有一天不想尽快回到你身边,我还记得我们的订婚宴,霜霜,我回来了,你就一点儿都不高兴吗?"

"少跟我说这种话!"池霜看向他,态度依然不变,"问你这些我关心的问题,就叫不高兴你回来啦?如果你非要这样想,那我也没办法,你就当我不高兴吧。你倒是动动你那失忆又恢复了的脑子想想,在以为你已经死了的这漫长一年里,你觉得我是怎么过来的,我是在敲锣打鼓,还是在放鞭炮?"

"行,我也要问你一句。"

她起身,却垂眸盯着茶几上的杯子。

如果她将为梁潜流过的眼泪都积攒下来,这个杯子可能都装不下。

他还要她怎样?

她的眼泪、她曾经的心痛、她的那些彻夜失眠,难道是被狗吃了吗?

"对曾经为你哭过无数次的女朋友诚实一点会要了你的命吗?"她顿了顿,又补充,"不,前女友。"

梁潜错愕,猛地看向她:"霜霜……"

"本来我们就一年没见也没联系了,情侣而已,早就都默认分手了。你要是不找上门来,我就当没你这号人;你自己要找过来,那我也给你一个选择的机会。你如果也想分手,行,什么解释都不用给我。"

池霜弯了弯眉眼,继续说:"如果你不想分手,先把你这一年来在外面的点点滴滴,事无巨细地都给我交代清楚。我怎么知道你这一年干吗去了呢?难道你想拿失忆这个借口当尚方宝剑啊?你失忆这件事也不是我造成的呀。"

她不是一个在感情中敏感又敏锐的人,追求者也好,男友也罢,没有谁让她患得患失过。

因此,如果不是梁潜伪装得太好,她不相信在那个梦里的她会在明知道他们的感情有第三个人存在时,还会选择踏入婚姻。

是谁向她隐瞒了那个叫许舒宁的女孩?

毫无疑问,就是眼前这个男人。

他或许千般为难、万般纠结，不知道究竟要选哪一个才好，直到婚礼现场宣誓的那一刻才下了决心。

其实她也想过以牙还牙，也要伪装，在他准备再一次跟她求婚时，无情残忍地拒绝——这的确是初步计划，但昨晚她深思熟虑了许久，还是决定不要为难自己了。

毕竟只要想到他跟她在一起的时候，搞不好正默默将她跟许舒宁比较，她就受不了，一丝一毫都受不了。

她凭什么要对这样一个人伪装呢？

有这样的精神她又何必退圈？对着镜头演戏伪装她还能拿到钱呢！

梁潜定定地看着笑意盈盈的池霜，微不可察地蹙了蹙眉。他的确疲倦，也对此束手无策，但同时他也无比确定，自己一点儿都不想失去她。

她依旧是他的"难题"。

一年前是，一年后还是。

"霜霜，你给我一点时间。"片刻后，他声音低沉地说道，"并不是我不想告诉你，我也有自己的苦衷，希望你能理解理解我。"

池霜翻了个白眼。

"滚！"

梁潜沉默了一会儿后，转身，步伐沉重地往门口走去。

池霜一秒都不给他，又拿起遥控器按了开始键——

"秋风起秋蟹肥，鲜甜醉人好滋味！肉嫩味美，膏肥脂厚……"

搭配着美食纪录片讲解员的醇厚嗓音，以及恰到好处的背景音乐，池霜悠闲地掰着手指头想：要到秋天啊，那还有得等呢，现在才初夏。

梁潜脚步一顿，转头看去，池霜抱着抱枕懒洋洋地趴在沙发上，惬意又舒适，阳光似是在她周身镀了一层金光。

他情不自禁地凝视着她。

分手？绝无可能。

他已经听到她说了"我愿意"，又怎么可能会放手？

在回来的路上，他已经做好了心理准备，他想过，也许她身边有人乘虚而入，但那也没关系，只是一年而已，以他对她的了解，她为他伤心难过半载也不是没可能，那剩下的半年又算得了什么呢？即便有苍蝇在她身边，感情却浅得很。

他们过去有着两年的感情基础，还差点订婚，她一定会重新回到他身边的。

没有关系。

所有的一切都会回到一年以前。

梁潜离开，关上大门。

池霜所在的这一栋都是两梯一户的大户型，宽敞干净的电梯厅里，电梯门一扇关，一扇开。

梁潜进去，几秒后，孟怀谦从另一边沉稳地走出来。

大约是为了乘坐飞机舒适一些，他今天罕见没有穿正装，一身深灰色搭配黑色的休闲装衬得他朗目疏眉,气质清爽出众。

池霜还在网上搜索跟吃蟹有关的信息。

这很重要,池中小苑也会随着季节更换餐单,别看现在才五月份,他们已经提前定好了立秋后的新菜品,蟹就是重头戏。

她正在思索时,门铃又响起。

距离梁潜滚蛋还没超过三分钟,她用脚指头都能猜到肯定是他又折返回来了,带着他那些粗制滥造的谎言。她很生气、很愤怒,因为这是鄙视她智商的行为——她今天的举动,起码也值得他回去绞尽脑汁个把星期后才现身吧?

她不想搭理他。

只可惜门铃还是一声接着一声响起,锲而不舍。

她烦不胜烦,一肚子的怒火瞬间烧到了最旺,从沙发上一弹而起,宛若有轻功在身一般,"嗖"一下来到玄关处。接着,她看到显示屏里那个已经"死"了的人正温和地看着屏幕时,怔了怔。

怎么是他?

她满脸疑虑地开了门,萦绕在她鼻间的是清洌的薄荷味道。

不知道的还以为他才洗完澡过来,气息居然这样浓烈。

"你还活着呢?"她倚着门,既是揶揄,也是抱怨。她还以为这个人从此以后就在这个世界上消失了,结果他现在又出现在了她家门口。

等等,不对!

时间怎么会这么凑巧?

搞不好就是他陪着梁潜过来,见自己兄弟灰头土脸地出去,他就上门来当说客。

没等孟怀谦回答"是,还在呼吸",她一秒冷脸:"怎么,他前脚刚走,你后脚就来,你也是想来劝我看开点,人回来了就行吗?"

孟怀谦无奈地淡笑一声:"没有,不是。"

"那你过来做什么?"池霜想了想,又不客气地警告他,"当和事佬的人被雷劈、烂嘴,下辈子投胎当墙头草被人踩死。"

孟怀谦专注地看着她。

他如此的平静、镇定、冷静。

在楼下时,哪怕只是猜测她跟梁潜在说话,如他们现在一样面对面说话,他都无法忍受。去年秋天,他尚且还可以理智地躲开她。

他已经放弃、无视过自己的情感一次了,还可以再放弃一次吗?

做不到。

怪只怪梁潜不是在那个秋天回来的。

怪只怪他本就是个卑劣的人。

"好。"他说,"我才出差回来,想过来看看你。你皮肤过敏好点了没?还难受吗?"

"你不是长了眼睛吗?"池霜没好气地说,"我好没好,你自己看呗。"

孟怀谦还真就放任自己的目光在她的脸上徘徊。

池霜才反应过来,他应该不是跟梁潜一块儿来的。

"你才出差回来吗？"她诧异地问道。

"嗯，九点到的机场。"

还以为孟怀谦昨天就已经回了的池霜下意识地要拿手机，却摸了个空。她这会儿也没戴手表，正要抬头时，一只手出现在她的视线中，是孟怀谦将手上的腕表伸过来给她看时间。

她定睛一看，现在是十点五十分。机场离翡翠星城不算近，在不堵车的情况下，可能都要开一个小时。

所以说，他是一下飞机就来了她这里，而不是狂奔着去见他死里逃生归来的、二十八年的至交好友。

她茫然又迷惑地眨了眨眼，怎么说呢，突然就不是很理解他们男人的友情了……

孟怀谦好像真的只是过来看看池霜的脸好没好，没久待，连门都没进，说了几句话后，他便在她深深迷惑的目光中微笑离开……

从他出现在门口到走，统共没超过十分钟，这十分钟的闲聊谈话中，他都没有提起梁潜这个人。

池霜脑子里不停地回忆起孟怀谦曾经说过的话——

"池霜，阿潜是我多年好友……"

"我欠他的，我还不了，但我能为他做的，我一定尽全力做到。"

"他认定你是他妻子，那我也认定你们是夫妻。"

她神情恍惚地坐在沙发上。

虽然知道孟怀谦的那点心思，但她也认为，跟二十八九年的友情比起来，这点荷尔蒙冲动实在不值得一提。

所以，她也做好了心理准备，梁潜回来后，孟怀谦又会悄无声息地从她身边消失。

可能她跟孟怀谦这一年来的接触会给梁潜添堵，但也仅仅是这样，有龃龉，却也犯不着翻脸。

现在是怎么回事？搞什么啊？

他们男人之间的友情这样不堪一击吗？

听说梁潜死而复生后，江诗雨跟公司请了半天事假，中午就和肖萌火速赶到了翡翠星城。

这样的惊天八卦，必须得搭配上火锅才算尊重它。池霜心不在焉地涮着羊肉卷，无视了对面两位好友火辣辣的眼神攻击。

"所以昨天给你打电话的人真的是梁潜'本潜'？"江诗雨问。

肖萌接过话茬："天啦！这太不可思议了吧？说真的，是不是有人照着他的模样整了容，故意趁着两年失踪期还没到，冒充他来骗钱？"

江诗雨很嫌弃地瞥了肖萌一眼："电视剧看多了吧？你想想看，梁家那群人是吃素的吗？一大家子人就盼着赶紧宣布梁潜死翘翘等着收钱呢，如果是冒充，这第一关都过不了。"

"而且，就当梁家的人眼睛都瞎了，脑干都被抽了，这不还有孟、容、程三位总吗？他们仨像是会被轻易糊弄的人吗？"

"吵死啦！"池霜放下筷子，瞪了她们一眼，"叽叽喳喳，没完没了，还让不让人吃饭呀？"

"那你倒是快说啊！"她们异口同声道。

"赶紧的，别磨磨蹭蹭了，我可是请了半天的事假，我的工资有多宝贵你不知道吗？"

池霜头都大了，最后也败下阵来，气若游丝地说："行，来吧，我接受审问。"

"梁潜来找你了吗？"

"嗯……"

江诗雨兴奋地问："让我看看你眼睛有没有肿？我们真是运气不好，可恶，居然错过了你这辈子情感爆发最浓烈的时刻！"

肖萌搓搓手："我一点儿都不介意当围观你们拥抱、接吻的摄像头路人甲。"

池霜忍无可忍："我跟他分手了！"

"不是……分手？为什么啊？"

"他命太硬，会克到我。"池霜一本正经地说道。

肖萌跟江诗雨面面相觑，在茫然之后，就像是看到了外星人一般："你认真的啊？"

池霜双手托着脸，语气怜爱地叹息道："你们回去之后多吃点核桃补补脑吧。来，我要问你们一个问题了，如果哪天你们打开门，有个男人倒在你家门口，他受了很重的伤，请问你们会怎么做？"

"他帅吗？"江诗雨同样认真地问。

"帅。"

就算池霜现在看梁潜哪儿都不顺眼，但不能让人质疑她的品位，她必须得诚实回答。

即便在外面风吹雨打整整一年，梁潜的外貌和气度也依然值得肯定。

江诗雨犹豫："这……"

肖萌立刻唾弃她："江诗雨，你是不是八辈子没见过男人？报警，必须报警，哪怕这个男人是绝色，是巅峰时期的'白古'我也不敢收，我怕半夜醒来我的腰子没了。"

"看，问题就在这里了。"池霜问道，"整整一年，还给我搞什么失忆，笑死人了。谁救了他？那个救命恩人又为什么不报警？在我问这些事情时，他为什么一副好像我问他保险箱的密码一样为难的模样？"

"有什么是不能说的？"池霜下了结论，"肯定是见不得人的事，至少也是不能让我知道的事。"

江诗雨也回过神来："你的意思是说，他做了对不起你的事？"

肖萌轻咳一声："你想分手就随便你，但我成功被你勾起了好奇心，我也想知道他究竟做了什么见不得人的事……"

"我现在对这件破事一点儿都不好奇。"池霜一脸欲言又止的纠结模样，明显是有心事。

两位好友默契地对视一眼，不吭声了，专心吃菜，对她的纠结视若无睹、漠不关心。她们太了解霜霜这矫情性子了，如果追着问，她肯定不说，在这种时候只有果断闭嘴，做出一副无视她纠结的表情，她才会别别扭扭地讲出来。

果不其然。

在保持了五分钟诡异的安静之后，池霜才迟疑着说道："孟怀谦好像有病，有大病。"

孟怀谦跟着侍应生穿过走廊，来到了专属包间门口。

走廊昏暗的灯光在他头顶晕成光圈。

里面的人迫不及待地拉开了门，正是消失了一整年的梁潜。梁潜看着孟怀谦，笑了笑，伸手抱住了他，还大力地拍了拍他的肩膀："怀谦，好久不见。"

梁潜搭着孟怀谦的肩膀进来，容坤跟程越这两天也都放下了手中的事，四个人难得又再次相聚，气氛和谐也温馨。然而仔细观察的话，就会发现孟怀谦的沉默，以及容坤的焦灼担忧。

"还好怀谦没事。"梁潜由衷地感慨，又自嘲道，"还好我的命比较硬，还能活着回来。"

程越听了有些不是滋味。

他们四个从小一块儿长大，当年梁父梁母意外身故以后，梁家那些口无遮拦的人可不会顾及一个小孩的心理感受，背地里没少说过坏话。对梁潜来说，父母早逝是他的一块心病，他比谁都渴望家庭的温暖。

"说这个做什么？"程越转移话题，视线落在梁潜那白色衬衫的指甲油痕迹上，调侃道，"这是哪儿来的？刚才我就想问你了。"

几个人齐齐看向梁潜的衣襟。

梁潜低头，一摊手，无奈地笑道："能是从哪儿来的？"

容坤下意识地看向孟怀谦。

孟怀谦脸上一派平静无波。

"池霜？"程越了然，"那我就不过问了，总归是你们之间的事，打情骂俏的那点事别说出来招人烦。"

梁潜失笑："霜霜跟我闹脾气，不过也怪我，这一年她吃了不少苦，受了不少委屈。"他开了瓶酒，郑重其事地感谢几位至交，"她虽然没跟我说得太详细，但我也听得出来，你们都很关照她，多谢多谢。"

话到此处，他停顿数秒，似是不经意地以玩笑口吻说道："我跟霜霜的婚礼，就不收你们的份子钱了。"

容坤从来没感觉时间这样漫长过，他头皮发麻，心里直打鼓。

昨天他回顾往昔的兄弟情义，给孟怀谦发的消息可谓潸然泪下。没别的意思，就是希望孟怀谦能清醒一点，不要做不合适的事情，也要放下那些不合适的心思。结果他等了大半宿，没有得到任何回复。

他真摸不透怀谦此刻心里在想什么。

不过越是这样平静，反而越是怪异。

他希望梁潜不要再火上浇油,不要在怀谦面前提起池霜,但又不知道该怎么暗示,只能轻咳一声,略僵硬地转移话题:"对了,昨天没来得及问太清楚,你说是一对兄妹救了你,要不要派人把他们接过来,咱们也可以好好谢谢人家?毕竟人家也照顾了你这么久,还是得实质性地感谢别人才好。"

对于容坤等人来说,梁潜平安健康地活着回来最重要。

昨天一整天他们都沉浸在如坐过山车般的剧烈情绪之中,还真没顾得上去问这些细枝末节,现在心情稍微平复了一些后,自然是要好好了解了解梁潜这一年来的种种经历。

梁潜也是这样想的,如果他今天没有见过池霜,也没有被她冷若冰霜言辞严厉地质问过的话。

霜霜的反应不太对劲。

他了解她,她看似骄纵,实则内心柔软。她不可能在第一时间知道他还活着的情况下,如此疾言厉色地追问无关紧要的小事。

有什么会比他还活着更重要吗?

除非……

除非已经有人跟她透露过了,而且那人还很有技巧地勾起了她的怀疑。

可是他回来不过二十四小时,知道这事的人更是少之又少,一开始只有包间里的这三个人,也只有他们大概知道他都经历了什么。如果其中有人利用时间差、信息差提前左右了霜霜的想法……

梁潜表面淡然自若,实则内心已经风起云涌。

他不着痕迹地扫过他们,觉得谁都有可能,谁都有嫌疑。

容坤正襟危坐地看着他,神情略不自然。

程越一脸好奇地等着他的回复。

孟怀谦似乎是一路风尘仆仆地回来,疲倦地捏了捏鼻梁。

"这件事情不着急。"梁潜往杯中又倒了一杯酒,低头时掩去了复杂的眼神。

他必须用尽所有的理智才能克制自己从容下来。

多么可笑,在他生死不明的这一年里,他的某个至交好友在觊觎他的未婚妻。

他因为回归而滚烫的心一瞬间恢复了该有的冷硬:"你们这一年来已经为我的事出了不少力,这点小事还是交给我自己处理,不必担心,都是无足轻重的小事。"

"你能活着回来就好。"程越再次庆幸,"你不知道你家那些狗屁倒灶的亲戚生动诠释了什么是哭着狂喜,一个个的就等着分你的财产。我是真担心,那会儿还跟他们说呢,该花你钱的人一毛钱拿不到,盼你死的那些人一个个盆满钵满,没天理。"

梁潜微微一怔,若有所思地说:"你提醒我了,以前想着才二十多岁就考虑这件事不太吉利,也太早了,现在觉得还是得尽早安排好。得,忙完眼下这些事后,我找我的律师谈谈,立个遗嘱提前公证,我的钱只能给霜霜,还有我们未来的孩子。"

容坤内心抓狂。

他走,他现在走,还不行吗?

这饭他吃不起。

"咔嗒——"

一声沉闷的金属碰撞声响,孟怀谦平淡地扣了扣烟盒,微微偏头,点燃了一支烟,单手随意地垂在身侧。

他依然沉着而镇静。

只是无论是什么东西,在分崩离析的那一刻总是沉默无声的。

烟雾缭绕,模糊了他晦暗而幽深的目光。

兄弟之间的饭局向来都不用避讳太多,谁想抽烟了就会点上,当然,这是没有旁人在场的时候。程越本来没感觉,这冷不丁嗅到烟味,瘾也被勾了起来,直接伸手去够孟怀谦的烟盒,从中抽了一支夹在手指间点燃。

他习惯性地又随手将烟盒递给梁潜。

梁潜轻咳一声,摆了摆手:"不抽,戒了。"

"真的假的?"程越不信,"你可是咱们四个里烟龄最长的,之前不知道听你说过多少次要戒烟,哪一次戒了?骗鬼吧?"

如果没有那些猜测和怀疑,梁潜一定会以无奈的口吻提及这一年生活上的清贫,也会将他所遇到的可耻算计一一诉说。

他受了很重的伤,养了好几个月,吃饭都难,更别说抽烟,而且即便他已经失忆,再怎样厚颜无耻,都不可能向一个外人张口要钱买烟。

自然而然地,烟就这样戒了。

可现在,关于过去的那一年,他根本不想再在其他人面前透露一星半点。

所有的事情他都准备自己处理。

"我早就准备戒了。"梁潜漫不经心地说,"之前霜霜就不喜欢我抽烟,反正这东西抽多了对身体没好处,能戒你们也早点戒,实在戒不了,你们也别在我面前吞云吐雾,免得我身上一身的烟味。"

程越"啧"了一声:"看来还是池老板说话管用。"

容坤起身。

这出戏他也看够了,再不跑,他担心等下被炮火波及……本来他对说服怀谦放下这件事就没什么把握,现在倒好,梁潜一会儿要立遗嘱要结婚,一会儿戒烟,这不是把人往梁山上逼吗?以前就没见过梁潜这么多废话,难道这就是失忆的后遗症?

絮絮叨叨个没完没了,他简直听不下去。

反正这恶俗的三角恋他是不打算掺和进去了,而且跟他也没多大关系。这两人不管怎么闹,总归最后都是他的朋友。

这浑水里已经有两只王八了,只怕他去当这个和事佬,最后会灰头土脸,两边不是人。

"突然想起来我还有点事。"容坤抬手看了眼腕表,将杯中还未喝完的酒仰头一饮而尽,给他们看了看空了的杯底,爽快道,"你们慢慢聊,我得走了,有事电话联系。"

程越错愕:"不是,不一块儿吃饭了?怀谦刚到没多久啊。"

"我真有事。"容坤说,"不然你们看看去哪里吃,记我账上呗?"

梁潜沉吟了一会儿,说道:"怀谦不是刚出差回来?"他看向已经掐灭了烟头在闭目养神的孟怀谦,"我看他也挺累的,要不这样,今天就散了,让他回去好好休息,正好我也有些事要处理,过几天得空了,我做东,咱们去霜霜那餐厅吃顿饭,我再正式向你们道个谢。"

"也行。"程越首先应下。

容坤已经在骂天咒地了,神情僵硬片刻,含混道:"有空再说哈。"

孟怀谦没有出声,睁开了眼睛,没说好,也没说不好。

他一向话少。

几人都了解他的性子,又是刚出差匆忙赶回来,可能累得都不想说话了。

四人陆陆续续地走出包间。

长长的走廊上,光线半明半暗,落在孟怀谦身上,显得他的神情晦暗不明。

梁潜最后一个出来。

他抬起双眸,注视着前方的三位好友。

容坤的反应很反常,他猜,容坤要么是这出戏的当事人,要么是知情者。

这三位无论是哪一个,都是他生命中不可或缺的朋友。他想知道是谁,但所有的试探都应该点到即止。明明只要一通电话,让人查查这一年里谁跟霜霜走得最近,自然一切都明了,可他不能这样,一旦迈出这步意味着什么他太清楚。

今天他所说的那些话便是希望那人点到即止,就让一切都回到原点,哪怕咬碎了牙也得咽下满腹的不甘。

孟怀谦脸上神情寡淡,不疾不徐地走在中间。

戒烟的不只是梁潜,他也很久没有抽了。

不得不承认,烟的确是好东西,至少它可以让他辨别,原来那一瞬间的种种情绪叫作被激怒。

即便是反应相对而言稍微迟钝的程越,在上车后沉思片刻,也意识到了一些微妙的不对劲。

今天这局怎么这样奇怪,还结束得如此迅速?

也就半个多小时,容坤突然说有事,然后大家以各自都忙为由散了场。以前他们四个人凑在一块儿,哪次不是聊到深夜,怎么会连饭都没吃,酒也没喝几口就散了的?

他百思不得其解,只好拨通了容坤的号码。

那头很快接了起来。

"你今天怎么回事?"程越问,"是不是有病啊?"

容坤叹了一口气,用怜悯的口气说道:"你自己琢磨琢磨吧,还有,过段时间跟我去一趟洛杉矶吧。"

"搞什么？"

"避世。"

另一边。

池霜闲来无事，又仗着柳絮天已经结束，自告奋勇开车送肖萌和江诗雨回家后，仍然意犹未尽，找了个人少的商场逛了一个多小时，心情才彻底愉快起来。她提着大包小包满载而归，将车开进地库，正要转弯时，通过倒车镜看到了一辆眼熟的车。她迟疑，又倒退回去，确定了是孟怀谦的车后，也茫然了。

她已经知道这人有病了，他又来干吗呢？

将车停好，她脚步轻快地来到这辆车旁。

孟怀谦所有的车都是定制的防弹款，在此之前车玻璃都是全黑的。她曾抱怨过一次，后来这台他最常开的车就换了另一种防弹玻璃，至少站在外面可以依稀看到里面了。

车上没司机，只有孟怀谦，不知道他什么时候又换了套衣服，正背靠座椅，似乎睡着了。

她在车窗外死亡凝视了他几分钟，他都没反应，看来是真的陷入了沉睡中。

这受气包的模样看起来太好欺负了。

池霜抿唇一笑，她所有的恶作剧潜力在碰到孟怀谦后都被开发了个彻底，可以这样说，过去一年里，她二分之一的快乐都是他贡献的。

她要好好地吓吓他，给他提提神。

正好她家里还有好几顶假发，等下就铺在他的挡风玻璃上。光是想象一下他被吓得大惊失色的情景，她就乐不可支，"噔噔噔"地往电梯口走去。还没按电梯键，她又踟蹰起来，停下脚步。

这个恶作剧会不会太没品？

她倒是不怕吓坏孟怀谦，反正他人高马大也耐吓。

可这一栋楼里好像有个阿姨去年做了心脏搭桥手术，她是在电梯里时听了几句。

算了，算他运气好！

池霜又灰溜溜地回了车上，在中控台一顿翻找，也只找到了便利贴，连一支笔都没见着。思来想去，她从手包里拿出了眉笔，一时兴起，用眉笔勾勒出了栩栩如生的猪头，在旁边写着"违章罚单"四个字，又雄赳赳气昂昂地贴在了孟怀谦的车窗玻璃上。

她刻意放轻了力度，没吵醒他，他只是皱了皱眉，又换了个更舒服的姿势。

在车上睡着很危险，但还好车没熄火，里面有足够的空气循环。

可她还没想好要怎么面对这个狼子野心的家伙，虽然说他的狼心狗肺也有她在一旁煽风点火的功劳。

贴完罚单后，她又看了孟怀谦一眼，这才往电梯的方向走去，边走边在跑腿软件上下单，给他买了一杯加倍浓缩咖啡，特意给跑腿多加了

138

一些钱，拜托能早点送到翡翠星城的停车场来。

　　她真是别扭。

　　池霜这样反省，不过，心地善良的人通常都会别扭一点。

　　她没看到的是，当电梯门合上没多久，坐在车内沉睡的男人缓缓睁开了眼睛。他按下车窗，伸手将那张便利贴无比珍惜地撕下，借着车内的灯光看了许久，哑然失笑，本来疲倦而阴郁的情绪一扫而空。

　　他开车过来，却没想过要上楼找她。

　　很久以前他就知道，从来都不是她需要他的照顾，而是他需要她。

　　过了一会儿，跑腿来了，照着池霜给的地库停车号来到了车旁，还在犹豫，下一秒，车门被人从里推开，静坐在车上的孟怀谦下车。

　　跑腿故意咬字不清地问："是……'猪圈里最能睡的猪'……吗？"

　　他也不是没有遇到过这种情况，以往还会幽默地提高分贝，可眼前这位先生看起来就是不好招惹的那一挂……

　　短暂几秒的静默。

　　孟怀谦微不可察地颔首："嗯，给我。谢谢。"

　　他又出于习惯，拿出钱包掏出一张纸币，算是给跑腿的小费。

　　"谢谢，谢谢！"

　　跑腿如释重负，跟甩开烫手山芋一般，赶忙将手中的纸袋子递给了孟怀谦便飞快离开。

　　孟怀谦姿态轻松地倚着车门，喝了口咖啡。

　　不需要再犹豫了。

　　在得知梁潜回来的那一刻，他就已经做出选择了不是吗？

　　既然是卑劣的人，就不要妄图压抑本性去做一个好人，这太可笑。

　　重新回到车上，他将那张便利贴小心地放进钱包里，而他放在中控台上的手机也响了起来。他并没有立刻接通，而是沉着地喝了几口咖啡，思绪也恢复了前所未有的清明后，才重新回拨了这个未接来电。

　　那头的人似乎是在询问他一些事，语气谦卑。

　　他温和而冷静地回道："我能理解你们的顾虑，放心，过去一年里梁氏是如何运转的，之后也不会有大的变动。"

　　希望阿潜知道，一年时光它真实存在，谁也回不到过去，而这一年的空白也将意味着他从这一刻开始失去所有的控制权。

　　收到孟怀谦发来的消息时，池霜正舒服惬意地在浴缸中泡澡，手边放着前阵子钟姐去法国出差给她带回来的红酒，口感醇厚，抬头还能品味一部正在播放的经典电影。

　　她将头发全部盘了起来，仍然有几绺垂下，被打湿后贴着白皙的肩膀。她还没有泡很长时间，脸庞已经微微泛红，鼻尖也沁出了汗珠，这一条消息暂时解救了她，她坐了起来，带起水面涟漪波动。

　　等呼吸稍微顺畅了些后，她随手用干毛巾擦了擦手上的水，这才解锁手机屏幕。

　　孟怀谦先发来一张图片。

孟怀谦：谢谢。

照片中最显眼的，反而是那轻松握住咖啡纸杯的手。

他究竟有没有洁癖，池霜对此还是持怀疑态度，她当然不会忘记那天晚上他洗手洗了十分钟，可之后她让他收拾残留垃圾时，他都异常淡定，眉头都没皱一下。

不管有没有，不可否认，他都是一个很爱干净的人。

他的手掌宽大，骨节分明，指甲也修剪得整齐干净。

她盯着这照片看了十几秒后，才勉强挪开视线。

池霜：孟总客气了呀。

有家不回，非得来这地下停车场睡觉的人，或多或少都有点毛病。

孟怀谦：咖啡很好喝。

池霜也就不再回复。

他神神道道的，也不知道在憋什么坏招。

这时，孟怀谦发动引擎，缓缓驶出停车场。

泡澡之后，池霜也晕乎乎地回到房间，躺在床上，脸颊贴着柔软的被子，迷迷糊糊地睡着了。她并不是一个会钻牛角尖的人，也不习惯反复去揣测一个男人此刻心里在想什么，太复杂的、不会给她带来半点益处的事情，她都吝啬浪费脑细胞去深思。

一夜无梦睡到大天亮，洗漱过后，池霜精神抖擞地提着包出门。

几天没去餐厅，她还真有些惦念。

这会儿还没到餐厅的营业时间，她兴致勃勃地做了两杯手磨咖啡，在二楼露台找到了正在"噼里啪啦"翻文件的表姐。

"巨星出品的咖啡，快试试，今天是有点运气跟技术在的，你看这油脂还不错哦。"

"听说梁潜回来了？"表姐暂时放下了手中的事，喝了一口来自表妹的爱心咖啡后，好奇问道。

听到这名字，池霜的脸就垮了下来："怎么上哪儿都有人问我这个问题啊！"

"看来你们聊得不是很开心。"表姐压低了声音，"他这事确实挺玄乎的，昨天晚上有几桌客人都在聊这事，我就听了几句。不过梁氏公关做得不错，现在传出来的版本不是他失踪一年又死而复生，而是说他当时坠海后很快就找到了，只不过受了很重的伤，这一年来都在国外养病。"

对此，池霜也没感到丝毫的意外。

梁潜的事情太过离奇，如果真的传出去，必然会引起轩然大波。当初孟怀谦他们三个花了那么大力气压下去的事情又会浮出水面，岂不是得不偿失？

这样的结果，肯定是他们四个人商量过了，再由另外三人配合并平息，就像当初一样。而在这干脆利落的处理方式中，她看到的是孟怀谦的手笔，只要他愿意，原来梁潜的生与死几乎不会带来任何影响。

有孟怀谦这样既有实力又有能力的好友，对梁潜来说是幸运还是不幸呢？

如果孟怀谦站在梁潜这边，毫无疑问，梁潜做什么都事半功倍，可如果哪天孟怀谦站在了他的对立面……

池霜轻抿一口咖啡。

可是那跟她又有什么关系呢？

梁潜也感受到了如有实质般的威胁在他周围挥之不去。

他一定会给霜霜一个满意的交代，渔洲的那些事情，只要他愿意，只要他多付出一些心思，他就会得到想要的结果。可他现在没精力、没时间，更没心思，重重束缚，令他步步维艰。某位好友也许对霜霜怀揣着贪恋，他愤怒，却束手无策。他就像是无头苍蝇一样，不知道那个人是谁，不知道过去一年里都发生了什么。

他必须尽快拿回手中的刀刃，才不至于连试探都这样窝囊。

梁潜只能沉下心来，将所有的心思都暂时放在工作上。等他终于从一堆公事中抽身时，已经是傍晚时分。

助手进来询问："梁总，需要让餐厅那边准备晚饭吗？"

梁潜摇了摇头："不了，我出去一趟。你先下班吧。"

循着记忆，他开车来到了老城区，将车停好以后，又穿过小巷。他确定自己的记忆没出错，可为什么这家不是锅贴店了？

可能是店里生意一般，老板倒是有空耐心地为他解惑："刘老板家里出了点事，必须得回老家，这又是小本生意，不放心请人，交给别人也没钱经营，去年秋天就转让给我了。"

闻言，梁潜面露遗憾。

霜霜一定不高兴，她很喜欢这家的锅贴，他以前没少跑这边给她买。有时候惹她不开心了，他及时地过来买一份锅贴，她起码还是会正眼看他。

"好，我知道了，谢谢。"

前脚梁潜转身离开，后脚旁边店的店主端着个盒饭出来，跟这老板闲聊："怎么，又是来找老刘买锅贴的？"

"是啊。"老板开玩笑，"早知道当初就跟他当学徒，或者干脆把那秘方学下来。"

"那也不行，这锅贴就只能他做才够味道。你别说，他之前手把手地教他侄子，结果他侄子做的就是不行，差了点，这一点味道就差老远了。"店主想起什么，又说，"不过，我前阵子听说老刘又回来了。"

"回了？不是说他家里出了事？"

"总归是生老病死那些事，不都有处理完的那天吗？一位老主顾看到他了，就聊了几句，也不知道是真是假，听说他现在在新城区开店。"

"他手里还有钱？在那边开店可不便宜。"

店主笑了："传来传去这话就变了，反正我听说的啊，是有个挺有钱的老板给他投资了。这话听起来忒假，咱也别往外边传，就当是个笑话了。"

老板被逗得不行："真敢想，还投资锅贴店，真逗，人家有钱的大老板脑子又没进水！"

梁潜从小巷出来后也没有想去的地方。

他心心念念想去见见池霜，可他也知道，她没消气，他也没有交代，现在过去无疑是火上浇油。而这家原本可以敲开她家门的锅贴店也关了，他只好作罢。

坐在车上，他这一路都在回忆着跟池霜相处的点点滴滴，曾经的甜蜜跟此刻的冷漠形成了鲜明的对比。他想不通，为什么不过一年，他原本的生活就发生了翻天覆地的变化。

车辆在前方掉了个头，往星语半岛的方向驶去。

最近为了处理公司事务更方便，他都住在公司附近的酒店套房里，也没回星语半岛看看。一来，池霜都已经从那里搬了出来，他即便回去了也是一个人；二来，他出事也有一年了，星语半岛早已经闲置，如果以后他跟她再一起搬回去，屋子也要重新整修一番。

本来他没想过短时间内回去的，可这会儿他无处可去，还不如重回爱巢，至少在那里还能找到很多过去的回忆，也是一种慰藉。

等他来到星语半岛时，已经是晚上八点多，四周寂静无声，台阶上都长了不少杂草，好在门还能打开。许久未住，空气里都有股灰尘味，他开了灯，屋子里的摆设跟他离开前一样。如果"梁潜接驾"这一道声音从楼上或者门外传来，他甚至以为自己回到了一年以前。

他想起霜霜每回都要他背着她上楼下楼。

"咯吱"一声轻微声响，梁潜上了楼，他想，真应该哄着她回来看看，他可以跟她发誓，过去的一年里，虽然他什么都不记得，但他的心从未让除她以外的人踏入过。

除了她，他也从未爱过别人，连一丝多余的想法都不曾有过。

他也永远都不会忘记在拨通她号码的那一刻的心悸，那是在旁人身上从未体验到的感觉。

至于在渔洲的那一年，他承认，他体会到了日出而作，日落而息的松弛与舒适，可他再也不会回到渔洲。

那个地方，今生今世他都不会再回去。

他心里清楚，所谓惬意，只是表象，内里都是算计与欺骗。

敢算计他的人，事先就应该做好心理准备。

"梁潜，我想过啦，餐厅地点就选在你公司附近吧。"

"你不要高兴得太早，也不要太得意了，我可是会时不时就过去查岗的！"

"啊——好烦！我看天气预报，我们订婚的那天会刮风还会下雨，搞什么啊，烦死了！"

"我知道是室内啊，可下雨就会堵车，路上还湿漉漉的，会影响到宾客们的心情。我希望我的订婚宴，尤其是未来的婚礼，是完美的。"

梁潜进了主卧室。

过去发生的种种都历历在目。

他突然意识到，其实他没必要对霜霜撒谎，而是应该坦白。以她爱哭爱闹的性子，她一定会介意，一定会骂他是王八蛋、死瘪三、狗东西，可是没关系，他会紧紧地抱住她，那些承诺他会再说一次——就像以前一样，她怎么赶他，他都不走。

他已经从口袋里摸出了手机，那十一个数字他再熟悉不过，一个一个地按着。

电话还没拨出去，他仿佛踩到了什么东西。

梁潜半蹲下来，捡起了地毯上的那一枚领带夹，眯了眯眼，仔细辨别着。

这不是他的。

下一秒，拨出去的电话被他挂断。

"叮咚叮咚——"

池霜的脸上还敷着面膜，听到门铃声响起，她从沙发上起来，趿拉着拖鞋朝门口走去。

门一开，推到她面前的是一大束花。

"干吗呢这是？"池霜接过花，哭笑不得，"老实交代，这花是你自己买的吗？"

"如假包换。"短发女人跟着池霜进了屋子，换好拖鞋后，惊奇地打量周围环境，"这房子不错，买的租的？"

池霜斜看她一眼："你是在试探我吗？明知道我的钱都交给你打理了。我要是买这房子，可不得是大笔支出，能不惊动你？"

沈雅茹是池霜聘请的专业理财顾问，个人业务能力水平过硬，池霜很信任她。

这几年下来，两人相处也算愉快，但池霜还是觉得没必要发展成关系多亲近的朋友，毕竟涉及方方面面的利益，走得太近反而不好。所以，她都搬来这边快一年了，沈雅茹是第一次过来。

"也是。"沈雅茹跟在她身后，又进了宽敞的客厅，将打包盒递给她，"我记得你还挺喜欢吃锅贴的，刚来你家的路上不是堵车嘛，看到有家店还不少人排队，就让司机提前放我下来。喏，给你买的。"

池霜将花放在一边，接过打包盒，在看清楚盒子上的Logo后，愣了愣。

熟悉的香味扑鼻而来。

她飞快地去厨房拿了一双筷子出来，迫不及待地尝了一口，皮酥肉嫩，鲜香四溢。

"在哪儿买的呀？"池霜抬头问道。

"就你家小区对面那条街，挺近的呀，怎么，你搬来这里这么久，还没吃过吗？"沈雅茹顿了顿，"瞧我，这家店好像才开张没几天，门口的花篮都还没扔。"

池霜细嚼慢咽，仔细品味这锅贴的味道。如果是别的食物，她还真不一定能尝出来，可老刘锅贴她都吃了好几年了，就跟她爸做的菜一样，已经刻进了味蕾里,她不可能会记错。

一个偶然可能是巧合,那么两个呢?

沈雅茹正从托特包里翻出文件报告要给她,见半天没声响,抬眸看过去,却是一怔。

素面朝天,穿着白色家居服,头上还戴着胡萝卜发箍的池霜不知道一个人在乐什么,满脸笑容。

池霜本就吃了晚饭,这会儿也不饿,还是吃了三个锅贴才放下筷子,又高高兴兴地起身,抱着那束花去清洗花瓶。

沈雅茹见她心情不错,这才调侃道:"不要怪我自作多情,我总觉得我来了以后,你好像特别开心呢。"

"也许是我自作多情呢?"池霜莞尔一笑,"不过也无所谓了。"

就算它是一个误会,在她的世界里,这也是一个美丽的误会,是不是误会都没关系,她在这一刻被取悦到了才最重要。

第二天中午,孟怀谦提前半小时下班来到了池中小苑。

池霜折磨人的功夫一向不浅。在过去很长一段时间里,她经常凌晨或者清晨四五点给他夺命Call,让他抢购某个品牌经常断货的入门基础款包包。

他委婉地表示,只要她喜欢,他随时都可以让门店那边调货送来,即便是全球限量款也不是难事,更别说她想要的包大街上随处可见,只是销量紧俏的官网和门店断货罢了。

池霜语气无辜地说:"可那样就没有成就感了啊。我想要的不是这个包,是抢到这个包获得的乐趣。"

今天早上,孟怀谦三个月前成功在小程序上抢到的这个包送货上门了。

梁潜回来以后,池霜再也没有主动跟孟怀谦打过一个电话、发过一条消息。这是二十多年以来,孟怀谦第一次对某件事没有一个完整的计划,这个计划缺了一角,宛如电视剧中的藏宝图缺了最重要的一块。

他面对她,束手无策。

再理智再冷静,他也猜不到她的心。她的情绪变幻莫测,过去一年里,他头疼过、懊恼过,也曾窃喜过百次千次。

他就像是被人蒙上了一层黑布,周围的声音嘈杂,他看不到她的心在哪儿,而他也没有很多次试错的机会。

孟怀谦常来池中小苑,这里的员工都已经认识他了,都不需要带路,他自己上了二楼的包厢。这个包厢池霜是用来招待朋友的,孟怀谦来的次数最多,以至于服务员都下意识地将这个包间当作他的。

"她呢?"他没有坐下,而是来到窗前,推开了一条缝隙。

服务员给他送来茶水:"池总跟韩总出去了,应该马上就会回来。孟总,您今天想吃点什么?"

"不急。"他说,"你先去忙。"

服务员应下,放下茶水后离开,顺手帮他轻掩房门。

孟怀谦立在窗前，从他这个角度往下看，能看到庭院里搭建的小桥流水。难得这样轻松，他的神情也缓和了许多。就在他要收回目光时，不经意地瞥见一辆黑色的轿车从路的尽头缓缓驶来，停在了池中小苑外的停车位上。

这辆车于他而言并不陌生。

他淡然地俯视几秒，拿起手机，拨通了一个号码，缓声交流几句后，又挂了电话。

"真的，我要是骨折了，或者三天，不，两天，我还不能健步如飞，我一定要去查查监控，看究竟是哪个臭小孩在这附近玩弹珠！"池霜"哎哟"一声，又气恼地抱怨，"我真的很讨厌小孩子！"

表姐扶着她，耐心地安慰："医生不都说了，你这一点事都没有。"

"怎么叫没事呢？姐，你看我这脚背都肿了！"

包间门并没有关上，孟怀谦也就清晰地听到了池霜的声音。

她的声音对他而言太特别，哪怕房门严实地关上，他也能听出来。

他推开门，看到池霜被表姐搀扶着，回过神来后，他一向波澜不惊的脸上也有了几分焦急的神色。他快步来到池霜身侧，一边扶着她，一边低声询问："怎么了？"

表姐无奈地解释："她下车的时候没注意到地上有弹珠，脚崴了一下，已经去了医院。医生说了，没什么事。"

"怎么是我没注意到呢？"池霜不满这个说辞。

表姐看了孟怀谦一眼，果断退到一边，将伺候这祖宗的活让给了他。

"这会儿饭点正忙，霜霜，我先下去了。"说完后，表姐又将医生开的药塞给孟怀谦就匆忙下楼去招待客人了。

孟怀谦扶着池霜回她的办公室。

她的办公室也在二楼，他从未觉得这段路这样漫长过。几次他都想抱起她，或者背着她过去，但话到嘴边又咽了回去，唯有垂在身侧的手逐渐收紧。

来到办公室门口，池霜也嫌弃孟怀谦这样扶着她体温太高。

现在都已经是六月份了，餐厅里的冷气很足，但也架不住这样折腾。她是过河拆桥的性子，立马就推开了他。在他惊愕担忧的注视下，她单脚轻快地跳到了沙发边坐下。

动作太大，她疼得"咝"了一声。

孟怀谦眉心一跳。

他这才注意到她穿的是短裙，几乎不假思索地半跪在地，随手又脱了外套，搭在了她的腿上，接着小心翼翼地托着她的小腿，帮她脱了鞋子，顺势让她那受伤的脚踩在他的膝盖上。

一白一黑，令人难以忽视。

池霜怔住。

她也能感觉到孟怀谦手掌传来的温度。

孟怀谦腾出一只手拆开了药盒，药盒上医生都用马克笔写下了"一日三次"这几个字，但他仍不放心，逐字逐句地审读说明书，严谨得仿佛是坐诊的医生。确定了用量跟用法后，他这才抬起头看向她："我给你喷药，好不好？"

他看似强大，但他这样，仿佛是匍匐在她脚下。

她点了下头。

直到脚背上有清凉的触感，池霜才反应过来，这个曾经有洁癖的男人正用手掌托着她的脚，目不转睛地盯着那红肿处，最不可思议的是，他还俯首，几乎是出于本能地吹了一口气。

这是在干什么？

池霜浑身鸡皮疙瘩都冒了出来。

她瑟缩着后退，下意识地想将脚缩回来。

一楼大厅中，服务员们虽然忙，秩序却没乱，脸上都洋溢着热情的营业笑容。梁潜走了进来，环顾一圈，没看到池霜。

大堂经理见他气度不凡，又脸生，便上前来招呼："先生，您好，请问您有预订吗？"

梁潜摇头："我来找人。"

"您找谁呢？"

"你们池总在吗？"梁潜低声道，"我是她朋友，过来找她有点事。"

这种事经常发生，池总太多朋友了，娱乐圈的就一大把。经理确实也没认出这位是谁，但不妨碍他认出梁潜身上的装备，略一思索后，笑道："那我带您过去。"

既然是池总的朋友，那他把客人带到了就可以走，如果不是池总的朋友，那他在场也会好一点。

梁潜颔首，客气地说："多谢。"

经理走在前面，梁潜落后半步。

昨天晚上和今天一整个上午，梁潜都心绪难平，只要一想到那枚领带夹，他心头就如怒火焚烧。他了解霜霜，霜霜是一个极有分寸的人，即便来了客人，她也不会轻易地带异性客人去私密的衣帽间。

据他所知，霜霜是在事发后一个月左右从别墅搬出去的。

那一个月里，是谁能够堂而皇之地出入星语半岛？

除了那三位，其他人也做不到。

他心里不是没有预感，不是没有答案，但他不愿意接受。

活了这么多年，他头一次如此自欺欺人。

他甚至在想，很有可能在他出事之前，或者是在更早他都没有察觉到的时候，他无比信任的兄弟已经在暗处觊觎他的未婚妻了。

梁潜脸上没什么表情，周身都似带着寒霜。

上了二楼，经理正要回头跟梁潜闲聊几句时，梁潜的手机响了起来。

离池霜的办公室只有十步不到的距离了，他停下脚步，接通了电话，那头的人很慌张地汇报突发状况，语无伦次。

"好，我马上过来。"梁潜收起手机，对经理客气地笑道，"我还有点事，改天再来找她。"

他望了一眼这走廊后，轻叹一声，大步离开。

他太了解霜霜了，他们曾经亲密无间，她的情绪全写在脸上。在他出事时，她的心里有没有别人，他再清楚不过，不该对她的真心有所质疑。她没错，错的是那个在她脆弱时乘虚而入的人。

那个人罪该万死。

墙的另一面。

孟怀谦敏锐地察觉到池霜想躲，轻轻地握住她的脚踝，见她还在气恼，只能哄她。

"很快就好，你忍一忍。"

池霜怕痒。

他刚才那举动……也确实吓到她了。不过，她是不可能在他面前表现出此刻的真实情绪来的。她轻哼一声，偏头不去看他，嘴上却不饶人："你去崴脚试试，很疼的好不好？你没看我这脚背都肿了吗？反正你们也没伤着，就觉得我现在特别作特别矫情呗！"

是真的疼。

她不是扛不住疼的人，毕竟哪个演员没受过伤呢？

其实想想，都是眼前这个人的错。

她昨天晚上的开心情绪一直延续到了今天早上，换上了才买的新衣服，又搭配了许久没穿的高跟鞋——她已经有一段时间没这样捯饬过自己了，柳絮天出门都全副武装，谁还顾得上去露脸，谁能想到就碰上了这糟心事。

"我没这样想，"给她喷完药，孟怀谦也没急着起身，依然维持着这样的姿势跟她说话，"我知道肯定很疼。要不这样，我现在带你去看看别的医生？"

他还是不太放心，想带她再去检查检查。

池霜缩回脚，靠着沙发靠垫，横了他一眼："我刚从医院回来，现在又要带我去，你想折腾死我啊？"

"我让医生过来。"

"浮夸，不知道的人还以为我残疾了呢！"池霜轻哼一声，"好了好了，过两天看看情况再说吧，我真的很烦，你别说这些有的没的惹我更烦。"

"咚咚咚——"

敲门声传来。

池霜下意识地挪动，孟怀谦从容地直起身子，制止她："你别动，我去开门。"

当他起身背对着她往门口走去时，方才温和的神情陡然沉寂。

熨帖整齐的白色衬衫袖口被他卷到了手肘处，因为给她上药，手背上还被溅上了褐色的药水。

一步，两步……

他似乎担心自己手上的药水会弄脏她每天都会触碰到的门把手，此刻竟然还不慌不忙地从口袋里摸出一方手帕包住了门把手,这才开了门,抬眸看向来人。

经理没想到会是他,这一对视,愣了几秒,又忙笑道:"孟总。"

孟怀谦颔首,客气地侧身,并没有堵住对方进来办公室的路。

反而是经理谨慎地后退一步:"池总,我过来就是想跟您说一声,刚才有个男人说是您的朋友,我领着他上来,他又临时有事走了。"

"哦,我知道了。"

这是一件再寻常不过的小事。

池霜也没多想,每天来找她的人不少,她也不可能挨个去问。

经理脸上带笑正要离开,孟怀谦又叫住了他,缓声道:"你们厨房应该有冰块吧?她的脚崴了,需要用冰块敷一下,麻烦送点过来。"

"池总,您的脚崴了?"经理愕然,赶忙应下,"行,我马上就去拿冰块!"

孟怀谦目送经理匆忙下楼后,才折返回来,却对上了池霜揶揄的目光,显然她懂他要冰块的举动是为了什么。

这也是她从前烦他烦得要命,但也从没真正厌恶他的原因。

她腿上还搭着孟怀谦的外套,清了清嗓子,戏谑道:"快去洗手吧,孟总,放心,我们餐厅的洗手液管够。"

孟怀谦不知道该如何跟她解释之前那个乌龙。

爱干净是一回事,洁癖又是另一回事。

不过看她总是以此为由开他玩笑,他也没了解释的必要。

来到洗手间,口袋里的手机在振动,他也不着急,洗净双手,接过洗手间里的服务员递来的毛巾,道了声谢后,慢条斯理地擦拭干水珠,这才接通了对方再次打来的电话。

"好,我知道了。"

他抬头看向镜子里的自己,何尝不知道自己的卑劣。

他手中的绳索牢牢地拽住了另一头的梁潜,每当梁潜想要靠近池霜时,他便不费力气地收一收,逼着不自量力的人后退,再后退。

自然也会有彻底松开绳索的那一天。

或许梁潜也不会相信,孟怀谦其实比他更希望这一天早点到来。

服务员目送孟怀谦离开洗手间后,还在兀自感慨,这位孟总当真是修养极好,没半点架子,待人也温和客气,几乎将谦卑宽和刻进了骨子里。

池霜在店里吃的都是工作餐,虽身残但志坚,端着饭盒老老实实地回到办公桌前开电脑干活。

干一行恨一行,她原本以为开个餐厅当老板很潇洒,结果真正接触这一行后才发现钱难赚,哪行哪业都得给人当牛马。

眼下快到端午节了,老板们都躁动起来,她也需要给贵宾们送上节礼。还真别说,退圈后,她脑子比以前更好使了,没别的,以前各种工作行程都有钟姐还有两个助理提醒她,现在什么都得自己记,大事没有,小事一大堆。

平心而论，她更喜欢现在这样的生活，钱虽然赚得没之前那么多，但人更踏实。

孟怀谦进来时看到的便是这一幕。

池霜专注地盯着电脑屏幕，偶尔移动鼠标打几个字，偶尔吃一口饭。他手上似乎还残留着药剂喷雾的味道，有心想提醒她好好吃饭，好好休息，但还是沉默地往后退了一步，顺便帮她把门带上。

负责包厢的领班过来，跟他打了个照面，又热情地问他："孟总，我看您的包厢还没叫餐，今天想吃点什么？"

"工作餐还有吗？"孟怀谦平和地问。

领班"啊"了一声："工作餐？"

孟怀谦回头看了一眼池霜办公室所在的方向，个中意味不言而喻。

下午，领班碰见了池霜，以玩笑好奇的口吻说了这件事："孟总那意思就是在说您吃什么，他就吃什么呢。"

池霜扼腕不已："早知道我今天就吃臭豆腐跟榴梿了！"

可恶，错过了这样一个恶整孟怀谦的好机会。

梁潜也是后知后觉。

直到夜幕笼罩，他懒怠地松了松领带，回忆今天的事情，才猛然反应过来自己是被人给遛了。那人压根就没想过要用多高深的手段对付他，如此拙劣、如此傲慢，就是在明明白白地告诉他，想支开他。

梁潜拉开抽屉，抽屉里是一枚领带夹。

他原本以为他回来后，生活会回归正轨，事业、爱情都会像从前一样顺利，可这段时间他清楚地感觉到了，这一切都不受他所控。压抑的种种情绪终是忍耐到了临界点，他猛地起身，挥开了办公桌上的文件，攥起那枚领带夹便离开了套房。

容坤接到梁潜的电话时，正在跟人应酬，只好约了晚一点的时间喝酒。

赴约时，容坤这心里七上八下。虽然说梁潜约他喝酒这事儿太正常不过，可问题来了，怎么只约了他呢？

进了包间后，他更是满腹疑虑。

梁潜正坐在沙发软座上，一个人沉闷地喝酒。

"你疯了吗？"容坤过去一把抢过他手中的酒瓶，"医生不都说了，你之前的伤还没完全好，最好别喝酒，你倒好，还喝烈酒，不要命了？"

梁潜视线冰寒地盯着容坤。

容坤头皮发麻，迟疑地问道："你怎么了啊？"

该不会是……发现了吧？

梁潜跟跄着起身，容坤要扶他，他却一把抓住了容坤的肩膀，目光挪到容坤的深色领带上。

不是容坤。

他心知肚明，根本不需要去证实。他们四个人认识二十多年，对彼此的行为习惯再了解不过。这枚领带夹的款式市面上根本见不到，容坤也好，程越也罢，都不是过分讲究的人，能够轻而易举地插手梁氏集团内部的运转，左右他工作时间的人，还能是谁？

梁潜一阵颓然。

他宁可那个人是容坤，是程越。

"怎么了？"容坤不确定地又问了一句。

梁潜摇头，松开了手，温和地笑道："没什么，只是怀谦忙，阿越也忙，我们四个人真的太久没聚了。"

容坤干巴巴地笑了一声："你这意思是说就我比较闲是吧？"

梁潜微笑："我也是。"

"毕竟离开一年了，公司那边有怀谦的帮忙似乎运转得更好。我要谢谢怀谦，给了我这么多时间养病，我还从来没有这样清闲过。"

容坤心里发毛，却又不知道能说什么。

这跟他也没有关系，只怕说错了一句话被卷入其中。更何况，这不是外人跟自己人的针锋相对，两边都是自己人，他便只能保持中立了。

"真的感谢他，"梁潜又说，"亲兄弟也不过如此了。"

容坤本就不迟钝，这会儿如果还没听出点猫腻来，那他的脑袋就是被驴给踢了。

这几个人一个个比鬼都精明。

他都纳闷，梁潜是怎么在这么短的时间内发现的。

无辜的他和程越都还没来得及跑到洛杉矶避世呢，梁潜这就发现了，那他们还走不走了？

梁潜并没有在包间里待太久，他只是想给一味逃避事情真相的自己重重一击。从会所出来后，他恢复了以往的淡定从容，让司机驱车来到孟怀谦经常光临的定制店。

孟怀谦作为奥朗的继承人，从小到大吃穿用度无一不精，几乎是他们四个人中最为挑剔的一位，衣物饰品都是出自高定，连领带夹都不例外。

定制店的老板也认识梁潜，见了他还很意外："梁总，今天怎么有空亲自过来？怎么都没提前说一声？"

顿了顿，老板又委婉地说："或者您什么时候有空，我们上门为您服务。"

"不必客气。"梁潜气定神闲地坐在沙发上，似是不经意地提起，"时隔一年，当初准备订婚宴时有些细节我不太满意，正好路过就来看看，想改动一下。"

老板笑了笑："原来是这事，您突然过来，还吓了我一跳。不过这会儿员工们都已经下班了，要不这样……"

梁潜含笑打断，语气中隐含强势："不用那么麻烦，怀谦现在的饰品也都是你们负责，我想看看他的。"

"应该可以的吧？"他面露微笑，"或者我给怀谦打个电话知会他一声。"

如果是别人，老板自然是要拒绝，可梁潜不是别人，谁都知道他跟孟先生的关系有多铁，就跟亲兄弟似的，那是一家人，真要因为这点小事给孟先生打电话，只怕也不太合适。

老板略一思忖后，小心翼翼地从一边锁着的柜子里拿出一个木制盒子，打开。

除了领带夹，还有几枚袖扣。

设计简单独特，做工细致而精湛，每一处细节都堪称完美。

梁潜垂眸，掩去了眼里的森寒，漫不经心地拿起一枚领带夹，顺着明亮的光线看过去。

只见内侧以不可思议的卓绝手艺雕刻了一朵霜花。

第六章

他只想和她在一起，在所不惜

池中小苑是去年秋天正式开业的，那会儿没赶上吃蟹的时节，但是餐单上的一道醉蟹倒是广受好评，主厨精湛的厨艺跟新鲜的食材相辅相成。于是，池霜和表姐，还有几位经理开过会后，决定今年要在食材上下功夫。

"生意好我是真的高兴，不过咱们也是真的忙。"表姐扶着池霜回到沙发上，幽幽叹息，"闲的时候什么事都没有，忙起来了大事小事都找上门来。你瞧，这马上又是旅游旺季，咱们餐厅人手不够，还是得再招几个人。除此之外，还要找靠谱的平台推广……"

池霜绷着脸："不要铺垫了，你又想让我做什么？"

表姐一秒变笑脸，挽着池霜的胳膊说尽好话："我知道你不爱管招聘这种事，小事都交给我，不然下周你跟经理一起跑趟苏市签合同？你知道我还是放心不下外人，我不怕人拿回扣，就怕拿了钱也不好好给我办事，砸了咱们的招牌。"

池霜仰天长叹："姐，你知道的，我一开始是打算要退休的。"

结果现在比狗都忙！

"那不然咱们换换？"表姐笑吟吟的，"你来管招聘，还有跟几个平台扯皮。对了，还得跟几个探店网红聊聊，有个叫'农夫'的还蛮喜欢你的，跟我要你的签名照来着……"

池霜毫不犹豫："我去苏市。"

表姐心满意足地离开了她的办公室。

现在也不早了,她又回到办公桌前休息了一会儿,这才慢吞吞地扶着桌子站起来。果然就像那个骨科大夫说的,她这不算严重,今天用冰块敷过,又喷了几次药后,只在脚踩在地上时会有轻微的疼痛感,别的倒也没什么了。

她去拿包时,发现单人沙发上还挂着孟怀谦的西装外套,于是从包里拿出手机,拨通了他的号码。

孟怀谦还是保留着良好的习惯,都没让她多等两秒,立刻接通,也是她听了很多次的开场白。

"我在。"

她还没说话,先被逗笑:"你的外套还在我这里。可能弄脏了,沾上了奇怪的味道,我也不清楚你的衣服要送到哪里清洗。"她顿了顿,调侃,"还是说你的衣服都是穿一两次就扔?所以打电话来问你。"

"我没那样铺张浪费。"孟怀谦笑了声,"要不这样,先放你那里,过两天有空我再去拿,好不好?"

池霜早就看透了他的把戏。

之前打火机那一出她可没忘,这个男人深谙"借书"那一套。

今天不小心落了外套,下次来时再落个东西,如此循环,从周周见面到天天见面。

"随便你。"她顺手关了灯,走出办公室,反锁上门,转身慢慢挪着往前走,电话还没挂,一抬头,便看到了身着白色衬衫和西裤的孟怀谦正姿态随意地靠着墙等她。

搞什么?

早就在这儿等着她了?

池霜将电话挂了,正要快步过去笑骂他浪费她的话费,他就已经大步走来,接过了她的手提包,很绅士地扶着她的臂弯,温声提醒道:"当心点。"

"无语了。"她抬头看他,"你什么时候来的?"

孟怀谦含混回道:"没多久。"

池霜已经好得差不多了,根本不需要别人这般小心翼翼的搀扶,自己也能扶着楼梯下楼的。可是谁会不喜欢这样被人记挂呢?池霜也就难得的没有凶他。

这个点,楼下大厅里吃饭的客人也不算少,在这烟火气息间,没有人注意到这一幕。

当然,就连池霜自己都没察觉到,西装外套的主人明明就在她旁边,她怎么就忘记还给他了。

穿过大厅,走出庭院。

六月初,京市夜晚的风都带着温度,夜空中星星很多。

孟怀谦的车就停在了离池中小苑最近的地方,他扶着池霜来到了车旁,等她坐上了副驾驶座后,才关上车门。似是察觉到了什么,他回头望向了某个方向。一辆黑色的轿车没有熄火,停在一棵树下,树木挡住了路灯,整个车身都隐藏于浓如墨的夜色之中,仿佛蛰伏的困兽,随时准备横冲直撞。

但只要在困兽的脖子上套一根绳索,轻轻一拉,就足以令它匍匐在地,不得动弹。

他漠然地扫了一眼,没有再驻足,绕到另一边上了车。

池霜上了车就开始忙自己的事。

她没当孟怀谦是需要避讳的外人,直接发送语音消息给好友,微微侧着头,手机屏幕上的光映着她白净莹润的面庞:"亲爱的,我下周要去一趟苏市,正好去看看你还有你家宝宝呀。"

那边也发来语音:"真的呀?那太好了,咱们这都多久没见了!"

"我看了你的朋友圈,你宝宝好可爱好漂亮,都快萌化我的心了。"池霜的声音很甜,脸上还带着笑意,"那到时候我到苏市了再跟你联络。"

等她终于跟那边的一个圈内人士聊完后,孟怀谦才问道:"你下周要去苏市?"

"嗯啊。"池霜按了按脖颈,"我一个大学同学在沪市,那会儿对我特别好,我都去苏市了,肯定要顺道去沪市看看她吧?然后刚才这位以前也是剧组的前辈,特别关照我,她才生了宝宝,我也得去看看她呀。真的,事情太多了,多到我现在就希望下个星期晚一点到来。"

孟怀谦淡笑地颔首:"下周你的脚应该也好了。"

池霜"呸"了一声:"晦气话,什么叫下周、应该、也好了?我明天后天就能好。"

孟怀谦从善如流道:"是我措辞有误,你明天就能活蹦乱跳。"

"你才活蹦乱跳呢!清朝的老僵尸就喜欢蹦蹦跳跳。"

孟怀谦面露无奈的笑意,明显一副乐在其中的模样。

倒是池霜纯粹是一时口快,又意识到这个点提僵尸太瘆人,果断不理他了,轻哼一声,继续低头看手机。

孟怀谦淡然地通过后视镜看了眼紧跟在后面的那辆轿车。他开车很稳,池霜在车上时,他更是小心而专注,时刻跟前后的车都保持着绝对安全的距离。可后面这辆车步步紧跟,是挑衅,也是试图逼停他。

坐在副驾驶座的池霜浑然未觉。

虽然已经过了下班的高峰,从池中小苑到她家也只有几千米,可还是得好一会儿。

池霜这一天下来疲乏不已,后脑勺往后一靠,懒懒地打了个哈欠,对兢兢业业的孟司机说道:"我先眯一下,到车库了你再叫我。"

"给你调一下车座?"他问。

"不了。"她闭着眼睛胡乱挥手,"就这样挺好的。"

一般他这车都是司机来开,开车的舒适度高不高,她不清楚,但这不愧是很多老板的必备车,乘坐舒适度没得说,至少可以秒杀她的车。

孟怀谦不再吭声了。

而在闭目养神、浅浅入睡的池霜也仿佛被他强势地划入了与世隔绝的保护圈内,她只需要安稳地补觉就好。

外面的一切纷扰她都听不见、看不见。

梁潜面无表情地静坐在后座,所有的不甘、愤怒,以及失望,都朝着他席卷而来。领带夹、袖扣这样的私人物品上雕刻了霜花,孟怀谦知道自己在做什么吗?

事到如今,孟怀谦还怎么欺骗他?

都是多年的好友,彼此是什么性子再清楚不过,孟怀谦已经做到这个份上,甚至不惜以公司为筹码逼得他不能靠近霜霜半步,摆明已经做出了选择和决定。

他不懂,但这不妨碍他猜忌并且恶心。

他甚至反复回想,是不是在他出事以前,孟怀谦就已经盯上了霜霜。

是从什么时候开始的呢?

是从第一次他将霜霜带给他们认识的时候吗?

那么,在他不顾危险,以生命为代价挡在孟怀谦面前,落海生死不明的时候,孟怀谦是否在窃喜?

窃喜终于有了能够靠近霜霜的机会。

有那么一个瞬间,梁潜真的很想命令司机一脚油门踩到底,撞上前面的车。

在他生死不明,在他大脑一片混沌的这一年里,他最好的朋友堂而皇之地取代了他,成了接送霜霜下班、为她提包的那个人。

"梁总,不能再靠近了……"司机谨慎又无奈地说。

离得这样近,前面的车只要停下,他即便来得及踩刹车,也会撞上去的。

他都不知道梁总是吃错了什么药,可再继续这样下去,那也是神仙打架凡人遭殃。

梁潜神情阴郁,手放在膝盖上紧握成拳,手背上的青筋暴起。

孟怀谦专注地注意着前方的路况。

他偶尔会别开眼,看看已经歪着头睡着的池霜。

她睡着以后很安静,连呼吸都很轻很轻。他见过太多在他面前或安静或内敛的人,不觉得有什么特别,可每次只要她在他面前沉默,他所有的注意力都会集中在她身上——不得不屏气凝神,就怕她出声的时候,他没听见。

他扫了一眼后视镜。

后车依然离得很近,只要他突然刹车,或者对方再点一下油门,两车便会相撞。

他并不介意这样的戏码,也不介意再废一台车,但是池霜还在车上,她在补觉,偶尔一点点的颠簸,她都会皱一下眉头。

这一切跟她又有什么关系?

何必惊扰了她浅睡?

于是,他伸手,不合时宜地按了两下双闪,后又关闭。

车后紧逼的梁潜看着双闪闪了两次,愣了几秒。如果是旁人,一定会误会前方的车主不小心按错了双闪灯,所以又立刻关闭,可他清楚地知道,这是孟怀谦的警告。

这两下双闪,也惊醒了梁潜。

他在做什么?

他在想什么?

一瞬间的愤怒的确会蒙蔽双眼。

梁潜逐渐让司机放慢了车速,和前面的车拉开了距离。他突然前所未有的清醒,正如孟怀谦在友情跟爱情中已经做出了抉择,那他呢?他是否还怀揣着令人发笑的期待?

这段时间浑浑噩噩已经够了,他也该清醒过来了。

难道还在期盼孟怀谦良心发现,放下不该有的觊觎,退回到朋友的位置吗?至少他所了解的孟怀谦从来都不是这样的人,孟怀谦要么不做,一旦做了就不会轻易放手。

梁潜开了车窗,任由混杂着车尾气的空气带着一股股热浪朝他涌来。

他要做出怎样的抉择?

他这个人的确很可笑,在这一刻,竟然理解了孟怀谦的决定,因为他也无法放手,即便站在他对立面的是他多年的好友。

他同样也不愿意让过去那两年最后只变成一段回忆。

孟怀谦注意到身后的车开始跟他保持安全距离,神色变幻莫测,下意识地握紧了方向盘,最后依然平静地注视前方。等快到翡翠星城时,经过一个十字路口,车缓缓地停下,他随意一瞥,瞥见排着一小段队伍的店面。

这家锅贴店搬到了人流量更多的地段,生意比从前更好了。

其实像这种微不足道的小事,孟怀谦羞赧于将它当成功劳跟池霜提及。他这个人经历贫瘠,不知道如何讨好她令她开心,常常在她面前束手无策,只能用这样的方式为她的生活增添一丝色彩。

他想过,与其主动跟她说,不如等她哪天路过时无意间发现,然后怀着试探的心情走进这家店,在尝到记忆中分外喜爱的味道时,她的情绪一定很丰富。

她会瞪圆了眼睛,不可思议地再尝一口,然后眼睛会更明亮,嘴角翘起,现出浅浅的梨涡。

他想,她应该更想自己去找到这样的惊喜。

车辆驶进翡翠星城,通往地下车库的这段路有一定的坡度,池霜今天是真的累了,以往这样幅度的颠簸她一定会醒来,然而此刻她还闭着眼睛睡得正熟。

孟怀谦停好车后,犹豫再三,还是没有叫醒她。他也放任了自己的贪婪,靠坐在驾驶座凝视着她的睡颜。

你现在心里在想什么?

得知梁潜活着回来的那一刻,你是什么心情?

告诉我，告诉我……

他并不是自欺欺人的性子，也从不对任何事物抱有超出理智的期待，就像是一台计算精准的机器。可谁也不知道，机器会失灵，也会失控。

孟怀谦这辆车的后方也停着一辆黑色的轿车，像是在进行着无声的交锋。

梁潜静静地望着。

他摸到了一个烟盒，还是新的，手边也有打火机。已经一年没抽了，他以为自己可以戒掉。他点燃一支烟，隔着烟雾，逐渐冷静下来。

池霜皱了皱眉头。

她本就是浅睡，这会儿醒来，迷蒙地睁开眼睛，却是一愣。

驾驶座的孟怀谦不知道什么时候也睡着了，两人虽然隔着距离，他在驾驶座，她在副驾驶座，但气氛终究还是有些微妙的，竟然有一种在同一张床上的错觉。

她还是靠着，盯着他看。她知道他工作也很忙，以前折腾他的时候，看他来去匆匆，仿佛她让他送外卖让他少赚了几个亿般的神态，她总是特别愉快。也不知道他这样忙，是怎么抽出时间来给她当司机、骑手和快递员的。

她突然有些手痒。

以前钟姐经常想让她在微博上炫技，立所谓的多才多艺的人设。她父母从来都没想过，最后她会走演员这条路，在她很小的时候，妈妈会送她去少年宫跳舞，母女俩还经常会在家里合跳一支舞。爸爸不服气，私底下也偷偷教她拿起画笔。

可能她也有一些天赋，学得比别人都快，不过任何兴趣爱好变成了所谓的学习任务后，热情都会迅速减退。

她只有在遇到喜欢的风景或者人物时，才会想要用画笔记录下来。

孟怀谦似是才被惊醒。

跟她四目相对，他难得有些蒙，好像在一连三问——我是谁？我在哪儿？你是谁？

池霜被他这表情逗得乐不可支，"哈哈"大笑起来。

"对不起。"他好脾气地说，"我好像睡着了，最近要处理的事情有些多。"

"算了，我理解。"她宽宏大量地摆手，侧身解开安全带，"走啦，你也早点回去休息。"

他慌乱地制止她："你等一下。"

他一阵手忙脚乱地下车，为她打开了副驾的车门："我先送你上去再走。"

"我看你恨不得给我买个轮椅。"池霜白了他一眼，为了表演自己的特殊才艺，轻快地下车，稳稳落地。

孟怀谦还真就顺势思考："如果你不介意的话，不是不可以。"他又接过她的手提包，很滑稽地夹在胳膊下，另一只手则去扶她。

"要坐你坐。"池霜要甩开他，两人这样一躲一闪，很是热闹，"不过，孟怀谦，你小时候玩过那种弹珠吗？"

孟怀谦知道她现在迁怒于每一个玩过弹珠的人，即便他今年已经二十九岁。

他谨慎地回答："……没有在马路上玩过，只在家里的花园玩过。"

池霜："行了行了，知道你家里有花园，很棒，行了吧？"

孟怀谦哭笑不得。

她总有各种奇思妙想，无论他认为多么挑不出错的回答，她都能让他噎住。

两人一个身形高大、一个玲珑窈窕，一起往电梯方向走去，偶尔传来不太清晰的对话声。落在旁人耳中，宛如情人私语般亲密，分外碍眼。

孟怀谦等池霜关上门，又等了一会儿后，才下楼来到车库。

刚才停在正后方的车已经开走。

他犹如闲庭信步般从容地来到空了的停车位上，垂下双眸，看到地面上多了几个被掐灭的烟头。他蹙了蹙眉，面容冷峻，抬手似是挥散烟味，这才转身离开。

忙碌的日子总是过得很快，池霜的脚很快恢复，不过从那天以后，她每次下车总要扫视地面一眼，确定没有任何阻碍物才下车。

她要准备出差的事了，餐厅里有两位经理，一男一女，这次是女经理跟她一起。

两人一大清早从餐厅出发，去机场的这条路车流如织。

池霜正跟经理谈苏市的行程安排，压根就没注意到她的车后面有两辆车跟着。

孟怀谦坐在后座，双腿交叠，正闭目养神。

梁潜拿起手机看了一眼，谁的电话都不想接，天塌下来了也别找他，果断地将手机调成静音，扔在了另一边角落，眼不见为净，目光沉沉地盯着这条路。他早已经想好了下一步要做什么，没人比他更了解孟怀谦，同样的，他也相信自己比孟怀谦更了解霜霜。

与此同时，高架桥下的一辆公交车上，许舒宁艰难地抓着拉环。等终于有了空位，她坐下后，长舒一口气，这才有空从背包里拿出手机，看了一眼屏幕，有几个未接来电，都是来自她的好友冯佳。

她深吸一口气，回拨电话。

电话很快接通，焦急的声音传来："宁宁，你去哪儿了？我去你公司找你，他们说你辞职了！"

许舒宁看着公交车上陌生的面孔，对于未来如何也很茫然，努力咽下那一点点委屈，强颜欢笑道："你之前不总说我在那公司前途也没钱途吗？我觉得你说得对，干脆辞职了。"

"你放屁！"冯佳气得不行，"你是不是去了京市？你是不是想找那个男人？人走了就走了，拜托，他是个成年男人，有手有脚，你还担心他在外面饿死？而且你不是都问清楚了吗，他是自己主动出钱坐人家货车司机的车走的,你别想啦!这个人就是没半点良心,你照顾他这么久,他走都没跟你说一声!"

"不是这样的。"

许舒宁想的并不是这一件事。

她在想,他是不是已经恢复记忆了。

如果他恢复记忆,主动跟她说要回家,她绝对不会阻拦,还会恭喜他。只要他愿意的话,她还可以送他回到他的家人身边,然后再回渔洲过她的小日子。

可现在真的很不对劲,他一声不响地走了,连一句话都没给她留。

她怀疑是她大哥做了什么不好的事。

也许,他受伤就是大哥造成的,所以他埋怨她、痛恨她,她都接受也理解,但她真的想知道究竟发生了什么事。

"佳佳,我想好了。"许舒宁说,"我也没来过大城市,就趁这次机会来看看。你放心,我不会在京市待很久,我只给自己半年的时间,不管有没有找到他,等时间到了我就会回来,然后就当这件事没发生过一样,以前怎么过,之后还是怎么过。但如果我不弄清楚事情的来龙去脉,我心里会一直惦记,做什么都不得劲。"

冯佳懊恼地骂道:"这种没良心的贱男人死了算了!他活着都是浪费空气!"

许舒宁反过来安慰她:"没事啊,听说京市工资高,我找个包吃或者包住的工作,半年下来说不定还能存不少钱呢,到时候我给你带礼物回家。"

"你人好好的,我就谢天谢地了!"冯佳叹息,却也说不出更多反对的话来。

她知道许舒宁的性子,看似柔软,实则不撞南墙不回头。

"你找到工作了吗?京市那边机会多,但工作也不好找,要不你待几天就回来算了。"

许舒宁抿唇一笑:"我投了简历,有人通知我过去面试,我现在就在公交车上呢。"

池霜跟经理来了机场,离登机时间还早,经理以努力薅羊毛为目标,来了休息室后就开始炫饭。

本来池霜没什么胃口,见经理吃得实在太香,也被勾起了馋虫,起身往另一边走去。她晃了一圈,正要弯腰去拿餐盘时,一只戴着腕表的手闯入了她的视线中,接着便是熟悉的气息扑鼻而来——孟怀谦在某些事上循规蹈矩,她都摸出了他的规律来,他会定时更换香水,入夏后便是淡雅的木质香味,沉稳干练。

她抬眼,果然,是熟悉得不能再熟悉的人。

孟怀谦微微弯腰,帮池霜取了餐盘,很自觉地在她身侧扮演专属服务员这个角色:"没吃早餐吗?想吃什么?我给你拿。"

"算了,我就要一杯巧克力牛奶好了。"

"好。"他应道。

池霜跟经理说了一声，去了没人的另一桌。

没一会儿，孟怀谦端着一杯巧克力牛奶过来，放在了她的手边，这才在她对面坐下。

池霜端起杯子轻抿了一口，瞥他一眼："不要告诉我你也是来出差，然后恰好咱俩就在这里碰上了？拍电视剧都没有这样巧的。"

"不是出差，"孟怀谦眼里含笑，"是旅游。"

"旅游？"

信他才有鬼。旅游、度假这些词出现在孟怀谦身上就格外违和，他就应该一年没有一天休息才对。

"我也有年假。"他无奈地说。

池霜倾身道："那我有点好奇了，你一年多少天年假？"

"我入职奥朗的时间并不长，所以暂时只有七天年假，不过，前几年我都没休完，累积下来大概有二十天。"他一板一眼地回答。

池霜无语："行。"

"上周听你说要去苏市出差，我最近手上的事情也不太多，所以……"他停顿几秒，"如果你介意的话，我可以取消这次的行程。"

"少跟我来这一套，虚伪！"

以前觉得这人还挺正经的，现在看来是不打算再伪装了，瞧瞧这说的是什么话。

常年不休假的可怜人这次总算清闲了一点，想要去苏市旅游，他人都到了，就等着登机了，她难道能开口把他赶走？可机场也不是她家开的呀！

他是个什么人，还好她早就火眼金睛，一眼看穿了。

用视线一扫描，心肝肺都黑得不能再黑。

被她拆穿，孟怀谦失笑，他的人生中，从未有什么事或者什么人能让他体会到迫在眉睫是什么感受。他又能运筹帷幄什么？他又能确定什么？一台早已经失控的机器，已经不受所谓的"临危不乱"的程序命令。

"抱歉。"他说。

池霜一手托腮："但凡我这个人无聊一点，哪怕一点点，我都要开始计数你都跟我说了多少次对不起。要是每个人说对不起都限制次数，你早就用完了知不知道？"

孟怀谦"嗯"了一声，语调低沉："我没对其他人感到抱歉过，所以应该还有额度。"

这是他难得的情绪外露。

自然也是两层意思，一是他这辈子只对她说了这么多次对不起；二是除了她，他没对不起任何人。

其中当然也包括他那认识了二十多年的好友。

关于梁潜，这并不是不能触碰的禁忌话题，毕竟在他回来之前，他们也曾经为此发生过数次争执。

现在她是懒得提，那么孟怀谦呢？此刻他算是透露了自己的态度。

很好。

非常好。

池霜在心里感慨。

瞧瞧人家这心理素质，瞧瞧人家这坦荡荡的态度。

以前是谁一脸愧疚地说"阿潜是我的至交啦，是我的多年好友啦，我欠他的我还不了，我要痛苦死了啦"，结果现在面不改色地说除了她，没对不起任何人……

池霜都想把孟怀谦说这话时的表情录制下来，以后反复观看。她已经算是相当自我的人了，以前跟人吵架，也不是没被人骂过不要脸，但现在跟孟怀谦一对比，简直就是小巫见大巫，不值得一提。

她很佩服这种人，不带贬义的佩服，所以她也就鼓了下掌："不错，不错！孟总，我觉得奥朗一定能在你手上再创巅峰，直达珠穆朗玛峰。"

孟怀谦也听出了她的讥讽，颇为无奈地说："借你吉言。"

这时，他的手机响起。

他又歉意地看了她一眼，得到她的"赦免"后，才拿起手机往外走去，走到门口便停下，一边接通电话，一边不忘看她。

那头的人汇报了消息后，他沉默几秒，视线还是落在她身上。

她正小口喝着牛奶，偶尔低头看一下手机，神情惬意又轻松，似乎没有任何烦恼。

他曾见她为梁潜笑过很多次，哭过那么多次。

如她所说，一切都有限额，也该到此为止了。

"我知道了。"他垂下双眸，沉声道。

才下飞机，池霜就接到了程越打来的电话，她看着来电显示，还有些纳闷，程越怎么会突然给她来电？

她狐疑地接通，才"喂"了一声，听到那头传来的居然是梁潜的声音时，下意识地就想挂电话。

"霜霜……"梁潜痛得"咝"了一声，声音似是濒临垂危般虚弱，"你别挂，我有话想跟你说。"

他这马上就要失血过多、交代后事的语气，令池霜迟疑。

"霜霜，你在哪儿？我现在想去找你。"

她还没说话，那头居然传来了程越的声音："你这样子还能去哪儿？老老实实待在医院！也不够你折腾的，开车居然能撞上石墩！"

"别说这个。"

电话那边安静下来，像是有人被赶了出去，沉默的时间不算太长。

如果没有程越说的那句话，池霜早就挂了电话，现在她有点儿好奇了，听起来，梁潜好像又出了点小事故？

"霜霜，"梁潜又再次开口，听得出来他在努力让自己的气息更平稳一些，"我的手机出了点问题，所以才跟阿越借的。你现在在哪儿？我有很重要的事情想跟你说。"

池霜清了清嗓子，淡声道："哦，我在外地出差呢。"

梁潜沉默了片刻才低声说："我想过了，你说得对，在这个世界上，谁我都可以欺骗，唯独对你不能有半点隐瞒。等你回来，我会将过去一年发生的所有事情都说给你听，之后也尊重你的一切决定跟选择。"

这就有点像她记忆中的梁潜了，池霜这样想。

当然，同时她也心知肚明，如果他不是被逼到了一定的份上，如果不是她的态度强硬冷淡，他还是会继续隐瞒她。

他现在心里的人是谁，他对她是否还有爱意，其实她一点儿都不关心，也不在意。

当她希望一个人永远只爱她一个人时，恰恰是她也爱他的时候，否则对无关紧要的人，又怎么可能会有情感诉求呢？

所有的一切也是时候在她这里画下句号了，在梁潜那里却是才刚刚开始。

她微微一笑，难得没再冷言冷语，语气轻快地说："那好吧，一切等我回来再说。另外，也希望你能早点康复。"

在她身后不远处的孟怀谦自然也能感受到她的好心情。

她开心的时候，脚步轻快，语调上扬，说话都像是沁着蜜。

他其实能猜得到电话那头的人是谁，连对方是什么目的、什么路数，他通通一清二楚，毕竟这二十多年的相处是真实存在的。

他不关心对方有什么计划，只是见到池霜仿佛放下了一切隔阂的愉悦模样，只能沉静而克制地跟在她身后。

"行了行了，我还有事，不说了。"

梁潜开的什么车她还不清楚吗？

撞个石墩而已，真的受伤严重还能一副要跟她煲电话粥的架势？

今天是什么好日子，真是热闹得很，一个演机场偶遇，一个更是斥巨资上演苦肉计。

只能说梁潜和孟怀谦不愧是多年的朋友，戏都一样多。

她干脆利落地挂了电话。这通电话总共也就几分钟，但她不知道对于孟怀谦来说有多漫长。

孟怀谦烦躁地捏了捏鼻梁，却始终记得她说过的"事不过三"。他在就要绷不住失态的前一秒，提前跟她说了一声后便匆忙暂时离开了。

池霜眼波流转，忍俊不禁：这人早上起来肯定喝多了水吧？

洗手间里。

孟怀谦在洗净双手后，又慢条斯理地扣上了衬衫的袖扣。

袖扣内侧是无法清晰看见的一朵霜花，半隐藏着，就如同他现在还无法宣之于口的种种情绪。

他微微抬头。

镜子里的人面无表情。

慢慢地，直到冷硬的目光重新恢复平和后，他才从容不迫地迈着沉稳的步伐离开，回到池霜的身边，继续做她眼中的孟怀谦。

"谢谢。"

梁潜将手机还给了程越。

程越一改之前的平和，神情也带了几分焦躁："都不懂你们到底怎么了。先说说你跟池霜怎么回事？"

梁潜在病床上躺了下来，他受的伤也是实打实的，这会儿的确感觉眼前有些虚晃。在去往机场的路上，他沉思了许久，在他没有将一切都坦白时，他的种种行为在霜霜看来都是死缠烂打，没有半点作用。而他也必须得承认，在他缺席的这一年里，有人替代了他的位置，获取了霜霜的信任，甚至依赖。

他现在不打算争了，不是不争，而是要以退为进。

所以，他让司机改道下了高架桥，在司机错愕的目光中，撞上了石墩。

等霜霜回来后，他会让她知道，他是在去找她的路上出了事故，之后，他会将他知道的、记得的一切事情全部说给她听。

"跟她没关系。"梁潜脸色苍白地说，"我刚回来的时候，她问了我一些事情，是我心虚，怕麻烦不去解释。总之，都是我的错。"

程越拉过椅子坐下，叹了口气："所以呢？你们现在是分开了吗？"

"暂时。"梁潜抬眼，"这一切都是我的错，如果我当初能谨慎一点，就不会发生那样的事。"

"你的事，我们能帮的都帮了。"程越扶额，"你跟池霜的事，我们几个也是无能为力，毕竟还是外人，管得太多、问得太多也招人烦，反正你自己看着办吧。"

"不过有一说一，池霜不错，人家也没什么对不住你的，实在过不下去就好聚好散。这结婚还能离婚呢，是吧？看开点，心别那样窄。"

梁潜听不得这些话，一阵气血翻涌。

他闭了闭眼，平复眩晕："你去忙你的吧，这些事我有分寸。"

程越也是一脸欲言又止。容坤暗示过他，现在他也回味过来了，怀谦对池霜似乎也有点心思，但这事说不好，他也不方便去问。

算了，这些乱七八糟的破事也不是他能管得了的。

程越待了一会儿，等医生检查后确定没事，他才离开。

没过多久，梁潜的助手送来营养午餐。

梁潜闻到还算熟悉的味道，脸色微变，冷声道："倒掉。"

助手愣住。

"把这些鸡汤全部倒掉。"

他原本以为回来以后一切都不会变，在渔洲的那一年不过是一场偶尔回味的梦境。当他真正回来后，却被人用绳索束缚手脚，眼睁睁地看着爱情分崩离析。他反复地回忆，也反复地后悔，不愿意去深思，如果当初不是有人心怀鬼胎阻拦，在事发后一个星期都不到他就会被朋友找到。哪怕他失去记忆了，只要他能陪在霜霜身边，又怎么会面对今时今日的束手无策？

祸是谁造成的，他心知肚明，他不愿意去迁怒许舒宁，却再也不愿意想起那一年里所有的一切，尤其是她。

有孟怀谦在,的确很省心。

虽然一早池霜就让人安排了接机,可跟着他来了停车场,见到舒适又宽敞的商务车,她没半点犹豫,拉着还没回过神来的经理上了车,舒舒服服地坐着,喟叹一声。

孟怀谦提前考虑了她的顾虑,并没有安排私人宅院,而是跟着她一起入住了她预订的酒店。

今天才到,池霜不愿意折腾别人,更不愿意折腾自己,爽快地给经理放了半天假,让她去苏市附近溜达溜达,明天早上再开启工作模式也不迟。

能胜任餐厅经理这个职务的差不多也都是人精。经理一早就听说这位孟总在追求池总,不然怎么会池总走到哪儿他跟到哪儿,半点离不开的样子?所以,在孟怀谦客气地邀请她一起吃晚餐时,她很有眼色地婉拒,谎称大学同学在这里,要去聚会。

她压根就不想去当电灯泡。

这位孟总对她的识趣满意得不得了,还给她安排了司机全程接送。

六月份,苏市也没有多凉爽,一直到太阳快落山时,孟怀谦终于等到了池霜从房间出来。

躺了快一个下午,池霜也恢复了精神跟体力,饶有兴致地跟着孟怀谦走在苏市的街道上,品味不一样的风土人情。

安排好的餐厅他们也没去。

孟怀谦知道,跟池霜在一起就要接受随时随地都有新变化这件事,这对他而言也是新奇的体验。而对池霜来说,孟怀谦确实也是人才中的极品,忍者中的神鳌,能屈能伸,能攻能守,他能将一切都安排妥当,也能退居二线当小弟一切听她安排而没有半点怨言。

所以,池霜也得承认,跟孟怀谦在一起很轻松,甚至很开心。

饭后,她一时兴起,来了家装修很有特色的清吧。

这个点,夜生活还没开始,店里没多少人。池霜点了一杯柠檬茶,孟怀谦出于某种谨慎的心理,什么都没点,只当自己是尽职尽责的保镖——他现在丝毫都不敢放纵,一滴酒都不敢沾。

"每次看别人弹吉他,我就会想到高三。"池霜面露怀念的神情,在这朦胧的夜色中,语气都变得温柔了,"我记得有个隔壁班的男生吧,对他印象还蛮深的,高考前两天不是就放假了嘛,那会儿基本上都住校,收拾寝室的时候,突然楼下闹哄哄的,我跟几个室友趴在阳台上,以为是在凑别人的热闹,没想到是我自己的。"

"那个男生……长得不帅,真的,不过他弹吉他给我听的时候,我就觉得他长得也还凑合了。"

孟怀谦听她说这些,一点儿吃醋的想法都没有,因为那都是过去的事了。相反,他很享受、很珍惜她主动跟他分享从前。

"那你们后来有在一起吗?"他笑着问。

"你猜。"她抛出了难题,眨了眨眼,"猜对了有奖励,猜错了要罚你。"

他其实已经知道了答案。

他比她想象的要了解她,就像此刻,她眼里明明白白地写着"快猜错,快猜错",他欣然配合,故作沉思,回道:"应该是在一起了。"

"错了!"池霜得意扬扬地说,"我不都说了嘛,他长得不帅啊,就算有吉他加持,那也是还凑合。"

她这样的人,能找个平凡普通的男友吗?

就算她愿意,广大群众也看不下去吧?而且,本来人家只是个相貌普通的男生,跟她在一起了会接受多方审判跟质疑,还会被盖上"丑男"的印戳,心理素质没那么强的人自然是自卑到无以复加,整天疑神疑鬼,阴暗爬行,她还是不要轻易害人害己了。

孟怀谦被她逗笑。

她总是这样,说着这样并不好听的话,却依旧耀眼。

"这样才好。"她似是意有所指,"你看,现在至少我还记得他,想起他来时都觉得那个午后挺美好,就像是电视剧里的打光,他在我记忆里,还是个挺不错的男生。"

也不是什么人都能在她丰富多彩的记忆中留下一道身影。

对于爱慕着她又没给她添半点麻烦的追求者,她总是会多一些宽容的。

相反,当她的男友也没想象中那样美好,毕竟要跟她走到最后,也算得上是披荆斩棘、过关斩将,最后这些人都折在了半路上,她记起的也是对方的缺点更多,就连原本长相英俊的男人在她的记忆中都变得平平无奇了。

所以,有时候又何必非要强求跟她在一起呢?

孟怀谦停顿片刻,不着痕迹地转移话题,语气平和:"我猜错了,你要罚我什么?"

池霜抬手一指台上:"都说了是惩罚,那自然不能轻,去翻个跟斗,或者表演一个才艺给我看看吧。"

看,要想当她的男友,首先就不能太把自己当回事。

四目相对。

孟怀谦平静地颔首,在池霜微微诧异的目光中起身,往台前走去。

池霜这下是真的有些惊讶了。

她所在的卡座离台前有些距离,她只看得到孟怀谦不知道跟那位吉他手说了些什么,没多久就接过了那人手里的吉他,试了试音,弹奏起来。

池霜扼腕不已,这男人有多阴险她又不是不知道,这不,给了他一个显摆的机会呗!

她心里这样想着,却是目不转睛地看着台上为她弹奏的孟怀谦。

有脸跟气质加持,孟怀谦毫无疑问吸引了店里大多数人的注意,然而尴尬的是,他弹错了几个音。

等他将吉他还给别人折返回来时,池霜找准了取笑他的机会:"哎呀哎呀,弹走调了哦!"

孟怀谦点头，虚心地说："我在音乐方面的学习能力确实比较差。"
"不过你居然会弹吉他？"
"你也会画画。"他奉承。
池霜果然很满意他这样虚心的态度。一个男人如果太把自己的优点当回事，并且为此得意扬扬，那就太倒胃口了。

回了酒店冲澡后，池霜闲得无聊，她也不知道自己在兴奋什么，居然用手机搜索那首歌。
然而，出乎意料的是，网页弹出了不少视频。
她死死地盯着其中几个看，依然一头雾水……她什么时候唱过这首歌？
点开视频看了以后，她终于有了印象。某一年，她主演的一部电视剧播出，依照惯例自然要上综艺做宣传，她也去了，于是她献丑唱了一首歌……
她忍耐着尴尬，脚指头弯得都快废了，床单都快被她抓烂，将这首歌听完，才终于发现不是孟怀谦弹走调了……
他是故意在模仿她。
这人是不是以为自己很幽默？
池霜预备深吸一口气，中途受阻，再也绷不住"扑哧"笑出声来。
好吧，的确被他幽默到了。
接下来的两天里，孟怀谦毛遂自荐，成了池霜的临时助理，陪她跑大闸蟹养殖基地，又陪她跟老板及当地蟹农沟通，总算是确定了合同。现在办公便利，很多合同都是用的电子版，本来是不需要池霜亲自过来的，但她对池中小苑很上心，想通过秋季新品将品牌做得更好，来这一趟她也愿意。
池霜的准备工作很充分，她早就聘请了几个有经验的专业人士帮忙评估，除此以外，所有合同的细节之后都会再通过法务那边确定，审核无误之后才会正式签订。不过，孟怀谦在做生意这一块显然比她更有经验，又提醒了几个她没注意的细节，完善再补充，这一次的苏市之旅也将画下圆满的句号。
基地老板对孟怀谦的印象很深，饭局之后，特意将经理拉到一边，小声询问："你们池总这助理在哪里招的？"
经理卡壳。
"瞧瞧这谈吐，做事也细致，条理更是清晰。"基地老板喝了点酒，说话也没之前那样谨慎了，"我看他一个顶我十个助理，太划算了，看来还是京市人才多啊！"
经理努力憋住笑意："赵总，你可别这么说。"
基地老板当她是在谦虚，又叹了一口气："这个小孟真的不错，要不是池总在这儿，我都想高薪挖他来我这儿了呢。"
经理阻止："别，你挖不过来的，也……挖不起。"
她想了想，又委婉地提醒了一句："赵总，是这样的，我觉得你还是别喊人家'小孟',不太合适。"

基地老板也看出了一点门道来,给了经理一个心领神会的眼神,压低声音悄悄说:"我懂了,咱也是过来人,他是你们池总的贤内助吧?"

经理一愣。

等等,什么贤内助?

连合作方都觉得孟怀谦不错,池霜当然也不会吝啬夸奖跟赞美。在离开苏市的前一天晚上,她特意找了家不错的餐厅请他吃饭。

两人刚入座,她的手机就响了起来,站在她身后为她拉开椅子的孟怀谦动作停滞了几秒。

"姐,你可真准时,我这才准备吃饭呢。"

池霜坐下后,不经意地回头,跟孟怀谦的视线相撞,用口型对他说了句"谢谢"。

孟怀谦这才不紧不慢地回到自己的座位。

"不是都把电子版发给你了吗?"池霜说,"你看看你,一天给我打八百个电话,早知道这样你就自己来好了。"

电话里,表姐回道:"我也得有空啊,招聘的事才弄完,正在让那边通知,然后就可以给新员工进行培训了。还真别说,这次好几个女孩子都还挺机灵的。"

"本来我们女孩子就更机灵。"池霜又说,"好了,不说了,我还要吃饭呢。"

表姐笑骂道:"没良心的,你都没问我吃没吃。"

池霜拉长音调:"不要跟我撒娇好吗?姐姐。"

闻言,坐在她对面的孟怀谦轻笑一声。

池霜及时地捂住了手机,若无其事地挂了电话:"孟怀谦,你笑什么笑?"

"每次你跟你家人打电话时,我都觉得很有意思。"孟怀谦将餐单递给她,"你来点,我都可以。"

"你是助理,还是我是助理?这么没眼色……"池霜又把餐单推了回去,"给你一个表现的机会,今天你来点单,考考你知不知道我爱吃什么。"

孟怀谦略一思索,颔首应了:"好。"

这餐厅开在旅游度假区内,湖景美不胜收,坐在靠窗的位置往下看,宛如置身于私人庭院,悠闲快意。

孟怀谦根据池霜的口味再三斟酌,点了几道招牌菜。

等待上菜时,他在脑子里又过了一遍这两天的行程,记起什么,又低声提醒她一些注意事项。他那沉着的眉眼、话语里的叮咛,像极了老师。

"学生"池霜将他说的都记了下来后,忍不住打趣道:"怎么,孟老师,你觉得我长了一张会上当受骗的脸吗?"

虽然嘴上这样说,可对他的关心,她很受用。

"不是。"孟怀谦似是对这称呼恍惚了几秒,回过神来后,也对自己的絮絮叨叨讶然，诚实回道，"只是尽可能地希望你能少遇到一些不太好的事。"

池霜听了这话，嘴角的笑意更深，单手支着下巴："难道说你遇到过不太好的事吗？快说出来让我下饭。"

"当然。"他丝毫不避讳自己的年少轻狂，"那时候在国外留学，其实也不耐烦听我父母的话，尤其是我爸的那一套。我也想证明自己，不过还是走了很多弯路，被人骗、被人针对，经常已经谈好了要签合同，结果第二天见不着人了。"

他没有想掩藏，挑着池霜感兴趣的，都说给她听了。

他如果真的走教书育人这条路的话，想必也很不错，至少池霜听得很认真，偶尔抬眼打量他，内心深处也会不由自主地勾勒出少年孟怀谦的神采。

这一年的相处历历在目，他们也走得更近了些。

可要说对他有所改观，那也不是。池霜依然保留着对他最初的看法，觉得他仍然如初见时那样傲慢，甚至很难分清他是不是一个好人，但不可否认的是，他至少是一个很体面的人。

他所受的教育深深地刻在了他的骨子里。

就算当初他把她当成是饭厅里的发财树，可他也不曾给她或其他人半点难堪。

"所以你是想说你虽然是奥朗的老板，但你吃的苦头也不比普通人少，是吗孟总？"

池霜又一次给孟怀谦出题。

这令孟怀谦在跟她说话时，总是要专心致志才不至于踩中她的雷点。

他沉默片刻，缓声道："不是，我还不是奥朗的老板。另外，我的意思是……"他抬眸，语气诚恳，"我这样的人，也难免会遇到很多波折，所以我希望你能少遇到一些。"

池霜抿了抿唇。

这个臭不要脸的。

饭后，在这旅游度假区里溜达了几步后，池霜被高温烤得兴致全无，只好改道。她下午肯定不能空着手去看望朋友，便拉着孟怀谦去了市中心的商场。

乘坐电梯来到三楼母婴区，孟怀谦倒是兴致勃勃，像是没见过世面一样，目不转睛地盯着那些婴幼儿的小衣服、小鞋子看，一腔父爱无处安放。反倒是要来买礼物的池霜一脸百无聊赖，心不在焉地晃了晃手中的拨浪鼓玩具。

"这个还可以。"

孟怀谦见她满脸都写着"好无聊好无聊，我好烦"，拿起了放置在一旁的安抚毛绒玩具："还挺可爱。"

池霜翻了个白眼："你……多少岁啦，看不出来你很有童心。"说完就从他手中接过了这个安抚斑点小猪，直接去买了单。

孟怀谦当然习惯性地要递卡，被她拦住："一千来块的东西还要你买单？"她又陷入了为难中，"我想了想，虽然我说是去看宝宝，但我主要还是去看她，肯定有很多人给宝宝买了礼物，那要不我给她买吧？正好我也不知道要给丁点大的小宝宝买什么。"

"都可以。"

孟怀谦自然没什么意见，也不觉得跟池霜逛街是一件很麻烦的事，相反，他还很享受这样的时刻。

池霜很擅长给朋友挑礼物，这下子来了精神，连着逛了两个多小时。

不知不觉，孟怀谦的两只胳膊都挂满了大包小包，走在商场里，分外惹人注目。

直到朋友打电话来催促，池霜才恋恋不舍地离开了商场。

池霜和朋友之间的聚会，孟怀谦当然不方便在场，他只打算送她到楼下就先回酒店处理公事。

"真的不用我送你上去？"孟怀谦见她提起这些礼物，出声问道。

"不用——"

池霜心想，她跟诗雨、萌萌一连逛街十二个小时还生龙活虎的时候，孟怀谦还在乖乖赶家庭作业呢。

孟怀谦也跟着下车，转头看了一眼车后座，叫住了她："这个你还没拿。"

是她最早买的安抚斑点小猪。

池霜扭头，冲他眨眨眼："你不是觉得它很可爱吗？送给你好了。这个安抚小猪也适合三百多个月的宝宝。"

孟怀谦愣住。

他不知道自己现在这模样很有喜感，明明是西装革履，手里却抱着一只安抚小猪，再配上那茫然疑惑的神情……

池霜一边往电梯口走，一边乐不可支。

"小孟助理"这几天也挺操心的，忙前忙后，任劳任怨，她肯定是要给他一些惊喜的，一顿饭还不够，还得准备一份礼物才好，正好他觉得这只猪很可爱，那就送送他。

终于回过神来的孟怀谦抱着小猪忍俊不禁。

对孟怀谦而言，这也是这二十多年来最为舒心的一次旅行，然而只要是旅行，就会结束，纵使心里有再多的情绪，到底也没有在池霜面前表露过一分。

回了京市以后，似乎一切又回到了原点。

池霜没心没肺，半点没察觉到孟怀谦的不舍，在机场停车场就要跟他分别。她还觉得自己特别善解人意，一边钻进自己的车里，一边对站在车旁的人挥手，说道："你不是只有几天年假吗？现在时间还早，我不用你送了，你也赶紧回公司忙你的吧！"

孟怀谦只能后退一步，神情温和地也对她挥了下手："那好，你注意安全。"

他本想再补充一句"到了后发个消息",但最后这话也咽了回去。
目送着她那辆白色保时捷缓缓往出口方向驶去,直到再也看不到后,他才平静地收回视线。他的司机在一旁等候许久了,开着那辆她说过的坐着最舒服的商务车。
"走吧。"孟怀谦上车后,静坐在后座,沉声道,"回奥朗。"
他的确有重要的事情要处理。
比如说不自量力却又试图靠过去一点点,想将池霜拉拽回去的那个人。

另一边,池霜没有直接回翡翠星城,在表姐的催促之下,她让王师傅载她来了池中小苑。
现在是下午三点多,正是餐厅最为清闲的时候。
"资料都已经整理好了。"池霜从包里拿出一沓文件递给表姐后,将形象抛诸脑后,懒洋洋地趴在办公室的沙发上,"这个星期可把我累死了。"
表姐也没急着看文件,而是将其锁在一边的抽屉里后,来到沙发前蹲下:"好点没?"
她手上不停,在给池霜按摩,嘴上却又不饶人地说:"你累什么?我可是听说了,那个赵总还偷偷问小文,看样子还想出高薪把孟总给挖走呢。"
"这件事我真的可以笑半年。"池霜笑得开心。
姐妹俩正在闲聊时,池霜的手机响了起来,她从手包里拿出来一看,不由得微微晃神。
屏幕上来电显示"依托答辩",后面还跟着一颗爱心。
这是恋爱时她给梁潜的备注。
她已经很久很久没有接到这个号码打来的电话了。梁潜为数不多的优点中,有一个她很认可——他不是那种自顾自翻篇的人,不会在她质疑后,又当作无事发生一般联络她刷存在感,所以这段时间他都没有给她打电话或发消息来烦她。
她按了接听键,将手机贴在耳边。
梁潜的声音传来:"霜霜。"
看来是闻到味了,知道她回来了。
池霜一点儿都不惊讶,无所谓地应了一声。
"你回来了吧?"梁潜低声问道,"等你什么时候有空了,我们见一面?"
"好啊。"池霜也不希望这出戏一直铺垫却上演不,"就今天吧,看是你挑个地方,还是我来挑,都行。"
"好,我来接你?"梁潜试探着问道。
"不了,我自己去,你等下把地址直接发给我就好。"
"嗯。"
"挂了。"

她切断了电话,除此以外,还将这个她忘了还留在她通讯录里的号码云淡风轻地删掉。

她拥有过太多的回忆,也品尝过太多太多的甜蜜,所有怅然若失的情绪都已经耗尽,竟然有一种她是局外人的错觉,也让她能更理智从容地对待。

很快,梁潜发来了见面的地址。

池霜觉得有些熟悉,最后总算是想起来了,这是他们确定关系时吃饭的餐厅。

这些男人可真会给人找乐子,脑子里装了多少偶像剧情节啊?

她乐了好一会儿,给那边回了"好"。

"怎么?"表姐打探,"是跟梁潜吃饭吗?"

池霜点头:"散伙饭。算了,就给他这个面子吧,不去的话也是没完没了,烦人得很。"

表姐叹息一声:"只能说你们两个人有缘无分吧。"

池霜恶寒不已,从沙发上爬起来坐好:"韩璐!你看看,我被你恶心得汗毛都竖了起来。我跟他可谈不上'缘分'这个词!你为什么每次都语出惊人?不跟你说了,我走了,再待下去,还不知道要听到什么惊世骇俗的话呢。"

她拿起手包就往外走。

表姐跟在后面扬声喊:"别跟他吵,吵架伤财运,霜宝!"

池霜翻了个白眼。

离约定时间还早,池霜干脆先回家,自然不是梳妆打扮,既然是散伙饭,也确实没必要在这种细节上多费心思。她痛快地在家里补觉,闹钟五点半准时把她吵醒。

她才关了闹钟,手机又响起。

屏幕上显示"Siri 孟"。

她直接按了免提,从床上起来:"干吗呢?"

"还在餐厅?"

手机还被她扔在柔软的被子上,她已经进了衣帽间,孟怀谦的声音模模糊糊地传至她耳边。

"没。"池霜出来,"早回家了,都睡了个午觉刚起来。"

"还没吃晚饭吧?你不是说想吃涮肉,我去接你好不好?"

"不好哦,今天不行,我还有事,下次吧。"

孟怀谦静了几秒,低笑一声:"好,下次。"

"你先挂,我这边还有事,腾不出手来。"

"嗯。"

他嘴上答应,却仍然贪恋地听了近十秒她那边"窸窸窣窣"的动静后才挂了电话。

傍晚六点钟,助理准时进来。今天孟总推了晚上的应酬,他以为是有约会,却没想到整个办公室的灯都没开。虽然此刻天也没黑,但光线昏暗,端坐在办公桌前的人置身于半明半暗中,周身都散发着低气压,令人不敢轻易靠近。

助理踟蹰,还是喊了一声:"孟总?"

孟怀谦声线冰寒:"你先下班。"

助理果断应了,麻溜地转身离开,顺手带上门,一连串动作行云流水,不带半点停顿。孟总是什么脾气,他还是能揣摩一二的,从入职到现在就没见孟总这样过,一定是发生了大事中的大事——神仙打架,凡人当然要逃得远远的。

池霜准时来到了约好的餐厅。

才走到门口,她就发现里面很安静,侍应生领着她往里走了几步,她才反应过来,是梁潜包下了整个餐厅。她不愿意用伤感的词汇,但此刻脑子里浮现出"物是人非"这四个字。也没什么值得可惜的,世间的爱恨离别每天都在上演着,就算没有那场事故,她难道就能跟梁潜幸福白头到老吗?

这种可能性很小。

别说订婚,结婚了都能离婚,爱情的保鲜期也就这么久,看开就好。

其实在那个梦里,梁潜回来以后跟她分手,她也是能接受的……

不!

池霜又被这情景烦到了。不,她还是不能接受,她的人生字典跟经历中,从来都是她甩别人。

梁潜还是坐在原来的位置,他看着比回来时瘦了一些,脸色也不太好,依然目不转睛地注视着她。他当然也有当男主角的资本,在外面风吹日晒了一年,身材依然挺拔,举手投足之间皆是从容镇定。

然而这一年也确实存在,谁也无法抹去,自欺欺人的梁潜也不行。

他似乎都没注意到,他已经不知不觉地改变了一些习惯:比如,从前每次出去吃饭,他总会帮池霜拉开椅子;比如,他总会在口袋里准备一根发圈,在吃饭时递给池霜。

这些东西现在都被时间冲淡了。

时间培养了习惯,却又抹去了习惯。

梁潜贪婪地看着坐在对面的池霜。气氛太好,有一瞬间,他还以为又回到了池霜同意他成为她男友的那一天——彼时只觉得幸福雀跃,像个毛头小子一样只知道傻笑,现在才知道那样的时刻有多宝贵。

他不想去追究太多,事到如今,论对错已经毫无意义。他从来都不是幸运儿,哪怕他受了委屈,哪怕他是对的,也没有人会来给他当公正的裁判。他只能逼着自己冷静下来,选择对他而言最有利的一条路,从来都是这样。

在他选择向她坦白时,会得到什么样的结果,他再清楚不过。

只有1%的可能她还会跟他在一起。

可这一步,他不得不走。他相信,以孟怀谦的手段,肯定早已经将渔洲发生的一切都调查清楚,他拖的时间越长,只会将霜霜推得越远。之后,孟怀谦又会不动声色地将这些事情透露给她。到了那时,他跟她就再没有半点可能了。

现在坦白,至少在她心里,他依然是诚实的。

他同样也了解她,她是一个被宠坏了的人,从来都只有别人迁就她,她不会,也不愿意解决感情中出现的任何问题。当初,他跟几个至交饭局频繁,她只是略有猜忌就动了要分开的念头。

可她还不知道,如果她选择孟怀谦,会给她带来多少麻烦。

到那时……

只需忍到那时。

餐桌下,梁潜放在膝盖上的手忽然攥紧,手背上的青筋暴起。他几乎要忍到极致,才能忍下池霜会选择别人这件事。

他的神情依然如一年前一样温柔耐心。

"可以说了吧?"池霜没什么胃口,只喝了一口水便催促他。

梁潜苦笑:"我醒来以后,的确忘记了所有的事情,这点我没骗你,一直到过年后才有了模糊的记忆。我是被一个叫许力明的人在海滩救起来的,他家里还有一个妹妹,叫许舒宁。

"在我一无所知时,许力明给我捏造了一个假的身份,他肯定是认识我,不然没道理算计这一出。之后,我猜他应该担心会在我面前露出蛛丝马迹,并且由于他个人的职业关系,他在家时,总有债主追上门来,怕惹人注意,所以他离开了渔洲。

"他妹妹听信了他的话,也没有选择报警。

"我正在让人去调查许力明,只是他擅长隐匿行踪,所以可能还是需要一定的时间才能找到他。"

池霜一言不发地听着。

梁潜曾经考察过的某个工地,许力明也在那里待过一段时间,对这位梁总也算是印象深刻,他很轻松地认出了海滩上奄奄一息的男人是梁潜,起了贪念,背着梁潜回了家。

许力明迟疑了许久,他知道,这时候通知梁潜的三位好友,他一定能拿到一笔数额不小的报酬。

可这笔钱又能花多久呢?

在池霜的那个梦里,许力明的结局其实也足够讽刺。

就连当初损害过公司利益的刘宏阳,梁潜都会让人家无路可走,更别说许力明,他怎么可能会放过?

"这就是过去一年里的种种。"梁潜舒了一口气,"霜霜,不是我想隐瞒,而是这种事不太光彩。我担心你会误会,所以没有第一时间向你坦白,但我发誓,我只爱你,我从来没有对别人动过哪怕一秒的心思。"

池霜莞尔一笑。

她等待的就是这一刻。其实认识三年,恋爱两年,梁潜是个什么样的人,她又怎么可能不清楚?他是那种要到婚礼宣誓的那一刻才发现心意的人吗?

他如果迟钝到这个地步，当初又怎么能对她一见钟情继而展开猛烈的追求呢？

其实，他很敏锐。

所以，梦里，他在婚礼上当着所有人的面离开，既是对许舒宁的一种证明，更是对池霜的报复。他认为自己在池霜身上倾注了满腔的爱意，她却吝啬于说一句"我也爱你"。他回来后，她并没有比从前更珍惜他，她没变，还是那个池霜——他曾经可以接受，曾经可以忍耐，可当他一旦尝试过了被人放在心尖上，被人嘘寒问暖的滋味后，自然会下意识地进行比较。

谁都喜欢更舒适的生活。

所以常常有人说这样一句话，谈恋爱要跟爱的人，但结婚的话要选择爱自己的人。

梁潜并不是最后一刻才做的决定，他只是想要报复池霜，顺便将这一份大礼送给许舒宁，日后无论发生什么事，许舒宁也没有立场跟他争吵，因为她欠他的，因为他都已经为她毁了自己的婚礼，抛下了新娘选择了她，她永远、永远也不能怀疑他对她的爱，无论他爱或者不爱。

这就是梁潜。

这一步看似荒唐，但他毫发无损。

"霜霜……对不起。"

池霜手里握着切牛排的刀叉，漫不经心地低头看了一眼刀刃。

在所有的戏码中，忠贞不二、以泪洗面，从来都不会让一个人，或者说一个男人难受，相反他们会窃喜、得意。当初顽皮的男生为什么喜欢扯女生的辫子，为什么喜欢往女生的课桌里放毛毛虫？因为他们很享受女性的惊恐和哀号，她们越痛，他们就越兴奋。

梁潜从来没有对别人动过半点心思吗？

不，是没来得及。

池霜才是这出戏最大的变故。

她抬起脸来，似是为他的话动容不已："我知道了。坦诚都是相互的，我希望你能诚实，那我也不能对你有所隐瞒。"

梁潜怔了怔。

池霜垂下头，声音很轻地说："在以为你已经不在人世的这一年里，我爱上了别人。"

原本就安静的餐厅，随着她的话音落下，落针可闻。

梁潜以为自己出现了幻听，他来不及伪装，茫然而又惊愕地看着她。一时之间，静得他都好似能听到自己的心跳声，缓慢、加速，又陡然沉寂。

池霜抬起眼来跟他对视。

他所有的情绪都写在眼里和脸上，和在那个梦境里，被他突然在婚礼现场抛下的她的神情一模一样。

原来感受是这样的痛快，难怪他也会走出那一步。

很多人都以为自己被人伤害以后，渴望的是对方痛哭流涕的懊悔以及道歉，原来并不是这样，而是以牙还牙、以眼还眼。如果他薄情至此，拿着一把刀捅向她，那她也要狠狠地捅他一刀、两刀。

她不要他的眼泪，她要看到他的血。

只是，她的心还是没有他那样狠。也对，眼前这个人能够从一群豺狼虎豹中夺得公司的控制权，又怎么可能是心软的人？她永远也不会为了报复一个人拿自己的婚姻开玩笑。

她缓了缓语气，柔声道："本来我已经想好了，你不愿意跟我坦白，那我们就散了。现在你对我诚实，我也不能欺骗你。梁潜，我很高兴，在感情结束的时候，我们至少做到了彼此坦诚，比起那些明明有了别的心思，却还是想隐瞒对方的烂人好多了。"

"你刚出事的时候，我特别难受，也特别痛苦。"她顿了顿，"没少给身边的人添麻烦，还好他们都很包容我，一直耐心地陪伴照顾我。如果不是他们，我都不知道自己能不能撑下去。后来，我也慢慢走了出来，接受了你已经不在人世这个事实，身边的人也都劝我要向前看……"

她的一字一句，像一刀一剑，全部刺向了静坐在对面的梁潜身上，满是看不见的窟窿眼，正在流着鲜血。

"逐渐地，我也注意到了一直陪着我的那个人。"池霜似是迟疑着看向他，"梁潜，你能活着回来，我真的特别高兴，我相信你经过了这一遭也会明白，什么都没有活着重要。"

其实，梁潜早就已经猜到了她有可能喜欢上了别人，他并不意外，因为那时候她以为他已经死了，正如她所说的，她很痛苦很难受，旁人哪怕别有用心，也确实陪伴在她身边，她有所贪恋也很正常。

可是知道归知道，听她亲口说出来……

梁潜缓慢地呼吸，只觉得肺部都在灼烧。他还没有忘记她最开始说的那句话，用的那个字眼。他呼出一口气，看起来很平静，但眼里有什么东西在碎裂。

"你……爱他？"他轻声问。

爱？

居然是爱吗？

池霜沉默了一会儿，轻轻地点了下头："是。"

那些梁潜曾经想听、她却怎么也不愿意说的话，今天她说了，只是对象不是他。

这个世界上温柔可人的人太多太多，他一早就知道她是什么样的人，最后却恼怒于她没有为他改变。他希望她保留着骄纵生动的一面，更希望她如许舒宁一样善解人意，对他百般照顾。

他算什么呢？

她池霜永远都不会为了取悦一个男人而改变自我，她就是要这样过一辈子。

也许那个眼里心里都是她、她也付出过感情和眼泪的梁潜早就死在了那片海里，回来的，不过是一个叫梁潜的陌生人罢了。

"我爱他。"池霜垂眸，满意地看着手中的这把刀完成了它的使命，"其实现在想想，我们没有订婚也不需要遗憾什么，梁潜，我们也算是好聚好散，你挑选的这个餐厅很好，在这里开始，也在这里结束。"

梁潜麻木地听着。

在听她说她"爱"上别人后，他感觉喉咙，不，感觉身体全部被人冰封，让他不得动弹，冷深入骨髓。她是什么样的人他再清楚不过，过去两年他恨不得将一颗心都捧给她，只要她开心她愿意，怎么捶打都可以，他都没有听到她说过爱他。

可现在，他等到了她说爱，只是她爱上了别人。

池霜放下了手中的刀叉，最后还俏皮地举起杯子，倾身，跟他手边的杯子轻轻碰了一下，发出清脆的声响。她大约也想活跃气氛，以开玩笑的口吻对他轻快地说："分手快乐。"

只是不去看他的脸色有多苍白，不去看他仿佛流着血泪般的眼里有多猩红。

她抿了一口红酒，歪着头仔细品味，嘴角漾开天真的笑容："这个酒还不错，好了，只有我们两个人也怪怪的，就这样吧，我还有事先走了。祝你一切都好，身体健康。"

说完后，她起身，在梁潜木然的目光中，拿起手包，冲他挥手，脚步轻盈地离开。

一步——

"霜霜，你真的答应当我女朋友了吗？"男人难掩惊喜地问，烛光映照着他俊美的脸庞，他眼底的爱意一览无遗。

"错了！"女人勉强憋住脸上的笑容，眼睛却很明亮，仿佛夜空中消失不见的星星都被她藏在了眼里，微微抬起下巴，"不是我当你女朋友，是你当我男友。你要记住这个逻辑，不能弄错了。"

两步——

"霜霜，我是真的真的爱你。"男人单膝下跪，手中还攥着戒指盒，"我会永远永远只爱你一个人，不会惹你不开心，更不会让你难过。无论前方的路是否平坦，我都会站在你前面为你遮风挡雨，嫁给我好吗？"

女人眼中有泪，撇过头，不让眼泪掉下，将手伸到他面前："快给我戴上！梁潜，你知道你得到的是谁的同意吗？我就没答应过要嫁给别人，你是第一个，但不是唯一一个，这就得看你的表现了。你要是敢做对不起我的事，哪怕只是一点点念头，我让你好看！"

池霜没有回头。

走出餐厅后，她抬头看了一眼夜空。

不用灰心，也不用怀疑自己，无论多坚贞不二的爱意，也可能会转瞬即逝。但太阳底下无新事，如一座桥，有人走，就会有人来，永远都会有人怀揣着炙热的情意而来，不必留恋流星的尾巴。

明天就是一个好天气。

她迈着坚定的步伐走向她本该去往的地方。

餐厅里，梁潜如雕像一般枯坐着，双目无神地看着对面空了的座位。良久，他伸手放在桌上，缓缓拿起了刀叉，闭了闭眼睛，满腔的恨意无法平复，恨不得把孟怀谦食肉寝皮。

孟怀谦怎么敢？
怎么敢……

这是自受梦境困扰以来，池霜头一次体会到神清气爽是什么感受。
她不在乎她的话语会给梁潜带来怎样的伤害——如果一点伤害都没办法造成，那才郁闷。她更不在乎他会不会去猜忌她那个无中生有的"爱人"是谁，随便他猜测是谁好了，都跟她没关系。总之，这件恶心她很久很久的事情，终于被她画下句号一脚踹开。
回了翡翠星城后，她惬意地一边泡澡，一边跟父母打电话聊天。
如果说她对什么人感到抱歉的话，那就只有疼她爱她最深的父母。
"你别泡太久了，当心泡晕了！"妈妈在电话里扬声提醒，"京市七八月份热得哟，要不你干脆回来，或者咱们一家三口上哪儿避暑去？"
池霜叹气："我又不是真的无业游民，七八月份不知道多忙，哪里走得开。"
爸爸的声音也远远地传来："我跟你妈去给你帮忙，你休息，这一天天的，看你瘦的！"
"我这叫匀称！"池霜反驳，"而且这一年多我都胖了三四斤了！"
"好大的口气，还以为你胖了三四十斤。"妈妈在那边讥讽，"现在猪肉都降价了，三四斤都不值五十块。"
他们一家三口正温馨地闲聊。

地下车库里，司机杨叔心惊胆战地通过车内后视镜看向后座闭目养神的孟怀谦，心里疑惑的同时还直打鼓。他不知道孟总这是要做什么，一身酒气地过来，过来以后又坐在车上一言不发。以前孟总也不是没有过应酬，饭局应酬难免会碰酒，但从来没见过他喝成这样，隔着一些距离都能嗅到他身上的酒气。
这是喝了多烈的酒？
孟怀谦并不冷静，不然也不会失态到让司机送他来这里。
他体内的暴戾因子作祟，理智告诉他，要忍耐，可仅剩的理智也要随着酒意上头而被情感全面压制了。他失去了所有的判断，脑子一片混沌，记起的全是当初他作为旁观者亲眼看见的一幕又一幕。
他以为自己没有半点印象，其实都储存在了大脑中，让他无法否定过去梁潜跟池霜在一起的甜蜜，因为他见过她在梁潜怀中撒娇，也见过梁潜为她剔出鱼刺哄她眉开眼笑，更见过梁潜在求婚成功后，她看向梁潜时的专注眼神。
克制再克制，还是溃败于他记起的那个眼神。
池霜从未这样看过他。
她对梁潜有过感情，他们差一点点就成为未婚夫妻。
隐忍了这么久，他真的很想冲到池霜面前问一问，她心里究竟在想什么。
可他知道自己不能去。

177

他也不允许自己以这样不理智、不镇定的模样出现在她面前。
司机是不敢拦住他的,他要找个能拦住他的人逼他离开这里。

接到孟怀谦电话的时候,容坤还很疑惑不解,只可惜他没有预知未来的能力,否则他一定会在电话接通的那一秒就开始录音。因为这可能是他认识孟怀谦二十多年以来,头一次见孟怀谦这般失态。

容坤自然是马上放下了手中所有的事情,以最快的速度赶来翡翠星城,生怕晚了一步,孟怀谦就会上楼去找池霜。本来这事如何发展跟他也没什么关系,但他听得出来怀谦很排斥……也许会造成什么不可挽回的后果。

能怎么办呢?总不能真的置之不理吧?

杨叔见了容坤就像见了老乡一样,彻底松了一口气,颤颤巍巍地说道:"容总,您可终于来了。"

容坤站在车旁,俯身看了眼车内。后座的孟怀谦单手支着下颌,如老僧入定般一动不动,不知道的人还以为他已经死了——这副要死不活的模样真令人叹为观止,如果不是顾及兄弟形象,容坤现在就想拿手机将这一幕记录下来。

"没多大的事。"容坤安抚杨叔,"你可别有什么心理阴影,这种事十年碰不上一回。我跟他认识多少年了,这还是头一回见呢。"

杨叔叹息一声。

"好了,我的车就停在这里,我们先送他回去。放心,他酒醒了就好了。"

杨叔应下:"孟总这样还挺吓人的。"他又迅速补充一句,"孟总喝的是烈酒,我是担心对他身体不太好。"

容坤幸灾乐祸道:"没必要担心,他身体好得很,年轻力壮,再喝几瓶也没事,大不了送医院洗胃嘛。"

杨叔愣了愣。

"好了,我先上车,直接送他回去。"容坤拉开车门,果然闻到了一股酒味。

他收敛了脸上的笑意,坐在孟怀谦身旁,喊了一声:"你没事吧?"

孟怀谦依然一声不吭,只是一抬眸,眼里的血丝透露出他此刻的状态。

容坤心想,还真是被折磨得不轻。

"那老杨,我们走吧。"他说。

孟怀谦却开了口,声线沙哑:"不走。"

内心深处最真实的想法还是想上楼去找她见她,如果不是这样的心思太迫切,他也不至于给容坤打电话。

容坤无奈地扶额:"我真的挺佩服她的,还是头一次见有人能折磨到你。也不知道该恭喜你,还是该为你担心。"

孟怀谦转头看向窗外,神情漠然。

没有办法,容坤只好使出杀手锏来:"你这个人记性是出了名的好,那我问你,你还记得你以前在我面前说过什么话吗?你说,不会在她面前喝酒,更不会说半句不该说的话。"

"我倒是能猜得到你想说什么。"容坤制止他,"你确实不该去问,你没谈过恋爱,所以对这事没什么经验,男女之间最忌讳的就是在关系还没明朗的时候问一些有的没的,这样做除了会暴露你的愚蠢跟小心眼,没有任何作用。"

"你想想看,你喝得醉醺醺的去敲开她的门,她能给你什么好脸色?她是什么人,你不清楚?你以为她会为了你胡乱吃飞醋而高兴吗?"容坤苦笑一声,"别犯没必要的错。"

见孟怀谦没说话,容坤对驾驶座的司机说:"走吧。"

这次孟怀谦没有再开口阻拦,可见还是将话听了进去。

车子缓缓驶出停车场,容坤心里五味杂陈,有幸灾乐祸,但见到多年的好友这样失魂落魄也不太好受。

车内一片安静。

到了目的地后,杨叔先下车开了车门,跟容坤一块儿扶着孟怀谦下车。

"老杨,你也累了一天了,早点回去休息吧。"容坤说,"这里我来就好。"

孟怀谦喝了酒,但也不至于完全失去意识,在容坤的搀扶下进了电梯,又进了家门。他从回国后就一个人居住,屋子里一尘不染,也没有半点生活气息。

"等你清醒了我再走。"容坤扶着孟怀谦坐在沙发上,"我先去给你拿身干净的衣服。"

说完后,他往主卧走去,开了灯,随意扫视一圈,意识到了有什么不对,他的目光又移了回来,只见床头柜上摆着一个相框。他拿起相框看清楚照片后,愣住了。

这是一张第三视角拍下的照片。

熙熙攘攘的街头,路灯下,穿着白色毛衣的池霜正在吃东西,站在她身侧的孟怀谦正低头看着她,嘴角带笑。

这照片并不算清晰,看得出来,也不是请人特意拍的,而是第三方的抓拍。

联想到池霜过去的职业,他有理由怀疑,这应该是陌生人拍下,被孟怀谦中途截住的照片。

容坤又不经意地瞥见床上居然摆着一个斑点小猪的玩偶,震惊不已。认识孟怀谦二十多年,可从来没听说过他喜欢、更没见过他的房间里出现过这类玩偶,用脚指头想都知道这跟谁有关。容坤尽管早就知道孟怀谦对池霜怀有别的心思,但没想到会泛滥成灾。

"你在看什么?"

门口传来低沉沙哑的男声。

容坤无可奈何地晃了晃手中的相框,头疼地说:"你真的病得不轻。"

孟怀谦倚着门框,背着光,脸上神情晦暗不清。

容坤将相框放下,抬手按了按额头:"……算了。"

反正不是他受折磨,也不是他吃苦头。

重新回到客厅,他见孟怀谦坐在沙发上闷不吭声,只好问道:"到底发生什么事了?"

话到此处,他又下意识地问,"难道他俩和好了?"

下一秒,孟怀谦视线冰寒地直视着他,不带一丝温度。

容坤立马懂了:"应该还没有,有的话,你早就疯了,不可能还这样平静。"

他实在不想蹚这浑水,否则他还真的想给阿潜或者池霜打个电话探探军情,看到底怎么回事,居然把怀谦逼到了这步田地。

"我就问一件事。"他收敛了看戏的玩世不恭,神色认真又严肃,"怎么,你跟阿潜这二十多年的友情就完全不要了?"

孟怀谦久久都没出声,就在容坤以为自己得不到任何答案的时候,他嗓音喑哑道:"在知道他活着回来的时候,你知道我心里在想什么吗?"

"我没想他活着。"孟怀谦脸上有酒后的潮红,仿佛他才是那头困兽。

容坤脑子里"嗡"的一声,猛地站了起来,难以置信地看着孟怀谦。

孟怀谦缓缓抬头,自嘲一笑,自己就是狼心狗肺、两面三刀。

他不知道什么是真的,也不知道二十多年的友情是否真的存在过。虚伪、刻薄、冷血、残忍,这些他都认,哪天被千夫所指也是他活该,他只想和池霜在一起,不惜一切。

所以,还要问他要不要友情吗?

他并不是在友情跟池霜之间选择了池霜,池霜也从来都不是选择项。

他只是……

只是想跟池霜在一起,只是出于本能地非常喜欢她。

"你知道那是谁吗?你疯了!"容坤攥住孟怀谦的衣领,只觉得不可思议,可他也看出了孟怀谦眼里的痛苦,只能泄气地松手,"我服了。"然后一脸颓丧地坐在沙发上。

一室沉寂。

第二天上午,梁潜发来邀请,以他们四人很久没聚为由,约着一同去射击场消遣。

程越跟容坤都不想应约,倒是孟怀谦出人意料地回了"好"。两个原本要避世的人见了这情况,也只好硬着头皮来赴约。一路上程越没少骂骂咧咧,他们也是倒了八辈子霉才摊上这两个朋友,本来不想理会,又怕这两人一发不可收地打起来,还是选在了射击场这样的地方,他们能不跟着去吗?

他们四个人聚过那么多次,还没有哪一次这样怪异过,程越跟容坤如坐针毡。

四人换上装备进了射击场。

梁潜脸上几乎没有血色,原本深邃的双眸一片冰冷,立在孟怀谦身侧,如以往一样默契。

两人有着共同的兴趣爱好,射击、击剑都是个中好手。

志趣相投，却没想过在爱情方面也是如此。
"砰砰砰——"
全中十环。
在所有人都没预料到的时候，梁潜突然面无表情地将枪口对准了孟怀谦，寒意扑面而来。

第七章 这一刻，她被孟怀谦打动了

孟怀谦没有丝毫的畏惧，他仍然自顾自地看向靶心，神态从容镇静，不为外界所影响。

程越："干什么？"

容坤："阿潜，你疯了！"

梁潜又若无其事地放下枪，扯了扯嘴角，似是闲聊一般开口："从小到大，大家都说我命硬，的确，碰上这种事还能活着，怎么不是命硬呢？"

他注视着孟怀谦，竟然面露一丝微笑："怀谦，你说如果那天掉下去的人是你，你还会活着吗？"

"你怎么不去死？"

"怎么不去死？"

孟怀谦面容沉静，慢条斯理地摩挲着枪柄，眼皮都没抬一下："我会不会活着我不知道。"

"但你一定会生不如死。"

"砰——"

十环。

一击即中。

梁潜面色阴沉，孟怀谦却沉稳冷静，形成了鲜明的对比。

这戏剧性的一幕也令工作人员心惊不已，射击场上的规矩大家都知道,刚才这两位可太危险了,稍有不慎,很容易见血出大事。

程越跟容坤都吓出了一身冷汗,对视一眼,很有默契地快步上前来。两人分工明确,容坤压制孟怀谦,程越负责将梁潜手中的装备拿走。

梁潜嗤笑一声,懒洋洋地松手:"你们紧张什么?"

"没听怀谦说吗?那天如果掉进海里的人是他,生不如死的人就是我了。"

梁潜的笑意不达眼底:"也对,如果因为我而让怀谦受了点伤,孟老怎么可能会放过我。"

孟怀谦冷淡地听着,仍旧一言不发地摩挲着枪柄。

梁潜挣脱程越的束缚,缓缓上前来。他跟孟怀谦身形相仿,都极具压迫力:"那你想过没有,哪天你那点心思尽人皆知的时候,孟老能放过她?"

"说起来你可能也没那么了解她,你以为她跟你多说两句好听的话就是在意你了?你以为她会为了你去忍受流言蜚语?"

你孟怀谦又算什么东西。

他就看着,等着。

以池霜那绝对不会受半点委屈的性子,她又怎么可能会愿意去面对跟孟怀谦在一起带来的种种麻烦,只怕是跑都来不及。

梁潜心里这样劝诫自己,却始终无法忘记池霜对他说的,她爱上了一个人。

什么公司利益,什么体面尊严,全部被这个字击溃。

孟怀谦目光淡然地扫了梁潜一眼。

他也松开了手,容坤立马抢过他手中的装备。

他镇定地活动了下手腕:"听说你前几天才出了些事故?好好养病,把心思都放在工作上,别想这些已经跟你没了关系的事和人。"

"没有关系?"梁潜细细品味这句话,眼神骤然冷硬,"我跟她至少还有关系,你呢?没有我,你连认识她的机会都没有。没有我,她会多看你一眼?"

"你捡回一条命不容易,"孟怀谦逼近一步,轻描淡写地说,"省着点用很难吗?"

气氛瞬间剑拔弩张,仿佛战争一触即发。

容坤头疼欲裂,快速抛给程越一个眼神。对方心领神会,匆匆拿起手机通知了场馆的负责人。

这个射击场实行的是会员制度,几乎不对外,还好现在时间还早,来的人不算多,主要还是让工作人员避让。

他们四个人从小一起长大,父母也都互相认识,等公司交到他们手中后,不可避免地会有合作。除了婚姻方式这样的联盟,他们身为至交更是关系稳固,彼此背后都有利益牵扯。

为公为私,容坤跟程越都不会允许他们闹到台面上来。又不是十几岁的学生了,上演争风吃醋兄弟反目这种戏码简直让人笑掉大牙。

"非得让别人看足了笑话是不是?"容坤走上前来,试图将这两人分开,"要闹换个地方不行?你们要不要去电视台打一架?"

"有什么矛盾不能好好坐下来谈一谈,有必要这样?"他又苦口婆心地劝道。

梁潜冷笑。

还知道是个笑话吗?他才是最大的笑话。他都很想问问孟怀谦,是哪里来的脸面在他不在的时候,用了多少卑鄙手段抢走了他的未婚妻。

孟怀谦昨晚几乎一夜未睡。

尽管料到池霜并没有跟梁潜和好如初,但只要想到她跟梁潜一起吃了晚饭,可能还说了一些他永远都不会知道的话,可能还回忆起了一些往事,他就难以平息心头狰狞的妒意。

此刻听了梁潜的挑衅,如果不是还残存一丝理智,他早就先一步瞄准了梁潜。

他跟梁潜不一样,等理智全无的那一刻,他会来真的。

"我们认识多少年了。"梁潜死死地盯着孟怀谦,恨意几乎达到顶点,咬牙道,"你不知道她是我的谁吗?你不知道她对我来说有多重要吗?

"嘴上说着帮忙照顾我女朋友,我倒是想问,我梁潜的女朋友用得着你照顾?你算什么东西?

"我救你就是为了腾出位置让你照顾我女朋友的?我有没有跟你们说过,都离她远一点?"

孟怀谦抬手捏了捏鼻梁。

他其实根本就不愿意跟梁潜再多说什么,不过是浪费时间罢了,事情不会有任何变化,更没有任何意义。

他们互相了解,梁潜这辈子都不可能对这件事释怀,而他也没有想过要退让。

场内所有的装备都已经被工作人员收走,只剩下他们四个人。

"让我猜猜。"梁潜踱步过来,伸手将意欲过来阻止的程越狠狠拽到了一边。

程越一个趔趄,差点摔倒。

这跟他有什么关系?疯了吧?

"梁潜你是不是有病?"程越提气骂了一句,"我招你惹你了?"

容坤一拍额头,长叹一口气。虽然早就预料到会有这混乱的对峙,但他以为至少是发生在他跟程越都不在场的情况下,现在他们作为旁观者又能做些什么呢?

梁潜在离孟怀谦只有一步之遥时,停了下来:"你对她是什么时候有的心思?我出事前,还是出事后?"

对在主卧衣帽间发现的领带夹,他还是如鲠在喉,每每回想都会气血翻涌。

他不愿意去猜,更不愿意去问,因为无论是什么样的回答,他都不会相信,只能任由它在他心里划开一道口子,越钻越深,成为这辈子都不会忘记的一道疤。

"……哎！"容坤见梁潜越说越不像话，仿佛断定孟怀谦一早就盯上了池霜，这就有些离谱了，于是他硬着头皮，无可奈何地说了句公道话，"怀谦什么性子，你不知道啊？"

也不想想，在好友生死不明的情况下，怀谦能够正视自己的感情，并且豁出去了要付出行动、不在乎任何人的看法……真要在出事前就对池霜有了心思，他早就有了行动，还能眼睁睁看着喜欢的人跟别人订婚吗？

"容坤你闭嘴，我是问他！"梁潜一把抓住了孟怀谦的衣领，逼问，"什么时候？"

孟怀谦冷淡地瞥他一眼，仿佛是在看什么垃圾："松手。"

梁潜却不肯放，冷冷地盯着孟怀谦。

容坤跟程越都默契地撇过了头。还好已经清场，他们了解梁潜，也了解孟怀谦，知道这一出是避无可避。

孟怀谦攥住了梁潜的手臂，力道极重，几乎暴戾地甩开。

他厌倦了听到梁潜提起池霜。

不，不是厌倦，而是难以忍受。

两人都视对方为仇敌，谁都没有手软，梁潜毕竟才出院，之前又受过伤，以前无论是击剑还是射击都能跟孟怀谦打个平手，这次却有些力不从心，很快显出颓势来。但人在这个节骨眼上，即便赤手空拳，也要耗尽最后一丝力气。

幸好容坤有先见之明让工作人员清场，并且带走了一切危险器械，否则，以这两人玩命的架势，后果不堪设想。

或许梁潜选在射击场碰面，未尝没有动过别的念头。

都是失去了理智的疯子！

"坤儿，愣着做什么，还不赶紧想个办法！"程越急得整个人都在冒烟，两边都是多年的朋友，帮谁都不是，何况从小到大他就没打赢过这两个人，现在让他冲进去阻拦，能不能让他们停下来还是未知数，他肯定要被殃及被揍上好几拳的，这两个人现在都在最不理智的时刻，出拳力度一般人根本扛不住。

那他就不能轻易冒这个险了，他的命也很宝贵，只能寄希望于另一个人。

再这样下去，不说断胳膊断腿，少不了也得骨折住院，不知道得有多麻烦！

容坤急中生智，猛然惊醒过来——他当然也有杀手锏。

梁潜他了解，孟怀谦他更了解，这两个人有一个共同的特点，就是都怕同一个人，这个人死死地拿捏住了他们的命脉……

说时迟那时快，出了一身冷汗的容坤拿出了手机，拨通了一个号码，干脆利落地按了扬声器，将音量调到最大，举着手机，仿佛拿着的是尚方宝剑。

"嘟嘟嘟——"

那头很快接起，传来一道女声："干吗？给我打电话有什么事啊？"

下一秒，弯下腰正在喘息的梁潜猛然看了过来。他下意识地屏住了呼吸，不想惊扰了电话那头的人。

而已然处于上风的孟怀谦也点到即止，及时收手。

整个世界终于安静下来了。

刚才斗得几乎你死我活的两个人仿佛被人点了穴，不得动弹。

容坤对这样的结果满意极了，仍然没有关掉免提，清了清嗓子，问道："池老板，我让人送过去的红酒怎么样？还算能入口吧？"

另一边，池霜压根就不知道梁潜跟孟怀谦惹出来的这出闹剧，她昨天才出差回来，今天心安理得地放任自己睡到自然醒，这才慢悠悠地开车出门来了餐厅。

她的办公桌上多了一瓶红酒，略一思忖才想起来这是容坤送给她的。

"我还没来得及喝呢。"她语带笑意，拉长语调调侃，"容总送的红酒自然没得说，不沐浴焚香再品尝怎么行？"

程越眼皮一跳，下意识地看向好像被人点了穴道的两个人。

梁潜正抬手擦拭嘴角的血，孟怀谦神情寡淡地立在一边，显然他们都在注意着电话这边的动静。

程越心想：坤儿不会救火不成反而把自个儿给搭进去吧？这两个兄弟都不是什么善茬，可是能跟情敌玩命的那种人……

三个朋友或冷淡或担忧或警惕的视线，对此容坤仿佛浑然未觉，自在地跟池霜闲聊："这么隆重？行，你要是喝了觉得不错就给我发个消息，我再让人给你捎几瓶回来。"

"得了吧……"池霜懒懒地说，"别说废话了，这种小事你给我发个微信就行，说吧，到底找我什么事？"

她跟容坤一直以来都是不远也不近的关系，很难定义他们是不是朋友，但如果不是有正事，容坤也不会给她打电话。

他以前又不是没送过东西，红酒、根雕，以及空运水产，他可从不会特意来电确认她有没有收到、喜欢不喜欢——毕竟这种事只有孟怀谦会做。

容坤讪笑，扫了那两个人一眼："我今天做东，请我那三个异姓兄弟吃顿饭，就定在池中小苑，提前跟你这个老板说一声。"

池霜沉默了一会儿，无语极了，骂他："容坤，你是不是有病啊？"

成年人的世界什么话都不用说得太明白。

那次在城郊马场，孟怀谦对她说过，有人提醒他，梁潜并不愿意他用那样的方式照顾她。

她用脚指头想都知道这个"有人"就是容坤。除了容坤跟程越，试问还有谁敢在孟怀谦面前说这种话，并且傲慢如他还会听进去的？

程越可没容坤精明，她甚至怀疑，程越可能到现在都没看出来孟怀谦的心思。

因此她断定，容坤是绝对的知情人。

"你脑子里进了红酒是吗？"池霜气恼起来，也懒得管对方是谁，都一视同仁，"怎么，京市只有我的店在营业，你们没处可去了，非得往我这边凑？"

"池老板，"容坤无可奈何地说，"我是你店里的……起码是钻石级别的会员吧？认真的，做不做生意？"

池霜只恨电话那头的人不是孟怀谦。

这要是孟怀谦在她面前口出狂言，她可不会这样好脾气。

无所谓，无所谓……

"做啊，怎么不做？"池霜轻笑一声，"谁叫容总是尊贵的钻石级别的会员呢。"

容坤心里也苦，知道自己得罪这姑奶奶了。可他也没办法，他必须得想后招，不然挂了电话后，那两个人又打起来怎么办？起码得把今天混过去吧？

之后他绝对离这两个人远远的，他们打到肾脏破裂也跟他没关系。

"挂了！"池霜说，"您多尊贵啊，我现在得亲自去打扫会员您的包间，可没时间再跟您闲聊，得去拖地、擦桌子、刷碗了啦。"

容坤苦笑。

他感觉到有冷箭"嗖嗖嗖"地往他身上射来。

不用想都知道是出自哪两只王八。

容坤挂了电话后，孟怀谦稍稍整理了一下衣领，漫不经心地扫了梁潜一眼，走上前去，看向容坤，淡声道："给她打电话，你还没醒酒？"

梁潜自然也不赞同容坤的做法，冷冷地盯着容坤，似是将这个朋友也怀疑上了。

容坤确定了，他跟程越上辈子可能作恶多端，不然摊不上这两个疯子，也摊不上这种破事。

"去不去吧？"容坤破罐子破摔了，"我已经跟她说好了，去的话你们也消停消停吧，不然你们自己去交代脸上的伤。"

程越之前都没往这方面想，现在回想起来，瞬间醍醐灌顶。容坤问了句废话，只怕是今天下午下冰雹下刀子，这两人都得过去。

池霜挂了电话后，没再把这件事放心上，气十几秒钟已经是她的极限。

她是真觉得梁潜和孟怀谦都跟她关系不大。

她措辞比较谨慎，如果不带上孟怀谦的话，梁潜的事情从昨天之后就跟她彻底没了关系。

既然都没什么关系，她犯不着为了这种小事浪费自己的情绪。

只是中午跟表姐一起吃饭时，她想起了这一茬，也就顺口提了一句："下午容坤他们几个要来，记得让服务员提前醒酒。"

表姐好奇："他们几个？几个啊？"

池霜一手托腮："你说呢？当然是四个。"

表姐愣了好一会儿才回过神来："他们四个人一起过来？这是什么情况？"

"混乱的、与我们无关的情况。"池霜淡定地拿起一旁的纸巾擦了擦嘴角，"总之，我觉得很无聊，所以也不打算参与，忙完了就走，反正你看着招待,不必太隆重,就像平常一样就好。"

"你不在这里镇场子?"表姐诧异,"那他们要是打起来了怎么办?我可招架不住这几位!"

在霜霜不愿意说的时候,她也不太方便打听那些私事,但这段时间的种种她都看在眼里,又怎么会不知道孟怀谦跟梁潜这对至交八成是要闹翻,不过是时间早晚罢了。

"挺好的。"池霜看戏不怕台高,笑嘻嘻地出了个主意,"等下你把想淘汰的贵重摆件都往容坤的包间送去,要是他们没长眼砸坏了,都照价赔偿。另外,凡是在我店里闹事的,无论是谁,无论是我多好的朋友,一定要报警,免得别人有学有样,那我这开的是餐厅还是武馆啊?虽然他们四个人堆一起的知名度都赶不上我一星半点,但说不定能上个新闻让我们看看笑话呢?"

表姐叹为观止:"你真是心大!"

池霜满不在乎地说:"其实是习惯了,这种破事难道很稀奇吗?"

她今年也快二十七岁了,二十七年的人生中,怎么可能是头一回面对这样的事?

表姐"扑哧"笑道:"行!等着,我现在就搬东西到容总的包间去。怎么办?居然期待他们打起来了,反正他们有的是钱,这是劫富济贫。"

要不是包间面积有限,她是真想把店里所有想淘汰的东西全塞进去。

现在也不知道该不该期待这两个人打起来了……

下午,池霜还是收到了孟怀谦发来的消息。他在她面前总是含蓄又扭捏,可能是她这两天处在特殊时期,比较矫情一点,竟然出奇地很吃他这一套。

他发的不是文字,而是一张照片。

是他站在办公室的落地窗前拍下的夕阳一角,窗上还映着他的身影,模模糊糊的,却分外惹人注意。

事实上,池霜并不是他跟梁潜之间的裁判,她也没兴趣去论谁对谁错,反正只要不惹到她就好。

她可不认这对"从出生就认识,有二十多年交情"的朋友反目是为了她。

是梁潜爱胡乱猜疑,她又没说她爱的人是孟怀谦。

孟怀谦如果认下了"她爱的人"这个名头,那也是他脸大如盆。

她盯着这张照片反复看了几遍后,还是遵从心情回复了过去。

池霜:等下有空吗?昨天不是还约我吃饭?

孟怀谦:有。

毫不犹豫,不见半点迟疑,用行动证明了他还是那个她随叫随到的Siri孟。

池霜:所以你可以放他们鸽子吗?

她都被孟怀谦逗笑了,如果她没记错,他下午是跟容坤他们有约的,所以她才故意那样问他。

孟怀谦：可以，随时。
池霜都快被他这四个字逗得笑出腹肌。
池霜：那我们就去吃……涮肉，你昨天说的是这个吧？等会儿见。
孟怀谦：好。
关了和池霜的对话框后，孟怀谦在聊天群里坦然地发了消息放鸽子。
孟怀谦：等下吃饭我不去了。
停顿数秒后，他又补充。
孟怀谦：抱歉，晚上我还有约。
容坤：……
程越：……
孟怀谦：你们随意，去的话记我账上。

群里的梁潜一直都没有吭声。本来容坤都以为这局要散了，没承想到了下班时，梁潜打来电话还是约好老时间在池中小苑碰面。

三人被侍应生带领着来了包间，虽然说孟怀谦来了只会让气氛更凝滞，可他不来……也很要命，毕竟他们几个谁看不出来孟怀谦对池霜的在意？能让他飞了这个局的，可能也就只有池霜了。

容坤跟程越低头做鹌鹑状，任由梁潜把酒当水喝个没完，也只当自己瞎了没看到，失恋的人当然有权利喝得烂醉。

梁潜本来也不是一个话多的人，从前跟池霜在热恋时都不会将自己的种种心事说给旁人听，现在失意就更不会轻易吐露了，只是一杯接着一杯，脸色也越来越阴沉。

见他醉意上头，容坤跟程越只好干巴巴地聊一些别的事情转移他的注意力，只是收效甚微。

要散场时，梁潜让容坤跟程越先走，他想一个人坐在这里静一静。容、程二人欲言又止，失恋的人发起疯来也挺吓人，但是给他熊心豹子胆，他也不敢在池霜这里发酒疯，还是随他去了。

容坤临走时，叹息一声，拍了拍梁潜的肩膀。

程越也是，差点没忍住就脱口而出"节哀"。

对池霜来说，今天是惬意的一天。

孟怀谦带她来到了胡同小巷深处，是一家店面并不大的铜锅涮肉店。事实证明，味道跟环境有时候也没什么太大的关系，这一顿晚饭，她赞不绝口，连带着看孟怀谦都比从前更加顺眼了。

京市已经进入了盛夏，夜晚也变得热闹了。

孟怀谦倒是提前买好了电影票——不过他没有主动邀约，晚饭之后是否有别的活动，他也都是要看池霜的心情行事。

果然，从店里出来，走在小巷里，池霜惬意地伸了个懒腰，觉得吃饱喝足以后就想躺着睡觉："真舒服，你送我回去吧，我想早点休息了，好困。"

"好。"孟怀谦笑道。

电影票也派不上用场了。

不过，他早已经做好了心理准备。

两人上车后，都不需要导航，孟怀谦就是活地图，他对去翡翠星城的路是再熟悉不过。

夜晚的风还是带着一些凉意的，池霜心理作祟，总觉得身上沾了些味道，将副驾这边的车窗开开，任由风钻了进来，风吹乱了她的发丝。

就算在一条路上堵了十来分钟，池霜也不心烦。

眼看离翡翠星城越来越近，她突然记起了一桩事，又侧过头不经意地看了孟怀谦一眼，若无其事地把车窗关上，仿佛无聊了一般从包里拿出手机，低头看微信消息。

孟怀谦一直注意着路况，自然也发现快到刘哥锅贴了，一时之间，他还有些紧张。

紧张之余也难掩雀跃的心情。

然而，就在离刘哥锅贴只有几百米远时，池霜关上了车窗，又开始在微信里跟他不知道的谁聊得热火朝天。他只能无奈一笑，总不可能催促她往外看。

算了，她总会发现的，这份惊喜仍然新鲜。

池霜看似在闺蜜群里发疯，实则余光一直偷偷注意着孟怀谦，见他霍然握紧了方向盘，又慢慢松开，见他脸上露出无可奈何的笑意，又恢复平静。

她觉得很有意思，继续低头发消息。

池霜：诡计多端的男人，故意走这条路，还以为我没看穿他的心思，我偏偏不按他的套路走。

江诗雨：有没有一种可能……

肖萌：一切都是你在胡思乱想啊！宝！

池霜：赌不赌？

江诗雨：来！

肖萌：怎么办？又去搜索了孟总在财富榜上的排行，我有点儿动摇了，他好像真的是一掷千金的人啊……

江诗雨：如果是真的，什么时候把"表叔"拉进来，我想跟他说，钱太多用不完可以捐给有需要的人，比如我！

池霜忍俊不禁。

孟怀谦自然听到了她的笑声。他想，她应该是跟她的好朋友，或者家人们聊天。他偶尔也会猜测，她在跟他聊天时会是什么表情，是否也会这样开心。

进了地库后，孟怀谦习惯性地下车，要送池霜上楼。

电梯里只有他们两个人，池霜今日穿着比较休闲，宽松的白色衬衫搭配短裤，双腿纤细笔直，她透过镜面壁坦然地直视身旁的男人。他下班后来接她的，依然是万年不变的白色衬衫和西裤，轿厢内明亮的光线之下，他的气场沉稳内敛，却也不失松弛感。

孟怀谦也知道她在看他。

两人明明并肩而立，却还是透过镜面壁对视。

几乎是同一时间,他们都想起了一年以前,那次她喝多了在家里难过,他这个不速之客非要过来,那时,她站在洗手台前刷牙,冷冷地看向镜子里的他。

　　现在她眼里满是笑意。

　　她清了清嗓子,主动打破了沉默:"才发现你好像也不矮,你身高多少?"

　　孟怀谦大概是头一次听到有人对他说"你也不矮",不由得低笑一声:"一米八七。"

　　"是吗?那确实不算矮了,不过,"她话锋一转,注意着电梯上行的数字,"你有一个最大的缺点,你知道是什么吗?"

　　孟怀谦果然一愣:"什么?"

　　"那你觉得你身上最大的缺点是什么呢?"池霜又问。

　　电梯门开了。

　　池霜先走出去,孟怀谦紧跟其后。这个话题却没结束,她没急着进门,而是兴致盎然地看向他,等待着他的回答。

　　"……挑食?"

　　池霜一脸"这很难评"的表情。

　　孟怀谦举手投降:"我只是跟你开个玩笑。"

　　他似乎也在深思,然后坦诚地回答:"我最大的缺点大概就是我不是一个好人。"

　　不够正直、光明磊落,更是行事不端。

　　"无聊,打住,别跟我剖析你的灵魂,我没兴趣。"池霜横了他一眼,"你的第二大缺点是你这个人不是一般的无聊,最大的缺点……"她停顿几秒钟,模样神秘兮兮的,压低了声音,将气氛烘托到最高点,"你有点老了。"

　　明年就三十岁了呢。

　　她话一说完,孟怀谦脸上的表情可谓精彩纷呈,茫然又困惑。

　　池霜后退一步,潇洒地对他挥了挥手。他仿佛还没从"石化"中回过神来,她就已经迅速开了门,溜了进去。

　　关上门后,她看看显示屏里还愣在原地的孟怀谦,赶忙捂住嘴,就怕笑声太放肆太魔性,被门外的他听到。

　　孟怀谦几次都想敲门问她,他今年二十九岁,怎么就跟"老"这个字扯上关系了?

　　第二天一大清早,池霜被电话铃声吵醒,是表姐打来的电话。

　　"你去餐厅看看吧,于经理刚给我来电说阿姨打扫容总的包间,捡到了一块手表,也不知道是谁的。我这会儿还在外面办事,估计得晚上才能回。"

　　池霜在床上翻了个身,睡眼惺忪地说:"所以,这种小事他们都处理不好吗?"

　　"……不是。"表姐叹了一口气,幽幽道,"那手表值一百多万呢,于经理都怕磕坏了。价值摆在这里,你觉得这算什么小事啊?"

失物太过贵重,底下的人当然是希望老板过来处理,不然这中间出了点什么岔子,那算谁的责任呢?谁承担得起呢?

池霜本来也要去上班打卡,挂了电话后,洗漱一番出门,开车前往餐厅。这会儿她也清醒过来了,不管是容坤还是程越,可都没有"丢三落四"的前科,她都不用打电话去求证就知道这手表的主人是谁。

估计表姐跟经理也都琢磨出是怎么一回事,这才给她打电话让她去处理。

以前暧昧的时候,这样的手段姑且还能称之为情趣,现在都一拍两散、分手快乐了,这不是给她添麻烦是什么?

真是没眼力见!

餐厅里。

许舒宁正在整理着文件,她做事细致认真,总是能将分内的工作做得很好。虽然才没几天,但她很喜欢这里的氛围,工作不算清闲,但待遇不错,几个经理也都不是苛刻的人,同事们更是很好相处。除了偶尔想到那个不告而别的人,她觉得现在过得其实比在渔洲时要充实开心。

"你们没看到,孙姨听说那手表值一百多万都快吓死了。"

"是我我也慌,这种东西压根就不敢捡!"另一个服务员乐了,"所以有时候也想不通碰瓷的人啊,我骑单车的时候看到有豪车,恨不得离它八百米远,这要是我不小心剐了蹭了,那我一个月白干了,不想活啦!"

闻言,许舒宁抿唇一笑。

见于经理过来,几个服务员立刻散开。

"昨天负责容总包厢的人跟我来。"于经理走出几步后又回过头,"舒宁,你也来,虽然你昨天晚上不在,不过现在也不知道池总怎么说,如果按正常流程的话,你也得过来记录一下失物。"

许舒宁连忙点头:"好的!"

大厅一角。

池霜的到来令人眼前一亮。

许舒宁也是其中之一,她在最边上偷看池霜,有些莫名的开心,居然真的见到了传说中的明星了呢。这两天她有上网了解自己的这位老板,她有分寸,只简单将百科看完后便关了手机,连跟池霜有关的绯闻都没点进去看。毕竟她是来上班的,不是来八卦的。

池霜在百科上的照片无疑很美,可不及她真人的一半。

她想起了面试当天那个短发女生说的话,池霜美得真的会让人忍不住屏住呼吸。

当池霜真实地出现时,让她切实地体会到周遭的一切都黯然失色这句话一点儿都不带夸张色彩。

她好不容易回过神来,正在心里责备自己的失态,却又感觉到池霜好像也在看她。

应该是错觉吧?

"池总？"于经理喊了一声，为难地说，"我有跟容总打过电话，是他助理接的，说他在开会。"

池霜随意扫了一眼摆在办公桌上的手表："这件事我来处理。让他们也不用太紧张，以后客人如果有遗失什么东西，不管是不是贵重物品，一律走流程。"

于经理在心里苦笑。

这些二代也是没事找事做，想来找池总非得这么迂回婉转，不过这也恰恰证明了池总肯定不乐意见到这人，不然谁能想出这么一招来？平白无故地给他们增加这没必要的工作量，他们也怨！

"好了，你们去忙吧。"

池霜又看了一眼最边上那个眉清目秀的年轻女生，越看越觉得奇怪，同时也有强烈的不祥预感，而她通常都不会忽略自己的直觉。

鬼使神差地，她又脱口而出："于经理，你等一下，我还有事找你。"

等其他人都走了以后，于经理立在一边耐心地等她吩咐。

"把这次刚入职的新员工资料拿来给我看看。"

当初姐妹俩分工明确，由于池霜过去是公众人物，所以有些与生人接触的工作都是交给表姐负责，比如招聘员工这一项，池霜一般都不会过问。毕竟这方面表姐比她更精明，也更有经验。

电脑里多了于经理发过来的员工资料，餐厅所有人的信息都在其中，池霜也不知道自己要找什么，只能一页一页耐心地翻阅，直到页面停留在一个人的信息上。

许舒宁？

她其实对梦里的那个人已经没什么印象了，看着这寸照上的清秀女孩，她也陷入了沉思中，难道会是同名同姓？

她又逐字逐句地看这份资料。只是许舒宁的户口所在地并不是渔洲，而是开城，再看看受教育经历，大学是在开城念的，这倒也对得上——如果许舒宁的户口所在地是渔洲的话，表姐不可能注意不到。

其实她之前的梦境中，所有她没有见过的人，面孔都是模糊的。只是她找人查过许舒宁，也拿到了照片。虽然只有一个侧脸，但时间并不久远，她还是有几分印象，所以见了许舒宁时便觉得有些眼熟。

除此之外，所有的入职资料上都需要填写紧急联络人的联系方式，许舒宁留的正是她最好的朋友冯佳的信息。

池霜已经确定了，这就是照顾了梁潜一年的许舒宁，也是梦中的女主角。饶是她绞尽脑汁地将那个不愿意再回忆一秒钟的梦再过一遍，也敢确定梦并没有这个情节！

那么，京市这么大，为什么偏偏许舒宁应聘上她店里的员工了呢？这合理吗？

明明这可能性微乎其微，可它就这样发生了！

更令人毛骨悚然的是，她很确定这件事不是人为的：一来，许舒宁看她的眼神很正常，别的员工也是这样看她的，说明许舒宁并不认识她，更别说知道她跟梁潜的关系；二来，这一出也不是梁潜的手笔，她相信他不会搬起石头砸自己的脚,哪怕借他八百个胆子,他也绝不敢把人往她这边送,搞不好连他都不知道许舒宁来了京市。

兜兜转转,还是绕到了她这里来。

一时之间,她气血翻涌,只觉得办公室都变得异常逼仄,几乎都不能顺畅呼吸,起身拿起手提包便往外走去。

梁潜站在办公室的落地窗前,面无表情地看着楼下的车流。

张特助小心地推门而入,见梁潜背对而立,时不时低头看一眼手机,好像是在等什么人的电话。这样的情景太熟悉,他立刻断定梁总是在等池小姐的来电。

"梁总,资料放您桌上了。"张特助轻声开口提醒。

他像往常一样,说完后就准备离开了,谁知梁潜回过头来,沉声问道:"霜霜之前放在这里的东西呢?"

张特助呆住了。

见梁潜脸色难看,他没有丝毫犹豫,飞快回道:"孟总让人拿走了。"

梁潜面色阴沉,声音更是冰冷:"怎么,梁氏什么时候成了奥朗的子公司了?"

张特助面上哑然,心里也在咆哮:梁总,我亲爱的梁总,那我能怎么办啊?

他能怎么办?哪怕是现在,孟总在整个梁氏的影响力都还未完全消退,更别提当初——孟总要拿走池小姐的东西,他难道能拦着吗?他拦得住吗?

梁潜见张特助愁眉苦脸,更是怒不可遏,怒孟怀谦进他的公司如入无人之境一般,怒其他人都已经看穿了孟怀谦的心思。

"行了,你出去吧。"梁潜沉闷地摆了摆手,也不想为难自己的特助。

张特助如蒙大赦,迅速转身离开办公室,依然心有余悸。当初孟总的行为他一开始还觉得莫名其妙,后来也回味过来了,他也只是私底下对着老婆才敢感慨,人死了果然什么都没了,钱没了,未婚妻也没了。

可是他万万没想到梁总又活着回来了!

那现在岂不是兄弟反目?

张特助长叹一声,只觉得自己的职业生涯可能要更艰难了,因为很有可能要面临一个阴晴不定的老板了。

中午时分。

孟怀谦还是像昨天一样,拍了自己午饭的照片后,发给了池霜。

池霜没有回复,他收起手机,安静地吃饭。用完午餐,直到再上班都没收到她的消息。他感觉不太对劲,做足了思想准备后,拨通了她的号码。

这次池霜倒是接了电话,只是比起昨天晚上的欢快,声调变得冷淡了许多:"喂,有事?"

孟怀谦迟疑着问:"吃饭了吗?"

"吃了。"

"那你是在餐厅，还是在家里？"他又问。

"我在这个世界上最安全的地方。"池霜不耐烦这种挤牙膏式的对话，不等他虚心求教是哪里，就又说道，"佛祖这里。"

"寺庙？"

"对，我来洗涤心灵。"毕竟是给她当了这么久受气包的人，她一开始还能绷得住，聊了几句后，原形毕露，顿时变得张牙舞爪，"真的，不然你们这些人可能都活不了了，我没开玩笑！"

虽然池霜的语气仍然跟以前一样，但孟怀谦还是敏锐地听出了她的沮丧。

他微微凝神，不由得紧张起来。

认识她这么久，他从来没见过她沮丧的一面，即便是误会梁潜已经身亡的那段时间里，她再崩溃也不曾这样⋯⋯

"怎么，谁惹你不高兴了？"

他语气平和，电话那头的她却看不到他已然神色凛然。

"说出来让你高兴高兴吗？"池霜烦躁地呛他。

"不是。"他平静地说，"只是想知道让你不开心的人是谁。"

"所以你会帮我干掉那个人吗？"她发难。

"这个有点困难。"听出来她的态度有松动，他温声逗她开心，"我是遵纪守法的好公民，不过，在法律允许的范围内，如果你不介意的话，我可能会用不那么温和的方式，令这个让你不开心的人更不好过。"

倚在池边栏杆喂鱼的池霜脸上终于有了一丝笑意。

她今天从餐厅出来后，实在不知道能去哪里，便开车来到了寺庙。拜佛祖、吃素斋、喂鱼之后，糟糕透顶的心情还是没有得以平复，直到她接了这通电话。

孟怀谦无比耐心地、一点一点地撬开了通往她心事的门。

他一边握着手机跟她闲聊，一边走出办公室，用手势跟口型提醒助理将下午的应酬全挪后，接着就下楼驱车驶出停车场。

他知道他这个人不仅无聊，还沉闷，所以他只能用他自己的方式去哄她。

池霜百无聊赖地往池子里撒鱼食，还是旁边的小师父看不下去了，走上前来提醒："施主，不能再喂了，你喂了好久了。"

孟怀谦也听到了这话，忍俊不禁道："你找个凉快干净的地方坐下来休息休息吧？"

池霜悻悻地将没喂完的鱼食给了小师父，宽容地采纳了孟怀谦的建议，去了大树底下乘凉，也逐渐打开了心扉："孟怀谦，你看过一部电影吗？《楚门的世界》，啊，你肯定看过⋯⋯"

"嗯。"孟怀谦坐在车后座，"印象很深的一部电影，怎么了？"

"有时候我会觉得我也是他，不知道什么是真的，感觉整个世界都是假的。"

她不明白，为什么偏偏是她碰到这样的事情。

为什么怎么也躲不掉？

她尽管对自己有信心，可也难免会沮丧。为什么呢？她什么都没做错，难道是她前面二十多年过得太顺，老天爷看不下去了非要给她一点别致的磨难吗？

"什么是真的呢？"她低低地问。

不是在问孟怀谦，而是在问她自己。

除了毛骨悚然，她还会感到疲倦，甚至颓废。

梦境成真，那它还是场梦吗？

是否此时此刻才是虚幻？

"不会。"孟怀谦说，"我可以证明我是真的。"

她问："你怎么证明你是真的呢？"

孟怀谦沉默。

他并没有把池霜此刻的情绪当成"偶然"，也从来没觉得她这个人情绪化过。

相反，在他心里，她有着强大的内核，无论遇到了多么难的事情，依然生命力旺盛。

他不知道池霜遇到了什么事，只是觉得他应该为她做点什么。

"算啦。"那边的池霜笑了起来，"这个深奥的问题我肯定会自己找到答案的，其实也不是什么大事……可惜不能再继续喂鱼了，不然我觉得我再喂个半个小时就没事了。"

"你在哪儿？我去接你。"孟怀谦低声问，"好不好？"

池霜念了寺庙的名字，意兴阑珊地说："你来也好，我也觉得我不适合开车。"

一个小时后，孟怀谦出现在了池霜的面前，她正拎着一片叶子观察它的脉络。她的心情已经好了很多了，见了他，还像招财猫一样冲他招了招手："好了，我的滴滴司机到了。"

"我想到了。"孟怀谦在她面前蹲下，抬眸专注地看她，"想到了怎么证明这个世界是真的。我想带你去个地方，可能会耽误你一两天的时间，可以吗？"

池霜讶然："什么？"

最后她还是点头答应了，她确实很好奇。

然而，她怎么也没想到，孟怀谦会带她来机场，这里每天都上演着分别与相聚，嘈杂的声音都成为此刻的背景。

他手里拿着两张机票："我也不知道怎么证明我是真的，但我想，你的父母一定是真的。"

"池霜，这个世界上最安全的地方，我想应该是你的家。"

池霜并不是容易被打动的人。

锅贴店的事可能会让她开心惊喜，但很难真正为之动容。

进入娱乐圈后，纸醉金迷，令人眼花缭乱，不是没有人为她一掷千金过，也不是没有人花过更大的手笔给她惊喜，真要每一次都心动，那她一年三百六十五天得更换多少男友才忙得过来呢？

她心如磐石，如果没有掌握到诀窍，没有能以一敌十的力量，很难撼动她。

她得承认，这一刻，她被孟怀谦打动了。

他在乘虚而入。

他牢牢地抓住了这个机会，并且用了这个她无法拒绝的方式。

明明是犯规行为，她这个裁判却无法举起黄牌。

孟怀谦见池霜沉默，误会她生气他的擅作主张，又以商量的口吻问道："如果不想回家的话也可以，是我不好，或者你想去什么地方散心呢？无论哪里都可以。"

池霜定定地盯了他一会儿，摇了摇头："就回家吧，你说得对，最安全的地方是我爸妈都在的家。我也想回去看看了。"

从过年出来到现在已有三个多月了，这时候回家看看也很不错。

孟怀谦心头一松："那我也陪你回去。"

似乎意识到了自己有登堂入室的嫌疑，他又立刻纠正："放心，就只是陪你回去，再陪你回京市。"

池霜斜他一眼："那你还想做什么呢？"

孟怀谦轻咳一声，掩饰尴尬。

"走吧。"池霜从他身边走过，轻飘飘地丢下一句话，"正好我也缺个保镖。"

她快步走在前面，没让这狗东西看到她都快藏不住的笑意，否则他会得意，会飘起来。

孟怀谦愣了几秒后，也跟了上去。

这本是突发奇想的决定，池霜除了一个手提包什么都没带，孟怀谦同样也是，轻轻松松地上了飞机。

起飞的那一刻，池霜下意识地往孟怀谦所在的方向看了一眼。

她抿唇一笑，竟然莫名感到安心。

孟怀谦也时刻注意着池霜这边的动静，见她还算平静，微不可察地松了一口气。

梁氏集团。

梁潜自然也没什么心思工作，简单处理了几封邮件后，他感到头疼，时不时看向摆在桌上的合照才能勉强镇定心神。

下午，他的私人手机响了起来，他微微一怔，赶忙拿出来一看，却不是他最想接到的来电。

他接通电话，语气有些不耐烦："什么事？"

电话这头的容坤才想骂街呢，语气比梁潜的更糟糕："你在搞什么东西？刚才池霜餐厅的经理给我打了电话，说在我那包间捡了块手表，我都不用去看就知道是你小子故意落下的。你这不是害我？"

他从来没想去蹚浑水，一直也都是持中立态度，梁潜这一举动可把他惹毛了。

这还让他怎么明哲保身？

"得亏不是池霜给我打电话，不然我不得被她骂个狗血淋头？"容坤微恼，"你说你怎么想的？出这种昏招！"

梁潜一声不吭。

容坤又缓了缓语气，劝道："要不，你就算了吧。你失踪的这一年里发生了挺多事的，我说句公道话，就算没有怀谦，也会有别人。在大家都以为你死了的时候，你总不能要求人家池霜等你，哪里都没这种道理吧？感情这种事不能勉强，你又何必不停纠缠呢？"

梁潜冷声道："这些废话你可以跟他说。"

"我不知道说了多少次！"容坤扬声，"你以为我什么都没做吗？"

"那他听了？"梁潜声线冰寒，"他没听的废话，你以为我会听？"

容坤深吸一口气，又泄气，语调都沧桑了许多："随便你们吧，不过我丑话说在前头，亲兄弟还明算账，咱们几家公司都有项目上的合作，你俩以后打进火葬场都没人管，但要是影响了项目，影响了哥们儿赚钱，那以后就别当兄弟了，都是仇人。"

梁潜面无表情地挂了电话。

飞机安全降落。

池霜在呼吸到家乡的空气，听着熟悉的口音时，的确整个人都缓缓放松下来。这是她出生的地方，她在这里长大，过去所有的回忆都鲜明地留在她的脑海里。

孟怀谦果然没有说错，这才是对她而言最安全的地方。

孟怀谦做事一向靠谱细致，她这个本地人还得坐他安排的车回家。

两人在十字路口分别，孟怀谦提前下了车，下榻离她家最近的一家酒店。池霜趴在车窗上，欲言又止地瞧他。他被她这模样逗笑，温声说道："回去吧，正好能赶上晚饭。"

"那你呢？"

池霜也有些犹豫。

按理来说，她应该邀请他到家里吃饭，只可惜他们目前的关系……她还没想好要不要走出这一步。

过去二十多年的人生经验告诉她，不要在冲动的时候做任何重要的决定。

孟怀谦凝视着她，自在地同她开玩笑："我一个活人，还能饿死？"

"也对。"池霜配合，"您是谁呀，就算把您扔沙漠里，您也能毫发无损地回来。我还是担心担心自己吧。"

孟怀谦从善如流地应下："是，还能顺便给你带点特产回来。"

"你也快回酒店休息吧。"池霜忍俊不禁，冲他挥手。

孟怀谦目送着车辆越来越远，最终消失在道路尽头后，才不疾不徐地走进酒店办理入住。

池霜担心面对回到家里空无一人的尴尬，所以上飞机前就已经跟爸妈通了电话。

198

推开家门,她便闻到了熟悉的饭菜香,围着围裙的爸爸正端着瓷碗出来,见了她乐呵呵道:"给你做了你爱喝的鱼汤,快去洗手。"

她瞬间卸去了一身的疲倦。

其实不管这个世界是真的还是假的,又跟她有什么关系呢?

只要她是真的,她爱的人是真的,那就够了。是她钻牛角尖了,即便这是个虚假的世界,除了她,没人能决定她未来要走哪条路。

父母没有问她怎么会突然回来,这好像已经成为他们之间的一种默契。

"来,吃这个,你爸改良了配方,这糖醋排骨味道更好了。"妈妈给她夹了一块排骨,"京市的水都不养人,看你的脸瘦的!"

他们一家三口坐在饭桌前吃饭,也没有什么食不语寝不言的规矩,天南地北地瞎扯,兴致来了,爸爸要去酒柜拿酒,池霜连忙制止:"老池,别这样,明天再喝,明天我陪你们喝白的,等下我还有事,不能喝酒。"

"你等下还要出去?"

池霜吃过饭,陪爸妈看了一会儿电视后,拿起家里的车钥匙出门了。

孟怀谦接到她的电话时,还很惊讶,匆忙下楼走出酒店大厅,只见门口停着一辆黑色的轿车,还未走近,她就已经开了车窗冲他招手。

"快上来,我也算是我老家的骄傲了,这边认识我的人更多。"

孟怀谦拉开车门,坐上副驾驶座,系好安全带:"是叔叔的车?"

"嗯。"池霜也很无奈,"这可能是你坐过的最便宜的车吧?没办法,我想给他换,他不肯,非说对这车有了感情。"

"看得出来他很珍惜。"

孟怀谦环顾车内,很整洁。

"吃饭了没?"池霜问。

"在酒店餐厅吃的。"

"那好吧,我就直接出发了。"

孟怀谦好奇:"去哪里?"

"一个好地方。"池霜对这座城市再熟悉不过,尤其是那条路,不知道走过多少次了,都不需要导航就能开到目的地。

直到上了机场高速,孟怀谦才有所察觉:"你送我去机场?"

轿车在高速路上疾驰而过。

夜色中,池霜的神情都变得温柔了许多:"孟怀谦,我知道你有多忙,本来应该请你到我家吃顿饭的,但我最近心情不太好,这次回来也太突然,所以下次吧,下次有机会让你试试我爸爸做的拿手好菜。"

"别这样。"池霜见他不吭声,失笑,"你太忙了,我能想得到你接下来会为了挤出这几天的时间没日没夜地加班,挺辛苦的,我也给你订了机票,你还是回去吧。"

孟怀谦也不知道是何种心情,不过他明白这是她的好意。

的确,他太匆忙地过来,之后可能要花更多时间加班。

"喂!"池霜还是那个池霜,见自己难得一片好意,他却半天不给回应,一秒变脸,气恼地骂他,"孟怀谦,你聋了啊?你知不知道,除了我家里人跟我两个朋友,我还从来没有对一个人这样贴心过!"

他不感动到痛哭流涕也就算了,居然给她玩沉默这一套。

这也就是在高速上,但凡是在别的路段,他都会被她一脚踢下车,让他在荒郊野外过一个晚上。

孟怀谦闷闷地笑了一声:"好,我回去。"

"你这个人非常可恶!"她还不解气,"我会收回你在我这里所有的特殊待遇。"

"我只是在……"他笑了,"受宠若惊。"

"没看出来!"

"抱歉,你说得对,我是死人脸。"

"你又在阴阳怪气!"

孟怀谦却是感到了久违的轻松与惬意。他不太习惯沮丧的池霜,那样的她令他束手无策又心疼,现在她又跟从前一样凶他骂他,他反而安心了。

这才是她。

鲜活的她。

他又是习惯性地赔罪道歉,等终于到机场时,他才重新哄得她眉开眼笑。

孟怀谦去安检前,池霜从包里拿了一根话梅棒棒糖扔给他,仿佛又回到了那时。这一次,她目送着他过了安检后才离开,重新开车行驶在路上。下了高速后,她颇有兴致地将车停在路边的停车位上,开了窗户,探头看向夜空。

孟怀谦是快凌晨才到家的,今天一来一回,的确累了,他沉静地坐在沙发前,想休息片刻再去冲凉,之后再处理未完的公事。

他在休息,也在安静地想她。

万物俱寂。

突然,门铃响起,他略有疑惑,起身往玄关处走去。显示屏中,是一楼大厅外。

"您好,是孟先生吗?我是给您送外卖的跑腿。是一位姓池的小姐下的单。"

孟怀谦这才放对方进来,开了门,倚在门边等着。

跑腿小哥将外卖袋交给孟怀谦后,又一刻不耽误地离开。

孟怀谦关上门,将外卖袋放在饭桌上,撕开包装条,等拿出来里面的一次性打包盒后,才发现这是刘哥锅贴。

他愣神,似是不知所措,然后又笑了起来。

他为她准备的惊喜,最后变成了一颗子弹,一颗直击他心脏的子弹。

自从上大学离家后,池霜便有了一个习惯,每次回家的第一个晚上都要跟妈妈一起睡,母女俩有着说不完的话。

池霜依恋地抱着妈妈的胳膊，嗅着熟悉的气息，只觉得安全感满满："哪儿都没有家里好。"

成丹凤女士无情地拆穿女儿："那你还往外跑？让你回来跟要了你的命一样。"

池霜撒娇："那不是因为我在这里待了多年，多少也有点腻味了不是？而且，远的香，近的臭，我真要回来了，第一个嫌弃我的人就是你，别以为我不知道！"

母女俩斗了一会儿嘴，气氛又突然安静下来。

"你不想说的事，那我也就不问了。"成丹凤叹息，"你从小就这样，小事总是雷声大雨点小，真碰上让你委屈的，你又不肯回来讲，嘴巴不知道多严实。不说就不说吧，你能想着回来就好，我跟你爸就在这里，总归你也有个可以回来的地方。"

池霜鼻子微酸："干吗要讲这么煽情的话？"

"你这一年把我跟你爸吓得不轻。这个梁潜也是，闷不吭声地又回来了。"成丹凤问，"你俩现在是什么情况？我听璐璐说，你跟他分了？"

"嗯，分啦。"池霜无所谓地说，"我感觉不喜欢他了，甚至现在还有点讨厌他。"

"也好。我跟你爸喜欢小梁，是因为你喜欢他。"妈妈的手一下一下地拍着池霜的肩膀，闭着眼睛，轻声说，"他之前也是个不错的小伙子，对你上心，只是，霜霜，人这一辈子如果经历了太多常人没经历的事，说不上是好还是不好。小梁先是从小失去了父母，家里又是那么个情况，他的心思自然比常人要敏感一些，这是不可避免的。

"不过，看在他对你好，你也喜欢他，我跟你爸也就没说什么，但现在他又碰上了这事，这心是会变宽，还是变窄，谁都想不到的。"

池霜轻轻地应了一声："哎呀，不聊他了，分都分了。他的心就算比太平洋还宽，那也跟我没关系，所以我们不要浪费口水。"

"那聊谁？"成丹凤调侃，"怎么，是有新的男友了吗？"

"还没有。"池霜回道。

知女莫若母，成丹凤挑眉："还？"

这个字就很传神了，要么有，要么没有，什么叫还没有？

池霜忍住笑意："那就是还没有嘛。放心，等有了，我一定第一时间递奏折汇报。"

"那好吧，反正我是不担心你的。"成丹凤捏了捏她的脸，实在爱得不行，又凑过去闻女儿的发顶，满眼宠溺的爱意，"只要你开心就好。"

等妈妈睡着以后，池霜偷偷地、小心地够到了床头柜上的手机，躲在被子里按亮屏幕。光映着她的脸，跟妈妈聊天居然不知不觉就聊到了十二点多……

打开微信界面，孟怀谦在十分钟前给她发了两张照片。

这人胆大包天，居然这么晚还给她发消息！

第一张照片是盘子里的锅贴。

第二张照片……他很有才，是空了的盘子，大概是想告诉她，谢谢款待,他已经很愉快地全部吃完了。

她甚至能想象到他拍照时的表情。她捂住嘴笑,不想吵到睡着了的妈妈。

不过,她才不打算回他,免得他以为她在等他安全到达的消息呢。

也不知道是他陪她回了一趟老家飘了,还是心情确实不错,以往他可不会在大半夜给她发消息的。

无所谓了,究竟是哪一种,等她回了京市自然会好好检查检查。

第二天,池霜一觉睡到自然醒,下楼时父母都不在家,不过在冰箱上给她留了字条。

妈妈去学葫芦丝了,爸爸跟着姑父钓鱼去了,可能猜到她要外出,爸爸还特意把家里的车留给她。

经过一天的心情缓冲,再激烈再不安的情绪此刻也彻底平静下来。对许舒宁,她谈不上厌恶,毕竟这只是一个陌生人,谁会对不熟悉的人有太强烈的情绪呢?她不是圣人,不会去迁怒谁,但确实也谈不上好感,她无意去揣测许舒宁是何种想法,没意义,也没必要……

她从事演员这个职业整整十年,这十年里,她演过女主角,也演过女配角,在戏里与人争夺同一个男人太多太多次了,她已经演到腻味了。还是那句话,她在镜头前演戏还能拿到片酬,生活中她演什么呢?她能得到什么宝贵的东西吗?

一个男人而已,别说他已经是前任,即便是现任,当他允许另一个女人出现在她面前、好整以暇地期盼好戏上演时,这个人在她心里就已经是个死人了,骨灰都已经扬了。

不可否认,她现在已经没了所谓的恐慌感。

尽管这一切都让她觉得十分荒诞、可笑,但如果真的置之不理,谁知道接下来还会有什么样的"惊喜"等着她。

所以从这一刻开始,她不会再躲避,而是要掌控它、粉碎它,别再来碍她的眼。

她拨通了表姐的号码,表姐很快接起来,急忙问道:"霜霜,你怎么突然回了老家?是家里发生了什么事吗?你可别瞒着姐!"

"没有啦。"池霜解释,"就是想我爸妈了,顺便过来跟郭记饼店谈谈合作,郭记的月饼不是咱们这里的金字招牌嘛。"

表姐一听这个,事业心爆棚,立刻精神抖擞:"是了是了,你提醒我了,是时候着手准备中秋节礼了!"

"我准备下周再回京市。"池霜状似不经意地开口,"对了,梁潜有让人来取他那块手表吗?"

"还没呢,怎么?"表姐试探着问,"还是说让我们这边派人给他送去?"

"他也配?"池霜立刻扬声道,"一点自知之明都没有的东西,就知道给人添麻烦,不准送,谁都不准送,我给他脸了是吧?"

表姐哑口无言。

"手表的事等我回来再说，毕竟这么贵重的东西，他说是他的，难道就是他的？那我还说是路边的狗的呢。"

表姐招架不住。

不过她也猜得到，梁潜这件事惹到了霜霜，不然霜霜也不会这样。于是，她顺毛问道："那你打算怎么办？"

"没打算怎么办，就是跟你通个气，就算梁潜让人去取手表，你也别给。我怎么知道是不是他顺手牵羊呢？"池霜胡搅蛮缠的功力深厚，"你去联系法务，咱们这边得有一套正规的流程。"

"行行行，你说了算。"

表姐又说道："反正你不在餐厅，我估计他也不会来，不然不就浪费了这出戏？"

池霜冷笑一声，她不会忘记在梦到那场婚礼时自己的惊骇与畏惧，更不会忘记自己在确定许舒宁来了餐厅上班时的烦躁与疲倦。

凭什么只有她一个人害怕呢？

应该有一个人比她更怕才对。

许舒宁她的确不了解，可梁潜是跟她相处了好几年的，他是什么人，她还不清楚吗？他最忌讳的就是欺骗与算计，恰好他目前的脑子也还算够用。

他出事了，刚好被认识他的许力明救了，刚好许力明心怀鬼胎，刚好许力明家里有个妹妹。

等他终于回到了京市，在斩断了所有跟许舒宁的联系后，许舒宁来了京市，京市这么大，却偏偏出现在了池中小苑。

以梁潜多疑的性子，他能觉得这只是一个巧合吗？

巧合太多了，那就是阴谋。

恐怕到那个时候，他甚至都会怀疑连他坠海这件事背后都有推手。

惊喜吗？意外吗？害怕吗？

任何事都有时效性。

如果梁潜跟许舒宁是在池中小苑以外的地方意外重逢，那这件事带来的震撼将大打折扣，所以他们两个人只能在她的地盘上重逢，梁潜只能在最措手不及的时候见到许舒宁。

这件事操作起来看似简单，却也有一定的难度。

以梁潜的性子，以他们如今的关系，他并不会厚着脸皮经常过来餐厅惹池霜心烦。池霜也看过许舒宁的资料，许舒宁并不是需要在营业时间四处走动的服务员，而且餐厅员工上班都是两班倒。

想想看，即便她作为老板，几乎每天都去餐厅，如果不是手表这事太棘手，经理不敢拍板决定，她跟许舒宁至少短时间内都不会有正面碰上的机会。

池霜略一思忖，拨通了容坤的号码。

容坤先发制人："池老板，先说好，你兴师问罪可不能找我这个无辜的人。"

"行了，我知道你无辜。"池霜懒懒地说，"我是那种胡乱扫射的人吗?"

容坤心想:你是,你就是。

他嘴上却笑道:"那必然不是啦!怎么,你给我打电话有什么事情要吩咐?"

"但是这事毕竟是在你包间里发生的吧?也是容总你做东组的局吧?"池霜直接问道,"所以,这件事,公了还是私了?"

容坤心里叫苦不迭,试探着问:"怎么个公了私了法?"

"公了就是我这边报个案,让警察来处理。"池霜淡淡说道。

容坤不假思索地说:"别别别,还是私了吧。"

就这么点争风吃醋的小事,还是不给人民警察添麻烦了,免得传出去了让人笑话。

"私了吗?"池霜停顿几秒,"那到时候我这边走了程序后,得麻烦容总你呢,跟程总还有那位梁总一起过来一趟,你们都确定没问题签了字,这就完事了。怎么样,不算麻烦吧?"

容坤仰天长啸:"真想跟他们割袍断义啊!"

池霜被他逗笑:"那没办法,这次不弄严肃点,下回又在我这儿落下个什么东西,那我这店干脆别开了呗。"

容坤自然也能理解她,微微地叹气:"池霜,其实吧,阿潜就是一时糊涂。"

"那你们得让他清醒清醒。"池霜可不吃这一套,语气讥讽,"难道他的失忆症还没好?要不让他再去大海里泡几天?"

容坤一时不知该如何接话。

"不说了,我这边还有事呢。"池霜说完就挂了电话。

脑子里有了清晰的计划后,池霜开车前往老城区。这次回来除了从爸爸、妈妈这里获得一些安全感,她自然也有正事要做。

做生意的人永远都要比顾客提前进入下一个季度。

现在的月饼都做得花里胡哨,花样层出不穷,她还是觉得儿时令她口水泛滥的老式月饼更得她的喜爱,所以这次回来也是顺便探访一下这边老字号的饼店,看能不能有进一步的合作。

她在郭记待了好一会儿,出来后就接到了孟怀谦的电话。

"吃饭了吗?"

池霜毫不客气地翻了个白眼:"你这个人一点儿都不虚心,前几天不是才跟你讲过,你的第二大缺点就是太无聊!"

一天天的,给谁请安呢?

每一通电话或消息的开场白就是吃了吗、醒了吗、睡了吗。

"孟总,我想采访你一下,你都没想过要改掉这个缺点吗?"她真诚地询问。

孟怀谦轻笑,也坦率地回答:"不是没想过,但应该很难,我这个人确实很无聊。"

他有很多很多的废话想跟她说,但又怕她不喜欢听,所以只能挑选着他认为不会出错的话题入手，无外乎是一年四季、一日三餐。

偶尔他也想要坦露自己的真实情绪，却怕吓到她。

或许在她的心里，他只是一位普通的追求者，既然如此，他又怎么能不摆正自己的位置？

池霜的手搭在方向盘上，一下一下地点着，心想，可不是嘛。

如果她跟孟怀谦不是以这样的关系认识，这个人是绝对不会在她的考虑名单内的，长得帅又怎么样？这一张脸迟早会有厌。有钱又怎么样？她又不缺这个。

"……算了。"池霜叹气，"勉强一个无聊的人变得幽默，那最后受苦的人还是我。"

"谢谢理解。"孟怀谦又说，"我没有催你的意思，就是想问问你，大概会在家里待几天。"

"你也没有立场催我呀。"池霜习惯性地呛他一句，"应该会待一个星期吧，正好我有个高中同学要结婚，以前我跟她关系还不错，这不得过去捧捧场吗？而且最近京市热得人都快化了，一对比，我老家都能算是避暑胜地了，一点儿都不夸张。"

"好。那你回来的时候能跟我说吗？"

"行啊。"池霜爽快地答应，又揶揄他，"昨天我让跑腿给你送的锅贴好吃吗？"

孟怀谦一顿，语带笑意地回道："味道很不错。"

"那当然咯，毕竟是我在京市最喜欢吃的一家。"池霜悠悠感慨，语调微微上扬，就像是一根羽毛，轻轻地挠了孟怀谦的心头一下。

"你喜欢的，肯定是好的。"

电话这头的孟怀谦坐在办公桌前，伸手，愉悦地用指腹点了点小猪摆件的脑袋——如果池霜哪天过来的话，就会看到桌上的小猪摆件是如此眼熟。

"我喜欢的时候，它肯定是好的。"池霜微笑地强调，"当我不喜欢的时候，在我心里，那就是烂的。没办法，我就是这么自我，所以我希望我喜欢的一切都不要骄傲，就比如这锅贴，老板要是不忘初心，几年来都保持着同样的水准，那我就会一直'光顾'咯。"

也不知道孟怀谦有没有听懂她的意思，他沉吟了一会儿，说道："我赞同你的观点，所以，我也认为这家锅贴店有很大的发展前景，以后肯定会在京市屹立不倒。"

池霜嘴角扬起。

这个臭东西，才批评他无聊，现在倒是变得有那么一点意思了。

"也得有人慧眼识珠投资才行呀，你说对吧，孟总？"她眉眼弯弯地调侃他。

这时，阳光正好照在她的胳膊上，如果是以往，她早就关上了车窗，可此刻，大概是电话那头的人是他，她居然伸出手，让自己触碰到更多的阳光。

真暖和，真舒服啊！

嗯，孟怀谦，你说得对，这个世界是真实的。
我是。
你也是。

梁氏集团。
张特助神情忐忑地来到办公室向梁潜汇报情况。
池中小苑就在梁氏附近，其实池小姐对他一直都很客气，还曾经帮他拿到过演唱会的票，所以，在梁总回来之前，他偶尔也会去池中小苑捧捧场，一来二去就跟餐厅的人熟了，池小姐每回见了他也会跟他说话。今天他去了一趟，没在餐厅见着她。
"好，我知道了，你下去吧。"梁潜疲惫地挥了挥手。
他了解霜霜，所以在包厢里故意落下手表。他犹豫了许久，可除了这样做，他也找不到别的理由去见她。事到如今，他只能像从前追求她一样，用这些拙劣的法子。如果他能想到更好的办法，又怎么会这样做呢？
他正在沉思下一步该如何进行时，他的手机响了起来，是他律师的来电。
"梁总，东西拿到了，已经发到了您的邮箱中，您记得查收。"
"好，我知道了，多谢。"
他是那场事故的当事人，想要向有关部门申请调取当时甲板上的监控视频不算难事，但也要经过层层手续，不过好在还是有了好的结果。如果不是孟怀谦觊觎霜霜，他是绝不可能走出这一步的。
这也是他手里的一张牌，一张会让孟怀谦名誉扫地的牌。
到最后他宁愿自损八百，也要伤孟怀谦一千。
他希望他这辈子都不要打出去，一切全在霜霜的一念之间。

在池霜进入他的世界之前，孟怀谦一直以为自己是喜静的，他也享受在结束了忙碌的工作后独处。的确，就像她所说的，他是一个很无聊的人，他的娱乐活动很少，更多的时候都是跟几个朋友一起喝酒聊天。
现在她不在京市，他似乎也闲了下来。
不用下班后等她召唤去买她喜欢的食物，也不用搬运她的快递——自从她将手机设置成勿扰模式后，她理直气壮地将所有的快递都填了他的地址和电话。
她说，她以前的助理都会帮她处理这些琐碎小事，她似乎已经坦然地将他当成了她生活上的助理。
可能是这几天她回了家，她的快递都少了很多。
这样的闲，却也有些空。
下班时，孟怀谦接到了电话，波澜不惊地听完后，只平淡地应了一声便挂断了。他没让司机开车，独自一人沿着曾经熟悉的路段绕了几圈。经过母校时，他将车停在附近。不知今天是什么日子，学生们都提前下了晚自习，一群接着一群从学校里走出来。
校门口异常拥堵，都是来接孩子的家长。

孟怀谦沉默地点燃了一支烟，却没有抽，只是任由它烧至尽头，这才驱车缓缓汇入车道。

他回来得不算早，最近都没有住酒店套房。

这小区里几乎都是早出晚归的住客，地库也异常安静。

他推开车门下车，正要锁车时，一道躲在暗处很久的黑影猛地朝他扑了过来。

即便是凌晨时分，京市私立医院的VIP套房的走廊上也格外热闹，连最高领导层都被惊动，连夜匆忙赶来以表示郑重之意。

在医生娴熟手法的处理之下，孟怀谦的伤口已经包扎好了，正面色苍白地躺在病床上。走廊上的人暂时还不能进去，只能站在外面，透过门上的玻璃窗焦灼地张望。

梁潜是朋友中最后一个到的，他匆匆赶来，面色阴沉。

见梁潜来了，程越压低声音问："警察那边怎么说？"他也难掩愤慨，"你那堂伯是不是疯了？居然敢偷袭怀谦，他是不是活腻了？"

梁潜冷冰冰地说："我去了一趟，暂时还在审讯，我也没见到，让律师在那里候着了。"

容坤骂了一句："这都是什么破事！"

谁都想不到会发生这样的事。至少从目前已知的消息中得知，梁潜的这位堂伯已经跟踪孟怀谦有一段时间了，今天不知道抽了哪子风，居然趁着孟怀谦下车时，从背后扑了过去，用手中的匕首刺中了孟怀谦。

幸亏孟怀谦及时反应过来，很快将这位堂伯压制住，但也还是受了不算轻的伤。

好在事发后孟怀谦迅速拨通了物业的电话，这才被及时送来医院。

尽管是深夜，可也惊动了一些人。容坤在来的路上都已经接到了几个电话，都是小心地询问孟怀谦是不是出了点事。

这个圈子里的人都知道，这一年以来，孟怀谦为了梁氏的稳定付出了多少心血，其中蹦跶得最欢的就是梁潜的这个堂伯，在公司在家族四处奔走，就想趁梁潜出事的这个节点来为自己扫清障碍。孟怀谦没有手软，一次又一次地摁住了他，否则等梁潜回来的时候，梁氏还是梁氏，只不过已经不是他梁潜当家做主的梁氏了。

谁也没有想到，梁潜的堂伯对孟怀谦记恨上了，竟然出了这昏招。

"你觉得是破事。"程越扶额，语气仍然算不上好，"梁宗平心里可不这样想，他可不是只差那么一点儿就一步登天了吗？"

程越又看向梁潜："阿潜，说实话，在这个节骨眼上，我不该说什么，但现在怀谦就躺在里面，有的话我不说心里不痛快。你现在回来一切都好好的，可都是怀谦忙里忙外的功劳，不然就你堂伯那个德行，这一年要是没人压制住他，他早就把梁氏啃了个精光。"

梁潜面无表情地听着。

程越的意思他当然听得懂。

容坤默不作声，这件事太过突然，令人措手不及，他还没缓过来，当然不会随意发表任何意见。

凌晨，医生叮嘱了几句后离开后，他们三人才被允许进了病房。

孟怀谦躺在病床上，冲他们扯了扯唇，声音有些沙哑："没多大事，皮外伤而已，别一副我死了的丧气模样。"

"你还能开玩笑，那看来真没什么问题。"程越说着就要伸手故意去按他的伤口，却又停下，骂了一句，"一个个的，可真不让人省心！"

孟怀谦笑了一下，又沉声叮嘱道："现在还早，跟奥朗那边的公关联系一下，要封锁一切消息。我爸妈在国外度假，这件事我不想让他们知道，免得引起轩然大波坏了心情。"

"嗯。"程越应了，"还好孟老跟申姨这会儿都在国外，不然这事不知道要闹多大。"

孟怀谦的目光越过正靠着墙壁垂头思索的梁潜，定格在了异常沉默的容坤身上："有件事我想拜托你，你也一定能办得到。"

容坤低声道："你说。"

"无论你用什么办法，这件事不能让她知道。"孟怀谦仍然感觉疼痛，缓慢又镇定地说着，"我不想让她知道，哪怕一星半点都不要。她要一周后才回京市，那时候我应该也出院了。如果医生还是要我休养，我会跟她说我去出差，总之，别让她知道。"

他又看向程越："你们都对好口供，这段时间不用特意不去池中小苑，否则她会怀疑，还是去一两次。但无论谁问起我，都不要说漏了嘴。"

这是他的真心话，否则他也不会多次强调，还如此耳提面命。

在场的人都听得出来，孟怀谦根本就不想让池霜知道，恨不得封锁所有的消息。如果不是事出突然，他不会在这个时候惹她着急、担心。还好她不在京市，否则这件事要瞒住她也不太容易。

容坤错愕不已，几个朋友是什么性子他再清楚不过，本来他还有点儿怀疑这小子是想玩苦肉计这一套——这不能怪他，他真的发自内心地觉得怀谦现在有点疯，为了获得池霜的怜惜走这一步也不是不可能。

但现在见孟怀谦如此郑重其事地嘱咐，他那点疑虑也被打消了。

既然要瞒着女主角，那这苦肉计演给谁看？难不成演给他们三个男人看吗？

"我知道，你放心。"容坤点头，"既然你都决定好了，那这件事肯定不会声张，我跟池霜聊天时也会多加小心。她现在不在京市，想要瞒着她并不难。"

孟怀谦的目光转向程越。

平时程越嘴上没个把门的，很容易就泄露消息。

程越无可奈何地举起双手，又在嘴边做了个拉拉链的动作："先说好，池霜如果知道了，那消息的来源必定不是我。我等下回去就服用哑药，没跟你开玩笑。"

孟怀谦蹙眉，纠正："她不会知道，没有如果。"

程越跟容坤对视一眼，都很无奈，这什么人啊，他们就差拿把刀将手指割破发血誓了——从头到尾担惊受怕的可都是他们,池霜现在搞不好还在做美梦呢!

果然异性没人性。

从头到尾,梁潜都没有说一个字。

他像是一张弓,安静地靠在角落里,不动声色地打量着每个人的表情,分辨着每个人的话语。

"走吧,让怀谦好好休息。"片刻后,见时间也不早了,容坤提议,"反正他这边也没什么大事,我们都凑在这里反而引人注意。走吧。"

三人往病房外走去。

梁潜刻意地落后两人一步。

在即将踏出病房的那一瞬间,他突然福至心灵,猛地回头,难以置信地看向病床上的孟怀谦。

两人对视,孟怀谦眼里一派平静无波,像看死物一般看他。

梁潜骤然明白过来。

孟怀谦又怎么敢在跟霜霜的关系还没明朗化时使这种不入流的手段?这不是苦肉计,而是……还击。

梁宗平怎么可能轻易近得了孟怀谦的身?以孟怀谦的谨慎,又怎么可能明知有人对他怀恨在心,还如此掉以轻心?他如果是这样的性子,以奥朗继承人的身份,早已经死了上百次了。

孟怀谦之所以没解决梁宗平,可能等的就是这一出。

梁潜明白了是自己的疏忽,竟然忘记了,在他想要申请调取监控视频的时候,可能孟怀谦立刻就收到了消息。他想做什么,这位多年的好友又怎么可能猜不到?

心思不可谓不缜密,简直就是天时地利与人和。

或许,正是因为霜霜不在京市,孟怀谦才会趁这个时候反击。多好,现在就连他们的两个朋友对孟怀谦都没有半点怀疑了。

以后,当他想要自损八百伤敌一千拿出视频公之于众时,完全没有站得住脚的理由。毕竟,如果不是孟怀谦,他回来后谁还认他是梁氏的梁总?为此,孟怀谦还被他的堂伯记恨上,还受了伤住了院。

梁潜微微一笑,缓缓地对着孟怀谦竖起了大拇指,彻底地服气。

他不算亏,输得更不算冤枉。他这个多年好友,恐怕早在对霜霜动了心思时,就已经算计好了要扫清一切障碍,而这最大的障碍,就是他。

处心积虑、狼子野心。

两人只隔了几步的距离,却仿佛是已经撕咬过对方的、正在短暂休息的野兽。他们彼此警惕,又彼此仇视,谁如果妄想抬起利爪,对方便会毫不犹豫地扑上前来,斗得你死我活。他们曾经是最默契的朋友,而当有一天这份情谊不再时,所有过去对对方的了解,都会变成一支又一支的冷箭,直到刺穿对方的喉咙,再无声息。

梁潜收敛了脸上的笑意,面无表情地收回手,即便手中的牌再也打不出去了,也不代表最后输的那个人就是他。

孟怀谦冷淡地看着梁潜。

他明明是躺在床上,却仿佛高高在上地俯视着梁潜。

对池霜来说,在家里的日子总是最舒服的。

不过老家这地方也不能待得太久。这两天正事也就做了一件,跟饼店的老板交换了联系方式,其他时间要么是吃饭,要么在吃饭的路上,每天跟孟怀谦保持着跟先前一样的联系频率。

每天早上醒来,她也不急着起床,跟往常一样微博、微信来回切换,但今日的微博热搜令她瞬间清醒。

热搜的主角居然是郭闯。原来郭闯这两个月都在剧组拍戏,前段时间才营销了一波敬业人设,骑马等戏份通通不用替身,全部真身上阵,谁知道拍夜戏时一时不慎,从马上摔了下来,现在已经被公司送去医院。

星启的公关算得上业内数一数二的,对旗下艺人保护很到位,至今为止,郭闯在哪家医院都没有一丝消息泄露出来。

毕竟曾经是同事,郭闯还喊她一声姐,池霜略一思忖,给钟姐发了条问候消息。

池霜:我看到新闻了,郭闯没事吧?

钟姐应该在忙,并没有很快回复消息。

她想了想,这时候就不要打电话过去了,钟姐肯定要处理很多很多事,不见得有空。

她起床后洗漱,正坐在梳妆台前护肤时,微信视频铃声响了起来,拿起一看,居然是钟姐打来的。她点了接通,很快,钟姐那张脸出现在了屏幕中。

"霜霜。"钟姐的声音传来,"我正想给你发消息的,郭闯不是拍戏坠马受伤了吗,估计有的新闻里也会提到你。"

池霜扬眉问:"提我干吗?"

"那以前你不也是不用替身嘛。"钟姐心虚,"咱们星启的几个实力派演员不都是这路数?"

"少给我戴高帽。"池霜扶额,"你以前也满天买通稿说我敬业,姐,我的姐,这都几年了啊,你能不能稍微提升一下你自己的业务水平呢?"

钟姐语塞。

"算了。"池霜说,"话说回来,郭闯现在怎么样?"

钟姐叹了一口气:"不是什么严重的伤,不过他也吓到了,反正趁这个机会跟剧组请几天假,让他好好歇一歇吧。"

池霜正要安慰焦头烂额的钟姐时,突然在屏幕中见到了一个略熟悉的身影。

"等等,钟姐,"池霜皱眉,"你转过身,调一下摄像头给我看看。"

钟姐不明所以,转过身去,将镜头对准了长长的走廊。

池霜迅速截屏。

越看越觉得熟悉,太熟悉了!这不就是孟怀谦的生活助理吗?她跟这个助理打过几次交道,对他还是有些印象。可问题来了,孟怀谦的生活助理怎么会出现在医院?

"可以了吧？"钟姐压低了声音，"我不是狗仔，这一栋楼全是VIP病房，我这样的行为可不合适。"

"可以了。"

闻言，钟姐如蒙大赦："你干吗？"

池霜摇头："看到了一个熟人，你这画面不清晰，我也不确定自己有没有看错。钟姐，你再帮我个忙呗？"

钟姐头皮发麻："我可以婉拒吗？"

池霜："可以，但是我的要求得不到满足的话，你知道我很容易在微博上发疯的。"

钟姐叹了口气："讲。"

十分钟后，钟姐万般无奈地在郭闯震惊得仿佛见鬼一般的眼神中，如同房产中介，拿着手机全方位拍下病房的每一个角落。

郭闯虚弱地问："钟姐，你做什么啊？"

"别问，跟你没关系。"

说着，钟姐又走出了病房，将视频发给了池霜。

钟姐：搞什么，你是要捉奸？

池霜：捉骗。

那个人八成就是孟怀谦的生活助理，怎么恰好出现在VIP套房的长廊上，其中没点猫腻，她也不信。当然，也有可能是这位助理来探望自己的亲朋好友，但万一呢？

她很能沉得住气，一直等到孟怀谦中午给她来电时，她才不经意地说道："咱们来视个频吧？"

孟怀谦愣了一下："什么？"

"视频一下，不是有几天没见你了吗？"池霜调侃，"怎么，你在跟谁鬼混呢，还不能视频？"

孟怀谦停顿了一下："能，不过可能要等一下，我等下给你视频通话，不会太久。"

他怀疑池霜可能已经知道了，不然不会这么突然地要跟他视频。

挂了电话后，他匆忙唤来助理将他的换洗衣服找出来，一边艰难地脱下病号服，一边拨通了容坤的号码。

那头很快接起："有事？"

"她可能已经知道了。"孟怀谦低声说。

容坤："你说池霜？"

"嗯。"

"不可能。"容坤想都没想就否决，"你住院的事情瞒得死死的，连孟老都不会收到消息，池霜怎么可能知道？我昨天去了池中小苑，可一滴酒都没沾。她上哪儿知道？"

孟怀谦一不小心碰到了伤口，"嘶"了一声。

容坤忙问道："怎么了？"

孟怀谦单手穿上衬衫："没事，我在换衣服。"

"换衣服？"

211

"她说几天没见我了,要视频。"

容坤静默片刻,忍了又忍,要不是顾及孟怀谦还有伤,他早就破口大骂了。

"就因为她想跟你视频,你就以为是哥们儿几个嘴不严实,是吧?还有,你可真行,她要跟你视频,你躺病床上的人还换衣服,就是不想让她怀疑?"

"她以前不会这样。"

"挂了。"容坤硬气了一回,学着程越的话说,"这些打情骂俏的事少说出来招人烦。"

不等孟怀谦回话,他就直接挂了电话。

孟怀谦神色不变,继续换衣服,穿戴整齐以后,又特意去了洗手间,确定自己看起来并不虚弱后,坐在了病房的沙发上,郑重其事地拨出了视频通话。

池霜不慌不忙地接通。

很快,他们都出现在了对方的手机屏幕中。

池霜随意地扫了一眼。孟怀谦坐在沙发上,背景中出现了一幅画的一角……如果不是她事先研究过,还真看不出来他这会儿就在那医院的病房里。

可不是,这人看着跟平常没什么区别,精神抖擞,一副还能再连上四十八小时班的模样。

"怎么想到视频了?"他温和地问。

"想就想了。"池霜话锋一转,"难道还要提前跟你打个申请,写上视频理由、视频时长,你再酌情给我盖个章批了这个报告?"

孟怀谦哭笑不得:"我不是这个意思。"

只是受宠若惊。

只是没想到她是真的想看他。

"我在家里太无聊了,随便找个乐子。"她说。

"那要提前回来吗?"

"不是都跟你讲了,我高中同学要结婚呀!"她横了他一眼,"懒得跟你这个金鱼多说了,挂了!"

孟怀谦还来不及说一声抱歉,池霜就已经中断了视频。他垂眸,恋恋不舍地看着界面上显示的视频时长。

池霜并没有提前回到京市,她才没有陪孟怀谦演苦情戏的兴致呢!如果是他住院了,他向她隐瞒,多半是不想让她担心。她就知道这个人是被人灌了哑药,关键时刻又给她整哑巴新郎这一出,根本不配得到她的怜惜。

他可能真的住院了——不,是一定。以她对他的了解,如果住院的那个人不是他,他一定会将这件事说给她听。一个将自己的一日三餐都详细交代,甚至连出去应酬、跟谁吃饭、在哪儿吃饭都要见缝插针地告诉她的人,明明出现在医院却没有主动提及时,那就是有鬼。

不过无所谓了,人没死就行,看他视频中那个精神头也算生龙活虎,还不值得她改变计划，放高中同学的鸽子飞奔回京市去看他。

孟怀谦也感觉到了池霜对自己的冷淡。

现在他早上发的消息，可能一直到晚上才会收到回复，而且还回复得有些莫名的奇怪。给她打电话，她要么不接，要么接了以后说不了两句就说有事。

她的变化自然牵动着他全部的心神。

他在想，是不是他哪句话没说对。思来想去，反复斟酌，彻夜难眠，他终于确定了，她应该是知道他受伤住院这件事了。

他就不该听信容坤说的那些话，容坤根本就不了解她，而且这个世界上本就没有所谓的天衣无缝、滴水不漏的事，是他太自以为是，是他输液输多了，脑子都开始不清醒了。

第八章 谢谢你，随叫随到的 Siri 孟

池霜还是开开心心地赶赴各种饭局，亲戚组的、老同学组的，不亦乐乎。高中同学祁芸结婚这天更是热闹，她几乎都不曾想起孟怀谦。

池霜这天一直在外面玩到深夜才回家。

正准备躺一下就去洗澡时，她的手机响了起来，屏幕上弹出孟怀谦的视频邀请。

她也不知道怎么回事，可能是手指抽筋了吧，明明想拒接的，却按了接听——可能是今天在芸芸的婚礼上签了太多名了，手指累着了，偶尔犯一次错误也是可以原谅的。

手机屏幕里，孟怀谦正穿着病号服坐在床上，神情拘谨地看着她。

他没说话，她也不说话，两人就这样定定地看着屏幕里的对方。

他们都心知肚明。这是孟怀谦头一次没有一开口就道歉，他也知道池霜不想听这个。

池霜就将手机放在床上，去了浴室卸妆洗漱，等再过来时，已经是一个小时以后。

她的手机摄像头一直对着天花板，孟怀谦也就认真又耐心地看了天花板一个小时。

他想起容坤当时的疑虑，不禁苦笑。

哪有什么苦肉计，她哪怕为他担心一秒钟，他都觉得是种罪过，又怎么敢以此算计并为之沾沾自喜？

池霜回到了床上，还是没有拿起手机。

孟怀谦听到了"窸窸窣窣"的声音,判断她大约是掀开了被子。他斟酌片刻,开口说了今晚的第一句话:"我的事,你还想听吗?"

"不想。"池霜赌气道,"博学多才、见多识广的孟总应该知道时效性这个词是什么意思吧?"

事情都过了好几天了,早已经不热乎了!

"我老家虽然比不上京市繁华,但八百年前就已经通网了。"她又补充,"不是第一手的八卦消息,我都懒得听呢。"

孟怀谦也了解她。

她的心其实很柔软,如果她不关心他,她根本就不会在意这件事,更不会偷偷生气。

想到这里,他思绪微微停滞——并非只有他一个人辗转反侧,可能她的心情也不太好。

或许就像她所说的,他这个人太过傲慢,自以为算无遗策,自以为所有的一切都在掌握之中,却没有想过任何事都有变数。

"其实是工作上的一些事。"孟怀谦低声说,"当初整顿梁氏的时候,我的手段可能有些激进,伤害到了一些人的利益。"

池霜已经悄悄竖起了耳朵,身体往手机那边挪了挪,想要听得更仔细些。

"这里面的尔虞我诈……以后有空了我再慢慢跟你说,总之,就是有人狗急跳墙,动手伤了我。"他一语带过那个晚上,不想让她知道太多。

可能都没人相信,从始至终,他最不愿意她知道这件事。

他不知道,在她的眼中,他是什么样的人。

以前他不懂,为什么每次梁潜见她时都要特意再换一套衣服,为什么梁潜会将刘宏阳的背叛瞒得死死的,不肯在她面前倾吐半个字。那段时间梁潜的焦头烂额他们都看在眼里,可梁潜大概没有在她面前表露出丝毫不快的情绪,不然她也不会半点都不知情。

因为不愿意让她看到自己不好、卑劣的一面。

同样的,现在的他也是,他希望在她的眼里,他可以不是一个好人,但不可以是令她讨厌甚至害怕的人。

"这件事已经立案,一切都按流程来。我的伤也不严重,并没有伤到内脏。其实我现在就可以出院,只是容坤他们不太放心,希望我在医院多住两天。"

"知道了,知道了!"池霜明明将每个字都听了进去,语气却仍然凶巴巴的,"你快点睡吧,医院的隔音效果难道很好吗?现在都几点了?你不睡,隔壁的病人也要睡呀!"

孟怀谦当然听出了她的关切之意:"好,你也早点休息。"

挂了视频之后,孟怀谦从病床上起来,将自己的病历拍了下来发给了池霜。

池霜扫了几眼,遇到不懂的医学方面的词汇还去搜索了一下,确定他确实受伤不严重,又自言自语道:"算了!担心什么呢,祸害遗万年。"

孟怀谦一看就是能长命百岁的模样,她还不如担心担心自己呢。

第二天，池霜要回京市了。爸妈送她去的机场，老池到了机场第一件事就是去洗手间，给了她们母女俩聊天的空间。

成丹凤见女儿眉梢都有着笑意，心里也悄悄地松了一口气，叹道："可算是又开心了。"

池霜立刻反驳："我一直都很开心，没有不开心！"

成丹凤无情地拆穿："你是我生的，你骗谁都骗不了你老娘。"

池霜"扑哧"一声，拉着妈妈的手撒娇。

"说吧，怎么回事？天天耷拉着脑袋，跟谁欠了你多少钱没还似的。谁惹你了？"

池霜回道："一个哑巴。"

成丹凤忍俊不禁："少贫。"

"真是哑巴！"池霜打开了话匣子，开始抱怨，"自己明明受伤住院了，谁都知道，偏偏瞒着我。那我不知道也就算了，我就是太聪明，一眼就看穿了，你说我能不气吗？怎么，什么机密还不能让我知道呀？"

成丹凤探出手戳了戳女儿的额头："你呀，那可能是他不想让你担心。你离开家以后，上大学、工作，不也都给你老爹、老娘搞什么报喜不报忧这一套吗？只能你这样，就不许人这样了？"

他要是别人，我才懒得管呢。

这句话池霜险些脱口而出，不过还是及时刹住了车。

在爸妈面前，她永远都可以没有任何心理负担地无理取闹。

池霜警惕地看着成丹凤："那我真的不喜欢这样啊，你跟爸爸千万千万不要这样，什么事都不要瞒着我，便秘都得跟我讲。"

成丹凤非常嫌弃地看了女儿一眼："公共场合讲这个做什么？恶不恶心呀？"

"反正你跟爸爸有任何不舒服，都一定一定要跟我说。"池霜一脸正色。

"知道了，啰唆。"

"不行，你得跟我保证。"池霜伸出小拇指，"拉钩。"

成丹凤："几岁了，还这么幼稚？"

池霜回击："你前两天不都说了，我在你跟爸爸眼里永远是小孩。"

开开心心地过了安检后，池霜朝着爸爸、妈妈大力挥了挥手。

池父问："霜霜这是怎么了？捡着钱了？这么开心？"

成丹凤瞥了丈夫一眼，慢声道："你女儿估计又要有男友了。"

池霜很快就到了京市机场，王师傅早已经等着她了。

坐上车，她思忖片刻，拨通了钟姐的号码。

电话很快接通，她说道："郭闯还在那医院住着吧？我正好要过去，方便探望的话，我顺便去看看他。"

钟姐敏锐地抓住了某个词汇："顺便？"

"难道还特意呀？我要是特意，你第一个就得提刀来找我算账。"

池霜自在地开玩笑，"不过也没事，你要是在的话，我就过去看看郭闯；你不在就算了，免得惹出麻烦事来。"

"……这都是小事，我还是好奇你主要是来看谁？"

池霜拉长音调："你说还有谁呢？"

"我哪知道。"钟姐揶揄，"你可别忘记了，我给你当经纪人的时候，可没少为你身边那群莺莺燕燕头疼。"

"猜不到就算了。"

这个话题也就此打住。

医院里，容坤跟梁潜再次过来探病。

孟怀谦再过两天就可以顺利出院了，这段时间他也没放下工作，两人进来时，看到的就是这一幕——

孟怀谦正在看电脑，见他们过来，不慌不忙地放下手中的事："来了。"

梁潜根本不想来，可他知道，他作为梁氏的梁潜，也得把表面功夫做到位了。尽管他跟孟怀谦已经是闹得你死我活，可谁也不能闹到台面上来，而且现在在外人，以及在容、程两位朋友的心里，孟怀谦是因为当初给他收拾烂摊子而受的伤，他如果从头到尾都不露面确实不恰当，他更不能将实情和盘托出。

因为事情是他先挑起来的，是他去申请调的监控视频，此举动是什么目的，容坤跟程越如果知晓一定猜得到。

所以，打碎了牙他也只能自己吞。

容坤跟程越都认为这次的事情不一定是坏事。虽然怀谦受伤了，但怀谦为阿潜做的种种，阿潜应该都看得到，现在能趁着这个机会让两人的关系有所缓和也不是不可能。

只不过这件事不能急，还是得慢慢来。

日常关怀了孟怀谦的身体状况后，容坤跟梁潜也不便多待，准备离开。

容坤神清气爽，走出病房后，对梁潜说道："怀谦应该这两天就能出院了，等他彻底好了，我们再聚一聚？"

梁潜咬紧了腮帮子，却不能表露出半点情绪来，硬生生地忍着，忍得五脏六腑都难受，却还得冷淡地点头。

两人往电梯方向走去，还没走近，"叮"的一声，电梯门开了。

池霜从里面出来。她首先看到的是容坤，抬手跟他打了个招呼。至于他身旁的梁潜，她只是淡淡地扫了一眼后，便立刻收回了视线。

即便是跟她和平分手的前任，再见面都绝无可能当什么见鬼的朋友，更何况对方还是梁潜。

打了招呼后，她不再停留，步履轻快地往孟怀谦所在的病房走去。

容坤脸上的笑容微微凝固。

他下意识偏头看了一眼梁潜，果然对方的脸色出奇的难看。

还没等他想好措辞，梁潜居然也跟了过去，他一惊，压根就没机会拽住。

池霜很快就找到了孟怀谦的病房，敲了敲门，听到里面的人说"进来"才推门而入，跟孟怀谦错愕的目光相撞。

见了他这模样，她也来气，下意识攥紧了包。

孟怀谦也实在懂她，竟然伸出了手，做出要接住她砸过来的包的动作。

她顿住。

"可以砸，没问题。"孟怀谦淡淡笑道，"我都好了。"

"美得你！"池霜踱步到他面前，居高临下地看着他，"孟怀谦，你烦死人了！"

孟怀谦伸手，接过她的包放在一边，又起身让出位置给她坐，他这个病人反过来对她嘘寒问暖："什么时候回的？怎么都没听你说？吃饭了吗？想吃什么？我打电话让人送来，好不好？"

梁潜静静地立在门外，浑身血液似被冰雪封住，脸色也发白。

不知为何，他突然就记起了那一年。

在他告白前，在他成为她的男友前，他也生病过，即便他极力伪装掩饰，她还是听出了他嗓子不对劲。

那时候，她也过来看他，也是这般冲他喊"梁潜你好烦"。

原来，她那时的眼里也像此刻一样，满是对他的担忧和关心吗？

梁潜从来没有哪一刻像现在这样清晰地意识到，原来他是真的……失去她了。

"孟怀谦，你怎么一天到晚就知道吃吃吃？"

池霜终究还是担心孟怀谦身上的伤，起身，抬手一指沙发，记起什么，手又指向了病床，命令道："你要么好好坐着，要么好好躺着。"

几天没见她，要说不思念那是假的。

她突然出现在病房，除了她，孟怀谦谁都看不到，也顾不上别的。

"你坐着。"他沉吟道，"我去躺着。"

容坤站在门外，见了这一幕也是叹为观止。

刚才他苦口婆心劝了那么久，孟怀谦愣是不愿意躺床上去，非要坐着处理公事，现在池霜来了，孟怀谦不仅电脑也不看了，人家指哪儿他躺哪儿，就像身上安了开关一样，而且只有池霜能够启动。

服气，彻底服气。

只是……

容坤又小心看了一眼面如死灰的梁潜。得，是他异想天开，还以为能借这个机会缓和这两个人之间的关系，现在想都不用想了，梁潜放不下池霜，孟怀谦更是一副随时随地要发疯的模样。这两人只怕以后老得都爬不动了都不可能放下这段隔阂，或者更为准确地说，可以称之为仇恨。

门外的梁潜并没有看孟怀谦。

此时此刻，在他的眼中，病房里压根就没有这个人。

他所有的注意力都在池霜一个人身上，几乎贪婪地注视着，似乎是想从她的脸上、她的眼中，记起她曾经爱他的模样。

为什么要到失去的这一刻才明白过来,她曾经是那样关心他?

容坤在心里叹气,还是伸手拉他,要拽他离开,他却分毫未动。

"阿潜,不要这样。"容坤压低了声音,"你这样只会让池霜为难。"

听到这个名字,梁潜微微触动,收回了视线,沉默地转身,双腿仿佛灌了铅般沉重。

两人进了电梯下楼,容坤见梁潜这样也不适合开车,便拖着他去了自己的车上。

这个时候,容坤也说不出任何劝慰的话来,因为他并不是当事人,而是梁潜和孟怀谦共同的朋友。

车厢内一片寂静,梁潜像一座雕像般静坐了许久后,哑声问道:"我做错了什么?"

他到现在也没明白,他究竟做了什么十恶不赦的事,才会落得如今这个下场。

这个问题,容坤也回答不上来。

他只能说出自己的观点:"哪有什么对错?可能感情的事就是这样,阴错阳差,谁都说不好。"

这个世界上,也许其他的事情都有对错之分,唯独感情没有道理可言,并不是谁是好人,谁就会获得青睐,感情更不会同步,不是他爱她多久,她就会爱他多久,就连程序都不会如此刻板,更别提人心。

"阴错阳差。"梁潜冷笑着品味这几个字,"我能怎么办?当时如果怀谦落海,我的确也会像他说的那样,生不如死。其实我也知道,这件事跟他没有关系,他什么都没做错,即便再来一次,我也还是会冲上去。可现在我捡回了一条命,回来后却失去了我最好的朋友,更失去了我的未婚妻。"

"是我这个人天生命就这样糟糕?"梁潜看向容坤,缓慢而平静地问道,"我压根没得选。他什么都有,为什么还要跟我抢?"

容坤若有所思地看着他,片刻后摇了摇头,一针见血地说:"你知道,这不是抢。"

"你心里清楚,没有怀谦,也会有别人,那是池霜自己的选择。你只是不能接受池霜选择的人是怀谦。"

围观这出戏也有这么长时间了,旁观者兴许看得更清楚。

梁潜只是不能接受池霜在他跟孟怀谦之间选择了孟怀谦,也不能接受孟怀谦在他跟池霜之间选择了池霜。

病房里,池霜在沙发上坐了一会儿后,还是板着脸起身,拖过椅子坐在了病床边,问道:"究竟伤哪儿了呀?"

孟怀谦发来的报告上什么信息都有,可她还是想问问他。

孟怀谦迅速翻了个身,背对着她:"后腰这里。不过刺得不深,没伤到……"

他顿了顿,到底还是没说得太详细,含混道:"总之,没什么问题,这两天就能出院了。"

池霜也不知道他在扭捏什么,蹙眉又问:"会留疤?"

"会。"孟怀谦坦言,"不过没有关系,也没人看得到。"

确实,在这个位置,孟怀谦自己不背对着镜子照都看不见。

池霜下意识地也摸了摸自己的后腰,嘀咕一句:"很疼吧?"

她都不敢想,刀尖直接刺进肉里那得多疼,平常划拉一道口子都不轻,更别说这个——还好不是她遇到这种事。

再瞧一眼躺在床上并不虚弱的病人,池霜清了清嗓子,为自己这"还好不是我"的念头觉得好笑。

孟怀谦神色严肃认真地说:"你不会碰到这种事的。"

池霜一惊。

这狗东西是不是有读心术?怎么连她心里在想什么都知道,还给了她这样的回答?

她环顾病房,转移话题:"也不知道这附近有没有商场或者超市?"

"怎么?"孟怀谦问。

"算了,我看看能不能叫个跑腿。"池霜拿出手机,抬头瞥他一眼,"想买个果篮,还有一些补品。"

孟怀谦无奈地说:"不用。"

他不爱吃那些东西,每天的营养餐已经足够丰盛,不需要给他买。

"要的,探病怎么能空着手呢?"

见池霜态度坚决,孟怀谦只好用商量的语气说:"要不让小何去买,小何对这块应该还算熟悉?"

"那也行。"

小何是负责孟怀谦工作以外琐碎事情的助理,也是因为他,池霜才初步判断孟怀谦住院。

何助理身材高大,沉默寡言,处理事情效率却很高。

"去水果店帮我买一个果篮吧。"池霜掰着手指头对何助理说,"顺便再去商场买点补品,冬虫夏草之类的,总之,你看着办,什么贵就买什么,探病都是这样,麻烦你啦。"

孟怀谦眼皮一跳,下意识想阻拦她,委婉地说:"没必要买这些补品,浪费不好。"

池霜立刻横他一眼。

他不再试图阻拦,只是在心里叹了一声。别人送来的都还好,他可以搁置放一边去,她特意让人买来的,恐怕他不能辜负她的心意。

何助理应下,离开了病房。

这位助理也确实很会来事,到了商场后,拨通了孟怀谦的视频通话。

池霜从孟怀谦手中接过手机,两人靠一起看向屏幕里陈列在橱柜中的各类补品。

"何助理,我要一盒燕窝,对了,冬虫夏草也买两盒吧。"

"咦,我还看到了野山参,也买一些吧!"

她一副恨不得把商场搬回家的语气,什么都想买。

孟怀谦的喉结微微滚动了一下,下意识地摸了摸鼻子,这些如果全部吃下去的话，未免太补。事到如今，他也看出来了，她大约还是在生他的气，气恼他隐瞒受伤住院这件事。

如果不是关心担心他，她又怎么会这样？

思及此，孟怀谦神情和煦地听着池霜跟何助理交谈。

一个小时后，何助理提着这些补品和大果篮回来，耐心地等着池霜吩咐。

还好这套病房有足够的空间搁置这些东西。

池霜满意极了，看了一眼孟怀谦，又收回视线，客气地对何助理说："太多了，我一个人提不起，何助理，你跟我一起拿过去吧？"

何助理愣住，一脸疑惑不解。

等等，池小姐是什么意思？拿……到哪里去？

池霜回头，抬起手，俏皮地对着孟怀谦挥了挥，语气轻快地说："孟怀谦，我请何助理跟我出去一趟可以的吧？我去探病了，"她笑意盈盈的，"你在病房里一定要好好休息哦！"

孟怀谦怔了怔，似乎都没听明白她的意思。

每个字他都懂，怎么连在一起就听不懂了？

探病……

池霜欣赏着孟怀谦茫然的神色，心里的小人已经在叉腰大笑了。

"啊，我好像忘记跟你说了，"她故作惊讶地捂嘴，又耐心地解释，"郭闯也受伤住院了，你说巧不巧，他也在这家医院呢。毕竟我也算得上是他的师姐，还有钟姐这层关系，来都来了，我就顺便过去探望他吧。"

池霜又小幅度地挥了挥手，背过身后，抿唇偷笑，露出一对梨涡，接着便雄赳赳气昂昂地带着一头雾水的何助理离开了病房。

病房里很快恢复了安静，孟怀谦却无心开电脑工作，抬手捏了捏鼻梁，十分无奈地从一旁的柜子上拿过手机。

在步入池霜的生活之前，他的手机上从来都没有乱七八糟的软件，现在丰富多彩得不输任何一个年轻人。

他点开微博，手指略微停顿了几秒，还是蹙眉在搜索框里输入了"郭闯"这两个字。

很快跳出了几天前郭闯在片场坠马受伤的新闻。

这种无聊的新闻，多看一眼都是浪费时间，他得到了想要的信息后便立即关闭页面，将手机又放回了一边。

他这才恍然明白过来，难怪在消息封锁的情况下，池霜也知道了他住院的事。

孟怀谦跟郭闯虽然都在同一个医院，病房却不在一个楼层，那天钟姐也算是误打误撞，担心有人撞见她，特意多上了两层楼才跟池霜视频。

池霜做事向来都有分寸，提前跟钟姐约好了时间才过去。

她可不想独自去探望一个不怎么熟的同事。

钟姐挂了电话后，看向病床上正在打游戏的郭闯，皱了皱眉头，还是走了过去，低声说道："等下霜霜会过来探望你，记得说点好听的话，别只会干巴巴地说'谢谢'。"

郭闯惊住:"霜姐居然来看我?"

钟姐见他似是受宠若惊,心里冷笑一声,纠正提醒道:"她当然不是特意来看你的。"

"她有个朋友也在这里住院。"她说,"她是看了网上的新闻就顺道过来看看你。你赶紧收拾一下,别跟没了骨头一样躺着。"

没一会儿,池霜就跟何助理进来了,提着大包小包。

钟姐都看傻眼了:"买这么多补品做什么?折成现金多好。"

"俗气!"池霜又转头对何助理说,"何助理,他那边还是离不开人,要不你先回去,我等下自己过去,我记得路。"

何助理应下,对钟姐点点头,算是客气地打了招呼后,便退出了病房。

钟姐还在踮着脚好奇地张望。

池霜伸手在她眼前晃了晃:"收住,你看什么呢?"

"有点帅来着。"钟姐面露神秘微笑,"不错不错,目测身高也有一米八。谁的助理这么标致呢?"

"不是你的,也不是我的,这就够了。"

池霜不再跟钟姐闲扯,往里走了几步。郭闯已经起身,看他的脸色也不像微博上说的那样严重。即便在钟姐眼中是毛头小子的郭闯毕竟也在圈里混了好几年,情商自不用说,说的每一句话都熨帖。池霜跟郭闯自然也都不会提起钟姐生日那天晚上发生的种种,他依然是阳光爽朗又谦卑的后辈弟弟。

简单的寒暄之后,池霜也不想多待,便跟钟姐还有郭闯道别。

钟姐送她到电梯口,深深地叹了一口气,拉着她的手感慨道:"还是可惜你年纪轻轻就退圈,说真的,手底下这几个人都没你让我省心。"

池霜被她逗笑了:"郭闯不挺好的吗?"

"一言难尽。"钟姐上前抱了抱池霜,"总之,谢了,我知道你是因为我才来看他,所以那些补品我就拿回家了,果篮留给他。"

池霜:"……行。"

当她乘坐电梯来到孟怀谦所在病房的楼层时,还没走出几步就看到了他。

他穿着病号服,正靠墙而立。

"在这里干吗?"她快步走过去,上上下下地打量他。

"透气。"他言简意赅地回道。

"那透完了吗?"

"嗯。"

池霜走在他旁边,忽然狐疑地看向他,下一秒,她伸出了手臂,大发慈悲地说:"你是病人,身上还有伤,我扶着你进去吧。"

"不……"

这两天太多人对他说过这话,他是习惯性地拒绝,刚冒出一个字就戛然而止,将"用"硬生生地吞了回去,改口道:"不会麻烦你吧?"

因为太过短暂,池霜没注意到孟怀谦话语的停顿:"啰唆什么,来。"

她伸手扶住了他，离得近了，自然闻到了他身上淡淡的木质清香。

她努力憋住笑意，哪个病人住院还喷香水？她再抬眸扫了一眼他的下巴，果然一如既往的干净，不见一点胡楂。

孟怀谦当然不敢将上半身的重量交给她，下意识地绷住肌肉，伤口拉扯，隐隐作痛。

他却很喜欢这样的感觉——痛了，就代表现在并不是一场梦。

这段路并不长，孟怀谦却刻意放缓了步子，池霜自然也配合他。

午餐也是在孟怀谦的病房吃的，除了病号营养餐，还有很多她爱吃的菜。这个午后很普通，但对于孟怀谦来说很珍贵，她哪怕只是坐在沙发上玩手机，他也心满意足。

她所有的作品他都看过。

作品质量不予置评，但他对其中一些情节的印象很深刻，似乎男主角总是会用一些拙劣又可笑的苦肉计来获取对方的注意。

他现在倒是有些懂了。

"晚饭想吃什么？我让餐厅送点你爱吃的菜，怎么样？"

池霜抬头看他，随口道："晚饭？我等下就走，不用给我安排了。"

孟怀谦神色微微僵硬，怎么这么快就走？

他想出口挽留她，却又不知道能用什么理由。

"谁没有正事呢？"池霜抬手一指墙壁上的时钟，"我都在你这里待了三个多小时，三个多小时哎，全是消毒水的味道，我居然还能待这么久，简直前所未有。"

这人的确应该受宠若惊，她都被自己的行为感动到了。

闻言，孟怀谦愣了几秒后，眉头舒展开来，温和地说："好，我让人送你回去。"

说着，他从病床上下来，一副要送她去停车场的架势。

"得了！"她挡在门口，不肯让他跟着出去，"怎么，演完'哑巴新郎'，这会儿又想演'十八相送'？"

"你老老实实待着，我才不用你送，送我到停车场这一段路搞不好你能走半个多小时！"她自然看穿了他的把戏，她一扶，他慢得跟蜗牛似的，她估计猴年马月才能上车。

于是，孟怀谦只能无可奈何地目送着池霜离开。

等走廊里高跟鞋"噔噔噔"的声音再也听不见时，他才恍然回过神来，在她刚才坐过的位置坐下。手机不合时宜地响了起来，他收敛了眉宇之间的那一丝眷恋，平复了呼吸后，恢复成那副波澜不惊的模样接了电话。

那头的人慌忙地汇报了情况。

只是这紧张的情绪丝毫没有影响到孟怀谦，他漫不经心地听完，声调沉静地说："章总，我想你误会了。"

"我本就是代梁总为他处理琐碎杂事，现在他回来了，想要收回一些事务，也是情理之中。"

说着，他低头，却突然一愣。

原来抱枕之下竟然藏着东西，是池霜的耳饰。她今天将头发都放了下来，他一时粗心，也没注意到她落下了。

等等……

他将这小巧又圆润的珍珠耳坠攥在手心，似是明白了什么，哑然失笑，难掩愉悦神色。

"孟总？"那头的人又试探着喊了一声。

孟怀谦一早就知道，他牵制不了梁潜太长时间，梁潜如果是草包，他们也当不了这么多年的朋友。

只是，他还在犹豫，现在他是否要放开手中的绳索。

不能不放，不得不放。

绳索拽久了，手掌上会留下痕迹，也会磨出薄茧。

他霍然收住了手，几秒后，温文尔雅地回答："既然梁总现在身体已经全然恢复，那就随便他吧。"

梁潜喝闷酒的时候，接到了电话，对方语气惊喜地向他汇报好消息。他这段时间来所努力的都有了结果，梁氏重新回到了他的手中。他本该长舒一口气，可心里怎么也高兴不起来。

他倒是宁愿孟怀谦继续把他当成威胁。

至少这还能说明，他可能在霜霜的心里还有一席之地，对孟怀谦来说，还是威胁。

两人曾是多年好友，他又怎么会不知道孟怀谦爽快地放手不再针锋相对是为了什么。

大概是想当一个好人了，就像当初的他一样，不愿意让池霜看到自己任何阴暗、可憎、刻薄、冷血的一面，也恨不得将身上的污点全部洗干净。

只是他也想看看，这层好人的皮孟怀谦能披多久。

池霜从餐厅出来后就直接回了翡翠星城，今天一天可太累了，乘坐飞机回了京市，在医院陪着孟怀谦三个多小时，下午又在餐厅忙活，顺便又拿到了她最想要的信息，现在躺在沙发上都懒得动弹。

也不知道过了多久，她的手机响了起来，是孟怀谦的来电。

她直接开了免提，他低沉的声音传来，如此清晰，就好像他也在这个屋子里，就在她的耳边低语。

"刚刚我在沙发上捡到了一只珍珠耳坠，是你的。"

池霜眉眼弯弯，懒洋洋地回道："也不一定是我的，可能是别人落下的呢？"

"不可能。"孟怀谦语气笃定，跟她细致地分析，"知道我住院的朋友很少，目前来探望的也都是男人，进出病房的异性也只有医生跟护士，她们在上班期间都不能佩戴首饰。"

池霜故意找碴儿："我又没说是医生跟护士，也许是容坤或者程越的呢？"

"池霜。"孟怀谦轻笑一声，叫了她的名字，似乎非常无奈，"容坤跟阿越都没有佩戴耳饰的习惯。"

"那可能就是我的吧。"她嘴角上扬,"要不,你让何助理给我发个闪送?"

孟怀谦沉吟了一会儿,竟然采纳了这个提议:"好。"

她落下耳饰的主要目的就是想逗他玩,顺便也有了再过去探望他的理由——当然,她想去就去,不想去就不去,可她不希望这个男人太得意太嚣张。男人一旦太自信,魅力值会跌至谷底。

结果现在好了,他也不按常理出牌。

池霜心想,这人可能在医院里输液输多了吧?看在他是病号的份上,也不是不能原谅他的迟钝。

谁知道,还没等她讥讽他"可真是听话",门铃突然响了。

她微微惊诧,脑子里倒是有了个模模糊糊的猜测,只是还没来得及成形,她就已经来到了玄关处,看到了显示屏里穿着白衬衫的男人。

她杏目圆睁,难以置信,后又恍然大悟。

所以,这就是……闪送?

确实如闪电般迅速,从他答应到出现在她家门口,才过去了一分钟不到,腾云驾雾都没这么快。

他居然拖着虚弱的身体来给她送耳饰。

不过,他现在看起来能单挑三个壮汉……她脑海里闪过"虚弱"这个词时,又谨慎地画掉了。

池霜开了门,对上孟怀谦温和的目光,自己先憋不住笑了起来:"搞什么啊?你不是还在住院?"

"医生今天下午检查了伤口,确定没什么事了,所以我出院了。"

从在沙发上发现了那散发着莹润光芒的耳饰后,孟怀谦怎么可能还待得住?

还好他伤得本就不重,提出出院后,几个医生也都同意。

他伸手,向池霜摊开了手掌,果然掌心上躺着一只珍珠耳饰。

几乎是同一瞬间,两人都记起了一年以前的事。那时候她也是耳饰丢了,他大晚上的去星语半岛给她找来,再到此情此景,确实很有意思。

"一年了。"池霜从孟怀谦手里拿过自己的耳饰,揶揄,"你也该有点特别的待遇了。"

孟怀谦低沉短促地笑了一声:"什么?"

"请进。"池霜煞有介事地做了个邀请的姿势,"请你喝杯……"她停顿,下意识地看向他的腰部,及时改口,"请你喝杯白开水。"

"感谢。"

孟怀谦进来,缓慢地弯腰换了鞋子,仿佛是第一次来,一言不发、目不斜视地跟在她身后进了宽敞的客厅。

池霜只能在心里感慨,这些男人的嗅觉都异常灵敏,察觉到她的态度软化便迅速地找过来,虽身残但志坚,明明身上带着伤,依旧恨不得从医院爬都要爬过来。

不知道的还以为明天就是世界末日了呢。

池霜一边腹诽，一边给孟怀谦倒了杯温水。从饭厅过来时，只见他站在观景阳台上透气——她大约能猜到，因为她才说过不是很喜欢医院的味道，即便他出院后洗了澡才来，还是去了阳台，不想让她嗅到一丝丝她不喜欢的气息。

"给。"她将杯子递给他。

"谢谢。"虽然不渴，但孟怀谦还是喝了半杯，然后随手将杯子放在阳台的桌子上。

她这套房子视线绝佳，到了夜晚，微风习习，站在景观阳台上还能看到不远处的护城河，月光与路灯映照，宛若银河。

这一刻，两人都不想说话，只是静静地望着远处的夜景，也是别样的享受。

最后还是孟怀谦打破了这宁静的气氛，主动开口问道："晚饭吃的什么？"

池霜忍俊不禁："干吗总是问我吃没吃，吃的是什么？你知道你这样像什么吗？"不等他回答，她又眉开眼笑地说，"上幼儿园不都是要在那里吃饭吗？我爸妈每次接我回家，就不停地问我，吃的什么呀，喝的什么呀，吃没吃饱呀。"

"我的意思是……"孟怀谦缓声道，"如果你饿了的话，我出去给你买点吃的。"

"是你想吃了吧？"池霜白了他一眼，"得，你毕竟是客人，来我家总不能真的只给你喝白开水，我去冰箱看看有没有什么吃的。"

说完，她就往里走，孟怀谦也跟在她身后。

池霜拉开了冰箱。

她现在生活中最不能缺的人就是刘姨——刘姨有一定的收纳强迫症，即便是冰箱都整理得有条有理，堪称视觉享受。

"吃什么？"池霜扭头问身侧的孟怀谦，"先说好，需要我开火、倒油、吸油烟的，您可就别开口了。"

孟怀谦当然有自知之明。

他的手越过她，拿了两个鸡蛋，他的手掌足够宽大，轻轻松松就能握住。

"我给你煮两个鸡蛋吧？"他问。

池霜想起了一年多以前的那个晚上，他好像也给她煮了鸡蛋，但她看都没看就让他滚了，更别提吃。

现在再看看他这一副刚从医院出来的病弱模样，即便知道是她开了滤镜的错觉，她还是没忍心拒绝。

"行吧。"她大发慈悲地点头。

孟怀谦也不是居家型男人，上一次下厨房也是为她煮鸡蛋。时隔这么久，他还是没忘记操作厨房的燃气灶，用奶锅接了水，又开了火。

那猝然燃起的火苗，仿佛令整个厨房都开始升温。

池霜大大方方地打量他。

大概是为了舒服，他今天这一身宽松而休闲，没了身着正装时的一丝不苟与严肃。此刻他垂着眼帘，盯着奶锅中起起伏伏的鸡蛋，升腾而起的热气似乎冲散了他平日的疏离和冷淡。

"你之前好像也给我煮过鸡蛋，"池霜坦然地说，"不过我没吃。"

孟怀谦也记起了那天晚上的事，失笑。

"我想想啊……"她努力回忆着，"那天我是不是还拿了什么东西砸过你？"

她不太记得了，毕竟这一年多里，她砸过孟怀谦不少次，有时候是用包，有时候是用口红或粉饼……

"一只粉色的拖鞋。"孟怀谦回道。

池霜瞪了他一眼，扬声道："好呀，孟怀谦，你说！你是不是一笔一笔给我记着呢？是不是就想着哪天报仇？不然你怎么记得这么清楚？"

孟怀谦没说话，只是想着怎么回答她的问题，没有任何别的意思。

"你又哑了是不是？"

闻言，他无奈地举起双手，表示投降："没哑。"

"所以你就是记仇了，小心眼的男人是不会有美好的未来的！"

"没有，我没记仇。"

"所以，你觉得这是仇咯？"

孟怀谦陷入了沉思中，他在想，他刚刚为什么要回答那个问题。

他脑子里也涌现出了容坤常自嘲的两个字——

嘴贱。

即便内心懊悔，他也要打起精神来回应："不是，我没这样想，你别误会，我只是……"

他在池霜面前终究是词穷，不知道该如何说，跟她有关的事情他都记得很清楚，并非刻意，自然而然地就刻在了脑海里。

池霜"扑哧"笑出声来，神情愉悦："这么紧张吗，孟总？"

"算了，我也不欺负病人了，"她缓了缓语气，"老实回答，那天我拿拖鞋砸你，你是不是都快烦死我了？是不是在心里骂我？"

"没有。"孟怀谦坦言，"那时候我反而有些感动。"

池霜疑惑地看他。

"因为鞋柜上还有一双高跟鞋。"孟怀谦说，"你在讨厌我，极其愤怒的情况下，还是下意识地去拿毛茸茸的拖鞋砸我，而不是那双高跟鞋。"

池霜目瞪口呆，压根就没弄清楚他话里的逻辑。

"那是我没看到！"她说。

她那个时候哪里有空想这种事，她要是看到了，别说是高跟鞋，一把刀都要冲他投过去，让他满身血窟窿。

孟怀谦点头："你看不到真正能伤害到人的武器。"

这句话就有些深奥了，池霜不愿意在这个话题上继续延伸下去，可以预见到的无聊——这是男人的通病，更是博学多才的男人的毛病。

"好了！"她果断出声制止，"这件事不要再提，你再提的话，我就当你是在翻旧账啦。鸡蛋是不是煮熟了？"

227

孟怀谦低头看了眼锅里,再抬手看了眼腕表:"等等,还差三十秒。"
池霜扶额:"怎么还计时呢?"
"你喜欢吃半熟的蛋黄,我查了一下,要煮九分钟。"孟怀谦说。
池霜笑吟吟道:"不错不错,你很有当厨师的天赋。"
"煮好了。"
精确到秒的孟怀谦立刻关了火。
池霜见他从锅里捞出两个鸡蛋放在了盘子里,说道:"突然想到一件事,你毕竟生病住院了,我去看你空着手不太好,所以我决定给你特别的探病礼物。"
说着,她就要去拿鸡蛋。
孟怀谦赶忙抓住了她的手腕,等意识到他的手正牢牢地圈住她时,他怔了怔,松开,竟难得地语无伦次起来:"别、别碰,还是滚烫的。"
池霜也下意识地低头看自己的手。
搞什么?难道是她空窗太久了,来了个男人抓她的手,她的心跳都加快?
她若无其事地收回手,清了清嗓子:"那等不烫了我再拿。"
几分钟后,等鸡蛋不那么烫了,池霜拿着一个"噔噔噔"地进了房间。没多久她又出来,将手藏在身后,脚步轻快地来到孟怀谦面前:"为了庆祝你顺利出院……"
她伸出了手,摊开,眼睛亮晶晶的:"送给你。"
鸡蛋上画着一只憨态可掬的小猪,圆滚滚、胖乎乎的。
孟怀谦抬眼看她。
她好像不知道,真正能伤害到他的武器,其实一直都紧紧地攥在她手里。

翌日。
京市的酷暑还没过去,池霜一觉睡到自然醒,也总算有空处理"剧情"这件事。当初特意请人做的员工考勤系统这会儿发挥了它最大的作用——她以老板的身份登录进去,很快就搜到了许舒宁的个人信息,以及许舒宁的排班表。
池中小苑所有的员工都是轮班,这个星期,许舒宁上的是白班,从早上八点到下午五点。
前两天她就跟于经理通过气,于经理毕竟是有丰富工作经验的人精,很快就将这件事情处理好了,安排三位老总今天上午在餐厅碰面。
梁潜自不用说,事情本来就因他而起,他不可能在这个节骨眼上摆谱。容坤跟程越一边在心里骂骂咧咧,一边也只能配合——毕竟手表的价值摆在这里,他们不配合着私了,以池霜的脾气,还真能转头就报警,那他们两个人不也跟着出丑吗?
池霜本来就没打算去。
要不是情况太特殊,她都不愿意这两个人在她的地盘上碰面——她想好了,等这出戏结束后,她得让人里里外外都扫一扫、消消毒。

但凡她是富可敌国的大富翁,她连这店都不想要了!

三人各自从住处出发,在池中小苑门口的停车场碰了面。

清晨的太阳也足够刺眼,程越把玩着车钥匙,没好气地抱怨:"这人啊,一旦闲得发慌就开始作妖,折腾折腾自己也就得了,还连累兄弟,真是作恶。"

容坤用手肘撞了他一下,算是警告:"别惹疯子。"

没见到阿潜现在仿佛是从冷库里出来,浑身都散发着冷气嘛。

失恋的人得罪不起,抡起拳头来都是不要命的。

就现在这情况,阿潜一人能撂倒他们两个。

程越低声咒骂:"在海里泡久了,脑子进了水!"

三人穿过水庭和走廊,进了餐厅正厅。

这个点还早,餐厅里格外清静。

表姐今天也在,接了于经理的内线电话后,赶忙下来,见了他们,客客气气地打招呼:"梁总、容总、程总,真是麻烦你们走这一趟了。"

梁潜颔首,喊了一声:"姐。"

表姐不接这称呼,只是客套地笑了笑,看向于经理:"那边都准备好了吗?"

于经理点头。

表姐笑着对他们解释:"霜霜本来是要来的,不过你们可能还不知道,她昨天才出差回来,在外面奔波了好几天,我就让她在家里休息两天缓缓神。"

其实在座的都心知肚明,池霜对这件事气恼得很。

容坤听了这话都头皮发麻,自然而然地就想起了昨天在医院的种种,连忙说道:"一点小事罢了,是我们给你们添了麻烦。"

表姐心满意足,说道:"容总,前阵子才买来的极品毛峰,我已经让服务员给您三位泡好了,就在您的包间。"

容坤礼貌地道谢。

在于经理的带领下,三人来了容坤的包间。

于经理笑着说:"这阵子梁总的手表都放在了我们餐厅的保险柜里,我马上就去拿来。另外就是按照流程,麻烦梁总在失物认领书上签个名,我这边也好给池总一个交代,池总对这件事还挺上心的。"

梁潜神情寡淡,无所谓地应了一声:"好。"

于经理松了一口气,快步走出包间。

许舒宁正在逐字逐句地检查认领书,才从办公室出来,便碰上了于经理,又一次交给他检查。

"没问题。"于经理看了几眼后,随口道,"你去容总的包间,让梁总签个字就行了。"

许舒宁面露紧张之色。

于经理要去开保险柜,匆忙叮嘱了许舒宁几句后便走了,还是另一个服务员见许舒宁局促又惶恐,压低声音笑着安抚她:"没事的,他们三个都是池总的朋友,不会为难你的。"

许舒宁深吸一口气,也怕耽误了工作,冲对方笑了笑,赶忙拿着认领书上了二楼。

走到包间门口,她抬手轻轻敲了敲门,听到里头有人说"进来",她才推门而入。

这时,传来一道低沉的男声:"阿越,灭了,别在这里抽烟。"

她微微一怔,总觉得这声音有些耳熟。

另一个面对她而坐的年轻男人身穿白色衬衫,笑容和煦:"敢在池霜的地盘抽烟,阿越你是不是活腻味不要命了?"

年轻男人见她进来,温和地点头。

"得,我服了。"程越又将打火机给关上,"我不抽,不抽。"

许舒宁站在门口,小声地开口:"请问,哪位是梁总?"

容坤抬手指了指坐在他对面的梁潜:"签字是吧?给他就行。"

许舒宁才走出两步,梁潜回头,四目相对。

梁潜很少会注意这些无关紧要的人,只淡淡扫一眼要收回视线时,突然看到什么,错愕两秒,目光又落在了年轻女生的面庞上。似是想起什么,他紧皱起眉头,只是很快又恢复了漠然的神情,仿佛眼前的人只是从未见过的陌生人,看一眼都多余。

许舒宁的心几乎要冲破胸膛,手心都在冒汗。

她下意识地睁圆了眼睛,毕竟阅历有限,事情又太突然,一时茫然,根本来不及想太多便脱口而出:"是你?"

怎么是他?

怎么是他!

一时之间她思绪混乱不已,他是……是梁总,是这块手表的主人?

等等,他究竟是谁啊?

正拿起杯盏悠闲愉悦品茗的容坤缓缓抬头,疑惑地看着许舒宁。

程越把玩着打火机的动作也顿住,瞥了梁潜一眼,又打量着许舒宁,纳闷地问道:"不是,什么情况?你俩认识?"

这话让许舒宁猛地回过神来。

梁潜看起来完全不一样了,如果不是那张脸,她都快认不出眼前的这个人竟然是他。

包间里的三个男人,除了梁潜,都在疑惑地打量着她。

面对这两人审视的目光,许舒宁怔住,手都在颤抖,如坠冰窟般,寒意从脚底蔓延至全身,冻得她六神无主。

是她认错人了,还是说这一年来所有的一切都是一场骗局?

像他这样的人,怎么可能是她大哥的朋友?

所以他就算认出了她,也完全不想理会她,只当她是从未见过的陌生人。

几乎是一瞬间,她好像突然就懂了,有的事情没必要打破砂锅问到底。在他选择不告而别的时候,她就应该懂的,他不想再跟她有什么联系,那她也应该识趣一点,又何必非要来京市找他呢?

现在好了,心里仅存的一个念想也被她亲手摧毁了。

程越觉得这气氛有些怪异，起身来到许舒宁身边，疑惑地绕着她走了两圈，打量着她，问道："你俩认识呢？"

"不是不是……"许舒宁慌忙否认，颤抖着后退一步，不知所措地鞠躬，眼泪却不受控制夺眶而出，语气哽咽，"对、对不起，我、我认错人了……"

梁潜下颌紧绷。他只是看似平静，其实心里已经掀起了巨浪。早在他从渔洲出来的那一刻，他就没想到要跟那里的人还有什么牵扯，就算哪天找到了许力明，他也没打算亲自去见这个垃圾。

所以，当许舒宁出现在他面前时，他在短暂的震惊之后，第一反应就是她为什么会出现在这里。

这本应该是不可能发生的事。

她会来京市已经很不可思议了，偏偏还在霜霜的店里上班，她有什么目的？

梁潜放在膝盖上的手缓慢收紧，周身都散发着低气压。

程越都被许舒宁的啜泣声吓了一跳，飞快地躲开，一头雾水："不是，你哭什么啊？"

许舒宁心里乱得很，她想再抬头看看，却好似脖子上压了千斤重的东西。她也不想哭，可怎么也止不住泪水。

正在这时，从保险柜里拿了手表的于经理推开了门，见了这一幕，也愣住了。再看看瑟瑟发抖、垂着头肩膀抽动的许舒宁，还以为是她惹了什么事，心里不禁百转千回。然而作为经理，处理这种事也是游刃有余，她不动声色地将许舒宁护在身后，对那三个男人说道："梁总、容总、程总，对不住了，是我考虑不周，这是我们新来的员工，手脚可能不麻利，您三位别介意，我替她跟你们道个歉。"

程越正要开口喊冤——苍天啊，我什么都没做，就只是问了两句话而已！

将刚才的事情都看在眼里的容坤清了清嗓子，及时拦住了他，轻声笑道："于经理，你客气了，一点小事，都是一场误会。"

于经理这才松了一口气，脸上的笑容更真切了："回头我好好教教她，她们都还小，没经过大事，估计是听我跟韩总说起了这手表的价值就紧张了，一紧张连话都说不清楚。"

容坤微笑地颔首，却不着痕迹地又扫了许舒宁一眼。

于经理微微偏头，用手背轻轻推了推许舒宁，压低声音道："这里我来处理，你去通知厨房那边送些点心过来。"

浑浑噩噩的许舒宁茫然地抬头，不经意间看见了背对她而坐的梁潜，眼睛如被蛰了般慌忙躲开视线："……好的。"

包间里的三人也当什么事都没发生过。

走完了整套流程后，梁潜起身。程越还在琢磨这件事，没能按捺下好奇心，凑到梁潜身边，低声追问："不对，你跟那姑娘认识，她是谁啊？我怎么从来都没见过？"

"居然还是池霜店里的员工……"程越点出了问题的关键，"这事怎么想都不对啊！"

梁潜面色阴沉，神色凛然地扣上了袖扣，随意接过刚才服务员递来的湿纸巾，慢条斯理地将手指上的印泥擦拭干净，依然一言不发。

"阿越，别在这里说，出去再问。"一旁的容坤早就看出了点苗头来，尽管他心里也有很多疑惑，却也知道时机和地点都不对。

从餐厅出来，容坤跟程越还来不及提出疑惑，梁潜匆忙走出几步后，脸色苍白，扶着车门，眼前一阵眩晕。

程越被他吓了一跳，赶忙走上去扶住他："这是怎么了？是不是哪里不舒服？"

梁潜摆了摆手，低声道："我没事。"

在餐厅见到许舒宁的那一刻，短暂的错愕以后，所有的可能他都立刻想到了。

他看得出来，许舒宁见到他时也很惊讶、意外，那个惊愕的眼神无法作伪，这意味着她可能压根就不知道他是谁，也不知道霜霜过去跟他的关系。

可是，她为什么会出现在那里？

梁潜不由得屏住呼吸，面容冷峻。

容坤跟程越见他这般，没再顾得上别的事，强势地压着他上了车，去了常去的那家医院。

梁潜的确命大，坠入深海居然还能捡回一条命，称得上是奇迹中的奇迹。不过由于当时医疗条件不够到位，治疗更是草率且不及时，他的头撞到了礁石，尽管他命大度过了危险期，但也留下了头疼这个后遗症。

医生建议他好好休养，定期复查。

一直在医院待到下午，三人才离开，前往他们常去的那家会所。

程越对白天发生的事情好奇不已，正要问个清楚时，容坤却抢先以笃定的口吻说道："阿潜，如果我没猜错的话，今天池霜店里的那个人，应该是渔洲兄妹中的妹妹，是不是？"

梁潜坐在沙发软座上，单手支着下颌闭目养神，既没说是，也没说不是，于是他们也就清楚了，他此时的沉默就是默认。

"我就猜到了。"容坤蹙眉，"那姑娘明明就认识你，可她又好像不知道你是谁，而我从来没在你身边见过这么一号人，思来想去，也就只有这一个可能了。"

"不是吧？"程越嘀咕，"我怎么觉得这事有些诡异呢？"

容坤看向梁潜，严肃地问："阿潜，你确定她不知道你的身份吗？"

程越："废话，她不知道她能来池霜店里……不对啊，她来池霜店里做什么？"

容坤也同样面色凝重。像他们这样的家庭，不知道被多少心怀鬼胎的人盯着，他儿时贪玩，有次故意躲起来，父母吓得几乎晕厥过去。处于这样的成长环境，他们对不熟悉的人和事，都带着防备和警惕心，压根就不会轻易同人深交。

阿潜的这个情况太特殊了。

他被人救起来的时候失忆了，如果有心人想乘虚而入，并不是一件难事。

"当初我就觉得这件事很奇怪。"容坤说，"你不愿意说，我看你也好好的，也就懒得问了，反正你心里也有数，你想怎么处理那也是你自己的事。但现在人就在池霜的店里……"

"不行。"容坤突然起身，从口袋里摸出手机来，"这事我得跟怀谦说一声。"

梁潜缓缓抬眸，声音有些沙哑："这跟他有什么关系？"

容坤心里也恼火，这人是将怀谦也怀疑上了？

"你不会以为是怀谦安排她去池中小苑的吧？"容坤厉声道，"梁潜你脑子有毛病是不是？一定要我说得很明白吗？你就是遇上了骗局，你不去怀疑那些下三烂的人，居然怀疑你自己二十多年的朋友！"

程越也皱着眉头，语气不爽："阿潜，你失心疯了吧？"

梁潜疲惫地捏了捏鼻梁，他根本就不是这个意思。

第一个怀疑的对象当然是孟怀谦，然而这念头在脑海里都没待两秒，便被他否决。

尽管两人已经闹到了这地步，他依然相信孟怀谦不是一个会将别人牵扯进来的人，孟怀谦不屑用这样的手段，更不屑在无关紧要的人身上多花心思。

片刻后，容坤神色和缓："跟池霜有关系，就跟他有关系。"

这通电话拨出去怀谦会怎么怒意滔天，他能预料得到，可是瞒着更不行。

"没道理我们仨都知道就瞒着他。"程越也说了句公道话，"阿潜，那姑娘如果不是在池霜的店里，她哪怕在我公司上班，我跟坤儿仨都不会放一个，但现在人到了池霜的店里，你喜欢池霜，怀谦也喜欢她啊，他哪天要是发现……哎呀，这个骗子就在池霜的店里，搞不好还在算计什么憋着坏，我们还不告诉他，他能把我们仨给揪起来揍骨折你信不信？"

"你挨打也就算了，干吗要连累我们？"程越扬了扬下巴，催促，"坤儿，打，赶紧给怀谦打电话！"

"随便。"说完，梁潜就不再吭声了。

如果这是许舒宁的刻意为之，那他从前倒是看走了眼，小看了她。他也想这样欺骗自己，毕竟处理两个不足为惧的小人，总比面对一个背景强大的未知敌人更简单容易。

如果许舒宁压根就不知道他是谁，如果她来到池中小苑只是一个巧合呢？

梁潜闭了闭眼睛，放在膝盖上的手无意识地攥紧。他不愿意承认他在恐慌，可他遇到的这些事情，诡异到了令他束手无策的地步。

为什么他会被冲到渔洲海滩？为什么是许力明发现了他？为什么许力明认识他？又为什么许舒宁去了霜霜的店里？

他从不相信这个世界上会有这样多巧合的事，巧合太多，就变成了阴谋，而他真正介怀的也是这一点。

在侍应生的带领之下，孟怀谦来到了包间门口。他抬了抬手，做了个手势，侍应生心领神会，悄无声息地离开。

他身后走廊的光线晦暗不明，整个人似是半隐于黑暗之中，令人看不清他脸上的神情，周身却带着寒意，气场迫人。

容坤最先看到了他，还未来得及喊他一声，他就迈着沉稳的步伐进来，反手关上了门。在容坤跟程越都没反应过来时，他一把抓住了梁潜的衣领，连拖带拽，几乎是下了狠手。

梁潜此刻如同置身于笼中的困兽，脑子都快炸了，正想找一个出口来宣泄情绪，所以两人都是玩命的架势。

程越惊呼一声："怀谦！"

孟怀谦穿着白衬衫，伤口已然再次撕裂，那一块布料被鲜血浸透贴着他的后腰，令人惊骇不已。他却浑然未觉，就算流着血，眉头也没皱一下。

这阵仗，容坤跟程越压根就没有阻拦的机会。

程越给容坤使眼色，让他故技重施给池霜打电话。

容坤却摇了摇头，止不住地叹息，现在除非池霜本人来，否则做什么都没用——可问题是，他敢把池霜叫来吗？

一旦池霜知道了这两人动手的起因，只怕事情会变得更棘手、更糟糕。

好在这两个人目前都有伤在身，一个伤在了后腰，一个伤在了头部。

终于两人有了暂停的迹象时，他们立刻上前强势地分开两人。

这包间内的血腥味若有似无，容坤不忍去看孟怀谦的衬衫，架着他在沙发上坐下。梁潜的情况也没好到哪里去，脸色苍白如纸，嘴角也在渗血，气喘吁吁的。

程越试图转移话题，扯了扯领带，只觉得自己拉架都出了一身的汗："其实这也不是什么大事，你俩至于这样？"

他有些烦躁："我姐的事你们不知道啊？有个男人在她身上花了多少心思？要不是她聪明，早被那男人忽悠走了，说白了，就是图人图钱，还能图什么？"

容坤也是这样想的，天下熙熙，皆为利来，不过就是一个老掉牙的骗局罢了。

过了一会儿，梁潜才声音沙哑地说："不是我安排的。"

容坤无语："我们知道。"

且不说阿潜明显对池霜旧情难忘、伺机等待破镜重圆，即便两人真的分干净了，阿潜也绝不会做这种不利己的事——这种事除了会给他带来麻烦，还有什么好处吗？

"不过确实是因我而起。"梁潜沉声道，"这件事我会处理好的，就算我现在跟霜霜分开了，但我从来没想过要给她带去什么麻烦。"

程越快速回道："那你还故意把手表落她那里？"

虽然是小事，但这难道不是给人添麻烦吗？

梁潜一顿，只作充耳不闻。

一直没出声的孟怀谦脸上依然没什么表情，嗓音低沉地开口："阿越，今天这些事的来龙去脉你跟我说一下。容坤，你别说话。"

容坤哭笑不得，他明白怀谦的意思。

的确，他是站在大局观的角度，自然是希望他们四个人即便不能重归于好，但也不要闹得太僵，所以在措辞方面可能会委婉一点。程越就不会，有什么就说什么，绝不会有半点隐瞒。

"就是手表那事啊，我们今天一早就去了池中小苑，经理让我们去坤儿那个包厢。经理去保险柜拿手表了，然后还得让阿潜填一份认领书，这都是常规操作。"程越回忆着，"突然，有个姑娘敲门，问我们谁是梁总，结果坤儿就指给她看了，她到阿潜身旁……"

梁潜现在听到这些就生理不适，甚至想制止程越再提起，可话到嘴边又咽了回去。

"结果！"程越一摊手，"她看到阿潜了，吓得后退一步，只说了'是你'两个字。

"然后我就问他俩是不是认识，我是真挺好奇这事的，因为这姑娘我压根就没见过，还在池霜的店里上班，这可不就是稀奇事吗？结果我都没问两句，人家姑娘就说认错人了，又是鞠躬又是道歉。那眼泪'啪嗒啪嗒'地掉，不知道的还以为我欺负她了。你说她哭什么啊？还委屈上了，可真要命。"

孟怀谦忍住性子，听程越说完后，沉声问道："所以，除了你们，没人知道包间里发生了什么事？"

程越愣了愣："这倒是。"

孟怀谦颔首："那么，餐厅里的其他人也不知道？"

程越："……是。"

"行。"孟怀谦说，"我知道了。"

程越晃神，回味过来："你的意思是，这事不宜声张？"

"废话！"容坤早就听不下去了，"要是池霜知道了这件事，她得把她那店砸了。人都到她眼皮子底下来了，这事她能忍？而且餐厅里其他人知道了能不怕？这种人你都不知道她是没有常识，还是藐视法律！"

孟怀谦也站了起来，慢条斯理地扣上袖扣，轻描淡写地扫了梁潜一眼："别再让一个危险分子出现在她面前，处理好这种破事，对你来说很难吗？"

梁潜心里本来就绷着一根弦，此刻听了这话，猛地起身，冷冷地直视孟怀谦。

程越赶忙拽住了梁潜："哎哎哎！话糙理不糙，怀谦说得……也没错是吧？"

他现在想起来都觉得那姑娘让人瘆得慌，看着倒是柔柔弱弱的，别人多问两句话就要掉眼泪，实际上不也跟着她哥做了缺德事吗？

"如果你连解决这点小事的能力都丧失了的话……"孟怀谦停顿了几秒，"那我想，他们两个也不必为了你遇到这种拙劣可笑的骗局而惊讶了。"

梁潜面无表情地看着孟怀谦,经过这段时间的缓冲,他已经没了最初的愤慨,尽管恨意依旧,但是不会再因为孟怀谦的几句话而被激怒。

"走了,你们自便。"说完,孟怀谦拿起放在一边的车钥匙,从容地走出包厢。

只是他身后那一块布料上的鲜血洇染开来,而他面不改色,令人莫名生畏。

孟怀谦来到翡翠星城的地库时,面无表情地解开了衬衫扣子,将带血的衬衫换了下来扔到一边。他似乎已经没了痛感,用湿巾擦拭血迹时,眉头都没皱一下。他现在习惯了在车上备一套衣服,这会儿重新换上干净的衬衫,那股若有似无的血腥味也散干净了。

车旁,司机还候在一边。

孟怀谦下了车,步履稳健地往电梯口走去。

听到门铃响的时候,池霜正坐在沙发上,一边敷面膜,一边看手机。她看了一眼时间,都已经快十点钟了,这个点会是谁呢?

她穿好拖鞋往玄关处走去,见到了显示屏里的孟怀谦时,脑海中浮现四个字:果然是他。

她今天一天都没去餐厅,但是她猜事情应该在朝着她计划的方向发展。

本来她还在想这事呢,孟怀谦就来了,算是给她带来了一个答案。因为在她没有要求的时候,他不会深夜突然到访,所以必然是事出有因,也是许舒宁的事情传到了他的耳朵里。

被人关心这种滋味即便尝了太多次,仍然是受用的,她开开心心地开了门。

孟怀谦见了她却是一愣。

池霜脸上贴着黑色的面膜,只有露出来的部位是白皙的肤色。

"干吗呢?"她也不怕自己这模样给他的心灵造成什么创伤,还悠闲地用指腹将面膜边缘抚平,瞥了他一眼,"这么晚了,你来干吗?"

"路过,上来看看你。"孟怀谦不是空着手来的,给她带了一份锅贴,"顺便给你送夜宵。"

"路过?顺便?"池霜一脸狐疑地看他,在他还没有反应过来时,突然踮起脚尖凑上前,靠近,煞有介事地盯着他的眼睛,似是想要看进他的心里去。

这一靠近,两人差点鼻尖相触。

孟怀谦甚至有种自己的鼻尖蹭到了她的面膜,也变得湿漉漉的错觉。

他的喉结滚动一下,忘记了言语,更忘记了后退——意识跟身体此刻变得同步,同样的诚实,不想退开。

"孟怀谦,你好像都不知道,你说谎的时候……"池霜眼尾上挑,指了指他的剑眉,"眉毛会皱一下哦。"

当然，这是她在说谎，她猜，应该没有人会对孟怀谦说这种话，所以她现在大可以胡诌。

她已经很收敛了，至少没有说，孟怀谦，你说谎的时候会流口水。

孟怀谦垂下眼，低声说："是吗？"

"所以，你不是路过，也不是顺便，"池霜眉眼弯弯地看着他，"你是特意的。"

她大发慈悲地退开一步，不再将小黑脸凑到他面前吓他。

所有的错觉都再次消失。

孟怀谦想要抬手摸摸鼻子，他总觉得不是错觉。

池霜伸手接过了他手中的锅贴，笑吟吟道："不过，还是谢谢你了。"

谢谢你，随叫随到的 Siri 孟。

其实孟怀谦对于梁潜遇到的所谓骗局没有半点兴致，觉得多听一个字都是脏了耳朵，且浪费时间，但他很介意，抑或愤怒，居然有人把主意打到了池霜的身上，将无辜的她牵扯进来，让她置身于危险之中。

"怎么啦？"池霜伸手在他面前晃了晃，"是不是有什么事？"

孟怀谦目光一顿，摇了摇头："没事。"

"你说没事那就没事咯。"池霜洒脱地说，"其实，除了生老病死，其他的都是小事，不必太放在心里的。"

的确，许舒宁出现在她的店里，她自然不快，也会硌硬，不过根本不值得她浪费太多的情绪。

她从头到尾介意的都不是许舒宁，即便是在梦中，她也不认为她受到的伤害是来自另一个女人。

孟怀谦凝视着她，低声说："你说得对。"

那些都是微不足道的小事，只要她开心，就够了。

"那不就得了？"池霜想了想，又说，"你等我一下。"

说完，她转身往里走。

没有她的邀请，孟怀谦不会进入她的屋子，依然耐心地等候在门口。

很快，池霜折返回来，伸手递给他一瓶鲜牛奶，戏谑道："上次你来请你喝的是白开水，今天请你喝牛奶，晚上睡个好觉。"

孟怀谦接住，轻轻握住瓶身，冰冰凉凉的感觉从掌心蔓延开来："谢谢。"

这个点确实已经不早了，即便他有心想跟她再聊几句，却也不得不道一声晚安。

池霜一向敏锐，如果他今天太过反常的话，她一定会注意到，而他也不确定自己在她的再三逼问下还能面不改色地说谎。

池霜关上门，却没有回到客厅，而是双手抱胸站在玄关处，静静地看着显示屏中的孟怀谦。

孟怀谦并没有立刻走，站在原地待了快五分钟。

他不会知道，这五分钟里，池霜一直看着他。

她在想，傻不傻，这件乱七八糟的事情跟他又没有什么关系，明明昨天才出院，也不在家好好休息。

片刻后，孟怀谦进了电梯，这才后知后觉地抬手摸了摸鼻子。
还是有种跟池霜鼻尖相碰过的错觉，湿润、黏稠，还有一点甜。

许舒宁一天都六神无主，于经理问她在包间发生了什么事，她惊慌地搪塞过去，不愿意让任何人知道。

她找到梁潜了，她却没有想象中那样如释重负与开心，相反，心头的那一道阴影越来越重，压得她的心也沉甸甸的。

她在床上辗转反侧，拿出手机搜索梁氏集团，翻了翻页面，很快就翻到了那张熟悉的脸。她为他的背景而震惊的同时，还跳出了两年前的一条新闻，点进去看了一眼，原来是他跟池小姐约会时被拍的照片。

他们是情侣，原来他有女朋友……

这一刻，她脸上发烫，为自己过去一年里无数次的悸动而羞愧。

实在难以入眠，她干脆起来，如无头苍蝇一般走出房间，坐在沙发上发呆，正好碰上了出来接水喝的室友。

"舒宁，干吗呢？怎么还没休息？"

许舒宁强颜欢笑道："下午经理请喝了咖啡，我有点儿睡不着。"

"难怪，不过现在也还早。"室友也坐了过来，捧着马克杯笑嘻嘻的，"看你这愁眉苦脸的，在想什么呢？"

"我有点想回家了。"许舒宁轻声说，"感觉京市太大了，没有什么归属感。"

"你不是来找人的吗？找到了？"

许舒宁苦笑着摇了摇头，只能忍耐着才没掉下泪来。

她找到了，还不如没找到。

其实她也不傻。

无论哥哥有没有参与到梁潜的事故中，哥哥故意隐瞒他的身份藏匿在家中，那就是犯了大错，甚至犯了法。

她知道哥哥不是好人，可无论如何他也是她在这个世界上唯一的亲人。当年家里困难，都是哥哥执意要供她念书，否则她也没有机会念高中上大学。

即便现在哥哥变成了她不认识的样子，她也不能忘了哥哥当初的那份好。

许舒宁正在惴惴不安的时候，突然传来一下又一下的敲门声。

室友起身，来到门口，开了门，见是一位穿着衬衫西裤的年轻男人，愣了愣，问道："请问你找谁？"

"你好。"张特助微微一笑，"请问，许舒宁小姐住这里吗？"

室友回头："舒宁，找你的！"

许舒宁不知所措地起身，如惊弓之鸟慢慢挪到门口，见是陌生的面孔，不由得怔了怔："……我是，你是哪位？"

"你好，我是梁总的助理，我姓张。"张特助客气地说，"许小姐，梁总在下面等你。你放心，不会去哪里，只是简单聊一聊。"

许舒宁咬了咬下唇，略一犹豫，转头对好奇的室友说："西西，我先下去了。"

"好,你注意安全,有事给我打电话!"

楼梯间又窄又陡,感应灯也没那么灵敏,几次许舒宁都想问一问这位张先生,却又不知道该如何开口。

很快走出楼道,果然,不远处的停车位上,一辆黑色的轿车如猎豹一般悄然无声地蛰伏在黑暗之中。

张特助走在前面,恭敬地敲了敲车窗,很快,后座的车窗缓缓降下。

梁潜坐在后座,他刚刚孟怀谦动过手,嘴角还有伤痕。他都没有看许舒宁一眼,只是目光平静地看着车上的摆件——这是霜霜曾经顺手买的,是一个憨态可掬的熊猫。如今他身边已没多少跟她有关的物件了,所以每一件都尤其珍贵。

"你来京市做什么?"他语气漠然地问。

许舒宁听着这不带一丝起伏的语调,突然觉得自己挺像一个笑话。她来京市做什么呢?是啊,辞了工作,一个人不远千里地来到陌生的城市。她也想问问自己,许舒宁,你疯了吗?你究竟在做什么?

"说说,"梁潜冷淡地问,"你为什么会出现在池中小苑?"

许舒宁怔怔地看着梁潜。

她不太明白他的意思,却听出了他的防备,还有厌恶。

她一开口,喉咙干涩,却还是哑声道:"我……不知道池小姐是你女朋友,也不知道那是你女朋友的餐厅,我真的不知道。"

但凡她知道他是谁,她都不可能来这一趟。

现在想想,当初他就是要故意支开她,她去找哥哥的时候,他一个字也没留就走了。

他防备什么呢?

只要他说他记起来了一切,她又怎么会去阻拦他?

她明明跟他说过,她会送他回家。

梁潜闭了闭眼睛,放在膝盖上的手无意识地攥紧。他不愿意承认他在恐慌,可他遇到的这些事情诡异到了令他束手无策的地步。

因为他听得出来,也看得出来,许舒宁说的是真话。

"你想说这一切是偶然,是巧合?"

许舒宁鼻子一酸,很想大声为自己辩解,很想跟他说,如果不是他不告而别,自己根本就不会来京市,更不会出现在池小姐的餐厅!

可她什么话都没说,只是垂下了头。

梁潜笑了:"你现在知道我跟你那个哥不是什么朋友了吧?"他语带厌恶,似乎连提起这种货色都嫌脏了嘴,"你也知道你那个哥的打算了吧?"

如果这是一个圈套,那么这个圈套的最终目的是什么?

当真是可笑至极。

许舒宁茫然地抬头,沉默了片刻,几乎是恳求着开了口:"你……能不能放过我哥哥?"

放过?

好一个轻飘飘的"放过"。

他放过许力明,那谁来放过他?

"来,"梁潜微笑道,"看在你过去照顾了我一年的份上,我给你指条明路。"他抬手,漫不经心地看了眼时间,"现在是晚上九点四十分,还有差不多十二个小时就是早上八点了,你可以去派出所报个案,心急的话,现在就能去。只要想报案,二十四小时都可以,有人值班。"

"也许,你哥在牢里才是最安全的。"

许舒宁还以为自己听错了。

她茫然地看着梁潜,她在车外,他在车内,仿佛是两个世界的人。

难道过去的那一年只是她的一场梦?

为什么明明是一模一样的脸,她却觉得这个人是那样的陌生、可怕。

"可是……是我哥哥救了你啊!"她喃喃道,"难道你就不能网开一面吗?我哥哥……他并没有伤害你啊。"

没有伤害他?

梁潜都险些被这话逗笑了,面无表情地看着许舒宁,终究是懒得再跟她说什么——其实在出事以前,他根本不会跟无关紧要的人多说一句废话。

最后,他瞥她一眼,取下眼镜轻轻擦拭:"你别再出现在她面前,哪怕半步。毕竟,坐牢也总有放出来的那天,对吧?"

一时间,许舒宁只觉得仿佛看到了恶鬼,后怕地后退几步,却没注意台阶,一时没站稳摔倒在地。

梁潜神情厌倦地升起车窗,对驾驶座的司机说:"走吧。"

许舒宁想要追上去,膝盖处传来钻心的疼痛,迫使她恢复了一丝清醒,最后停下了脚步。

她何必对一个恨透了她和哥哥的人百般祈求呢?

清晨。

许舒宁坐在派出所附近的花坛边,她的手在颤抖,各种念头都在用力地撕扯着她。

她从来没有想过有一天她会亲手将自己的哥哥、自己在这世上唯一的亲人送进监狱。这是不是她的报应?

她难道就没有怀疑过哥哥吗?当然怀疑过,就连渔村的人也不止一次地感叹过,梁潜跟哥哥不像是一路人。

可她为什么没有选择报警呢?说再多,其实不过是两个字:私心。

哥哥动了贪念,她则是动了贪恋。

她失神地看着街道上的人来人往,突然前所未有的疲倦,好像又回到了一年多以前的那个深夜。半晌后,她从包里拿出手机,打开了相册。

其实他们并没有合照过,相册里都是她情不自禁时偷拍的梁潜。

她一张一张地删除。

到了最后一张……狠了狠心,她全部删掉了。她掉了泪,死死地咬着下唇,才没有啜泣出声。好像一直以来,她都没有真正地认识过梁潜,就连她常叫的那个名字也都是假的,那她喜欢上的,从头到尾会不会都是她幻想出来的人?

天亮了,不管是美梦,还是噩梦,都该醒了。

烈日当头,许舒宁鼓起勇气走进派出所。

事情因她而起,现在也因她结束吧。她知道,这也是他的报复——兜兜转转,她还是踏进了派出所,只不过这一步迟了一年多,她也不知道自己会付出怎样的代价,但无论如何,她这一次都要做正确的决定了。

几天之后,池霜登入员工考勤系统,许舒宁的个人信息那里显示的是"已经辞职"。

许舒宁还在试用期,主动提出离职后也不需要太复杂的手续,于经理也只是私底下感慨,总觉得是那三位老总吓到了她。

等再过一段时间,系统再次更新,已经离职的员工的信息就会被删掉,就好像许舒宁这个人从未来过。

"今天孟总肯定会来吧?"表姐抱着一堆资料从外面进来,打断了池霜的凝思,"孟总最近几天来得有些勤,中午来,晚上也来呢。"

说起这件事,池霜也觉得很好笑。

不知道孟怀谦在想些什么,他现在好像成为她的保镖,每天都来站岗。

果然,孟怀谦又一次准时十二点半来到了池中小苑,餐厅的工作人员对此早就见怪不怪了。

他上了二楼,习惯性地来到了池霜的办公室门口,虽然房门虚掩着,他还是谨慎地抬手敲了敲。直到她说"进来",他才推开了门。

池霜抬头望了他一眼,趁机让眼睛休息一下,单手支着下巴,调侃道:"我这里都快成了奥朗分朗,不对,应该是成了奥朗的食堂了吧?"

所有人都以为她不知情,她自然也理解孟怀谦的用心良苦……不对,她怎么尝着他的心有点甜呢?

以孟怀谦的骄傲,他绝对不可能去打探许舒宁的种种近况,但他担心这人还会出现在她周围,所以只能用最古老的方式,成为一个保镖,用眼神暗杀每一个可能会对她不怀好意的人。

既然他不想让她知道,那她就勉为其难地配合他吧。

孟怀谦神色从容,面不改色地说:"这里的点心很好吃。"

"只是点心好吃吗?"池霜问。

孟怀谦求饶:"都好吃。"

"行了行了,"池霜叹气,"我现在都成了你的饭搭子。你等等啊,我还有一点活没干完,等下再吃。"

他每次过来都是一个人。

池霜又见不得他这样孤零零的,而他也狡诈得很,打蛇随棍上趁机邀请,而她也实在心地善良,五次里总有那么两三次会松口答应。

孟怀谦温和地应下:"好。"

他自在地坐在沙发上,她时不时敲打键盘的声音,在他耳中丝毫不逊色于一场音乐会,令他难掩愉悦神情。

表姐再次推门进来,见了孟怀谦,客气地颔首,没当他是外人,直接跟池霜商量正事："这次中秋节给员工们发点什么福利好呢？月饼怎么样？"

池霜无奈地扶额："姐，你现在摸着你的良心问问自己，你给人打工你想收到月饼吗？当初是谁抱怨公司抠门只发一提月饼，连着发了三条朋友圈疯狂问候你老板全家？"

表姐"扑哧"笑了起来："我这不是跟你商量吗？又没真的决定。"

"喂，孟怀谦。"池霜看向坐在沙发上当背景板的某个人，喊了一声。

"你说。"孟怀谦点点头。

"你们奥朗今年的中秋福利是什么？"

孟怀谦卡壳。

这件事并不是他来负责的，他还真被这个问题难住了。沉默几秒后，他拿出手机："你等我一下，我去问问。"

表姐努力地憋住笑意。

只怕现在霜霜问他保险柜的密码多少、家里有多少流动资金，他都能和盘托出。

孟怀谦的特助办事效率也很高，他的消息才发过去几分钟，特助就给了回复。特助也一头雾水，怎么孟总突然关心这件事了呢？

"没什么特别福利。"孟怀谦说，"就是发一笔钱，连同工资一起打到员工的卡里。"

表姐好奇地追问："多少钱？"

孟怀谦说了个数字。

比起奥朗的薪资，这笔钱并不算多，但这好歹也是一笔可以美滋滋吃喝玩乐的钱，表姐由衷地感慨："财大气粗啊！"

表姐又问池霜："那我们也发钱吗？"

"发吧。"池霜说，"发什么都不如发钱来得实在。"

孟怀谦失笑。

池霜瞪着他："你笑什么？"

孟怀谦鼓了下掌："我想你的员工们一定会很开心。"

池霜虽然并不经常跟她的员工们打交道，可他知道，她其实一直都很关心这些为她工作的人。

表姐收起资料，意味深长地说："不打扰你们了，我先出去了。"

她是姐姐，偶尔也是电灯泡。

孟怀谦装作没听懂这话里的意思，战术性低头回消息。

池霜称中秋、国庆双节为"渡劫"，因为实在是太忙太忙，忙到她都不知道今夕何夕，只有每天节节攀升的营业额会令她会心一笑。

她朋友不算少，很大部分都是圈内人士，到了这样的节日一个个都开始应酬，尤其是星启的几个同事已经成了常客，一拖二，二拖三，每天忙碌并快乐着。

没什么大事，但需要处理的小事是一件接着一件，好在现在餐厅的口碑跟生意都越来越好，总算没让她有种忙了个寂寞的错觉。

这天，孟怀谦来接她下班，虽然已经快晚上九点了，但京市的交通还是异常拥堵。

池霜果断地改变主意："不开车了吧，我们走回去。"

从池中小苑到翡翠星城这段路并不长，平日里开车就十分钟左右，可节假日少说也得二三十分钟。

孟怀谦当然没有意见，他巴不得相处的时间越长越好。

两人慢悠悠地走在小道上，这个时节的京市气温适宜，暑气全消，还带着微微凉意，散步是最悠闲自在的事。

池霜抬头看了一眼夜空，拉长音调说道："都说十五的月亮十六圆，果然，今天的月亮好圆。"

孟怀谦也抬起头看去。

海上生明月，天涯共此时。

他们两人都在一轮圆月之下，池霜脑海里突然冒出了这句诗，随口说道："如果是在海上看月亮，应该会很震撼吧？"

她发誓她真的就是随口一说，万万没想到，快到翡翠星城时，孟怀谦停下脚步，神情认真，以商量的口吻问道："我可以安排，现在要去海上看月亮吗？"

池霜目瞪口呆："你没开玩笑？"

现在都九点了，开车去海边得三个多小时哎！

"没有。"孟怀谦说，"你想去吗？我来安排。"

池霜措手不及："就我们两个人？"

孟怀谦以为她是介意这一点，沉吟了一会儿，提议道："你可以叫上你那两个朋友。"他停顿了片刻，似乎想到只有他一位男士不太合适，于是又补充，"我叫上容坤跟阿越一起来。"

池霜骨子里也爱冒险。

灰头土脸地连轴转了好些天了，她必须得承认，原本还挺疲惫的，一听他说去海上看月亮，立刻就来了兴致。

"那我问问！"她兴奋地说，接着便低头在好友群里发出了邀约。

池霜：要不要去海上赏月？去的话，马上出发！

江诗雨：哇，海上赏月我可以！

肖萌：正在家无聊抠脚呢，我也可以！

池霜得到了肯定的答复后，开心地对孟怀谦说："她们都说好。"

孟怀谦颔首，这才给容坤和程越发了同样的消息。

孟怀谦：即刻出发去临榆，没事的话一起去？

他们对彼此的行程再了解不过，节前忙，节中也忙，今天都十六了，估计也没什么事，基本上都在喝酒、打牌。

容坤：我这儿忙着呢，在赶本。

为了证明自己没说谎，他拍了张照片发来，正是手中的牌。

程越：我准备去马场看看我那马，没空啊。

都是多年的朋友，孟怀谦眉头都没皱一下，淡然地又给两人发了同样的消息。

孟怀谦：去的话，随机选一张欠条作废。
"叮咚——叮咚——"
两条消息争先恐后地进来。
容坤：我戒赌了，必来！
程越：马其实也没什么好看的，等着！
孟怀谦收起手机，看向池霜，含笑问道："他们迫不及待地答应了。所以，我们出发？"
"好！"说完，池霜又飞快地回家收拾了换洗衣物。
现在都这个点了，到临榆那边是凌晨，肯定是要在游艇上过夜的，如果只有她跟孟怀谦两个人，她还真不一定愿意去。
孟怀谦跟池霜又接上了她的两位好友，一行人从不同的地点出发，目的地却是同一个。
在车上的时候，江诗雨出于谨慎的心理，特意问了一句："孟总，我可以理解为我们是上游艇吗？"
"是。"
江诗雨抛给了肖萌一个眼神，肖萌只好硬着头皮问："就是吧……那个什么……是同一艘游艇吗？"
池霜无奈地扶额。
孟怀谦了解池霜，而这两位又是池霜的好友，能够成为好友都在同一频道，也有共同语言，他居然无师自通听懂了她们的顾虑，回道："不是同一艘，放心。"
江诗雨跟肖萌都舒了一口气。
倒不是她们过分迷信，如果是梁潜出事的那艘游艇，总觉得哪里怪怪的，好像不太吉利的样子，现在好了，不是同一艘就行！
池霜："喂！"
孟怀谦低沉的声音此刻很能安抚人心："没事，那艘游艇现在已经不怎么用了。"
"主要是那事有点吓人。"肖萌见缝插针，弱弱地为自己辩解了一句。
孟怀谦看了池霜一眼，担心她也会害怕，低声说："放心，总要从失败中吸取教训，现在上船的每一个人都会接受严格的检查，船上也有人时刻巡逻。"
实质上，当初的那个事故令人难以置信，如果不是里里外外调查了很多遍，孟怀谦都不相信这样一件绝无可能会发生的事情竟然真的上演。
一直到凌晨一点，他们一行人才在港口碰面。
虽然是临时起意，不过吹着微凉又带着咸味的海风也是适意的享受。孟怀谦在来的路上就通知了这边，全部安排妥当后，他们陆陆续续地上了游艇。没一会儿，游艇从港口驶出，仿佛离月亮也越来越近。
池霜趴在窗户上，游艇开得很稳很稳，如果不是一低头就能看到波光粼粼的海面，她以为还在平地上。
她嘴角还带着笑意。
明明是同一轮月亮，为什么现在看心情就会更好呢？

第九章 池霜，我很喜欢你

一大清早，天都还没亮，容坤睡眠质量一般，换了地方睡得也浅，索性早早地起来，却没想到会在甲板上看到孟怀谦。海天一色，灰蒙蒙的，他走了过去，扶着栏杆："我还以为见了鬼，你怎么也起这么早？"

"她说想看日出。"孟怀谦注视着海岸线，"准备拍个视频给她看。"

池霜说想看日出这话不知道说了多少年，如今二十七岁了，愣是没真正看过一次。

大夜戏拍过不少，等到收工时，已经累得能倒地就睡，哪里还有什么兴致。

容坤沉默了一会儿，又偏头问："孟老跟申姨那边你搞得定吗？"

在他看来，这是特别难的事，是最难的一关。

闻言，孟怀谦只是短促地笑了一声，脸上毫无烦恼之色。

容坤顿时什么都明白了，也是，如果连这显而易见的难关都没考虑到的话，那也不是孟怀谦了。

"有几成的把握？"

"五成。"

"五成？"容坤一脸的不可思议，"不是吧？你要是只有五成把握的话……"

"不是说我爸妈，"孟怀谦语气淡淡地纠正，"我是说我不知道她心里怎么想的。"

事实上，或许连五成把握也不见得有。

他哪有那样的自信?

容坤恍然大悟:"你说的五成把握,指的是池霜啊?"

孟怀谦没有吭声。

"八成吧?"容坤突然说,"我觉得怎么着也是有八成把握的。"

孟怀谦自然爱听这种吉利话,伸出手来,两人的拳头默契相撞一下:"借你吉言。"

"那能再作废一张欠条吗?"容坤诚恳地问。

孟怀谦收回手,语气平淡地说:"别说了,我要拍视频了。"

池霜睡到了日上三竿。

孟怀谦也知道她这些天累了,很体贴地没让船上的工作人员去叫她。

她睡醒后,江诗雨跟肖萌也闻风而至,都挤在她的房间里叽叽喳喳地聊天。

"不知道是谁说要看日出。"江诗雨晃了晃手机,"我给你至少发了五十条消息也没吵醒你,要不是你的起床气太可怕,我早就冲到你房间来了。"

池霜懒懒地打了个哈欠:"幸好我睡觉前将手机调成了静音。"

肖萌说:"好可惜,我跟诗雨起来得晚一点,不过真的挺震撼的,至少我们看到了日出的后半程,体验感绝了,吹着海风看日出,绝美!浪漫!"

"不可惜。"池霜戴上发箍往洗手间走去,"日出可没我睡觉重要,而且看到月亮就够了。"

"这游艇可真大。"江诗雨拿着手机自拍,突然想起什么,贼兮兮地问,"对了,你现在跟孟总什么关系呢?"

"问一些废话。"肖萌勾了勾手指,眨眨眼,"要是真有了什么关系,就是他们两个人来了,叫这么一堆电灯泡做什么呢?"

池霜探出头来,故作凶恶地抬手冲她们刨了刨:"两位,请专注我的事业和作品,不要过分关注我的私生活。"

"我们真的挺好奇的嘛。"肖萌抱着抱枕靠近了她,倚在洗手间的门边,"说说,别这么小气啊。"

池霜闭着眼睛刷牙。等她要洗脸时,两个好朋友还死死地盯着她,她终于败下阵来,白净的脸庞上满是洗面奶搓出来的泡泡,一边搓,一边说:"你们都知道,我是个很在意仪式感的人。其他人跟我没关系,我可不跟谁来什么心照不宣那一套。"

池霜无所谓地继续揉搓。

她就是这样的人,喜欢她就得明明白白地告诉她,连告白都想省略的男人,以后还不知道怎么偷懒呢!

"有趣有趣。"肖萌问,"你没想过要给他一点暗示吗?"

"拜托,谁要跟榆木疙瘩谈恋爱啊?"池霜打开水龙头,捧着水将脸上的泡沫洗干净,几绺乌发都贴在了脸颊上。

"可能他也在等待一个时机,"江诗雨歪着脑袋说,"总觉得像孟总这样的人，就是要一击即中。"

"够了。"池霜洗漱完毕，从洗手间出来，随手拿起了手机，"你们强行拉我讨论这个话题已经快五分钟了，没必要，很无聊的啦。"

说完，她点开微信界面，发现孟怀谦给她发了消息。

她拖过椅子坐下，一边拿起喷雾往脸上喷，一边睁开一条眼缝看他发的视频。

一连三个，最长的那个有三四分钟，最短的也有近四十秒，将日出的过程都拍了下来。

她边看边忍不住地笑，当然，她自己没察觉到。

虽然海上之行很愉快，但池霜作为餐厅的老板，也没有道理将事情都抛下、怡然自得地度假。游艇上什么都有，但一直在海上漂着，再美的景色也会看腻。中午时分，游艇便按着原路线返回港口。

只是一个晚上，只是海上的一轮明月，对于忙碌中的池霜来说已经足够，这是她收到的最为深刻的中秋礼物。

双节休完，孟怀谦也恢复了之前的工作节奏，这天中午，特助将拍卖会的邀请函放在了他的桌上。

这个拍卖会的重头戏是会推出一颗粉色裸钻。

这颗粉色裸钻之前在港城首次亮相时，孟怀谦便注意到了，询问之后才得知会在这次推出并且拍卖，很多人都在摩拳擦掌，毕竟这样纯净无瑕的粉钻也算稀少。在此之前，他很少会关注珠宝，即便几次出入这种场合，也都是陪伴母亲，经验甚少。

他在看到这颗粉钻时，首先想到的是池霜，像她一样如玫瑰般绚烂明亮。

孟怀谦并没有别人想象的那样胸有成竹，他跟容坤说的也都是真话，正所谓当局者迷，旁观者清，他正处于局中，又如何能跳出来冷静地去分析池霜的一言一行？

池霜痛痛快快地在家里休息了两天后才满血复活。

"吃饭了吗？"

池霜现在对孟怀谦的"请安"已经免疫，语速很快地回："吃了，阿姨做的葱油鸡、蒜蓉生菜，还有猪骨汤。"

电话里传来孟怀谦清朗的笑声，他如常地汇报自己的行程："我跟几个以前留学时认识的朋友一起吃的饭。"

顿了顿，他又很多余地补充一句："有一个异性朋友，带了她的丈夫和女儿。"

池霜以前对这种仿佛居家过日子的男人敬谢不敏，现在却能跟孟怀谦连"晚饭吃的什么"都会聊两三分钟，她只能说这是一个意外，一个她都没有想过的意外。

"我明天中午回，大概一点钟前会到机场，如果航班不延误的话。"孟怀谦已经习惯了事无巨细地交代自己所有的行程。

不过狡猾的男人偶尔也会说谎，比如这次，他跟池霜说是来沪市出差的，当然他也没说错，只是出差是顺便，来拍卖会才是此次出行的主要目的。

池霜轻哼一声，等待下文。

果然，他又说道："下午能请我吃顿饭吗？"

节假日时池霜很忙，孟怀谦很有眼色地过来给她当助理，上下班接送不说，工作上也是能帮就帮。

池霜觉得这助理挺不错，自然不能亏待了他，便爽快地要给他算兼职工资。

孟怀谦脑子转得飞快，立刻跟她商量，工资他要，但要放在她那里，以后他想吃什么想喝什么她可以请客，直到工资用完为止。

池霜都不得不竖起大拇指赞叹他处心积虑、老谋深算。

"行啊，你想吃什么？"

她也是服气，以前这点兼职工资可能都不够他吃顿饭，现在他生怕一眨眼就挥霍没了，格外节省简朴。

他去沪市前，他们去过一家老字号面馆，人均消费不超过四十元。

"我研究研究。"孟怀谦语带笑意地说，"放心，我在明天出发前会决定好。"

对于池霜来说，这是普通而又安宁的一天，如果她晚上没做那个梦的话。

这个梦清晰得好像这不只是一个梦，梦里的主角并不是她，而是许舒宁。

突然，天空飘起了雨丝，带着凉意。书屋的屋檐下有行人躲雨，有的人打开天气预报见这场雨迟迟不停，干脆冒雨冲了出去。没一会儿，躲雨的人越来越少。

许舒宁不经意地瞥见了一道熟悉的身影。

女人身段窈窕，身穿针织连衣长裙，轻盈曼妙，一头乌发用珍珠发夹夹起，偶有几缕散落在肩头，随意却又温婉美丽。书屋中也有人时不时抬头看她，她似乎对这样的惊艳目光已经习以为常。

许舒宁不由得紧张起来。

她想，小偷可能就是这样，刚开始兴奋雀跃，到后来就会惴惴不安，日日惶恐。她怕见到与梁潜相关的人，甚至会偷偷揣测那些人私底下都用怎样的口吻提起她，那些话语就像是利箭，已经扎得她鲜血淋漓。

两人猝不及防地对视。

女人却好似已经不记得她是谁了一般，淡然地挪开了视线，随手拿起结账的书籍，无名指上的钻戒熠熠生辉。

许舒宁立在原处苦笑，不知道自己现在看起来像什么。她正要躲开时，女人推开了玻璃门。雨丝飘在了女人的脸庞上，女人瑟缩了一下，漂亮的眉毛皱起。

——我该做点什么？

——我想给她一把伞。

许舒宁匆匆回到自己的座位，手忙脚乱地打开包，找到了一把折叠伞，迟疑了两秒，还是追了过去。推开玻璃门，却看到了一双背影，她停下了脚步。

雨幕中，身姿挺拔修长的男人撑着一把黑色长柄伞，小心地护着心爱的妻子。哪怕伞不小，他还是习惯性地将伞柄往女人那边挪。

他搂着她，她依偎在他的怀中。

男人的左手放在了她的腰上，无名指上戴着戒指，左手上还有一道醒目的疤痕。

许舒宁怔怔地望着这一幕出神。

——听说她现在过得很好很幸福。

——听说她的丈夫历经千辛万苦，终于等到了她点头嫁给他。

下午。

孟怀谦直接从机场前往公司，忙完了手中的工作才开车前往翡翠星城接池霜。

池霜大概没有休息好，上车后脸上带着倦怠之色。

孟怀谦注意着她的神情，低声问道："是不是哪里不舒服？要不今天就不出去了，我先送你上去，再让刘姨做点你爱吃的饭菜？"

"没有。"池霜捏了捏鼻梁，又摆摆手，"就是没睡好，我都答应了要请你吃饭呀。"

听她的语气跟以往一般，孟怀谦这才发动引擎，前往目的地："我查过攻略了，他们说这家的小吊梨汤不错，现在也快深秋了，喝点梨汤不错，怎么样？"

"可以啊。"池霜打起精神来，偏头对他一笑，"孟总，请问这家人均消费多少呢？"

孟怀谦诚实地回答："招牌是小吊梨汤，但也有别的菜，我们都可以试试，人均大概一百元。"

池霜鼓掌，赞叹："果然从沪市回来一趟人都洋气了！上一顿人均三十元，现在直线飙升，不错不错。"

孟怀谦为了博她一笑，仍然一本正经地附和："其实我觉得有点贵，不过偶尔也可以奢侈一次。"

总算逗得池霜眉开眼笑。

"沪市的天气怎么样？"她问道。

"这两天在下雨。"他一边开车，一边回她，"不过这一次也有很大的收获。"

比如竞拍到了那颗粉钻。

池霜以为他说的是公事，也就没再追问。

一路畅通无阻地来到商场。

这家店的生意果然火爆，他们来得算早的，还是要等位，于是两人又去了别处买奶茶。

249

奶茶店里，孟怀谦熟练地拿起手机扫码点餐——他并不喜欢这样时髦的方式，以前也不太习惯，多亏了这一年多的种种经验，他现在已经很熟悉这套流程了。

池霜凑过来点了自己要喝的，视线低垂，落在了他的手背上。那里除了扎针输液的血管若隐若现，什么痕迹都没有。

孟怀谦有一双好看的手，指甲修剪得整齐干净，指节分明，有骨骼感，肤色不算白皙。

这样一双手，平日里做得最多的可能就是处理各种公事。

孟怀谦也注意到她的眼神，顺着她的视线低头："在看什么？"

他还以为是手上有脏东西，其实什么都没有。

池霜收回视线，嘴角漾开了笑意，打趣道："就是觉得你这狗爪子挺好看，多看两眼，怎么，要收费吗？"

"我不是这个意思。"

说着，孟怀谦干脆用右手拿手机，伸出左手让她看个仔细。

"不看了，快点单，等下人会越来越多的！"池霜白了他一眼，催促道。

"好。"

孟怀谦被池霜的口味带偏，他并不爱奶茶，此刻也点了一杯还算清新的果茶。

京市本就热闹人多，到了下班时间，哪儿都是人，从下单到拿到奶茶都花了近二十分钟的时间，好在等他们重新来到那家餐厅时，正好叫到他们的号。

两人位的桌子并不大，孟怀谦的一双长腿无处安放，时不时就会蹭到池霜的腿。

池霜偶尔不耐烦了，会用脚尖踢他的皮鞋，以示警告。

"请。"孟怀谦示意池霜扫码点餐。

池霜瞥了他一眼，扫之后将手机递给他："做攻略的人是你又不是我，我也不知道这家有哪些特色，来吧，我请客，你来点。"

他笑着接过她的手机。

他们两个人的胃口都不大，简单点好菜后，池霜下单顺便结账，又点开了某个记账App，一边输入这顿花费的金额，一边说："我上一次记账还是我初中的时候，你应该感到荣幸。哦，顺便提醒你，这顿之后，你的兼职工资只剩这个数了。"

她将手机屏幕对着他晃了晃，示意他核对账目。

孟怀谦正细致地给她清洗碗筷，抬眸扫了一眼："钱真的不经花。"

这几个字从他口中说出来有种别致的喜感。

池霜一手托腮，哼笑道："这话录下来在奥朗的广播里循环播放，你猜你会被人砍多少刀？"

"我的意思是，还得想办法再创收。"

"美得你！"

事实证明，孟怀谦的研究方向没有出错，这家餐厅主打一个物美价廉。

物美当然要在价廉前面,这次他大浪淘沙找的餐厅虽然环境一般,但味道对得起这个价格,甚至还有意外的惊喜,比如招牌小吊梨汤就确实不错。

吃过饭后,两人又在商场闲逛消食。这便是男女关系的奥妙之处,比朋友更亲近,离情人又只差一步。

不认识他们的人都以为他们是热恋中的情侣。

回来后,孟怀谦尽职尽责地将池霜送到了门口。

池霜关上门,双手抱胸,看着显示屏中的他。她都不用看时间,他的身体里仿佛有时钟,做什么事都有时间规定,很多时候他刻板、一丝不苟,这令她偶尔也会产生疑惑——

对自己如此严格的一个人,是怎么下定决心走向她的呢?

孟怀谦前往电梯厅的前一秒,她转身往屋子里走去,连拖鞋都懒得穿,光脚来到景观阳台上。

远处的点点灯光与星空相映成辉,美不胜收,她不禁感慨,其实她演技也挺不错的,当她真的想骗过一个人的时候,往往都能成功,毕竟是金盆洗手的"影坛瑰宝"。

她想到这个称呼,"扑哧"笑出声来,之后又渐渐收敛了嘴角的笑意。

一场秋雨一场寒。

这天池霜来到餐厅时已经是傍晚时分,才来到二楼,还没走到自己的办公室门口,便瞥见西装革履的男人正弯腰扶着墙,身上还散发着若有似无的酒气。

这样的情景几乎每天都在餐厅上演,并不稀奇,她本想收回眼神继续往前走时,男人偏头,露出了侧脸。

待看清后,她在心里叹了一声,怎么是他?

其实也不应该奇怪,许舒宁走后,梁潜安分了一小段时间,也开始频繁地出入池中小苑。他是客人,还是出手大方的客人,她开门做生意,没道理竖个牌子写上"梁潜禁止入内"将人往外赶,而且在所有人的眼中,他们两个是和平分手。这年头,即便是结束的关系,扯上"和平"两个字,哪怕见面了还得冲对方假笑一个呢。

他每回来,不会特意来找她,好像真的只是过来吃饭应酬。

池霜都必须得承认,他越来越像她记忆中那个身影已经模糊了的梁潜。

见梁潜的状态不太好,她走出几步,唤来一个男服务员,抬手一指:"梁总好像喝多了,你去扶他休息一会儿,看看他有没有什么需要。"

服务员小哥赶忙走过去要扶梁潜。

梁潜仿佛这才看到池霜,担心自己身上的酒气熏到她,微微侧头,脸没对着她,话却是对她说的:"没事,我就是觉得有点闷,去露台透透气就好。"

服务员小哥听了这话,就要扶着他去不远处的露台。

池霜见梁潜脚步虚浮,眉宇之间的痛楚也不是作伪,迟疑了一会儿,也跟着过去。她知道梁潜的性子,服务员说的话在他这里根本就不管用,更不能强制性地扶他去别处,可他这样子在露台上吹冷风像话吗?

这要是一不小心昏过去了,岂不是要叫救护车?

救护车如果出现在她的餐厅门口,她都可以想象到食客们会有多精彩纷呈的猜测了。

商战都是肮脏的,被附近餐厅的老板见了,指不定要怎么做文章呢。

餐饮业最忌讳的不是有人发酒疯闹事,而是有人在自己的餐厅晕厥过去,那真是跳进黄河都洗不清了!

"你司机呢?"池霜催促,"吃完了就赶紧让你司机带你回去呀。"

梁潜坐在露台的藤椅上,小心地看了她一眼,尽量舒展眉头,轻声说道:"我缓缓。"

"你在我这儿缓什么呢?"池霜也还算了解他,两人都说得那么清楚了,他不可能对她玩苦肉计这一招,"你不舒服要去医院的。"

"没什么事。"梁潜低声道,"只是当时坠海的一点后遗症,头会疼。医生说我的头撞到了礁石,又加上差点溺毙。阿越已经请了国内外的专家,之后会给我做全面的检查。"

池霜此刻正心烦,哪里有空注意他的欲言又止,摆了摆手:"这会儿也不早了,既然应酬结束了,你赶紧回家或者去医院吧。"

说着她就要往里走。

她跟梁潜这辈子成不了仇人,也当不了陌生人,能碰到说两句话,那也是出于餐厅老板跟顾客的身份。

"霜霜,"毕竟喝了酒,梁潜起身的时候差点没站稳,"我最近回了星语半岛住,我找了好久都没找到你之前送我的那幅画。"

"烧了。"池霜不甚在意地说,"那时候我以为你死了嘛。"

梁潜早就猜到了。

他将别墅翻了个底朝天也没见到,倒是地毯上有剪断的红绳,那时候他就猜到池霜多半是烧了那幅画。

明明事情已经过去了这么久,提起来时,五脏六腑还是像被一根细绳牵扯,细细密密地疼。

池霜走出两步,又被他叫住,他的声音在这秋风之中有些飘忽:"能帮我再画一幅吗?"

"你说呢?"

她明明以前就跟他说过,她笔下的人物只会是她喜欢的,只有这样,她才会有动笔的兴致。

他也不想想,她现在喜欢他吗?

梁潜苦笑,没再强求,又坐了下来,任风吹散他身上的酒味。

露台的光线并不明亮,池霜也是这时候才看到有人站在不远处,置身于半明半暗中——孟怀谦手臂上搭着西装外套,正静静地看着他们。

他隐匿于此,不知道在这里待了多久。

池霜这一刻甚至在想,他们三人所在的方位,好像可以拼成三角形。

她被自己这个想法恶心到,没有再回头看梁潜,而是往孟怀谦的方向走去。

孟怀谦也朝她走来。

"你来得正好。"池霜问,"你停车的时候有看到他的车吗?司机在车上吗?"

坐在露台上的梁潜平声回道:"霜霜,我司机就在楼下。"

池霜扭头:"我刚才问你,你怎么不讲?"

这会儿倒是答得快。

梁潜笑了笑,按了按额头:"抱歉。"

只是一点卑劣的私心,想要跟她多说两句话。

"那你给你司机打电话,让他上来接你。"

"好。"梁潜应了一声,从头到尾,他的视线都没往孟怀谦身上挪过一秒,他专注地凝视着池霜,声音低缓,"刚才麻烦你了。"

孟怀谦眼神淡漠地看向他,很快收回,低声问池霜:"吃饭了吗?"

"在外面吃的。"

"嗯。"京市已经是深秋,气温也不如前段时间舒适,池霜穿得单薄,他将臂弯上的西装轻轻地为她披上,"降温了,当心着凉。"

池霜一怔,孟怀谦爱干净,衣服上也没有奇怪的味道,但她仍能嗅到他的气息,干净、温润、淡雅。

以他们目前这种离情侣只有一步之遥的关系来说,这个举动并不算唐突,因为在此之前,他用他的西装为她盖住过大腿。可这一瞬间,她有种被他的气息严丝合缝包裹的错觉。

梁潜漠然而平静地看着这一幕。

从他的角度看过去,池霜仿佛被孟怀谦拥入怀中。

他强势却又卑微地将孟怀谦从画面中替换掉,落于他心里的是很久以前的记忆——

那时候他也是这样,不止一次地为池霜披上衣服。

寒冬腊月,她穿着礼服从晚宴场所出来,鼻尖冻得微红。

他赶忙大步过去,为她穿上早就焐暖了的羽绒服:"冻坏了吧?来,手放进来。"

为了逗她开心,他趁着停车场没人,撩起衬衫下摆,要用腹部的温度帮她暖手。

她笑着去掐他:"滚,少来炫耀你的腹肌,心机狗。"

想到这里,梁潜闭了闭眼。

他们明明相爱过的,他却后知后觉。

记忆里的每一帧画面都如此清晰,他忘不了,也放不下,却也只能眼睁睁地看她披上别人的衣服。

"其实也不冷啦。"池霜小声说,"这个点你来干什么?"

孟怀谦抬手,想要触碰她的发丝,却也只是克制地拍了下西装上并不存在的灰尘,温声回道:"接你下班,忙完了吗?"

"还没呢,我刚来。"池霜说,"不知道要忙多久,你吃了吗?"

253

"刚从饭局脱身。"他笑了,"没喝酒。"

池霜瞥他:"好啦,我先回办公室了。"

"嗯。"孟怀谦颔首,"我等下过去,有我能处理的事情可以列出来,最近气温低,越晚越凉,早点忙完你也好回去休息。"

池霜没再去管这两人,脚步轻盈地往办公室的方向走去。

她不知道这两人私底下是什么状况,但她知道,他们起码不会在她的地盘闹起来。

孟怀谦缓步来到露台。

在这夜晚,他只穿着衬衫和西裤,身上却不见一丝狼狈,他似乎也只是想透透气。

梁潜起身,皮鞋踩在露台的地板上,发出了轻微却沉闷的声响,一点一点地朝孟怀谦逼近。

两人身形相仿,周身也都是同样迫人的气场,如果有不知情者不经意地路过,只会认为这是两个好友在聊天。

"孟怀谦,你真的以为你了解她吗?"梁潜摇头,嗓音低沉,"她看你的眼神我有点眼熟。"

孟怀谦神情平淡地听着,眉头都没皱一下,只当这两句话是一阵风。

梁潜转身走出两步后,笑了一声,淡声道:"那时候她动了想分手的心时,看我就是这个眼神。"

她在犹豫。

她的心还没有确定。

如果她说现在她爱孟怀谦,那么,她曾经也爱过他。

"对了,"他从口袋里摸出一枚领带夹,随手放在了一边的栏杆上,"这个还你。"

也一并将那些懦弱、愤怒的怀疑与揣测扔掉,现在的他已经不需要这些了,他比任何时候都要清醒,清楚地知道自己要的是什么。

谁也不知道,现在是结束,还是开始。

当初他也以为在游艇上的那个夜晚是他的"单身夜",是一个普通的夜晚,却没想过是开始。

那么此刻又凭什么断定就是结束呢?只要没到断气的那一秒,就不是结束。

很快,露台上就只有孟怀谦了,他沉静地站了几分钟后,转身往里走去,没有看那枚领带夹一眼。

如果说池霜的情绪是一本书,他这辈子都无法参透。梁潜这外人都能感知到的,他又怎么可能迟钝到没有半分察觉?她的忽近忽远,她偶尔情绪和眼神的游离,没有人比他更清楚。

他不知道她在想什么。

明明她都看到他了,为什么要移开视线?

他反复揣测分析,他想,可能是他太得意忘形,不经意间说错了什么话,或者做错了什么事。可是出题的人都没有给他一个答案,他是最愚笨的考生,只能对着打了红叉的试卷一筹莫展。

池霜坐在办公椅上,手无意识地揣进了口袋里,摸到了金属质地的打火机。

手感不错,她也就懒得去追究孟怀谦到底有没有戒烟了,总之,他每次来见她时没有烟味就行。

她来了兴致,随着"咔嗒"一声响,她手中似是有小小的火苗,又"咔嗒"一声,小火苗灭了。

打火机今天很忙,它的主人已经很久没有使用过它了,此刻重见天日。

如此几个来回,池霜心里的那点烦躁也就消失不见了。

"咚咚咚——"

门口传来有节奏的敲门声。

她现在都不用猜,就能凭着这些细微的区别分清楚敲门的是孟怀谦还是别人。

"进来。"

说着,她将打火机又放回口袋。

室内有些热,明明只要脱了外套就好,她却好像忘记了,走到窗户那里推开一条缝,凉风迫不及待地钻了进来,微凉清爽。

入了夜后,玻璃窗也成了一面镜子。

她倚在窗边,即便背着身,也能清晰地看到门被打开,孟怀谦出现在了这面镜子里,也出现在了她的眼中。

她现在还印象深刻,加上这回,他们有三次这样的镜中对视。

第一次时,她烦透了他,凶他、骂他、驱赶他,他却固执得怎么也不肯走;第二次时,在电梯里她欣赏他那还不错的身材,调侃他太老,他分明想要辩解,却只能隐忍。

这一次,她只想安静地看他。

"怎么了?"

"没事。"

孟怀谦走近了她,闻言在她身后一米处站定。

池霜试图将窗户彻底推开,弯着腰,几乎半边身子都探了出去。

明明也只是二楼,孟怀谦一个箭步过去,手越过了她,帮她去推窗,清冽低沉的声音自上而下传至她的耳膜:"别动,我来。"

他不愿意她置身于任何危险的境况中。

夜风吹起了池霜的头发,有几绺就飘在他眼前。

池霜索性撑在窗台上,孟怀谦还是站在她身后,离得很近很近,凝视着她的发丝。

"他走了?"她记起这桩事,问道。

"谁?"

池霜扭头,发现孟怀谦离她很近,她几乎被困在他的身躯和窗台之间。

"你说过的,"他低头盯着她,"不聊他。"

他不想听到她提起别的男人,一句都不想听。

池霜模模糊糊地想起了这一出,笑吟吟道:"这种微不足道的小事你倒是记得清楚。拜托，我是老板，他要是在我店里晕过去了，我这店还怎么开呀？"

由着这个话题延伸，她若有所思地说："常哥那火锅店开得风生水起，我下次要向他取经。"

当老板这条路上，她还是小菜鸟，要学的东西还有很多很多。

孟怀谦神色和缓，安抚道："放心。"

"什么？"

"这种事不会发生。"

随着她的动作，原本披在她身上的西装眼看就要滑落，他又靠近了一步，抬手为她穿好。他平日里虽然话不是很多，但也会惬意地跟她开玩笑，此刻却只是定定地注视着她，似有千言万语，可又一言不发。

他的眼里只有她。

他也为这一刻着迷，因为她现在也只看得到他。

池霜淡淡地收回目光，又偏头看向窗外。她已经无法转身，他没有给她足够的空隙，怕她跌倒，更怕她的心也被这风吹走。

一段感情中，所有的情绪变化都是悄无声息的，然而只有身处其中的人才知道，对方的眼神即便只是游离了一秒，也不亚于惊涛骇浪。

在外人看来，池霜跟孟怀谦还是跟从前一样。

两人下楼时还碰上了表姐，表姐满面红光，自在地跟孟怀谦打招呼："孟总来了，现在是要送霜霜回家吗？"

孟怀谦平和地颔首。

"走了。"池霜叮嘱，"我看天气预报说晚上可能会下小雨，你也早点回去，都这个点了，也不会再来多少客人了。"

"我知道的。"表姐催促她，"那你们快走吧，当心等会儿下雨路上又得堵车。"

表姐扶着楼梯扶手，目送池霜跟孟怀谦下楼，两个人的身影一前一后，她看得不禁一脸欣慰。这一年多发生的种种，她这个局外人都看在眼里，孟怀谦对霜霜那是再认真不过，两人这一路也实在不容易，最好能水到渠成走到一块儿。

"明天你不用过来啦。"池霜上车后，系好安全带，侧头对孟怀谦说，"我这两天要去一趟津沽。"

孟怀谦愣了愣，发动引擎，低声问道："出差？"

"不是啊。"她仰头靠着车座，语气懒散，"佳茗姐，嗯，就是经导的妻子，我师母，前两天生了个女孩儿，离这么近，当然要过去看看。"

孟怀谦"嗯"了一声。

她口中的经导名叫经嵘，今年也才四十多岁，在导演这一行来说算是很年轻了。十几年前经嵘不过三十岁就已经名声大振，算得上是天才。

"要我送你过去吗？"孟怀谦问。

"干吗呢？也就一百多千米。"池霜笑了，"我让王师傅送我过去，估计会在那边住一个晚上。"

256

"好。"

孟怀谦无意识地握紧了方向盘。

池霜的视线从他手上越过,看向挡风玻璃上那不知是死是活的蚊虫。

她注视的时间太长,孟怀谦自然也有留心,等绿灯时,也顺着她所看的方向看去——

她现在心里在想什么?

学生时代最难的题目,他能解得出来,工作时遇到最棘手的事故,他也可以想到办法游刃有余地解决,唯独一个她,他绞尽脑汁、万般思索、彻夜难眠,也只能束手无策。

第二天过了上班的高峰期后,池霜便前往津沽。

在她的人生中,就没有"逃跑"这个词,她只是有一些事情还没有想通,而老师和师母也算是中年得女,她无论如何都得过去瞧瞧。

经嵘这几年闲下来了,没有天南地北去拍电影。

刚刚进入别墅区,池霜就看到了经嵘,于是让王师傅停车。她推开车门下车,语气轻快地喊了一声:"老经!"

经嵘手里拎着一片落叶观察装忧郁,比起池霜第一次在园子里见他时老了很多。

那时候他三十四岁,今年都快四十六岁了。

经嵘笑了起来,眼角有很深的褶皱,全是岁月的痕迹,不疾不徐地走来,上下打量池霜,以长辈般欣慰的口吻说:"又长高了。"

池霜翻了个白眼:"我以前在你眼里得有多矮啊,每次见我都说这句话。"

她顿了顿,又关切地问道:"佳茗姐好点没?"

"还不错。"

经嵘已经懒得再纠正她这错乱的称呼了。

有事要他出力的时候,就叫他"老师",没事的时候就叫他"老经",但一直喊他的妻子为"姐"。

那会儿池霜还小,才十六七岁,初次拍电影对一切都稀奇得很。沈佳茗来剧组探班,对人情世故还懵懵懂懂的池霜就被一个前辈忽悠着喊"佳茗姐",剧组的人都被逗得乐不可支。

沈佳茗搂着池霜"哈哈"大笑:"行!以后就这样叫!"

提起妻子,经嵘眼里满是深厚的情意:"听说你要过来,她就一直在念叨,看我在家里待着,恨不得让我走两里地去接你,也就你有这个待遇了。"

池霜偷笑。

师生二人往别墅方向走去,经嵘见池霜一脸欲言又止,顿时警惕地问道:"怎么,要借钱?"

不等池霜反驳,他立刻残酷地说:"超过五位数您最好别开口,我没私房钱。"

池霜沉默两秒:"那我要借九千九。"

两人说说笑笑进了屋子。

沈佳茗被月嫂扶着从卧室出来，经嵘赶忙过去扶着她："小池又不是外人，你快去休息。"

"就是，佳茗姐，你这才出院呢。"

说着，池霜去了洗手间，将双手洗净后才去了主卧。一整天她都待在这里，直到傍晚时分才准备离开。

经嵘送她走出院子，快入冬了，天黑得早，才八点多，已经一片漆黑。

经嵘手插裤袋，微笑着看她："感觉你一天都不得劲，怎么，遇上什么事了？"

池霜抿唇一笑："干吗要这么敏锐？"

"不敏锐一点在你佳茗姐手下活不了这么久。"经嵘笑了笑，"说说？"

池霜沉吟了一会儿，却在经嵘鼓励的眼神中狡黠一笑，抬手指了指自己的脑袋："不好意思哦！这里已经有答案了。"

其实她更想指的是她的心。

说着，她又朝前走了两步，冲经嵘摆摆手："走咯！"

为什么要从别人口中得到一个肯定的答案才愿意承认自己的心呢？

她的确不喜欢一段一开始就可能会进入倒计时的感情。

谈恋爱就像是开盲盒，结果无外乎只有两种：分手与相守。只是在没有揭晓答案之前，谁都不知道会抽到什么样的结果。她现在的情况比较特殊，盲盒是透明的，她提前看到了里面的内容，于是她犹豫，不知道要不要伸出手去抽取。

可是、可是……

她问自己，如果孟怀谦的左手上有那样一道疤，他就一定是她未来的伴侣，无论如何她都要抱着这样的信念与他相处吗？即便有一天她跟他之间出现了无法调和的矛盾，或者她已经不再喜欢他，她也要因为他是梦中那个为她挡雨的"丈夫"而选择妥协吗？

不，她绝不。

她不相信什么未来，只相信自己的心。

当她的心里写着"孟怀谦"这三个字时，就算他手上没有那道疤，她也不会将他赶出去。

当她的心里没有孟怀谦时，哪怕他手上有那道疤，她也会毫不犹豫地将他驱逐。

经嵘立在夜色中，目送池霜上车离开。

她似乎一直没变，还是趴在车窗上，一边冲他挥手，一边大声提醒道："老经，收腹！注意身材管理，发福的男人没有魅力！"

他哑然失笑，摇了摇头，回了屋子，跟妻子悠悠感慨："她还真是长大了。"

已经不再是那个听他说"爱是明知不可为而为之"时露出迷惘神情的小池了。

现在的她，会在迷茫之后变得从容而坚定。

沈佳茗莞尔一笑："她本来就是个特别聪明的女生啊。"

孟怀谦在沪市以天价拍下了一颗粉钻这件事并不是什么秘密，很快就传到了申钰君的耳朵里。而且孟怀谦也从未遮掩过什么，儿子生活上的动静也瞒不过父母。

如果说丈夫是冷眼旁观，那么她则是持观望态度，但她跟丈夫的想法也没什么区别：年轻人心性不定，一切都是未知数，在还没有明朗化之前，百般阻拦未免太多事。

只是这次的事情，令申钰君嗅到了不一样的气息，于是她找了个理由提前于丈夫几天回国。

孟怀谦自然是要回老宅陪母亲吃顿饭的，下班后让司机开车送他回来。

饭桌上只有他们母子二人，简单地用过晚饭后，申钰君提出散步消食，孟怀谦便陪着她沿着老宅外面的林间小道慢悠悠地走着。

"上次你孙姨的忌日，我去祭拜过他们夫妇，在梁家墓园碰到了阿潜。"申钰君提起以前的好友，不禁感慨万千，"他瘦了不少，不过只要人活着就是天大的喜事。"

孟怀谦见前面有石子，担心母亲会被绊住，上前一步托住了她的手臂，稳稳地扶着她继续往前走。

"其实你的那些事，我跟你爸爸早就听说了。"申钰君抬头看向儿子的侧脸，低声说，"怀谦，你究竟怎么想的？"

孟怀谦静默了片刻，就在申钰君以为他是在刻意回避这个话题时，突然放慢了步伐，喊了一声"姆妈"。

寂静的林间小道上只有他们，这一声虽然低，却格外清晰。

申钰君还以为自己出现了幻听。

她不是京市人，那时家里与孟家有生意上的接触，她也因此与丈夫结缘。之后这些年，她都是待在京市的日子更多，在孟怀谦还小、课业也不繁重的时候，每年她都会带儿子回娘家住上一段时间。

小孩子语言天赋高，孟怀谦很快就能说当地俚语，天天"姆妈姆妈"地喊。

她和她的母亲坐在庭院里，含笑看着在草地上活泼踢球的孟怀谦。

后来，她需要处理的公事很多，而孟怀谦校内校外的课程也越来越多，再也没有那样悠闲惬意的日子了。

于是，她听到这一声，愣住了，后知后觉地反应过来，原来已经二十年没听到他这样叫她了。

"这一年多以来，"他低低地说，"我觉得很幸福。"

申钰君微微发怔。

幸福？

她侧头看向儿子的侧脸，已经没了儿时的婴儿肥，面容严肃冷峻，神情却意外坚定。

母子俩都沉默地又走了一大圈，申钰君出了些薄汗，体力到底是比不上年轻的时候了，她一边轻轻喘气，一边摆手："歇一歇。"
说来也巧，他们居然正好停在了一棵大树下。
申钰君缓过来后，手摸着这大树，尘封的记忆再次浮现在脑海中。这棵树还是怀谦出生那年她看着丈夫栽种的，当初的小树苗如今已经长成了参天大树，完全可以独当一面，经得起任何风雨。
她叹了一口气："你也马上三十了，说到底，我跟你爸爸也只能给你参考意见。儿子，你爸爸年纪越大越顽固，他那里我可管不了。"
孟怀谦想笑，可又笑不出来。
和池霜在一起会遇到的所有考验、阻碍，他早已全部列好，没有十足的信心，他又怎么敢因为自己的私心而将她拉扯进来？
唯一不确定的是她的心，而他无法计算的也只有这颗心。
申钰君也实在好奇，又问道："她是个什么样的女孩子？"
孟怀谦眉头舒展开来，思忖片刻，面露淡淡的笑意："是如果知道您用'女孩子'来称呼她，她会非常高兴的女孩子。"
这句话让孟怀谦想起了跟池霜相处的种种画面，丰富多彩到可以剪辑成好几部一秒二十四帧的电影，值得反复观看、回味。
这一年多以来，她攥着他的喜怒哀乐，即便是在母亲面前，他也难以自控，因为想到她，前一秒失落，这一秒又开心。
关于池霜的话题，母子俩也都默契地点到为止，没有再聊。孟怀谦也考虑得很清楚，他最应该让他的父母接受的是他爱池霜这件事，而非其他。
他有七情六欲，他也有不考虑所有、只想永远跟她在一起的人，他只需要他的父母接受他只是一个普通男人这个事实。

池霜已经坐车回了京市，本来在她的计划里是要在津沽待一个晚上的，经嵘夫妻也极力地挽留她，但她看了一眼家里的两个月嫂阿姨，以及新鲜出炉的新手爸妈手忙脚乱这一情景，她想还是别在这里添乱了。
回到翡翠星城的时候已经是晚上九点。
她洗了澡又匆忙回了几条消息之后，一时兴起，竟然支起画板。画板上一片空白，她也不着急，躺在床上闭着眼睛，顿时，孟怀谦那张脸及脸上细微的神情，全部生动地刻在了她的脑海中。
半个小时后，她从床上下来，坐在画板前，拿起画笔，开始勾勒。
从她动笔开始，她什么都没想，不知今夕是何夕。果然画自己喜欢的人和景色就会进入忘我的状态，等她终于完成最后一笔时，画纸上的孟怀谦正含笑凝视着她。
这就是孟怀谦留在她记忆中最深刻的一面，他也许无聊，但他对她总是很耐心，多少次她都感觉他被她气到了，但他也只是沉默地看着她。
池霜也与画中的他对视，自言自语道："你可真棒！"
她不是选择了他，而是选择了自己。
最后习惯性地要在画纸的右下角写下"池"字时，不知为何，她竟然不由自主、鬼使神差地画了一朵霜花。

不知不觉，已经是深夜。

池霜往床上一躺，画笔也随手一扔，直接倒头就睡，一觉睡到自然醒。第二天池霜醒来时，有阳光斜斜地照在她柔软的被子上，温暖又软和，很轻易地就令人联想到"幸福"这个词。

她才起床洗漱好，就收到了孟怀谦的每日打卡消息。

孟怀谦：吃饭了没？

这个男人还是有些心机的，现在长辈或者朋友随口问她一句"吃饭没"，她都会立刻想到他——毕竟在生活中，人与人之间的问好都是从吃喝睡入手，这是最频繁的问候，随处可见。

池霜：我刚刚起床，刘姨还在做饭。别问我，我现在也不知道要吃什么菜。

孟怀谦：你回了京市？

她才回了个"嗯"，没几秒手机就响了起来，她接通，"喂"了一声。

"你不是说在津沽待一个晚上吗？"

"计划有变呗。"

"那你下午是去餐厅？"

"不去。"池霜坐在沙发上，手指卷着发尾，语调上扬，"等下出去转转。"

"我来接你？"

"好啊。"正好电视上播放的汽车广告中，一家人开车去郊外搭帐篷露营，她来了兴致，"你来的路上买个帐篷吧？"

现在所有的约会都是千篇一律，吃饭、逛街、看电影，难得看到有别的消遣，自然也要尝试。

孟怀谦对她的话向来都不会质疑，更不会拒绝，一口应下："好。"

当池霜吃饱喝足穿戴整齐出门时，孟怀谦也正好到了。他猜到她想出去露营，自然不会叫上司机。

从电梯到车上的这一路他都在注意着她的神情变化，见她眉宇之间一派轻松，他的心情也难得的轻快了几分。

虽然他也不知道前几天她在犹豫什么，但……这已经不再重要。

今天天气不错，外出游玩的人很多，池霜将车窗都降了下来，任由风钻进来。再过一段时间就要进入干燥又寒冷的冬季，当然要揪着秋天的尾巴出来赏秋。

两人中途还去购置了食材。

这是池霜的临时起意，即便是身怀绝技的小孟助理也没准备那么充分。从超市出来时，经过一家花店，花店门口摆着各类盛放的玫瑰，其中娇嫩的粉玫瑰吸引了孟怀谦的注意，他无意识地放慢了步子。

池霜扭头寻他，顺着他的视线看过去："看什么呢？"

"粉玫瑰还挺好看的。"他说。

这玫瑰让他想到了他放在口袋里的粉钻。

竞拍下来走了所有的手续后，这颗粉钻终于送到了他的手中。

池霜蹙眉,随口道:"我不喜欢。"
"不喜欢粉玫瑰,还是不喜欢粉色?"
他这个问题并不突兀,池霜早已经习惯,他先前就总是不动声色地打听她的喜好。
"肯定是不喜欢粉色啊。"池霜奇怪地瞥他一眼。
孟怀谦的一颗心直直下沉,揣在怀里的粉钻都变得十分沉重。
一直到上车后,他似乎还在纠结这个问题,再次温和而平静地问她:"为什么不喜欢粉色?"
池霜正在系安全带:"哪有为什么,不喜欢就是不喜欢咯。"
其实她就是在迁怒。某一年她参加晚宴需要走红毯,品牌方赞助了高定礼服,是粉色的,那几乎是她人生中少有的黑历史,她愿意称之为红毯滑铁卢。虽然也有不少人夸赞,但她看了生图,只觉得是视觉灾难。
恨不得全网删除删除删除!
孟怀谦没再说什么。
郊区的露营地今天也很热闹,孟怀谦带着池霜找了清静的地方便开始搭帐篷了。他的动作并不熟练,看得出来大约也是头一回。池霜坐在椅子上看看天空、看看已经枯黄的草地,惬意地伸了个懒腰,而不远处的孟怀谦埋头扎帐篷,半句怨言也没有。
他动手能力颇为不俗,可也出了薄汗,将外套脱下,正不知道要放在哪里时,池霜大发慈悲地接了过来,获得了他一个感激的眼神。
衣服搭在腿上,过了一会儿,她终于发现了不对劲。
伸手一摸他的口袋,居然是一个深蓝色的盒子,难怪她刚才觉得硌得慌。
孟怀谦刚搭好帐篷朝着她这边走来,一眼就看到她手里拿着那个盒子,顿时呼吸一滞,不知道要不要阻拦她。
池霜自觉是个有素质的人,不会在孟怀谦没同意的情况下去打开这个盒子,但这不妨碍她好奇。她抬眸看向他:"这是什么啊?"
孟怀谦闷不吭声。
池霜一愣:等等,该不会是……
他无可奈何地说:"我不会挑礼物,挑得不好,你不要嫌弃。"
这种事他的确没什么经验,他只给妈妈买过首饰,但妈妈跟池霜年龄相差太大,而且他送给妈妈的礼物也得不到真实的反馈。妈妈曾经说,他送什么都喜欢,所以没有任何参考价值。
池霜一阵无言,还真是头一次碰到这种情况。
孟怀谦抬手捏了捏鼻梁,似乎对目前的突发状况感到困扰。他并不是不想告白,每一天他都想告诉池霜他心里在想什么,只是他也没有忘记她曾经说过的话,她说,事不过三。
他没有第三次机会了。
所以再寻常不过的那几个字,他迟迟没有说出口。
"我挑了很久,想了很久,最后可能不是你喜欢的礼物。"孟怀谦低声道,"池霜,我很后悔。"

"后悔什么?"

"后悔听信了别人的话,犯了第一次错误;后悔那时太冲动,犯了第二次错误……所以现在如履薄冰。"

"我可没看出来。"池霜当然知道他为什么会说这句话,"怎么,我的话是紧箍咒吗?"

"事不过三"这四个字他倒记得牢。

记得牢总好过听过就忘。

孟怀谦静静地看着池霜,想要辩解一二。人要学会约束自己的行为,这件事他从小就知道并且铭记于心。过去他以为这是一种束缚,在跟池霜相处的这一年多里,他突然发现,这其实是本能。

感情越深,就会越畏惧,于是瞻前顾后、如履薄冰,却也乐在其中。

"看在今天天气不错的份上,"池霜煞有介事地倾身靠近他,每个科班出身的演员都学过无实物表演,她也在行,伸手要取下他头上并不存在的紧箍咒,"取下来了,不过时效只有五分钟。"

孟怀谦一脸怔然。

他沉默,不知道说什么才好。

池霜也不催促,反正她都习惯了,托他的福,她对五分钟很敏感,都不需要看表也能准确地计时。

就在五分钟的时效即将结束时,他开了口,低声道:"池霜,我很喜欢你。"

他想说爱,又怕吓到了她。

说完后,他在她面前俯首,这也是他懂事以后第一次低头。

"干吗?"池霜还在品味那几个字,舌尖仿佛挂着蜜,看着面前这个脑袋,哭笑不得。

"时间到了。"

池霜一愣。

对,就是这个点。

她无法形容,其实在她的眼中,孟怀谦跟别的男人也没什么不同,他真正打动她的从来都是他把她的话当真,即便是再莫名其妙再荒谬的话,他都会听进去,并且配合她。

他是她随叫随到的保镖、司机,也是她童年时期最想要的玩伴,而这些身份都重合在一起,原来就是伴侣。

她被逗笑,眉眼里满是笑意。

看着这颗脑袋,她伸手本来是想拍开的,手却无力了一下,不由她所控,抚上了孟怀谦的脸,使劲地捏了捏:"厚脸皮的嗰!"

在此之前,孟怀谦还能有条不紊地扎帐篷,处理各种烦琐杂事;在这之后,他看似平静,实则手忙脚乱,破绽百出。

比如他往锅里打鸡蛋时,留下了蛋壳,蛋液却被他扔进了垃圾桶里……

池霜觉得谁错谁买单,只要他把满是包裹着鸡蛋壳的面条吃掉就好,那这就是无伤大雅的小错误。

让她惊讶的是,她这话一听就知道是玩笑,平日里比鬼都精明的人居然还真要去吃。

可能是池霜嫌弃的目光太强烈，孟怀谦大概也意识到了自己此刻太过憨傻，担心她会临时反悔将他打回原形，回程的路上总算恢复了正常。

一整个下午，池霜都没顾得上那个绒盒，此刻坐在副驾驶座上才晃了晃他挑的这份礼物，一边打开，一边好奇地问道："什么东西啊？"

孟怀谦轻咳一声，握紧了方向盘。

没等他回答，她已经打开了盒子，顿时愣住了。

深蓝色的绒盒里躺着一颗即便在夜色中也瑰丽璀璨的粉钻。

她以为会是首饰，没想到居然是裸钻。

"果然。"池霜看了他一眼，又合上了盒子，"难怪你一直问我为什么不喜欢粉色。"

她抿唇一笑，没笑出声来——她是不喜欢粉色，但钞票也是粉色，谁会不喜欢呢？

"我本来想让人设计成钻戒的。"气氛太轻松，孟怀谦也就不由自主地说出了原本的打算。

池霜缓缓地看向他，语气危险："……钻戒？"

这就是从来都没谈过恋爱的男人带来的杀伤力吗？简直把她炸得目瞪口呆。

苍天！谁给他的自信？

她都不一定愿意他当男友，他倒好，敢情想一步登天？

孟怀谦也愣了愣，猜测她是误会了，立刻解释道："没有，我不是那个意思。"

"那你送什么戒指？"

"我没送。"

"你这样想了！"

孟怀谦哑口无言，只能败下阵来："只是一点刻板且不成熟的想法，既然是礼物，我觉得还是由你自己来决定。它是你的，无论你用它做什么都可以。"

池霜倒是听懂了他的意思，神情有所缓和。

它是你的，你来决定它的用途。

他的语气郑重得就像他把他的心也交给了她一样——它是你的，任你处置。

"无语死了。"她嘟囔一句，把玩着这个绒盒，突然记起什么，又凶巴巴地看向他，"既然你对我说的话记得这么清楚，那我之前说过的要随叫随到，二十四小时听我电话，你还没忘记吧？"

"现在我要加上一条！"

孟怀谦虚心地聆听。

"还记得我最喜欢的锅贴店吧？你要向老板学习，不要因为得到了我的喜欢就骄傲得意、目中无人，听没听到？"

孟怀谦注视着前方的路况，见附近有加油站，转向前往，停在停车位上,这才目不转睛地看她:"你说……你的喜欢?"
池霜努力收敛笑意,想横他一眼,转念又探出手,对他勾了勾手指。
孟怀谦似是被蛊惑了一般,听话地靠近了她。
她却屈起手指,不客气地给了他一个暴栗。本想看他痛得龇牙咧嘴,结果他不为所动,依然眸色深邃地盯着她,好像没有痛觉,而她也逐渐沉溺在了这专注的温柔之中。
"动动你的猪脑子想想,"她几乎是用气息声说的,"你有没有得到我的喜欢?"
呼吸缠绕。
两人四目相对,他挪动,离她更近,高挺的鼻子蹭到了她。
意料之中,预料之外,他们并没有接吻,池霜的脸却比接了个三十秒的吻还红。
他……他居然用鼻尖去蹭她。
"谢谢。"他虔诚地道谢,为得到了他梦寐以求的,她的喜欢。

孟怀谦恋爱后,并没有特意瞒着,也没有大肆宣扬。
他如果真的化身为炫耀狂魔,三天两头就在朋友圈刷存在感,那反而不像他了。他会默默地将池霜的照片放在办公桌上,饭局应酬时,如果有人问起他的感情状况,他也会坦然地说有正在交往的女朋友。
身为一个合格的男友,当然要大力支持女朋友的事业,就连表姐都不止一次跟池霜感叹孟怀谦的上道。
"现在孟总做东的饭局全部安排在咱们店里……"
池霜从一堆文件中抬起头来,再次纠正并且强调:"姐,我都说过好几次了!不要再叫他'孟总',叫他'小孟'就可以。"
以前是以前,现在是现在,今时不同往日,她可不希望这种称呼让孟怀谦飘起来,在她家人朋友面前摆老总的谱。
同样,她也希望她的家人朋友用平常心来看待他,他在她的生活中可不是奥朗的孟怀谦,他只是她的男友。
虽然目前来看他一切都好,但谁说得准将来的事呢?
表姐忍俊不禁:"这不是都叫习惯了吗?"
"改掉,他既然是我的男友,就得跟着我喊你姐。"
"行行行,小孟,小孟,行了吧?"表姐心里却是受用的,脸上神情柔和了许多,"他做东的饭局都安排在咱们店里,听说现在他们业界有传言,要想请他吃饭也得来这里。"
池中小苑的名气自然也就上了一个台阶,虽然说环境跟品质最重要,但不可否认,有一定的人脉会发展得更顺利。
池霜莞尔,嘴上却说道:"我高中同学家里开超市的,那我都会特意去她家买东西呢。"
"行了。"表姐起身,"我不说了,不知道的还以为你们不是情侣呢,我说他一句好,你有十句等着呛我。"
"姐,这你就不懂了,是情侣,"池霜顿了顿,微笑,"偶尔也是敌人。"

"酸!"

表姐往外走,正碰上了来接池霜下班的孟怀谦。

她刚想脱口而出"孟总",里面那位祖宗就不轻不重地咳了一声,她立即改口:"小孟来了?"

孟怀谦先喊了一声"姐",然后才回道:"嗯,我来接霜霜去吃饭。"

"行。"表姐满脸笑容地点头,"那我忙去了。"

目送表姐走出几步后,孟怀谦才进了办公室,问池霜:"你刚咳嗽,是不是嗓子不舒服?要不要我带你去医院看看?"

池霜往办公椅上懒懒一靠:"大惊小怪!"

孟怀谦失笑,侧身关上了门,来到办公桌前,伸手牵她:"别在电脑前待太久,让眼睛休息休息。"

她也就借着这力道被拖了起来,他的手掌抚在她的腰上,带着她在沙发坐下后也没松手,还是搂着,倒是她被他的腕表硌得慌:"松开,硌得我不舒服。"

他略一迟疑,伸出另一只手环住了她,接着摘下腕表,随意地往茶几上一放,发出沉闷的声响,一秒也没舍得松开。

这就是宁可不戴腕表也要搂着的意思。

池霜嘴角微扬,身体放松地靠在他怀里,拽着他的领带把玩:"我之前好像听谁说过,容坤的表姐好像是室内设计师吧?"

"是,怎么了?"

"我想重新装修我的房子。其实我很早就有了这个念头,太忙了就一直搁置。"

孟怀谦低头,下巴正好抵着她的发顶,问道:"翡翠星城住着不舒服吗?"

"跟这个没关系,那毕竟也不是我的房子啊。"

"那……"

他眉头一皱,她就知道他下一句要说什么,使了使劲,勒紧了他的领带,骂道:"怎么,你还想当我房东?你想得美!"

"我是觉得你在这里已经住习惯了,再更换住址可能会水土不服。"

池霜乐得不行:"水土不服?亏你说得出口。"

"不过我已经决定了。"她推了推他,使唤道,"你快去把我办公桌上的笔和纸拿来。"

孟怀谦只好起身照做。

"今天我要给你一个前所未有的大福利。"她神秘兮兮的,一边说一边在纸上写着,"正好我也没想好要重新装修哪一套,这样吧,你来帮我抓阄,抓到哪个我就装哪套。怎么样?是不是很刺激?是不是很感动?我可是将这么重要的事情都交给你来帮我决定了呢。"

孟怀谦眼皮一抽。

虽然早就了解了她的性子,但还是会招架不住她的一时兴起。

"来,看看,也不多。"池霜笑眯眯地看他,"稍微偏的我就没写,就两套，二选一。"

孟怀谦接过那两张字条，低头看去，更是一脸无可奈何，甚至想向她求饶。

说来也巧，观棠苑离他现在的住处很近很近，直线距离不会超过两千米，锦绣府邸则远多了。

站在他的角度，他自然希望能离她近一些。

"霜霜……"

"别看我。"池霜一脸无辜，"我早跟你讲过了，平时要说好话、做好事、存好心，在这种关键时刻就能拼人品、拼运气啦。"

"我可以先去洗个手吗？"孟怀谦向她申请，"等我洗了手再抓阄。"

"迷信！"她笑了，"去吧，你还可以去拜拜神。"

孟怀谦颔首："我正有此意。"

"记得诚心点，这边建议下跪朝南效果更佳。"

孟怀谦哭笑不得，却也只能往洗手间走去。

那边才传来水声，池霜迅速将写着锦绣府邸的字条收好藏在口袋里，又写了一张观棠苑叠好，跟另一张写了观棠苑的混在一起——这当然是她的一点小把戏啦！

她早八百年前就想好了要装修观棠苑，那里地段好，户型更没说，她爸妈也更喜欢那里，哪里需要纠结犹豫呢？

给这臭东西一点甜头，让他高兴高兴，让他知道他得了幸运之神的青睐。

没一会儿，洗手间里的水声收住。

虽然池霜一直都认为自己的演技用于生活中应付孟怀谦绰绰有余，但这时候也不想掉以轻心，赶忙收敛了脸上多余的表情，拿出手机回复消息装忙。

几秒后，她身旁的位置微微塌陷，孟怀谦坐了下来。

"洗好了？"

"嗯。"

见孟怀谦定定地看着茶几上的两个纸团，池霜乐不可支："怎么，你现在要告诉我，其实你有透视眼？"

"重大决定，"他郑重地说，"我需要酝酿一会儿。"

"等你酝酿到天荒地老吗？"池霜推他，"我得给你计时，五分钟。"

"好话、好事、好心，我一样都不占。"

池霜憋住笑意："那看来你对自己的认知很清晰、很准确嘛。"

"但我的女朋友都占了。"猝不及防地，孟怀谦侧过身，在她反应不及时，扣住了她的后脑勺，轻轻在她唇上吻了一下，"向你借点运气跟人品。"

池霜蒙了。

什么人啊！

她抬手擦了擦嘴，却又绷不住笑意："走开，烦人！"

恋爱之前，孟怀谦还是一个很克制的人，既不会说奇怪的话，也不会做奇怪的事，追求手段也都很正常，甚至正经。

恋爱之后，她算是挖掘出了他的另一面，他其实就是一个非常普通的男人，偶尔也会冒出几句令人手脚蜷缩的情话。她勒令他不许再说，但他还是会不经意地冒出来。

不过也就是这一面，令他们的恋爱有了真实感。

孟怀谦笑了笑，伸手准备抓阄。

他的手在空中停顿了片刻，拿起其中一个纸团。

"谜底即将揭晓——"池霜凑了过来，头靠着他的肩膀，催促，"你还愣着干什么？打开看看。孟怀谦，我真是烦死你这扭捏窝囊的样子了！"

纸团在他手中。

他垂眸看了她一眼，她快速躲开："都已经抓好了，还借个什么人品、运气，快！"

于是，他打开了这个纸团，纸团上写着三个字——观棠苑。

孟怀谦眉宇之间闪过一丝惊喜，他看了看纸团，又看了看池霜，一向遇事沉稳的人竟然也有了孩子气的一面。

池霜"哎呀"一声："可以啊，孟怀谦，今天运气挺好的嘛。"

"那？"他看向她。

"怎么办呢？我是出尔反尔的人吗？"池霜拉长音调，"那就听天由命吧，决定了，不日装修观棠苑，争取明年年底之前能顺利入住。"

孟怀谦脸上的笑容从打开纸团后就没消失过。

看把他兴奋的，不知道的还以为奥朗年利润又上了一个新的高峰呢。

"好啦。"她起身，用脚尖踢了踢他的皮鞋，"别激动了，走吧，再晚出发又得堵车。"

孟怀谦起身，没有将手中的纸团扔掉，而是小心地放回了西装口袋，一副恨不得要将这幸运之符供起来才好的架势。

两人出门，池霜回头又不着痕迹地看了眼茶几上的另一个纸团，狡黠一笑。

生活在都市中，谈恋爱的流程跟活动无外乎是吃饭、逛街、看电影，即便是孟怀谦和池霜也不能免俗。吃过饭后，两人步行过天桥，要去对面的商场影院看一部虽然老套但卖座的爱情喜剧。

退圈后，池霜谈恋爱也不再遮遮掩掩。

没了身为公众人物的包袱后，除了医院，她上哪儿都不再全副武装，光明正大地跟孟怀谦牵手散步。

"所以说，时机很重要。"池霜说，"要是在我还没退圈的时候咱俩就在一起了，不知道多麻烦。"

"那多好。"孟怀谦低声说。

池霜一怔。

他这是什么意思？

孟怀谦看她的表情便猜测她是误会了，攥了攥她的手，淡笑着解释：

"我的意思是，跟你在一起，无论什么时候都不是麻烦。"

"油嘴滑舌。"

也不知道从什么时候开始，池霜再也没从孟怀谦口中听到跟梁潜有关的事。

她想了想，其实在梁潜回来之前就已经有了征兆。

现在他们已经确定关系一个月了，预想中的风言风语一句都没有，他跟梁潜关系如何，她也没兴趣打听。如果这是一出戏，那么他们三个人都有份参与，不管是他，还是梁潜，都是马上就步入三十大关的成年男人，当然要为自己的决定负责，又不是小孩，还需要其他人帮忙粉饰太平。

影院在商场七楼，他们要去乘坐电梯，却慢了一步，眼看着其中一部向上的电梯门要合上。里头的人大概是听到了匆忙的脚步声，又按了开门键。

刘宏康跟人约好了吃饭，才进电梯要关门，余光瞥见一对男女过来，赶忙按了键等待。

才一抬头，却对上了身着衬衫西裤的孟怀谦，他猛然愣住。

虽然只见过这位孟总几面，但他这辈子都不会忘记，甚至再见到时依然心有余悸。

孟怀谦神情平静，礼貌客气地道谢。

刘宏康下意识地后退，往里挪了挪。他想，可能这位孟总已经不记得他是谁了，一时之间心里五味杂陈。他却不能忘记当他跪在孟怀谦脚边，痛哭哀求时的窘迫，以及尊严被人冷漠踩在脚底的滋味。

一道悦耳的女声打断了他的回忆。

"再也不要去那家吃了，咸死我了。"池霜挽着孟怀谦的臂弯，小声抱怨，"好咸！"

孟怀谦低头，轻声哄她："那等下买点爆米花和可乐？"

"你什么时候见我喝过可乐呀？"

"离电影开场还有一会儿，要不……"孟怀谦伸手按了另外的楼层，"我们先去逛逛，你想喝什么我去买，好不好？"

"那好吧。"池霜皱着眉头，"你记住啦，这家拉进黑名单里。"

孟怀谦低声回道："好，以后都不去了。"

刘宏康看着电梯镜面壁，讶然不已。怎么回事？如果他没认错的话，挽着孟总臂弯的似乎是那个梁总的女朋友。

他肯定没认错，梁总的女朋友是一位明星，他印象深刻，见过照片都忘不了，更何况他过去还隔着一定距离见过真人。

等等……

梁总跟孟总不是生死之交吗？

怎么梁总的女朋友现在挽着孟总的手，而且他们两个人看起来还特别亲密的样子？

刘宏康一脸迷惑。

"都这个点了，肯定不能喝咖啡，不然我又会失眠。"池霜叹气，

"而且吃这么咸,我明天肯定会水肿,好气啊!"

孟怀谦被她这模样可爱到了,搂着她,用下巴蹭了蹭她的发顶,喉间溢出一声低笑:"别气了,明天我让阿姨给你送点祛水肿的汤水来,好不好?"

"行吧……"池霜这才发现他在蹭她,压低声音骂,"别烦,头发都弄乱了。"

电梯门开了,孟怀谦带着池霜走了出去。

刘宏康目光惊愕地追随着他们的身影,突然,安抚好女朋友的孟怀谦漫不经心地回头,冷淡地瞥了他一眼。

电梯门缓缓合上。

刘宏康这才反应过来,这位孟总根本就是还记得他!

他不由得打了个冷战。

有那么一个瞬间,他还以为自己的心思都被孟怀谦看穿了。电梯门开了又关,关了又开,他一直缩在角落,直到手机响起才将他重新拉回了现实中。

他今天是跟大哥的大学同学约了饭局,由于梁潜的回归,大哥的案子被判定为故意杀人未遂,再次判刑比之前要轻一些。这样的结果,他们全家已经很满意了,只是仍然忧心侄子的手术费。

没想到大哥过去的同学居然还愿意出手相助,也算是给了这麻木生活中添了一丝亮光。

"怎么了这是?"大哥的好友见刘宏康脸色苍白,关切地问,"是最近工作太累了吗?"

"不是。"刘宏康喝了几口水后,仍然难掩好奇,压低了声音,"梁总跟那位孟总……现在还是朋友吗?"

大哥的好友疑惑:"你问这个做什么?"

顿了顿,他又说:"这些大老板的事,咱们普通人怎么可能知道?不过,我倒是听说梁总跟孟总从小就认识,是很多年的朋友了,怎么了?"

刘宏康缓缓摇了摇头,不知是苦中作乐还是什么,咧嘴一笑:"这些有钱人可真是道貌岸然啊!"

都是男人,虽然在电梯里的时间很短,他却一眼就看出来孟总对池小姐不是一般的珍惜在意。

孟怀谦重新订了另一场的电影票,牵着池霜在商场闲逛,没一会儿,他手里就全是购物袋。

口袋里的手机振动。

"霜霜。"他叫了池霜一声。

她正饶有兴致地挑男士香水,头都没抬:"干吗?"

"帮我回个消息。"

听了这话,池霜将手中的试用装香水还给柜姐:"我给你回消息?"

孟怀谦提了提手中的大包小包:"我没手回了。"

"你的确断臂了没手了。"池霜朝他走了两步,伸手从他的口袋里拿出手机,低头按亮手机屏幕,"好吧,你密码多少?"

这话一出,她顿了顿,抬眸看他。

不是吧?他这是主动让她检查他的手机?

孟怀谦面不改色地报了一串数字,大概也有些不好意思,声线难得有些飘忽。

池霜按密码的动作微顿,嘴角扬起,继而又若无其事地解锁。

这个臭不要脸的!谁允许他用她的生日作为密码的?

解锁后,她翻了翻。

别看这个人平时无聊,手机界面该有的 App 都有。

"帮你回微信消息吗?"

"嗯。"

她点开微信界面,差点就憋不住笑意了。

他居然还知道微信置顶呢?

"你要我帮你回谁的消息?"她挨个看下去,未读消息也就几条,"有薛衡的,有路老师的……"

"先回薛衡的。"他停顿数秒,又向她介绍,"薛衡是我大学同学。"

"我知道,听说过,好像展业就是他家开的吧?"

"是。"

池霜专注地看着手机屏幕,光映照着她的脸:"薛衡问你后天要不要打高尔夫,顺便跟你谈什么康养项目的事。"

"你帮我回,后天没空,周五可以。"

"哦,回了。"她又问,"路老师?"

"是我的击剑老师,击剑我就是跟他学的。"

"他给你发请柬,好像是他妈妈过寿,问你下个月十号有没有空。"

"你帮我回,有空。"

池霜打字编辑内容,指尖在屏幕上快速按着,极有节奏。

接下来,孟怀谦的手机就一直在她的手上——

她可不想检查他的手机,是他求着她看的!

观棠苑是池霜名下最贵的一套房子,户型绝佳,朝向也好,房间更是宽敞。美中不足的是,当初是精装修交付,她欣赏不来宛如流水线作品一般的风格。于是,在父母的强烈要求之下,她让助理找了个中介将房子出租。

租户一家都爱干净,签合同交房租都很爽快,这两年下来也没发生过矛盾。

一年前,她通过中介联系租户,双方都达成了共识,两个月前合同到期后就没再续约,现在租户已经从观棠苑搬了出去。

池霜一时兴起,这天下班后带着孟怀谦来了这边。

"果然。"她从玄关处进来后,悠悠叹道,"我还是欣赏不来这样的装修,肯定要全部拆了再重装。"

毕竟她要在这里一直住下去，当然要以自己的舒适度为主。

"可以。"孟怀谦环顾客厅，"这里环境不错，也是一梯两户。"

"是吧，是吧！"池霜拉着他在房子里转来转去，兴致勃勃地跟他介绍，"我觉得主卧的衣帽间太小了，所以准备将主卧的客房打通……"

她生动地比画着描述着，眼里全是对未来的向往。

"对了，这里呢……"池霜神秘一笑，"这个房间得让人好好设计，专门给你留的。"

"还有我的房间？"

孟怀谦错愕地看她，顺着她指的方向往里看去，是一间稍微小一点的房间，被租客当成了储物房使用。

他在这里……也会有房间吗？

当然，他也不是第一天认识池霜，一看她这表情就知道绝对不是他想的那种可能。

"是的，你的房间，只能你一个人用。"池霜伸出两只手，在他面前使劲刨了刨，她曾经也练过台词，此刻刻意地压低声线，渲染阴森氛围，"这是小黑屋，你以后说错了话做错了事惹我不开心，你就在里面面壁思过。"

她越发觉得这是个不错的点子。

"让我想想我要在里面放点什么才好呢？老虎凳得有吧？"池霜越说越开心，"还得有鞭子什么的！"

不过这话一出口，她感觉这个话题莫名有些奇怪了。

鞭子……

好像不可以这样用。

孟怀谦仍然含笑看着她闹，她却不为所动，赶紧将"鞭子"一语带过，清了清嗓子，命令他："快，伸出你的手来。"

他照做，她却将手指插进了他的指缝中，用力一夹："还得有这个，夹你的手指。"

"所以你别以为你以后惹我不开心了，还能像从前那样死皮赖脸地追去港城，我就会跟你一笔勾销。那个时候我们是纯洁的友谊，你也知道，我对朋友都会比较宽容大度啦。"

男友既然享受了朋友没有的福利，比如牵手、拥抱、接吻，那就得达到某些特殊的要求。

用中二的话来总结就是欲戴皇冠，必承其重。

"好。"孟怀谦一口答应。

别说是夹手指、上老虎凳，她现在让他做什么，他都不会有半分犹豫。

他顺势握紧了池霜的手，与她十指紧扣，低头吻了上去，气息交缠，交握的指尖似乎都在发烫。

在接吻这件事上，孟怀谦并不急切，也不算凶，他有自己的方式，总是缓慢，如品尝美食般一点一点地进攻。

这样亲密而又绵长的接触中，池霜自问也不是什么清心寡欲的菩萨,她当然也会有感觉和反应。
这令她气恼,也不服气。
怎么可以被一个菜鸟拿捏?
偶尔他们也是敌人,比如这样的时刻。

从观棠苑回来后,孟怀谦又去了公司加班,他有多忙,池霜知道,他的朋友们更是有目共睹。

虽说这人重色轻友已经是公认的事实,可一个月过去,连一起吃顿饭的时间都挤不出来,这就实在是太过分了。他们四家本来就有项目上的合作,这天另外三人都来了奥朗开会,在外人眼中,他们的关系还是跟从前一样。

会议结束后,越发沉默寡言的梁潜正准备走时,被容坤架着一起进了孟怀谦的办公室。

其实都不需要容坤如此小心翼翼,梁潜压根就不想在明面上跟孟怀谦闹起来,闹起来对他有什么益处?谁还能去谴责孟怀谦不成?不过就是看戏罢了。可他梁潜的戏,还不想对着一大群外人演,而且闹得尽人皆知,最后不过也是一场笑话。

别人如果笑话孟怀谦,那他自然拍手叫好,可他不希望将他和霜霜都牵扯进去。

于是,落在旁人眼中,梁潜跟孟怀谦的关系压根就没有受到影响。

当事人轻拿轻放,那么即便有好事者想要以此来做文章也无从下手,这就是成年人极力想要维持体面的原因。

孟怀谦的办公室里多了一些点缀物,梁潜目不斜视地在沙发上坐下后,便低头看手机。

容坤跟程越并不会强行将梁潜拉入话题中,他们两个人已经很满意目前的这种状态。

"我说你小子最近挺难约的啊,"程越手里拿着从会议室顺来的花牛苹果,左手抛右手接,顺便调侃孟怀谦,"还以为你只顾着跟池霜约会呢。"

孟怀谦翻阅着文件,闻言头都没抬,淡声道:"你应该反省一下,快年底了,究竟是我难约还是你太闲?"

程越"呵"了一声:"跟谁学的阴阳怪气?"

孟怀谦笑了笑,继续低头看资料。

容坤不着痕迹地扫了梁潜一眼,暗自放心,自从那件事后,阿潜似乎又恢复了从前的稳重。

"听说你最近在忙大事,"容坤不经意地提起,"似乎有大动作,不然你也不能忙成这样。"

孟怀谦不置可否。

"说实话,我现在就羡慕孟老,有你这么个儿子。"容坤由衷地感慨,"孟老最近心情肯定很好吧?我老头不痛快了就在家指桑骂槐,我说你最近给哥们儿几个压力挺大啊,你知不知道?"

其实他们几个也都猜得到孟怀谦这么拼是为了什么。

毕竟他们所处的环境就是这样，从小就只有一个规矩跟准则——要权力，可以，拿出成绩来。

为什么以孟怀谦如今的年纪坐上这个位置还让人心服口服，不只是因为他姓孟，最重要的是他有足够的实力让别人都无法质疑。

"有压力才有动力。"孟怀谦轻描淡写地说道，一副完全不顾兄弟死活的绝情模样。

"他就不是人。"程越泄愤似的咬了一口苹果，"让他累死得了。"

接下来，基本上都是容坤跟程越在聊近况，孟怀谦偶尔回应一两句，梁潜则全程一言不发。只是在临走时，目光越过办公桌上的小猪摆件时，他愣住了。

小偷。

他只能这样定义孟怀谦。

容坤跟程越对视一眼，头皮发麻，以为又要上演龙虎斗时，梁潜安静地挪开了视线，不疾不徐地往门口走去。他的手已经无意识地握成了拳头，却在情绪爆发的前一秒，被他死死地按捺住了。

孟怀谦起身送他们，梁潜早早地出去了，程越随后，最后是容坤。

"你悠着点。"容坤关切地叮嘱。

这样不要命地工作、加班，身体还不知道扛不扛得住。

孟怀谦受用地点点头，抬手拍了拍他的肩膀："谢了。"

"你可真能豁得出去。"

"不然呢？"孟怀谦淡淡地说，"你有什么好主意？"

"那必然没有。"容坤连忙摆手，记起某一桩事，又以玩笑口吻打趣，"只是以为你要在家里闹很久。"

他们圈内也有这样的事，可谓轰轰烈烈，一哭二闹三上吊，家中长辈见了自然更是不屑一顾。

"闹？"孟怀谦品味这个字，不禁一笑，"我三十岁了。"

提起年龄，他突然想到了什么，神情凝滞一秒，觉得这始终不是一个多么愉快的话题。

"你嘴可真毒！"容坤失笑，"行了，我也不说别的客套话了，有咱几个帮得上忙的你只管说。"

看孟怀谦一副下定决心胸有成竹的模样，容坤也松了一口气。

"嗯。"孟怀谦笑着点点头。

送走好友之后，孟怀谦又投入紧张繁忙的工作中去。

另外三人在停车场分别。

如孟怀谦所说，快年底了，又有谁是真的清闲？

梁潜的司机将车开到了公司楼下，就要驶进地下停车场时，一直在后座闭目养神的梁潜睁开了眼睛，沉声道："我就在这里下。"

此刻的他无心工作，下车后漫无目的地走着。

眼看着离池中小苑越来越近，他克制着没有继续往那个方向走去。

池中小苑离他的公司太近太近，好像无论他从何处前往公司，总会不由自主地想到它，想到她。

　　分开之后，过往的一切都越发清晰地在脑海中重复上演。

　　池霜那个时候是真的爱他吧……

　　只是餐厅还没开业，人生就发生了这样大的偏差。

　　不知不觉，他又快走到了池霜现在的住处，正要打电话让司机来接他时，一抬头，瞥见了街道对面的一家店面。

　　这一刻，凛冽的寒风呼啸而过，时间仿佛都凝固了。

　　他愣怔着，抬脚往对面走去，如行尸走肉般排在队伍后面。

　　老板手上的动作一如既往的麻利，很快就排到了他。老板抬头，看到他还很惊喜："咦，好久没见了啊。"

　　这家锅贴店还在老城区的时候，梁潜也经常光顾，老板对这风姿卓绝的客人自然有很深的印象，虽然都一年多没见了，再见仍然记得。

　　梁潜缓缓地看向老板。

　　他想笑，想跟以往很多次一样打一声招呼，却怎么也笑不出来。

　　原来如此。

　　几乎是一瞬间，他就明白了这是出自谁的手笔。

　　老板愣住，一头雾水地看着梁潜。

　　这位先生怎么了，为何一副失魂落魄的模样？

第十章

她的心在说话，只有他才听得见

　　年底各种邀约不断，即便池霜已经退圈两年，到了这个节点，她也收到了不少邀请函。别的都可以推掉，唯独一个慈善晚宴她犹豫了一会儿，还是决定去捧场。
　　晚宴的发起人是她非常敬佩的一位前辈。
　　今年跟以往都不一样，过去她就算再佛系，那也是演员，是公众人物，即便有正牌男友，她也不会顶着钟姐的死亡凝视携伴出场。现在情况大不一样，她既然已经退圈，又何必去管那些事。
　　"我要参加一个晚宴，你要不要当我的男伴？"
　　池霜这话一说出口，孟怀谦脸上的表情可谓精彩纷呈。
　　除了答应他当她男友的那一天，她还没见过他有这样丰富的表情，傻乎乎的。
　　如果哪天她买彩票中了一个亿，可能都没他现在这样夸张。
　　"你的确应该感到荣幸！"池霜伸手捏了捏孟怀谦的脸，"因为你是第一个被我带到这种正式场合的男友，是不是唯一一个，这就要看你的表现了！"
　　两人窝在沙发上，孟怀谦很黏人地搂着池霜不肯放。
　　尽管孟怀谦正式获得男友这个身份后一度很谦虚，可要说他心里完全没有点秀恩爱的想法，那也不符合常理。这是他第一次谈恋爱，是和他非常非常喜欢的女朋友，他当然希望全世界的人都知道，只是，池霜的意愿对他来说更重要。
　　所以，他克制地只发了一条朋友圈，委婉地透露了自己已非单身，杜绝不必要的情况发生。

如今两人能共同出席晚宴，自然也就意味着在池霜的世界中，他有了一张通行证。

池霜自然不是这场晚宴的焦点。

长时间没有新作品，自然而然会逐渐被广大观众遗忘。她反而喜欢这样，颇有种返璞归真的怡然自得。

池霜本就是圈内公认的美人，孟怀谦的外形气度自不用说，她挽着他的臂弯进场，还是吸引了一些熟人的注意。尽管孟怀谦现在在池霜的朋友圈里还没露脸，可他总是出现在池中小苑，也有不少人能猜到。

陆陆续续有人过来跟池霜寒暄。

池霜也很大方自然地介绍孟怀谦："嗯，男友。姐，您可真会说话，他不是圈内人啦。"

"小池的眼光没得说，小伙子当真是一表人才！"

周边有知情者经过，听到某个人这样夸赞孟怀谦，都忍不住笑了起来。

这也是名利场上的一种默契，在双方都没有刻意介绍对方是谁时，那么他们这些外人自然也要当作什么都不知道。

孟怀谦客气地道谢。

觥筹交错之中，池霜牵着他，驾轻就熟地躲到了偏僻的角落透气。

他身材高大，可她今天也穿着高跟鞋，几乎都不需要太费力地踮起脚尖就可以凑在他耳边说悄悄话。

"是不是觉得很无聊？"

"没有。"孟怀谦将手中的香槟杯放置在一旁，抬手为她整理垂在脸侧的头发，"他们说话都挺有意思的。"

池霜喝了一些香槟，脸颊微微泛红，将手伸进他的西装口袋，没有摸到名片，笑吟吟道："难怪任由前辈们调侃，你没带名片呀？"

孟怀谦见周围没人，这才自在地与她开玩笑："带了，不过我又不是代表奥朗来的，不需要别人知道我叫什么名字。"

池霜的男友。

这五个字就是他今晚的身份，也是名片。

晚宴还未结束，池霜提前跟前辈们打过招呼后，便跟着孟怀谦回了翡翠星城。

她有很长一段时间没有参加过这样的宴会了，此刻已经身心俱疲，才刷脸进了屋子，直接将高跟鞋脱了一甩，光脚踩在地板上去倒水喝。

孟怀谦跟在她身后，尽职尽责地弯腰捡起她的高跟鞋、手包，还有披肩，耐心细致地归位。

"舒服了——"池霜喟叹一声，"此时此刻我只有一个想法，太感谢从前的我做出了退圈这个伟大又明智的决定！"

别说她了，就是孟怀谦这样的人，每次从一场应酬中脱身，都是一副不愿多说一句话的懒散模样。

孟怀谦将拖鞋摆在了池霜脚边，并不催促她穿上。

"我去卸妆顺便泡澡。"池霜看都没看这拖鞋一眼，光脚进了主卧，一边走一边歪头取下耳饰。

孟怀谦也没急着走,而是从容地提着自己的电脑包来到饭厅。

翡翠星城的房子虽然大,但显然池霜不可能特意腾出一间房给他当书房,于是饭厅这张宽大的饭桌偶尔也会成为"奥朗分朗"的办公地。

他开了电脑,加班工作。

要怎么让父母接受他爱池霜这件事,他一早就有了计划。他不想违背或者放弃自己的感情,同时也不想去伤害父母,这并非博弈,一定得有一方赢一方输,一旦开始下棋,那么就没有赢家。

所以,他也想向父母证明,他已经有了足够的能力撑起一个家、一个集团,希望他们不要担心,他永远都会是家人最坚实的后盾。

池霜舒服惬意地在浴缸中泡澡,孟怀谦则全身心都投入公事中。

他随意抬眸看向主卧的方向,这一从电脑上别开眼,也就注意到了饭桌上的马克杯。

这个杯子是她买来给他用的,上面写着一些每回看了都想笑的标语。

——看到我了你就喝口水!

他伸手够住杯子边缘,端起来喝了一口水润润喉。

椅子上有舒适的靠垫,稳稳地撑住他的腰部。

除此以外,饭桌上还摆着一盆小小的绿植,这也是她才添置的。

生活中处处都是她关心他的痕迹。

他定地看着绿植,让眼睛休息了一会儿后,接着将今日未完成的公事收了尾。

池霜泡澡泡得脸颊绯红,穿上睡衣,素面朝天地出来。

听到厨房里传来动静,她循着声源处走去,倚在门边,专注地看着身穿衬衫西裤的孟怀谦切水果。灯光在他头顶晕成光圈,突然,她便想到了四个字:岁月静好。

决定要跟孟怀谦在一起,既可以说是一时冲动,也可以说是深思熟虑,因为她一开始压根就没考虑过他。

做人最忌讳的就是自找麻烦,以孟怀谦和梁潜的关系,自然避免不了会有风言风语,她又何必呢?这世上又不是只有这两个会喘气的男人。所以有很长一段时间,她即便意动,但也只想止步于此。

意动,心动,不代表人要动。

然而后来发生的事情也不在她的预料之内,索性就随心所欲。毕竟现在在电脑上做个表,将孟怀谦会带来的麻烦与乐趣纵向对比,那暂时还是乐趣更多。

而一直到现在,她也没有因为这个决定而后悔。

麻烦越来越少,乐趣越来越多。

她走了过去,从背后抱住了他,手贴在他的腰腹。尽管他常年待在办公室里,身上却没有赘肉,窄腰长腿,肌肉紧实,手感堪称一绝。

明明梨汁的清香萦绕在鼻间,她却还是问道:"切什么呢?"

"秋月梨。"

京市的冬天太干燥,池霜也偏爱清甜爽口的梨子。

两人窝在沙发上,池霜端着盘子,一口一口地吃着梨子,时不时给辛苦的按摩工投喂一块。她许久没有穿过那样的高跟鞋了,鞋子又不算舒适,一个晚上下来,小腿都有些酸胀,她将腿放在孟怀谦身上任由他按摩。

投屏上,是一部不算新的科幻电影。

每次看了二三十分钟,孟怀谦就得回家或者回公司,于是只好暂停等着下次看,下次再看时,前面的剧情也忘得差不多了,只能又从头开始——到现在,这部电影居然还没看完。

可想而知孟怀谦这段时间有多忙。

"下个星期我可能要离开京市几天。"孟怀谦又被她投喂了一块梨子后,低声说。

池霜的眼睛没离开过大屏幕,随口问道:"出差?"

"不是,去探望一位长辈。"

"哦。"

池霜也没再多问。

性格使然,她对打探别人的家事向来都没有兴趣,即便这人是自己的男友。

孟怀谦等了片刻,既没等到她问他去哪里,也没等到被投喂梨子,嘴角带笑,手却慢慢往上游移。

很快,池霜察觉到了不对。

两人对视,池霜低头看了一眼腰部那鼓起的包——孟怀谦的手已经不知不觉地钻进了她睡衣里,甚至还有逐渐上挪的趋势。

他屈起手指,故意挠了挠她。

无师自通,他早已知道哪处是她的"开关"。

她实在受不住这痒意,挣扎着,又是骂他又是抬脚踢他,被逗得"哈哈"大笑:"孟怀谦你大胆!"

两人在沙发上闹作一团,早已顾不上看电影了。

下次又要从头开始……

孟父虽然退居二线,可平日里的交际应酬也不算少。这天夫妇二人从饭局中脱身回来,车上,申钰君低头,见身旁的丈夫正双腿交叠,一只手在膝盖上有节奏地点啊点。同床共枕三十多年,她又怎么看不出丈夫此刻的得意。

如果不是顾念着司机在,他只怕是都要哼小调了。

刚才的饭局上,其他人都在恭维他们,说他们养了一个好儿子。谁家没有几分薄产,可如今很多人宁愿请专业的经理人,也不愿意轻易交给子孙。这年头能守住家业的都算孝子孝女了。孟怀谦却不一样,他不仅能继承家业,而且还能做得更好。

哪个当爹当妈的没羡慕得红了眼?

孟父就是传统的大家长,听了这话,自是要谦虚并且贬低一番儿子,一副"哎呀,他都是瞎糊弄,也是个不成器让人不省心的东西呢"的模样,实际上心里笑得比谁都欢。如果有人附和他,那他即便不当场翻脸,日后也会减少跟这人的往来。

回了老宅,申钰君洗漱后,坐在床上看电视。

孟父进来后,随意往电视屏幕上扫了一眼,这是前两年池霜主演的古装剧。

他只看了一眼,又收回视线,若无其事地去了沙发那里戴上眼镜翻阅报纸。

孟怀谦以出差为由来了清阳。

这是一个县级市,经济不算发达,四周环山,他一路颠簸,终于在傍晚到达了目的地。

不远处一所设施并不算新的学校。

自二十岁开始,孟怀谦每年都会匿名捐赠一笔钱,不知不觉,捐赠碑上他竟然排至了首位。他没有留下自己的名字,但有心人想要查的话,很容易就可以查到户头。

他也不确定那位为他取名的长辈是否知道是他。

孟怀谦说明了来由,门口的保安脸上堆起一道一道沟壑,客气地给他倒了一杯热水后,笑道:"孟老有事,估计最快都得明天才能回呢。"

对此他也不意外。来这一趟不容易,山路凶险,他也不方便让司机再载他回市里,思来想去,便决定在这里住一个晚上。

这里偏僻,信号也很差,天黑得早,他问过保安后,干脆又爬了一段路,举着手机,终于找到了信号满格的地方,这才拨出了视频通话。

"咦,孟怀谦,你在哪儿?"池霜夸张地凑近了屏幕,揶揄道,"你是掉进了煤坑吗?怎么黑漆漆的?"

"清阳这边。"孟怀谦无奈,"长辈住得比较偏僻,只有这个位置信号满格。你下班了?"

"还没呢。"池霜的声音在这寂静的夜晚无比清晰,"我姐跟姐夫出去过纪念日了,反正今天挺忙的。"

正在这时,有人敲开她的门。

一道女声传来:"池总,要给您切点饭后水果吗?"

"不了,就这些吧。"

"好。"

很快,池霜又回到了手机镜头里:"别问我有没有吃饭,我现在就准备吃了,挂了吧?"

"别。"

"怎么,想要我当吃播?"池霜跟孟怀谦开玩笑,"我当吃播没前途的,连嘉年华都收不到。"

孟怀谦不太懂"嘉年华"是什么意思,但他猜到应该是打赏类的。

他随手在手机上操作。

池霜听到对面没声了,懒懒地说:"我看你这信号的确很差,卡住了吧?要不挂了?"

孟怀谦谈恋爱的确太黏人,他昨天才走,到目前为止,池霜已经接到了起码十通电话、三通视频通话,还有若干微信消息。

她甚至都没空感受一下思念是什么滋味。

正要按挂断键时,她的手机响起了提示音——

全是支付宝的收款信息,一条接着一条。

池霜一脸不可思议:"孟怀谦你疯了?"

他的脸终于出现在了屏幕中,温和地说:"暂时还没疯。"

"就是很想你。"他又说。

池霜愣了愣。

真的会被热恋期的男人吓晕。

池霜竟然有一种孟怀谦就坐在她对面陪她吃饭的错觉。

视频通话也有结束的时候,孟怀谦等她挂了之后,这才收起手机。他正要往回走时,只见不远处的路灯下有一位年长者静静地站着。

他收敛了脸上的笑意,挺直腰背,朝着那边走去。走到那位老人面前时,他恭敬地喊了一声"伯父"。

孟怀谦不在京市的日子,池霜也过得多姿多彩。

她一大清早就开车来了观棠苑,跟容坤的表姐尤静书碰面。

在国内,讲究的就是人际关系。以尤静书在室内设计这一行的名气,她的档期都排到了明年年底。这段时间她处于休假期间,容坤各种软磨硬泡,她才点头答应了接池霜的这个单子。

这是池霜第一次装修自己的房子,自然分外认真。

她打开打包袋,从里面拿出咖啡递给尤静书,笑道:"试试,我压箱底的宝藏咖啡店出品的。"

尤静书接过,喝了一口,竖起大拇指夸赞:"不愧是宝藏。"

"杀鸡焉用牛刀。"池霜以开玩笑的口吻说,"请你来设计我这屋子,我感觉是屈才了,不过实在没办法,我在这里至少要住十年,当然是希望能住得开心舒服点。麻烦静姐啦。"

"十年?"尤静书戏谑道,"看来怀谦还有得等。"

池霜只是莞尔一笑。

她始终认为,在别的事情上都可以走一步想十步,唯独感情不可以。会不会跟孟怀谦走到最后,这都是未知数,只有未来的那个她才知道。

进入工作状态的尤静书颇有些忘我,等到快结束时,已经是中午时分。这时,玄关处传来门铃声,池霜过去开门,诧异不已,门口居然是风尘仆仆而归的孟怀谦。

"你怎么来了?"

"过来看看,"他言简意赅地说,"顺便跟你一起请静姐吃顿饭。"

尤静书还在观景阳台上。

孟怀谦屏气凝神,确定没听到脚步声后,单手拥池霜入怀,下巴抵着她的发顶,轻轻地吻了一下。

池霜当然想躲,毕竟这屋子里还有一个她不熟悉的人在为她工作。

他们在这儿偷偷摸摸算怎么回事?

"没事,别怕,我听得到。"孟怀谦在她耳边低声道。

还好孟怀谦也要脸,抱了不到两分钟就松开了她,自然而然牵着她的手进了客厅,客气地打招呼:"静姐。"

尤静书正在拍照,闻言回过头来,镜头对着这一对璧人,下意识地按了拍摄键。

她赞叹道:"还真是般配!"

本来孟怀谦和池霜是要请尤静书一起吃午饭的,只是临出门前,尤静书有了别的事情,只好推到下次都有空时。

久别胜新婚,对于热恋期的情人来说,分别四五天都异常难熬。孟怀谦也总算体会到了分身乏术的感受,想多跟池霜待一会儿,可手上的公事一桩接着一桩,一旦一件停滞了,接踵而来的是更繁重的事务。

于是他这模样落在池霜眼里,就格外可怜巴巴的。

他很想抱她,可他只有两只手。

池霜不是第一天才认识他,过去一年多里,他从未这样忙碌过,难道今年行情特别好吗?连一个缓冲都没有?

正是猜得到他这般忙碌的原因,她才不想过问太多。

没意义,也没必要。

每个人都要为了自己的决定负责任,她也一样,难道她跟梁潇的那一段就被所有人遗忘了吗?她当然也会听到流言蜚语,但既然都迈出了这一步,那她就做好了心理准备。

她能做的,就只是在他没空,又想抱她的时候,主动伸手先抱他。

"你今天要忙多久?"

"七点前应该能忙完。"如果现在就出发去公司的话。

池霜后悔问这话了。

从现在到七点,还有六个多小时呢!

大意了,大意了!

她能不能当作什么都没发生?

老谋深算的孟怀谦就跟深海中的鲨鱼嗅到了味一样,立即问道:"陪我上班?"

"可以后悔吗?"池霜有气无力地说,"六个多小时很难熬。"

孟怀谦搂紧了她,使出了毕生的推销能力,不停地加重砝码,试图打动她:"我看你今天也挺累了,可以在我的休息室里午睡。你一般午睡一个半小时,这就还剩五个小时,看一部电影两个小时,网购一个小时,用下午茶一个小时,还剩一个小时……"

"干吗呢?"

"玩我的手机。"

"……你的手机有什么好玩的?"

最后池霜还是陪着孟怀谦来到了奥朗。

这是她第一次来他的办公室，难免好奇，目光扫过他那张宽大的办公桌时一顿，好奇地拿起那个粉色小猪摆件，只觉得怎么看怎么熟悉。

正在开启电脑的孟怀谦低头，掩去了不自在的神色。

"好巧。"池霜嘟囔，"我之前也买过一样的摆件。"

她印象中是买过这么一个东西的，至于扔哪儿去了已经没印象了。

不过，孟怀谦这么个一丝不苟的人，居然还会买这种小玩意儿，也确实令她意外。她还想打趣他几句，却突然愣住了，难以置信地看向他："你……不是吧？"

关于这件事孟怀谦也很想喊冤，当初只是不想让外人将她的东西全部扔了，便让张特助打包好，由他的助理前去取回。

取回了放哪里呢？

只能放在他这里了。

然而，现在当她拿着那个摆件一脸不可思议地看着他时，他张了张嘴，却不知道从哪里开始解释，有种百口莫辩、跳进黄浦江也洗不清的感觉。

池霜嫌弃地看着他："你还有这种癖好呢？"

这个摆件是她放在梁潜办公室的，怎么就到他这里来了呢？

"我没有。"孟怀谦扶额，只能尽量平静且严谨地将事情的来龙去脉说清楚。

"我还真是小看你了。"池霜意味深长地看着他，"果然人不可貌相。"

孟怀谦哽住。

现在是他开始后悔，后悔求她来陪他上班了。

"算了……"池霜摆了摆手，一副"你这点小缺点也不致命，我勉为其难地接受了吧"的模样，开始了寻宝游戏，在孟怀谦欲言又止的目光中，将她眼熟的物品通通搜出来，扔掉。

确定没有漏网之鱼后，池霜坐在他的腿上，捧着他的脸用力挤了挤，语重心长地说："不用把这些当宝贝，这些东西我都会给你买，不要去羡慕别人了，知不知道？"

可能也觉得这件事情荒谬又好笑，孟怀谦沉默了片刻后，回道："多买点。"

池霜愣了愣，埋在他的肩上大笑。

她为什么喜欢孟怀谦？

就是他很懂她的点啊。

忙碌起来时间过得飞快，不知不觉，又是一年除夕。

孟家虽然旁支亲戚不算少，但在这样的日子，大家都只会跟最亲近的家人一起度过。每年这个时候，孟怀谦会在老宅住几天。

清晨，留守值班的管家和阿姨有条不紊地处理着分内的事。

孟父将红纸铺平，沉思着对联的内容。

申钰君会亲自到厨房煲一锅鸡汤。

孟怀谦会自觉地给父母打下手，给父亲研墨，给母亲清洗红枣、切姜丝。

其实，他们也只是再普通不过的一家三口。

大家正在各司其职时，在外面贴窗花的管家激动地快步进来，说话都带着颤音："大少、大少回来了！"

"大少"这个称呼已经很多年没有人提起过了，夫妻俩都一阵恍惚。

孟父先回过神来，腿都有些发软，却还是挥开了管家的手，一步一步地往门口走去。

庭院里的老人穿着一身黑色大衣，面庞已经苍老，背却挺得很直，如凛冽寒冬中的松柏，依然可见盛年时期的不凡气度。

这是近二十年以来，孟父过得最开心的一个新年。

年夜饭后，兄弟俩去了书房谈心，孟怀谦则陪着母亲在院子里散步，母子二人都默契地没有打扰这对已经十几年没见面的兄弟。

"是你请你大伯回来的吧？"

闻言，孟怀谦淡淡地笑了。

"你爸爸其实也很……"他们是传统的家庭，不习惯将"爱"这个字挂在嘴边，申钰君顿了顿，改了口，"他很在意你，哪怕你不去请你大伯回来，他也不会阻拦。"

连她也没想到，儿子竟然请得动大哥。

"所以我也想完成他的心愿。"孟怀谦扶着申钰君上了台阶，低声说，"不过，我确实也有私心。"

他知道，自己从来都不是池霜的最优选择。

池霜随性、自由、畅快，如果她跟他在一起需要面对许多波折跟麻烦，那他也会觉得自己是个不折不扣的笑话。

她不需要经历风雨，如果有，那也是他带来的，既然如此，他何必要拖着她淋雨？他本就可以撑起一把伞。

接到孟怀谦的电话时，池霜正在跟父母一边喝酒，一边打扑克牌。

这是他们家的传统习俗。

池霜扫了一眼来电显示，犹豫着要不要接。她跟孟怀谦谈恋爱也只有几个月，还没到见父母的时候。

池父紧张地盯着牌，只觉得这铃声有些吵会打断他的思路，催促道："快接啊。"

她没办法，只好接通了电话，敷衍着回了几句。

孟怀谦也察觉到了她这会儿可能不太方便接电话，正要说再见时，听到池霜突然"啊"了一声。

他顿时紧张不已，忙追问道："怎么了？发生什么事了？"

池霜气得牙痒痒，懊恼极了："孟怀谦，都怪你，都怪你！跟你说话我一下没注意打错牌了，拆了一个顺子！"

手里的扑克牌都快被她攥变形了，恨不得隔空将这个害人精拽过来骂一顿才解气。

她是"地主"，两个要斗她的"农民"夸张地击掌庆祝。

"耶！"

孟怀谦走到安静的窗台边，听着电话那头的吵闹欢笑，也忍不住会心一笑。

他希望她永远都这样开心。

年初六，池霜准备回京市了。

为在哪里接她这件事，孟怀谦跟她"战斗"过几个回合。她没看错，他的确跟别的男人没什么不同，过关斩将升职上任后，便开始琢磨着更进一步。

他想从京市飞来，接她一起回去，她自然不愿意。

"我哪里也不去，就待在机场等你。"

瞧瞧他说得多可怜。

不过，她火眼金睛，一眼就看穿了他的处心积虑。

"你别以为我不知道你心里在想什么。"池霜轻哼一声，"这次来机场接我，下次在我家附近接我，下下次就是去我家接我了吧？"

底线和原则就是这样一步一步放宽的，显然，孟怀谦深谙此道。

"这次就算了吧。"

同样地，池霜也很坚持自己的想法，谈恋爱哪能被人牵着鼻子走？哪能由着男友恃宠而骄？她如果是这样没有定力的人，那她父母都不知道见过几回她以前的男友了。

所以，她说的话也没错，是情侣，偶尔也是敌人。

他们都在试图抢夺对方的领地，却也乐此不疲。毕竟与人斗，其乐无穷。

听到电话那头的人不吭声了，池霜又缓了缓语气，开始画饼："想要一步登天的人半道上都会被雷劈，乖乖的，还是下次吧！"

"你上回就说过。"孟怀谦说，"你也说过，下次。"

"什么时候？"

"那次我送你回去。"孟怀谦的记性很好，一字不漏地复述她当时的原话，"孟怀谦，我知道你有多忙，本来应该请你到我家吃顿饭的，但我最近心情不太好，这次回来也太突然，所以下次吧，下次有机会让你试试我爸爸做的拿手好菜。"

池霜一头雾水："什么跟什么？"

孟怀谦语带笑意："没关系，总有一天我会解开这道题，下次究竟是时隔多久。"

"……那你加油哦！"

在这个问题上，两人最后各退一步，孟怀谦在京市机场接池霜。

时隔一年，地点不变，人物也不变，只是关系变了。

池霜笑盈盈地朝他走来，在离他还有几步远时，她停住了脚步，也制止了他上前来："老规矩，给你带了礼物，随时做好准备，接住咯。"

孟怀谦猜得到，是一根话梅棒棒糖。

他已经伸出手要去接池霜抛来的礼物了，结果她小跑着过来，抱住他的腰，抬起脸来，额头碰到了他的下巴，笑吟吟道："不要妄自菲薄，你都是男友了，礼物当然得升级为拥抱。"

孟怀谦忍俊不禁，搂紧了她的腰。

他做了一件他以为这辈子都不会做的事——很轻松地抱起她转了几圈，她的长发在空中划出了一道弧线。

池霜惊呼一声，反应过来后，抱紧了他的脖子，一边骂他一边又忍不住笑。

以前孟怀谦也不太懂，为什么总在机场看到这一幕，现在明白了，原来这就叫情不自禁。

进入了四月份的京市依然带着寒气。

孟怀谦后来跟父母郑重地谈过一次，并不是交换条件，而是他也要向日渐年迈的父母证明，他已经成为院子门口那棵大树，他可以为自己选择的生活兜底，更加可以为家人撑起一片天地。

有没有诚心、是不是一时冲动，过来人一眼就能看见。

他一向聪明，也逐渐在这忙碌的生活中找到了合适的节奏，如今也算游刃有余，既不耽误恋爱，也不会影响工作。

池霜也没比他清闲多少，她既要盯着观棠苑的装修进度，还要着手准备将开分店提上日程。

池中小苑的生意跟口碑越来越好，尤其是节假日时，天天座无虚席。

在请了专业人士进行评估后，池霜跟表姐又商量了许久，终于做了决定。前期工作量不算小，即便确定了要开分店，在一切都顺利的前提下，只怕也要等到明年中下旬才能开业。

这天，出差狂魔孟怀谦还没回来，池霜趁着店里没什么事，开车在京市晃悠，主要是想先筛选几个区域，由大到小，逐一排除。不知不觉就开到了观棠苑附近，她拐了个弯，行驶进去。

她自嘲一笑，现在在装修团队的眼里，她可能是最难缠的客户了，在她看来是精益求精，在他们看来则是吹毛求疵。

可她就是这样的性子，要么不做，要做就要做好，谁要是想糊弄她，那就别怪她太较真。

进了屋子，本来平心静气的池霜顿时气不打一处来，尤静书给的方案及设计图她满意得不得了，结果装修团队里的每个人都倔强得有自己的想法。

本来她可以独自一人平复心情，结果她的专属受气包给她来了电话。

"真的……我现在算是明白了，当初我说要自己盯着装修时，钟姐为什么给我打了十通电话劝阻我！

"这是我人生中的第一次，也一定是最后一次，我发誓！"

孟怀谦温声安抚："你先别气，实在不行我去跟他们沟通。你现在在观棠苑？我马上过去接你。"

果然，池霜的注意力瞬间被转移，也顾不上气恼，诧异地问道："你回来了?"

"回了,准备回家换套衣服的,我先去接你。"

"那好吧。"

池霜原本还气冲冲的,被他这样一打岔,也泄气了。

她很会调节情绪,等孟怀谦过来时,她看着自己这屋子已经心如止水、淡定如佛。因为她刚刚上网搜了一下别人的吐槽贴,跳出来的帖子翻到手指抽筋都翻不完,可见在装修这件事上,就没有十全十美、顺心顺意的案例。

"没事了吧?"孟怀谦过去抱住她,温热的气息喷洒在她耳边,语气温和,"先把这事放一放,我带你去吃个饭,再去逛街。明天我忙完了去餐厅找你,到时候我们讨论一下该怎么跟那边谈,好不好?"

"不好!"池霜掐了掐他的腰部,故意用力地嗅了嗅,"你先回家洗澡换衣服,我怎么觉得你身上有一股味道呢?"

孟怀谦笑了笑,她感觉到了他胸腔的震动,莫名地很能安抚人心。

孟怀谦揽着池霜往外走,还未装修好的屋子里四处都是杂物,他小心地避开,皮鞋上还是沾上了灰尘。

"砰——"

直到被孟怀谦死死地护在怀里,池霜才意识到发生了什么事。

装修材料堆放在一边,压根就没放稳,这会儿直直地坠下来,压在了孟怀谦的手臂上。

她听到了一声痛苦的闷哼,惊骇道:"你怎么了?"

"……没事。"孟怀谦压抑着痛意,声音尤为低沉。

如果不是他刚才反应快护住她,只怕两人都要遭殃。

池霜慌得不行,却还是勉强镇定下来,赶忙上去撑起那块木板,却发现木板边缘的尖锐处有些湿润,定睛一瞧,是血。

孟怀谦下意识地将手藏在身后,额头上已经冒出了冷汗,疼得手臂都不受控制地微微颤抖。

池霜想看个仔细,又不敢扯他,眼眶泛红:"让我看看!"

"……一点小伤,就是蹭破皮了。"

"孟怀谦!"

孟怀谦怕极了池霜这样叫他,只好认命地伸手。池霜看到他一手的鲜血,急得慌手慌脚地要去翻包找手机。

"你总说我这个人的血是黑的。"孟怀谦忍着痛意跟她开玩笑,"不是黑的。"

"孟怀谦!"池霜眼眶含泪,语气凶恶,"都什么时候了!"

她还算镇定,深呼吸几下,从包里翻出纸巾,手忙脚乱地在他手上缠了一圈又一圈。简单处理好之后,她扶着他坐电梯下楼。她知道自己这样的状态不适合开车,提前叫了车,已经在门口等着了。

孟怀谦沉静地看着她有条理地安排这些,心里说不出是什么滋味。

过去在娱乐圈的十年,创业的这两年,她也吃过苦,看似娇蛮,实则心性坚韧。当初他以"照顾"为由赖在她身边不肯走,但其实他比谁都清楚,她不需要任何人的照顾,不是她离不开他,而是他离不开她。

没有他,她会过得一样开心精彩。

可没有了她,他还是那个连对痛苦都麻木的机器。

这一带生活便利,很快就到了医院,孟怀谦猜得到伤口不算浅,怕吓着了池霜,在医生要清理碎屑时,他转头看向她,笑道:"霜霜,可能流了血,我有点饿了,你去买点吃的好不好?"

池霜担忧地看着,一听这话,也没多想,立马点头,攥着包就往外走。

等走出了几步,她回过神来,这才意识到他是想支开她。

她想折返回去,却又垂下头,看见自己手上沾到的血已经凝固,无奈地扯了扯嘴唇。

在原地站了十几秒钟,她往电梯口走去。

等她买了吃的回来时,医生已经为孟怀谦包扎好了伤口,旁边的棉球、纱布都被血水浸湿。她定定地看了一会儿,又勉强移开视线。

"医生,他这个伤没事吧?"

"每天都要来换药,预防伤口感染。"医生一顿,"可能会留疤。"

池霜"啊"了一声,皱着眉头,下意识捏紧了手里的面包。面包原本鼓鼓的,此刻已经被捏扁了。

孟怀谦用另一只没有受伤的手去解救惨遭她蹂躏的面包,轻松地说:"没事,我后腰上也有一道疤,你看了,不是也没那么吓人吗?"

池霜瞪了他一眼,他只好乖乖闭嘴。

医生很细心,叮嘱池霜注意事项,她也听得认真,干脆拿出手机打开备忘录来,诚恳道:"医生,要不你再说一遍,我怕我记漏了。"

等医生走后,池霜拖过椅子,坐在孟怀谦边上,神情凝重。

孟怀谦什么都不怕,就怕池霜不说话。

"我不方便,"他将面包又塞给她,"你帮我拆开好不好?"

池霜一边低头拆开包装,一边闷闷地说:"你又不是左撇子,伤的是左手,又不是右手,怎么连这个都拆……"

忽然,她顿住,错愕地抬头看向他。

"没办法,右手跟左手有心灵感应,右手也痛,抬不起来,什么事都做不了。"孟怀谦很少这样嬉皮笑脸,只为让池霜放松,哪怕骂他都好过垂头丧气,只是他这话说完后,并没有迎来预想中的"孟怀谦你烦死了",池霜还是像呆了一般地看他。

孟怀谦收敛了脸上的笑意,轻声问:"怎么了?"

池霜眼中有泪光。

她撇过头,拆开包装,面包的甜香也萦绕在她鼻尖。

孟怀谦坐了起来,单手揽过她的肩膀,温柔地用指腹擦拭掉了她眼尾的那滴泪,低声说:"真的没事。我们应该提醒一下装修队,免得有其他工人受伤。"

毫无疑问,他自然希望她日日开心,时时快乐,可如果要将喜怒哀乐排个名次,她生气都好过她难受。

池霜当然明白他的用心。

她破涕为笑,用面包堵住了他的嘴:"孟怀谦你烦死了!"
她问自己。
还重要吗?
不重要了,早已经全部放下啦。
比过去更重要的是现在。
比未来更重要的是她的心。

夜幕笼罩。
病房里,两个人正分食同一个面包。
池霜嘴边沾了点细碎的椰蓉,孟怀谦含笑看着,想起了从前的那一幕。他抬手在她唇边蹭了蹭,终于没再克制,倾身吻了上去,唇舌间都带着珍视与沉溺。
"那时我就想这样做了。"
"什么?"
"霜霜,我爱你。"
池霜嘴角上扬,没有回应这一句。
不过孟怀谦靠她太近,近到已经听到她的心在说话。
他虔诚地倾听。
在说什么呢?
只有此刻被她放在心里的那个人才听得见。

番外一

这一年来，孟怀谦去沪市出差的次数比较多。

池霜的堂弟、表妹也在沪市上学、上班，时间长了，这些小弟、小妹开始抗议，未来姐夫总是沪市、京市两边跑，怎么都不说出来跟他们见一面？

看着聊天群里弟弟、妹妹上蹿下跳作妖，池霜只回了两个字和一个标点符号。

池霜：姐夫？

刚刚还气势汹汹的弟弟、妹妹顿时偃旗息鼓，认怂比谁都快。

池枫：这不就是叫顺口了嘛……

蒋书涓：霜姐说得是！只有跟我们霜姐领证办婚礼了的新郎才叫姐夫，其他的最多也就是备选人！

池霜：@池枫 你初三那会儿就叫你喜欢的女孩子"老婆"，我至今印象仍然深刻。

蒋书涓：哈哈哈！

池枫：……我死了死了。霜姐，放过我！

不过，池霜对于弟弟、妹妹吵着要见孟怀谦这件事是可以理解的，家中长辈们对他都很好奇,属于是知道有这么一个人,也在她的朋友圈看到了照片,但还没见过本尊。

长辈们总不能特意跑来京市见一个晚辈,大家这一思量,那平辈之间是可以互相见面的嘛!

池霜当然要尊重孟怀谦的意见,在他出差的前几天晚上,便随口提了几句。

"就是他们闹着玩,反正见不见都行。"

"见。"孟怀谦斩钉截铁地说,"不如这样,我请弟弟、妹妹们好好吃顿饭?"

"……你倒是积极。"

"没办法,还没解开下次究竟是什么时候这道题,先在试卷上写个'解'字也好。"

孟怀谦现在阴阳怪气的功力越发深厚,池霜几次都被他噎住。

怎么会有这样想见家长的男人啊?

池霜认真地说:"先说好,他们虽然年纪都不大,不过都是非常懂事的小孩,是我家的小孩。"

她尤其强调了后面几个字。

池霜身上的特质很多,护短绝对能名列前茅。

"那就麻烦他们多多包容我这个老男人了。"孟怀谦恬不知耻地说,"跟弟弟、妹妹们说一下,上了年纪的男人性格比较怪,如果说了不合适的话,哪里做得不够周到,还请他们海涵。"

池霜腹诽:这个人居然还越发小心眼、记仇。

她不就是无意间调侃了一句"三十岁的男人就是鸡胸肉,肉质很柴"嘛,他就记到了现在。

那她说的难道不是实话?

她去掐孟怀谦的腹肌:"好的,我一定会提醒他们尊老爱幼!"

男人的胜负欲也很莫名其妙,自从她发表了鸡胸肉这一伟大感言后,较真了。某天她去他办公室等他,竟然意外发现他的休息室里多了一台跑步机,笑声差点掀翻奥朗大厦。

对,就是要这样自律起来,池霜可不希望哪天睡得迷迷糊糊的,一伸手摸到了男友圆鼓鼓的肚皮……她会吓得尖叫起来的。

有几次他们出去吃饭也会路过路边的小摊,酷暑天,几位肥头大耳的男士不约而同掀起短袖衣摆,自豪得意地露出超级大肚腩时,池霜紧紧地抱着孟怀谦的胳膊。走了一段路后,她才如劫后余生般虚弱地说道:"孟怀谦,如果哪天你变成了这样,那就意味着我们得老死不相往来了。"

要当池霜的男友,得过关斩将。

要坐稳男友这个位置,得披荆斩棘。

从男友升级为未婚夫乃至丈夫,得伏虎降龙。

池霜转头就在群里通知了弟弟、妹妹。

池霜:孟怀谦过两天到沪市,等下我再开一个群,把他拉进来。到时候他会跟你们约时间,你们想吃什么都直接跟他说。

池枫：OK！不过，我有点紧张是怎么回事？
蒋书涓：不是，我们该怎么称呼他啊？
池霜：这是个问题。
池枫：叫他"四哥"吧。
蒋书涓：？
池枫：霜姐究竟谈过多少次恋爱我是不知道的，但我知道的这应该是第四个，叫他"四哥"可行的吧？
蒋书涓：晕。
池枫：沈大哥、任二哥、梁三哥、孟四哥，请为我的奇思妙想鼓掌！
池霜：我的母语是无语。

当然，这也只是他们兄弟姐妹之间无伤大雅的玩笑。池枫跟蒋书涓年纪小，但都很有分寸，见了孟怀谦以后，也都客客气气地喊"哥"。

两个人还很有经商头脑，知道家中长辈对孟怀谦好奇，又特意在群里说他们可以直播，不过要付费成为会员以后才能进直播群。

池霜点击链接，不由得一惊！

怎么回事，她居然都要付费！

没办法，她也好奇，捏着鼻子斥巨资五十元进了临时群。

一进去，她也叹为观止。除了等待着"盗版照片"传播、一毛钱都不想出的姑姑，家里人能进的都进了。

沪市某餐厅里。

池枫比较自来熟，悄声问孟怀谦："怀谦哥，是这样的，霜姐想让我多给你拍几张照片，她想你，可以吗？"

她想你。

孟怀谦微微恍惚。

回过神来后，他平和地颔首："当然可以。"

池枫自然不会对着正主的脸拍，跟蒋书涓两个人只是拍一道又一道精致的菜品，而孟怀谦会无意间入镜。

池枫：四哥太好了，一直都在照顾我们！我们问的问题，他也很耐心地回答。今日小结，我认为四哥还是能配得上我们霜姐的！

一直潜水的池父突然冒泡：四哥？

池枫：霜姐说他要奔四了，那就是四哥。

成丹凤：人家才三十岁，不要胡说。

孟怀谦在跟池霜的堂弟表妹进行友好的接触会谈，池霜则又一头扎进了餐厅中，才刚忙完准备去露台透气，就碰上了容坤一行人。

梁潜端坐在一旁，见她过来，下意识想起身，又顾虑别的，最后还是平淡地低头，什么话都没说。

别说是外人，就是容坤跟程越偶尔都会忘记池霜曾经跟梁潜有过一段了。

实在是池霜跟孟怀谦现在过得太甜蜜，也太稳定了。

"怀谦呢？"容坤问。

池霜手捧着杯子，莞尔一笑："你们不好得穿一条裤子吗？他去哪里你不知道？"

"冤枉！"容坤失笑，"事先声明，我没有任何抱怨的意思，现在我们见怀谦一面那可得约好几次。"

"好的，收到了你的意见，等他回来我会传达。"

"别啊！"程越立马举手，"别把我带进去，这跟我没有关系！"

三人笑笑闹闹，梁潜只安静地听着。

他知道她现在过得很好，也正是因为如此，他才不得动弹。人总是自相矛盾，他一方面希望她不要太幸福，只要孟怀谦让她伤心难过了，他才会有机会重新出现在她面前；可另一方面，他想到她难受时闷闷不乐的模样，又怅然地希望她过得比谁都幸福。

"你那房子装得怎么样了？"容坤好奇地问道。

提起这件事，池霜是一点脾气都没有了。

想要发疯成魔，亲自装修吧。

想要立地成佛，亲自装修吧。

孟怀谦因此受伤的事情，就连几个朋友都不知道。他认为是小事一桩，兴师动众反而不太好。池霜当然要尊重他的意见，她知道他是怕传到他父母那里长辈会担心。就像当初他被人在车库刺伤，愣是将这事在父母那里瞒得滴水不漏。

"阿弥陀佛。"池霜念了一句，没好气地说，"每天早晚念一次《心经》，我现在对装修公司整的幺蛾子已经淡定如佛了。"

"这么夸张？"

"不信邪你就去试试。"

池霜又狠狠地吐槽了一番后，对容、程二人说道："不早了，我去忙了，你们慢慢聊。"

其实孟怀谦也征求过她的意见，说要不要由他出面跟装修公司那边郑重其事地谈一谈，她思虑再三，还是拒绝了。

这毕竟是她的房子，也是她跟装修公司的事，把孟怀谦拉进来，不就是在用他的名头给人施压吗？

都是打工做生意的，她宁可自己又腰跟人吵，也不愿意用这样的方式。

她最不喜欢"狐假虎威"这个词。

她相信自己有足够的实力跟装修公司战斗八百个回合，直至取得最终的胜利！

孟怀谦抱着池霜大笑，最后还是认同了她的观点。

三天后，孟怀谦回了京市，此时已是晚上。

他现在偶尔也会厚着脸皮在池霜那里借宿，分别近一周，他早已经是归心似箭。回翡翠星城的路上，他接到了一通电话。听完了那边的复述后，他眼里一片沉寂。看着窗外如浓墨挥洒般的夜色，他低低应了一声，随后结束了通话。

如果没有火种,死灰又怎么会复燃?

即便有一丝火星,他也会将它碾碎。

孟怀谦过来的时候,池霜已经睡下了。

他去了客卫洗漱冲凉,悄无声息地来了房间,掀开被子,轻手轻脚地将她拥入怀中。

闻着熟悉的气息,他不禁喟叹一声。

孟怀谦醒来的时候,池霜只简单洗漱,还没换下睡衣,他从背后抱住她就要亲。

她一巴掌挥开他,躲避:"滚!"

这人压根就没洁癖!

不刷牙就要接吻,算哪门子的洁癖。

孟怀谦低笑一声,老实地站在她旁边,拿起牙刷挤牙膏。

等他带着一身水汽跟薄荷气息出来时,池霜正在衣帽间里犯难,不知道今天要穿哪一身。

他从背后贴了上来,一米八七的大个子俯身,在她的耳垂、脖颈处游移。

十指紧扣,鼻息交缠,如潮起潮落,起伏不定。

番外二

孟怀谦抽空又去了一趟清阳,他无意打扰伯父宁静的晚年,只是无论如何他都得过去道谢。这次回来,他给池霜带了一份礼物,是山区人家自己熬制的秋梨膏。

池霜打量着这朴素的玻璃瓶,讶异道:"所以,你之前说住在很偏僻地方的长辈是你的大伯?"

孟怀谦点头,也只有事情都圆满地解决了,他才会跟她提起。

"等等,你的意思是……"池霜觉得有些不可思议。

跟孟怀谦在一起后,她才真正地了解到他出生在什么样的家庭。

竟然能有人舍弃荣华富贵去过清贫的日子?

其中有什么隐情?

"嗯。"孟怀谦放轻声音,"二十多年前也算得上是京市的大新闻了,这么多年过去,已经没多少人记得他了。当时我爷爷、奶奶不同意他跟他女朋友在一起,后来,他的女朋友出国了。那时候信息没这样发达,又是异国,他找了很久,等找到她时,她已经跟别人结婚了。"

池霜"啊"了一声:"所以他就……"

"我不清楚。"孟怀谦淡笑着摇头,"除了当事人,没人知道他们之间发生了什么事，我也只知道这些。他们之间怎样分道扬镳，他又怎样做出这个决定，恐怕只有他自己知道。"

"总觉得可能是个很复杂的故事。"池霜喃喃道。

"所以，我也没想过要去打探。他现在过得很安宁，我想女方也过得很幸福，这个结局也不错。"孟怀谦又说，"我爸一直都放心不下这个大哥，但当年他们吵得不可开交，对于大伯的决定，我爸也很伤心。"

池霜莞尔一笑，眨了眨眼："是我小人之心了，我还以为……"

"怎么会？"孟怀谦失笑，"我有私心，但不是那个意思。"

他没有想过要用大伯的事迹去软性威胁父母，他也深知父母绝不吃这一套。

"我的私心就是用这件事讨好我爸，"孟怀谦似是跟池霜说悄悄话一般，声线放得很低，"就像小时候拿满分试卷等他出差回来一样。"

公事、家事，他都会拿出满意的成绩来。

"厚黑学啊。"池霜揶揄。

然而，打败这些的永远都是真心、诚心。

事实证明，儿子了解父母，父母也了解儿子。

孟父、孟母早就为这件事讨论过好几回，辩论会都开过好几场，终于达到了一个平衡点——儿孙自有儿孙福，总归他们当初希望儿子走联姻这条路也是希望集团越来越好，那么只要最后这个目的达成了，管儿子走的是哪条路，用的是哪一招，他们只要负责盯紧了他就行。

当然，这也只适用于孟怀谦。

虽然知道儿子请大哥出山不是为了威胁他，但孟父还是试探过："如果有一天，你的女朋友跟你分手，你是否可以接受？"

"视情况选择接受或者不接受。"孟怀谦诚实地说，"不过您放心，我对归隐山林教书育人没有计划，也没有想法。"

"你不接受你要怎么办？"孟父瞪他，"还要勉强人家姑娘？"

孟怀谦无奈地扶额。

他觉得跟父亲讨论这种事很不合适，毕竟他也不能对自己的父母说"我会等""我会百折不挠地等""我会海枯石烂地等"这种话。

孟父看儿子一副难以启齿的模样，回去后跟妻子说："你没看到你儿子那不值钱的样子。"

申钰君心想：我可比你早看出来。

其实以池霜跟孟怀谦现在的关系，还没有到要见家长的这一步，但就在她不知不觉的时候，孟怀谦把这些都搞定了，那她自然不能落后于他。现在，双方父母对孩子的伴侣都处于"没见过，但印象还行"的状态。

有人要给池霜介绍对象，成丹凤会坦言"我女儿有男友"。

有好事者想打听孟家对孟怀谦感情生活的态度，申钰君也会直言"孩子已经有女朋友啦"。

容坤见了孟怀谦，佩服得五体投地。

"服，我别的都不服，就服你这个办事效率。"

"还有事没？"孟怀谦简单地收拾桌面，"我要去接她下课了。"

"去吧，妻管严。"

孟怀谦无所谓这个称呼，但同时也严肃地提醒："别在霜霜面前这样叫我，她不喜欢。"

容坤虚心请教："这个称呼怎么了？"

"妻。"孟怀谦轻咳一声，"我们还不是那种关系。"

"……池老板规矩严谨！"

"你知道就好，知道就别害我。"

池霜的分店地址已经定好，随着摊子越来越大，她偶尔也会力不从心。请教过圈内已经一跃成为大老板的前辈后，她也开始上课，干一行恨一行，活到老学到老。

孟怀谦挥别容坤过来接她，又耐心地等了半个多小时才等到她下课。他快步上楼，进了屋子，池霜正在收拾电脑跟笔记，见他来了，双目涣散地"嗨"了一声。

"怎么了这是？"他走过去，抬手揉了揉她的头发，"章老点你回答问题了？"

"那倒没有。"池霜来了兴致，笑嘻嘻地说，"我今天运气特别好，没被老头注意到。"

他们几个学生私底下默契地将称呼从"章老"改成了"老头"，因为那的确是一个非常可爱的老头。

这样喊他，就像是在喊自己家里的长辈一样，多亲切。

孟怀谦忍俊不禁。

她口中的老头，的确是名师中的名师，既有着丰富的理论知识，也有着足够的实战经验。如果不是兴趣使然，以他如今的成就，压根就不需要出来授课。

孟怀谦帮池霜提着电脑包，牵着她下楼。

"好累啊！"池霜感叹，"还记不记得我当时跟你说我是直接退休，结果，这哪里是我想要的退休嘛！"

提起这件事，孟怀谦的嘴角也带着笑意。

"你那会儿还跟我说，"池霜模仿他的声音，放低音调，"我要为你开一家经纪公司。"

她乐不可支，吐槽道："我当时就怀疑你脑子有病，不过，你现在怎么不说这种话了？"

孟怀谦沉吟："可能在池医生的妙手回春下，我的脑子被治好了。"

池霜"哈哈"大笑起来。

月色拉长了他们的身影。

即便只是这样不着边际地聊着天，却也冲散了她一天的疲倦。

番外三

某天，池霜发现了两件了不得的事。
第一件，她送出去的素描画，被孟怀谦锁在了他家的保险柜里。
她看了以后，这人果断改了密码，并且一个数字都不肯再透露。
她怀疑下一次他会藏在别的地方，一个她不知道的地方。
别问，问就是即便作为旁观者，她烧画的那一幕也给他脆弱的心灵留下了阴影，他似乎也在担心，哪天她一不高兴也要烧了他。
第二件，孟怀谦的袖扣和领带夹内侧居然雕刻着一朵霜花！
"太隐秘了！"
池霜叉着腰光脚在地毯上走来走去。
当事人孟怀谦则乖乖地坐在沙发上接受审讯。
"我说孟怀谦你很行啊，你太行了！"
池霜掰着手指数着数着……她还没说在数什么，孟怀谦就提醒了她一句："我们恋爱九个月十三天了。"
这一句话令她破功。
她笑得不行，倒在了他怀里，却还是没选择放过他，拽着他的领带起身，将他推倒，跨坐在他身上，故作凶恶地逼问："太隐秘了，我们在一起九个多月了,今天我才发现!说,什么时候的事?"

要不是她无意间拽掉了他衬衫上的扣子,还被瞒在鼓里。

"没有很久。"

孟怀谦卡壳,他没想让她知道这件事。

按理来说,只要他不说,她也很难发现。

然而他也没有预料到会有这一出,这可以说是他活了三十年来头一次被人硬生生地扯下衣服上的扣子。

"坦白从宽,抗拒从严,老实交代!"

闻言,他声线压得很低:"一年多以前。"

池霜算了算时间,忍不住"啧"了一声:"虽然我早就知道你是个闷骚的东西,可你一次又一次刷新我对你的认知,看来我还是了解得不够全面透彻啊。"

孟怀谦的手扶着她纤细的腰肢。

他虽然总被她调侃脸皮厚如城墙,但城墙也会被攻破。他也会羞恼,他想结束这个话题。

池霜还在感慨孟怀谦是她谈过的最闷骚的男友时,只感觉到胸口一沉,低头一看,是他在作乱。她正想一巴掌挥开,了解她每一个细微动作与表情的他扣住了她的手,沉陷在柔软的抱枕之上。

事后,池霜被孟怀谦抱着放进了放满热水的浴缸里。

孟怀谦不爱泡澡,泡得最久的一次也只有五分钟,这个超大浴缸他无福消受。

他背对着她冲凉。

池霜睁开眼睛,看到了他后腰上的那道疤,想起了他这暗戳戳打上标签的行为,不由得偷笑,笑声逐渐放肆。

孟怀谦关了花洒,随手围着浴巾过来,见她趴在浴缸边缘,一笑就带动水面泛起涟漪。

"怎么了?"他拿起一块毛巾,弯腰为她擦了擦额头上的汗。

"你这么闷骚……"池霜抬手,用指腹碰了碰那道疤,"怎么没想着去文个身呢?"

孟怀谦自然不会谈一场恋爱就性格大变,骨子里,他依旧刻板。

她这一提,他也顺势思考,认真问道:"你喜欢?"

"干吗?"池霜收回手,打在了水面,水溅到了他的腰腹上,"你很没意思哎,我就是开个玩笑。"

她只是想起了之前网上冲浪看到的段子。

有人恋爱时期在自己的身上文上对方大写加粗的名字,几乎都快占据后背的一半,分手后上网求助该怎么办。

她顺口也就以玩笑的口吻说了出来:"别文,以后洗文身、改文身,不得痛死你。"

孟怀谦也懂她的意思。

他定定地盯着她,叹了一口气,无奈地摇头:"不会。"

她也懂他话里的含义。

他说，不会喜欢上除她之外的人，不会跟除她之外的人在一起，所以，即便哪天她执意想跟他分开，文身也会永远留着。

性格使然，孟怀谦从不会在没有把握的情况下说大话。陪在她身边的这一年多里，他感觉很幸福，那么在一起的这九个多月里，已经足够他清楚地知道，不会再有别人了，这辈子都不会。

如果有，又为什么在她之前的那二十多年里，他没有遇到呢？

他这样认真，池霜也收敛了脸上逗趣的笑意，示意他再弯腰低头。他照做，她用指尖点了点他胸口的位置："不用，在这里面就行了。"

"而且……"池霜扬眉，"要保持你不张扬的优良作风，你看，你都知道要刻在扣子和领带夹里面不让别人看到，文个文身在身上，怎么，你想炫耀什么吗？"

孟怀谦说："不会，这个位置除了你，也没人看得到。"

"少说这种话忽悠我！"池霜轻哼，"你不游泳吗？不就有人看到了吗？"

她都能想到，要是哪天容坤或者程越发现这狗东西文身，肯定见她一回就调侃一回。

要丢脸他一个人丢，干吗要带上她？

孟怀谦噎住，陷入了沉默中。

看他吃瘪，池霜就畅快。

笑过之后，她又兀自感叹："上哪儿找我这么好的女朋友，我在誓死捍卫你游泳的权利呢！"

说来也巧，孟怀谦走出浴室准备给她吹头发时，收到了容坤发来的邀约。

容坤：这天可真热，出来游泳。

番外四

观棠苑早已经顺利完工。

在池霜的鞭策督促下,成果还算不错,不过还需要空置很长一段时间,所以她暂时还是住在翡翠星城。

孟怀谦隔三岔五就过来留宿。

如果不是池霜偶尔也需要个人空间,很烦他时刻黏着她,他可能已经拎包入住了。

这天,他来得比较晚,最近公事多,加班也是常态,才开门进了玄关,便听到池霜的声音传来。他听了一会儿,确定她是在跟她父母视频后,轻手轻脚地换了拖鞋,低头审视自己,老实地将卷到手肘处的袖子放下来扣好,又将下车后解开的扣子扣到最上……

除此以外,连挽在臂弯上的西装也穿上了,模样端正得随时都可以再去开几个重要会议。

池霜正一边视频,一边吃水果,只是抬头扫了孟怀谦一眼,又收回视线。视频那边的父母就敏锐地察觉到了她这一细微表情,连忙问道:"是小孟来了?"

"这个点,能是谁啊?"池霜笑嘻嘻地说。

孟怀谦迈着沉稳的步伐过来，凑到了镜头前，礼貌地问好："阿姨、叔叔，晚上好。"

"小孟，你这是才下班吗？"成丹凤问。

"是。"孟怀谦停顿了几秒，又不经意地补充，"在这边应酬，才结束，顺便上来看看霜霜。"

手机摄像头对着他们的上半身，那头的人看不到他们的下半身……

池霜被孟怀谦这假把式逗得不行，抬起脚去踩他的脚背，心里暗骂他虚伪！

孟怀谦眉头都没皱一下，神情不变。

成丹凤说："你工作也挺辛苦的。"

孟怀谦："现在好多了，加班的日子也有，但没那么多。"

"吃了吗？"

"吃了。"孟怀谦又笑，"不过您这样一问，我又饿了，想等下约霜霜出去吃个夜宵。"

接着又聊了一会儿，父母也知道这两人生活在大都市工作很忙，也是见缝插针地约会，便不再打扰，以时间不早为由结束了这通视频通话。

孟怀谦微不可察地舒了一口气。

以前念书的时候，面对老师和教导主任都没有这样紧张。

池霜将手机往边上一扔："我可不想吃夜宵……你不是顺便上来看看吗？这都看到啦，您也快走吧！"

孟怀谦抬手，一一卸去伪装——

先摘了腕表放在茶几上，接着脱西装，将烦人的领带和扣子全解了，哪里还有刚才那正经的样子。

"没看够。"

"你这个人真挺虚伪的。"池霜给他出难题，"如果哪天我爸妈半夜打来视频，你就躺在我边上，你要怎么讲？"

孟怀谦沉吟道："你房间的暖气坏了，我来人工供暖。"

"你是真的有病，有大病。"池霜开始怀疑人生，"我当初真的是瞎了眼，不然怎么就被你骗了呢？"

怎么就头脑发昏点头答应他了呢？

孟怀谦恬不知耻地凑了过来，微笑："两情相悦的事，怎么能说是骗呢？"

"滚，谁跟你两情相悦？你真的恶心死了！"

孟怀谦笑着抱住了池霜，怎么也不松手。

深夜，池霜躺在孟怀谦的怀里沉沉入睡。

而这个晚上，孟怀谦也做了一个梦，梦到了他和池霜第一次见面的时候。

酒过三巡后，他走出包间透气，光线并不明亮的走廊上，他远远地看着她从洗手间那边走来。

她手里握着手机，正在跟人通话："见到了，只能说都是正经人吧，都挺好的,就是……"

　　说到这里,她停顿了。

　　大约是想吐槽什么人,但顾忌这是在外面,她只能将话咽了回去:"哎呀,反正回去再跟你们讲,我快到包间啦,不说了。"

　　她刚挂了电话,就跟他碰上。

　　四目相对。

　　他平淡地颔首,她也微微一笑,但眼里对他很陌生。

　　两人擦肩而过。

　　走出几步后,他突然回了头,却只看到她的背影,以及她快步过去与人紧紧牵着的那双手。

　　他还听到了这对情侣模模糊糊的私语——

　　"是不是累了?"

　　"还好啦,这就是你那三个朋友?"

　　"我们从小一块儿长大的,怀谦,就是坐我们对面的,我跟他打出生就认识。怎么样,我这朋友圈还能过关吗?"

　　孟怀谦从梦里醒来时,还在喘着粗气。

　　对他而言,那是一场噩梦,池霜陌生的眼神、奔向别人的背影,都像是一只大手紧紧地扼住了他的喉咙,令他呼吸困难。

　　他一抬手,手掌之下是她的肌肤……这感觉犹如坐过山车,在惊慌恐惧到最高点时突然平稳落地。

　　他搂着她,在她的唇边游移,想要找到更多的实感。

　　睡梦中的池霜烦不胜烦,在他怀里挣扎,皱着眉头呓语:"孟怀谦,你烦不烦啊!"

　　她似是半梦半醒,这已经是习惯性的话语。

　　抱怨、撒娇,都有。

　　孟怀谦又将她搂进怀里,唇贴着她的脸颊,眷恋地轻啄。

　　多怕这只是一场梦。

　　多怕醒来只是一场空。

　　池霜烦死他了,抬脚就往他腿上一踹:"滚!"

　　孟怀谦却心满意足。

番外五

"池老板,你的饭我不敢吃。"容坤看着满桌子的菜,却不敢动筷子,规规矩矩地坐着,"有事说事,你这样我很害怕。"

池霜坐在他对面,闻言笑了:"有必要这么紧张?咱们不是牌友吗?我请我牌友吃顿饭不行啊?"

"这……"容坤无奈地摊手,做了个请的手势,"直接说吧。"

池霜一手托腮:"那我就直说了。孟怀谦的生日要到了,这件事我挺烦的。"

"烦什么?"容坤不解,突然冒出了一个可怕的猜想,"难道你在犹豫要不要……"

那两个字他没敢说,就怕给池霜提供了思路。

池霜诧异地看他一眼:"要什么?"

容坤不吭声了,这姐们的杀伤力太大。他可没忘记之前有一回她跟怀谦发生了争执,怀谦大半夜不睡觉跑到他家里来,眼睛里都是血丝,一句话不说坐了大半宿,等到天亮了,才声音沙哑地说要先走了。

结果还没两天,两人又和好,怀谦眉眼俱笑,春风得意。

池霜"扑哧"一声:"什么情况?"

"没情况最好。"容坤话锋一转,"不过怀谦生日,你烦什么?"

"烦礼物啊。"池霜同样故作疑惑地看他,"不然我还能因为什么心烦?"

"……那您找小的是?"容坤也面露疑惑。

"你俩不认识很多年了吗?"池霜问,"他喜欢什么你不清楚?"

容坤直喊冤枉:"我跟他认识二十多年,敌不过你跟他认识三年,他喜欢什么,我哪有你清楚?"

过生日送礼这种事吧,讲究的是礼尚往来。孟怀谦太上道,什么节日都给她过,更别提生日,她随口提的一句很想念记忆中的生日蛋糕,他就能循着线索将当年做那款生日蛋糕的师傅找出来再给她做一个——果然是原食材原味道!

他生日,她也得投其所好。

可他什么都有,什么都不缺,平日里也没见他有特别的爱好,每天来来回回就那么几个地方,工作以外能聊天吃饭的朋友也就那么几个。如果不是谈恋爱,他的生活是忙碌又清闲,复杂又简单。

"真烦啊!"池霜叹了一声,"完全不知道要给他买什么礼物。"

容坤静默几秒,露出一个高深莫测的微笑:"我给你出个主意呗,他现在最想要什么,我还是知道一点。"

"什么?"

"一个未婚夫的头衔,日思夜想。"

池霜扬声道:"你到底是谁的娘家人?见缝插针就想给孟怀谦打探消息是吧?"

容坤举手求饶:"您问我,我就给您一个思路,他现在最想要的就是这个了啊。"说起这件事,他也想为兄弟说几句话,"你俩在一起也快两年了,他能不心急吗?"

"两年不到!"

"那我实话跟你说,"容坤顿了顿,"他还没跟你在一起的时候就想跟你结婚了,你信不信?"

"信。"

怎么不信?

"你怎么想的呢?"容坤求生欲很强地补充,"放心,我就是纯路人纯好奇,绝不透露,走出这包间,我一准儿给忘了。"

"暂时不想改变现状,"池霜也很坦然地回答,"就这么简单。"

容坤竖起了大拇指:"绝。"

池霜想起什么,又笑道:"还没到开盲盒的时候呢。"

容坤:"什么盲盒?"

池霜摆摆手:"别提这个了,你聊这种事,我会幻视一些催婚催生催二孩的长辈。"

这句话炸得容坤立刻闭嘴,不再关心任何婚姻嫁娶。

天下没有白吃的午餐,容坤还是挖空了脑内所有的回忆,总算给池霜提供了一些有用的建议。

出于某种心理，他还是谨慎地提醒："池老板，那是怀谦十七岁时想要的，他已经年过三十，我不确定他还想不想要。"

"没关系！"池霜这样回道，"他不喜欢我喜欢，我觉得特别酷！"

她要为孟怀谦准备礼物的心是真诚的，光是花费的时间都能排在前三，孟怀谦必定要感动到痛哭流涕才算勉强过关。

孟怀谦生日这天，池霜很强势地命令他将下班之后的时间都留给她，他当然没有意见。

到了一定的年龄之后，对过生日也没了兴致，就连从前最热衷给他举办生日宴会的父母今年也只是提前送来了礼物就没了下文。

"可怜，生日这天也要上班。"池霜又问，"奥朗没有生日方面的福利吗？"

孟怀谦诚实地回答："有，有一天带薪假期，我留在你生日那天用。"

池霜偷笑。

她跟他在一起过的两个生日，都由他来操办。

就连江诗雨和肖萌都被那规模阵势吓晕，私底下问她："你家小孟该不会是拿你的生日宴会练手，准备以后订婚宴、婚礼都自己来举办吧？"

池霜头一回这么准时到，给孟怀谦发了消息。

池霜：不用去停车场，直接来地面。

孟怀谦：好。

他乘坐专梯来到一楼，碰到了一些员工，也都礼貌地颔首，偶尔也会回应别人的话。

下班的人三三两两地出来，孟怀谦正要环顾一圈时，视线又折返回来。

没有人会注意不到她。

池霜坐在一辆摩托车上。

有那么一个瞬间，孟怀谦以为自己回到了十七岁，他的心几乎要冲破胸膛。

就连旁边员工们的低声交谈声，此刻也成为背景。

孟怀谦加快步伐，还没走近，池霜就已经将头盔扔给了他。她拍了拍这车型酷炫的摩托车："怎么样，这礼物还喜欢吗？"

见他仿佛呆住，她又得意扬扬地说："没办法，喜欢也要放在我这里一段时间，谁叫你没这个驾照呢。"

她最近比较清闲，就顺便去考了摩托车驾照，这玩意儿平日里用不上，但谁还嫌自己的本事多。

怎么会有这么棒的人啊，身上的技能还有证件又多了一个呢！

为了将这份惊喜一直保鲜，这段时间她可没少在孟怀谦面前说瞎话，就是不想让他发现她在考驾照，否则以他的精明，一定会猜到她要准备的礼物是什么。

"上来吧！"池霜见孟怀谦还没动，伸手在他眼前晃了晃，"回魂了，怎么，上班上傻了？"

孟怀谦很难用言语来形容此刻的感受。

他始终认为，这段感情中，他收获的比她更多，所获得的每一份惊喜都是不允许任何人觊觎的珍宝。

　　他在她面前低头，固执地要她帮他戴上头盔。

　　今日寿星最大，池霜只好照做。

　　不远处几个员工还在装模作样地聊天，实际上小眼神止不住地往这边飞，一边扫视，一边小声讨论。

　　"说实话，心情挺复杂的。"

　　"我也是……"

　　"难怪现在赵总他们都绕道走，我理解有些演员为什么怎么也不上综艺了，怎么讲，我现在看到孟总，说句大不敬的，我已经有了刻板印象了。"

　　"什么刻板印象呢？"

　　"借用我老家的方言，耙耳朵。"

　　在他们的视野中，孟怀谦被戴上头盔后，老老实实地坐在了摩托车后面，伸手抱住了池霜的腰。

　　隔着头盔，她的声音有些分散："准备出发了。"

　　孟怀谦将她抱得更紧。

　　池霜无奈："你要勒死我啊？"

　　他淡淡地回道："我害怕。"

　　池霜轻笑："坐好了，放心，我教练说我是百年难得一遇的天才。"

　　她发动车辆，"嗖"一下冲了出去。

　　生日也没什么稀奇的，也就是比昨天的天气更好一点，晚霞也更美一些。

　　十七岁的孟怀谦很想拥有这样一台车，那是他为数不多的"叛逆期"，只可惜，以他为重的父母是绝不可能让他碰一切危险的事物的，他想着，等来年吧。

　　然而，十八岁的时候他就忘了这一出。

　　他的人生中有太多重要的事要做了，就连"想要"这样的情绪都停留不了太长时间，他没有执念，也从不对什么执着。

　　但其实，"想要"会一直存在，即便他已经年过三十。

　　"喜欢吗？"池霜将另一把车钥匙放在了他的手心，想起什么，她又屈起手指抓住了那把钥匙，"事先说好，在你没有拿到驾照之前，你别想碰。如果没时间去考也没关系……"她欲扬先抑了一会儿，终于进入了正题，"我有就行了。"

　　她从口袋里摸出新鲜出炉的驾照，恨不得戳进孟怀谦的眼眶里炫耀："看到没！"

　　孟怀谦接过驾照仔细看了看，甚至有些手痒，想将那证件照抠下来。

　　两人在一起这么久，对对方的所有表情再熟悉不过，池霜立刻将驾照抢夺过来，藏在身后——

　　这人也不是完全没特别的嗜好，他非常喜欢收集她的各种照片。

307

上次去她家，她都已经淘汰的失效身份证都被他顺走了。

池霜旧事重提。

孟怀谦拧眉，纠正："我问过你了，你答应了我才拿走。"

他刻意地强调了"拿"这个词，而非"顺"。

"那时候我在打牌！"池霜提高了音量，"我才没空听你在讲什么！"

说着说着，她又笑了，抬手捏了捏他的脸："算了，今天你生日，我懒得再翻旧账。"

"感谢。"

今天是工作日，露营地没多少人。

夕阳的余晖倾洒大地，池霜突然用手肘撞了撞孟怀谦。

他的目光还落在不远处的那台摩托车上。

"去把蛋糕拿出来。"她理直气壮地吩咐寿星。

寿星麻利地起身，钻进了帐篷里。果然，小桌子上摆着一个蛋糕。

她今天一天可能都在为他的生日做准备。

孟怀谦想到这里，心变得异常柔软。

蛋糕很小，也就只够两个人吃。

池霜说："蛋糕虽然不是我做的，但上面的字是我写的。"

不是"Happy birthday"，而是"My Siri"。

"谢谢。"孟怀谦凑过去，捧着她的脸，轻轻地吻了下她的额头，"现在我不知道说什么，之后会上交三千字感言。"

池霜"哈哈"大笑起来："手写！"

"好。"他没忍住，又亲了亲。

他其实是有些遗憾的。

如果他现在是十七岁就好了，那个孟怀谦的情感也许更丰富些，不至于此刻词穷到只会说"谢谢"。

池霜调侃他年过三十，是肉质很柴的鸡胸肉，他知道她是在开玩笑，可心里的遗憾是真的。

"打火机。"池霜在蛋糕上插好蜡烛后，向他伸手。

"我戒烟快三年了。"他知道她在诈他，微笑，"怎么还会有打火机这东西呢？没有，不会有的，这辈子也不会有的。"

池霜总会不经意地在生活中埋下陷阱，他曾经懵懵懂懂、无知无觉地中招过几次。

两人可谓斗智斗勇。

池霜抬脚踢他："那你去借！"

孟怀谦借来了打火机，点好蜡烛。两人躲在帐篷里，竟然觉得比前不久的那顿烛光晚餐更令人沉醉。

"许愿。"

在一起的这两年里，池霜也为他过过生日，今天他还是跟去年一样，说道："你来。"

对他而言，已经实现了最大的愿望，实在不敢贪心。

池霜每年都有两个愿望的额度，不由得开始犯难，因为她突然发现自己好像也没什么特别想要的。

蜡烛都快燃尽了，孟怀谦也没有催促她。

"你知道吗？"池霜莞尔一笑，"我最喜欢的一个成语是'为所欲为'，其实它是贬义的，我读书写周记时，用的就是这个词，我要一辈子为所欲为，老师帮我改成了随心所欲。

"这个词是好意思，但我觉得不太对，不对味你懂吗？

"这么多年过去了，我依然觉得为所欲为最好。"

她双手合十，闭上眼睛，轻声许了愿："那么，就让我一辈子为所欲为吧。"

我会的。

她在心里说。

独家番外

十二月份的京市寒风凛冽，屋内却是温暖如春。

今天是周六，孟怀谦不用早起。多年的生物钟已经很难改掉，在池霜的闹钟铃声响起之前，他这个人形闹钟就已经从身后紧紧拥住了她，用很特别的方式将她喊醒。

"别烦……"

池霜半梦半醒地呓语。

孟怀谦低声闷笑，温热的气息喷洒在她耳边。不一会儿，她彻底清醒，拉起薄被进行反击。

难以想象，这样的把戏两人竟然也玩得不亦乐乎。

恋爱几年，他们之间步入了细水长流的平稳阶段，日子忙碌却也甜蜜。在此之前，池霜从未想过有一天会跟这个人在一起这么久，但如果现在让她展望未来，每一帧画面里都有他，他们在彼此的人生中留下了太多深刻的、明目张胆的痕迹。

"时间还早，我们出去吃早餐？"

起床后，孟怀谦换下睡衣，将衬衫扣子一颗一颗地扣好，抬起双眸看她。

池霜坐在床边小口喝水，缓解喉咙的干涩，点了下头："好啊。"

孟怀谦走了过来，带着干净清冽的气息，不是香水味，而是她某次出差时给他买的剃须水，他用过后再也没有换过。

"我也渴了。"他低声道。

池霜瞥了眼杯子里还剩的水，哭笑不得，这个马上就三十二岁的男人最近越发幼稚。

想到大好的休息日他还要当司机送她上班，她嘴角翘起，探出手拉住他的领带。他很配合她，顺势弯腰，却没有喝她喂的水，偏头躲开，薄唇趁机贴上她的额头，印上一个轻吻。

"你真的很幼稚！"

她嘴上抱怨，可眼里漾开笑意。

"嗯。"

过了三十岁以后，孟怀谦觉得"幼稚"这个词都变得亲切了，谁叫她曾经说过他老。想要迈入婚姻的念头越发强烈，却跟年龄无关，他承认，他真的很想成为池霜的丈夫，很早很早前就很想了。

这两年他求过几次婚，有正式的，也有不那么正式的，都被她四两拨千斤地拒绝了。

她的理由很充分，也很坦然——暂时还不想结婚。

对此他只能尊重并耐心等候，等她心甘情愿说一句"我愿意"。

池霜洗漱后，来了衣帽间，在化妆台前坐下，正熟练地画眉，镜子里多了一道挺拔的身影。

孟怀谦走了进来，没有来到她身旁，而是在摆着各类首饰的玻璃柜前站定，像是小孩找到了有意思的玩具，挨个将比较中性化的装饰戒指拿出来端详，甚至试图套上无名指。无奈都不合尺寸，卡在了指节，他难掩失望，还是若无其事地将戒指重新放了回去。

透过镜子，他的这些小动作都被池霜尽收眼底。

她极力忍住笑意，不愿接收他释放出来的信号。这一年来，某人想要结婚的心思简直路人皆知。

可怜，又很可爱。

今天天气不太好，天空雾蒙蒙的，各大商家推出了圣诞节活动，沿路开车经过的几个商场门口都摆着漂亮的圣诞树，浓烈的节日气息并不受天气影响。

吃早餐时，经理很贴心地送上红苹果造型的蛋糕，逼真到肉眼都无法分辨真假。

孟怀谦不爱吃甜食，也还是老老实实地跟池霜一同分食了这个来自平安夜的"苹果"。

他喜欢这样的寓意，平平安安，甜甜蜜蜜。

吃饱喝足后，池霜投入紧张的工作状态中。

每逢这样的节日，池中小苑的生意都特别好，座无虚席，她这个老板也忙得脚不沾地。一上午下来，她总算有空喝口水了，抬起双眸，目光落在不远处的孟怀谦身上。

他靠坐在沙发上,随手翻着手机,大约是在查阅工作邮件,姿态闲适,神情冷峻。

工作中的男人很帅。

她的视线轻移,定格在他的左手上。

不知道是不是心理作用,她居然有种错觉,那光秃秃的无名指上的确应该有一枚戒指。

孟怀谦仿佛察觉到了她的注视,抬起头,两道目光在空气中交会。

他顿时了然,起身走了过来,问:"饿了?"

"一点点。"池霜不着痕迹地收回视线,"我们出去吃!"

今天好歹是平安夜,让男友陪着上班也就算了,还要吃工作餐岂不是太敷衍?

双休日加上节日,哪儿人都多,还好孟怀谦提前订了位子,是池霜最喜欢的餐厅,让她在如此繁忙的日子里得到了片刻喘息。

他真的很懂她,也懂怎么让她开心。

包间光线柔和,坐在她对面的男人慢条斯理地切牛排,见她看他,误会她想换口味,将叉子伸到她嘴边:"试试,还不错。"

池霜在心里偷笑,还是张嘴吃了他喂的牛排。礼尚往来,她也给他喂了她盘中的牛排。

一顿午餐,浓情蜜意。

是什么时候做的决定呢?是当她挽着他走出餐厅,他下意识地侧身帮她挡冷风的时候。

其实类似这样的事,他每天都在为她做,种种习惯早已被他刻在了骨子里。

积少成多,持之以恒,在今天,在这一分,在这一秒,让她动了想去民政局走一趟的念头。

上车后,孟怀谦发现池霜很久没说话了,蹙了蹙眉,关心地问道:"是不是累了?"

这个傻瓜还不知道他梦寐以求的事情即将实现。

池霜愉快地想着,笑出声来,很轻松地敷衍过去:"星期六还要上班,当然累啊!"

于百忙之中,池霜这天下午抽空,以跟表姐去见客户为由骗过了孟怀谦,实则一秒钟都没耽误直奔商场。时间太紧,来不及做更多准备,她只能临时去买一枚戒指作为圣诞节的彩蛋。

表姐在她刷卡买单后,长舒一口气:"终于啊!"

孟怀谦求婚的事情,池霜不会瞒着身边的人。

对于她过去的几次拒绝,表姐并不意外,经过一些风雨后,她对人生大事自然会更谨慎。

谁都知道,如果池霜有一天结婚,新郎多半是孟怀谦,可没人知道这一天什么时候会来。

"你怎么想的？"表姐好奇地追问，"我还以为要等到下一次或者下下次他求婚你才会答应呢。"

池霜理直气壮道："他向我求了四次婚，我向他求一次，不可以？"

她是拒绝的一方，可同时她也是将那四次细节记得最清晰的人。

第一次，他们去了某个城市散心，夜晚在江边散步的时候，对面几座高耸入云的大厦忽然LED投屏。

第二次，她喜欢的花铺满了露台，仿佛置身于永不凋谢的花园。

第三次，在冰岛看到了极光。

第四次，他收集了她从小到大的画作，为她办了个神秘的画展。

每一次她都很惊喜、很开心。

闻言，表姐鼓掌："可以，太可以了！"

很不可思议，但仔细想想，好像这就是池霜会做的事。

拒绝孟怀谦的求婚，不是她不爱他，不过主动送出这一枚戒指，意味着她真的爱他，很爱他。

她是他的唯一，他也是她的独一无二。

平安夜忙到很晚，孟怀谦才载着刚下班的池霜回家。

阿姨已经做好了一桌家常菜，吃过饭，池霜窝在沙发上玩手机，孟怀谦则为家中这棵圣诞树做收尾工作。

每年的圣诞节，他都会准备礼物，堆在圣诞树旁。

在他看不到的角度，池霜悄悄举起手机，偷拍了好几张照片，垂眸欣赏，心里有种异样的感觉流淌着。

"喂！"

她突然喊了他一声。

换上家居服的孟怀谦闻声回过头，手里还拿着工具，模样有些滑稽："怎么了？"

池霜"扑哧"笑了起来，眉眼弯弯："容坤他们好像飞到国外过节了，好潇洒，你羡慕吗？"

没有女朋友的生活多自由。

有女朋友的话，就要开车送她上班、要陪她加班，还要为她做圣诞树。

孟怀谦思忖后，微笑："听语气，好像你在羡慕他们？"

说完后，他放下手中的工具，跟池霜在沙发上闹作一团，欢声笑语不断。

对他来说，跟她在一起，这样的节日才有意义。开什么玩笑，他怎么可能羡慕别人？

深夜，池霜躺在孟怀谦的怀里，他们总是有很多话可以聊。

"你是什么时候发现这个世界上其实是没有圣诞老人的？"

"说实话，我从来就没相信过。"他闭目养神，手掌轻抚着她柔顺的头发。

池霜哼笑，捶了他一拳："你真无聊！既然不相信，为什么还要做圣诞树？"

他哑然失笑，没有反驳也没有解释，他是希望她高兴才去做这些事。

笑够了以后，他问："你呢？"

"我？"她想了想，"不记得，好像是突然某一天发现给我惊喜的不是圣诞老人，而是我爸妈。"

两人聊的话题总是跳跃，慢慢地，声音越来越轻。

孟怀谦总是等池霜睡了以后再睡，今天也不例外。

他却忘记了一件事，他的女朋友曾经是正儿八经的科班演员，想要骗过他非常简单。

在他陷入梦乡后，池霜悄然睁开眼睛，侧过头，以一种很温柔的眼神看着他。

她还是第一次当圣诞老人呢，感觉还不错！

确定孟怀谦睡熟了，她小心翼翼地掀开被子，轻手轻脚地下床，在包里找到戒指盒，轻轻地放在他那边的床头柜上。

借着月光，她打量着他的眉眼。

不知道他是不是在做美梦。

梦中一定有她。

—全文完—